コブの怪しい魔法使い

シャンナ・スウェンドソン

故郷の田舎町，テキサス州コブに戻って三カ月，ドラゴンや邪悪な魔法使いの襲撃を心配する必要のない日々が続いている。あこがれのオーウェンと互いの気持ちを確かめ合ったのも束の間，彼の最大の弱点が自分だという，ロマンス小説のヒロインのような立場に立たされてしまったケイティ。魔法の悪用を企む一味との戦いの足手まといになるまいと，ニューヨークをあとにしたのだった。ところが，魔法とは縁のないはずのコブの町で，魔法のにおいのする事件が発生。ケイティは㈱MSIに助けを求める。大家族が繰り広げるてんやわんやをさばきつつの大奮闘，果たしてその結末は？　おしゃれでロマンチックなファンタジー第四弾。

登場人物

ケイティ(キャスリーン)・チャンドラー……テキサス出身の平凡な女の子。チャンドラー家の末っ子
オーウェン・パーマー……㈱MSIの研究開発部理論魔術課の責任者。ケイティのボーイフレンド
ロイス・チャンドラー……ケイティの母
フランク・チャンドラー……ケイティの父
フランク・ジュニア……チャンドラー家の長男
モーリー……フランク・ジュニアの妻
ディーン……チャンドラー家の次男
シェリー……ディーンの妻
テディ……チャンドラー家の三男
ベス……テディの妻
ブリジット・キャラハン……ケイティの祖母

ニタ・パテル……ケイティの小学校時代からの親友
マーリン（アンブローズ・マーヴィン）……㈱ＭＳＩの最高経営責任者《ＣＥＯ》
ロッド（ロドニー）・グワルトニー……㈱ＭＳＩの人事部長
サム……㈱ＭＳＩの警備担当責任者
マルシア……ケイティの友人。ロッドと交際中
スティーブ・グラント……ケイティの高校の同級生
ジーン（ユージーン）・ワード……テディの友人
フェラン・イドリス……魔法の悪用を企む元㈱ＭＳＩ社員

㈱魔法製作所

コブの怪しい魔法使い

シャンナ・スウェンドソン
今泉敦子訳

創元推理文庫

DON'T HEX WITH TEXAS

by

Shanna Swendson

コブの怪しい魔法使い

1

ここ三カ月ほど、ドラゴンや恐ろしい化物や邪悪な魔法使いの襲撃から——さらにいえば、悲惨なブラインドデートからも——救出される必要のない日々が続いている。これはたしかに、ニューヨークを離れたことで得られたひとつの成果だろう。人口二千五百人の生まれ故郷、テキサス州コブについて愚痴《ぐち》を言おうと思えばいくらでも言えるけれど、マンハッタンにいたころに比べて身の危険がはるかに減ったことだけは否定できない。

そのかわり、ここではしばしば、わたし自身が救助の手を差し伸べる側になる。

「ケイティ！」事務所のドアの向こうから金切り声が聞こえた。ため息をつき、毎度のことが始まるのを十数えて待つ。案の定、ドアが開いて、脱色しすぎの金髪頭が現れた。

義理の姉、シェリーだ。またの名を〝史上最悪のビッチ・クイーン〟という。このあだ名をつけたのが、人類愛の権化のようなもうひとりの義理の姉、ベスであることを考えれば、彼女がどれほどビッチ女《やな》であるかがうかがい知れるというものだ。

幸い、わたしはニューヨークでさらに上手《うわて》のビッチを相手にしていた。ハーピーの襲撃や前の上司ミミのいびりを生き抜いた身にとっては、シェリーなどかわいいものだ。「どうしたの、シェリー?」いつもの台詞を言う。

「お客をひとり、あなたの兄さんから救出してやって。目がうつろになりはじめてるわ」

それをしなければならないのが、なぜわたしであって彼女でないのかはよくわからない。胸もとが大きく開いたブラウスに、ぴちぴちのジーンズをはいた彼女なら、客の解放につながるようなきっかけくらいいくらでもつくれるだろうに。もっとも、彼女にとって、そういうことはほとんど仕事の範疇《はんちゅう》に入るのだろう。すなわち、わたしに託すべき類の作業というわけだ。

ふたたびため息をついて、デスクの椅子から立ちあがり、店の方へ向かう。「ちょっと見てくるわ」兄は三人いるが、どの兄なのかは訊くまでもない。単語を五つ以上続けて言うことがめったにない長兄のフランク・ジュニアには、客を長時間拘束するなどという芸当はまず無理だ。シェリーの夫であるディーンは、妻に負けないくらい仕事嫌いだから、彼が接客をすることと自体考えられない。

となると、残るはいちばん下の兄、テディだ。テディは肥料開発に並々ならぬ情熱を注いでいて、土壌のタイプや作物の種類ごとにどんな肥料が最も適しているかを研究したり、さまざまな環境下で種の生育状況を調べたりと、常に何かしら実験している。問題は、そうして得た知識をだれかれかまわずうんざりするほど詳細に提供したがることだ。うかつに質問でもしようものなら、たちまちいつ終わるとも知れない講義が始まってしまう。

思ったとおり、年配の男性客が彼につかまっていた。テディは客の困惑をよそに、植物栄養学について滔々《とうとう》と持論を展開している。「テディ！」わたしは兄に歩み寄ると、にっこりほほえんで彼の腕を取った。「お話中悪いんだけど、インターネットはつながったのかしら」

テディは一瞬きょとんとしてわたしを見たあと、「ああ、そうだった」と言って客の方に向き直った。話が途中になることを詫びようとしたのだろうけれど、男性はすでに肥料の袋をひとつつかんで、たまたまレジにいたシェリーに向かって歩きだしていた。会計をするはめになったシェリーの〝なんでわたしが〟という表情からいって、彼女が接客のストレスから回復するためにまもなく三十分の休憩を取ることになるのは、ほぼ間違いないだろう。

これが、わたしがここで行っている〝救助〟の類だ。味方の魔法使いたちに魔法による危険をいち早く知らせるかわりに、肥料おたくの兄から店の客を解放したり、ずる賢い義理の姉からレジの引き出しを守ったり、兄たちを母から救い出したりして、家と家族経営のこの農業用品店を比較的平穏に保っている。テキサスに帰ってきて三カ月。自分が魔法界の狂騒にうまく対応できていたわけがよくわかった。あんなもの、ここで日々繰り広げられてんやわんやに比べたら、騒ぎのうちに入らない。

「すぐにつながるよ」事務所のデスクの下に潜り込みながらテディは言った。

「よかった。今日の午後、注文を出さなきゃならなくて、どうしてもネットにアクセスする必要があるの」これは本当のことだ。でも、それ以上に重要なのは、あとに残してきた世界と自分とをつなぐライフラインを有効にしておくことだった。ニューヨークの友人たちと連絡が取れない状態が長く続くと、わたしはそわそわと落ち着かなくなる。とりわけ、ある人物に関する情報が滞ったときには。

彼こそは、わたしが実家に戻った第一の理由だ。もっとも、彼がわたしを傷つけたとか、捨てたとかいうような、女性が家族のぬくもりを求めてふるさとへ帰りたくなる類のことが原因ではない。それどころか、オーウェン・パーマーは、ほとんどの男性には決してできないような形でわたしへの愛情を示してくれた。敵の企みを阻止することとわたしを救うことのどちらかを選ばなければならない状況で、彼はわたしを選んだのだ。

魔法の火に焼かれずにすんだのは本当によかったけれど、大義を考えれば、彼がわたしを選んだことをただ無邪気に喜ぶわけにはいかない。悪いやつらを取り逃がしたことはもとより、彼らにオーウェンの最大の弱点を知られてしまったのだ。つまり、わたしだ。自分がヒーローの最大の弱点になるというのは、ロマンス小説でこそ素敵なことだが、現実の世界ではとてもそんなふうには考えられない。まず、敵はわたしを標的としてくる。それから、敵がしでかすことのすべてに対して責任を感じずにいられない。彼らが依然として野放しでいるのは、わたしのせいなのだから。

そこでわたしは、ものごとの全体を見据えることのできる高潔なヒロインならだれでもやるであろうことをした。彼がわたしの身を心配せずに裏切り者の不良魔法使いとの戦いに専念できるよう、自ら姿を消したのだ。ただ、黙って立ち去ったことで、わたしは彼の心を傷つけた。まあ、直接確かめたわけではないから、たぶん傷つけただろうということだけれど。彼は戻ってきてくれと懇願するタイプには見えない。たとえそうだったとしても、わたしを追わないよう上から厳命が出ているような気がする。それでもつい、電話が鳴ればいちいちどきりとするし、店の入口をぼんやり眺めながら彼が入ってくる光景を想像したりしてしまう。

電話が鳴った。いつものように心臓の鼓動がはやくなる——店の電話が鳴る理由など、ほかに山ほどあるというのに。案の定、シェリーは〝休憩〟を取っているらしい。だれも出る様子がないので、わたしはデスクの受話器を取ると、歯切れよく言った。「チャンドラー農業用品店です」

「ケイティ？」

「マルシア！」マルシアはニューヨークでのルームメイトのひとりだ。彼女の声を聞いたとたん、思わず涙が出そうになる。生まれ育った場所で家族に囲まれて生活しながらホームシックになるとは思わなかった。「どうかしたの？」

「今朝、二回ほどメールを送ろうとしたんだけど、なぜか戻ってきちゃうの」

「ああ、そうなのよ。サーバーだかネットワークだかに何か問題があるみたいで」

「すぐに直るよ」デスクの下からテディのくぐもった声が聞こえた。

「でも、もうすぐ直るわ」わたしはマルシアに言った。「何かあったの？」

「ゆうべロッドとディナーに行ったの。で、ちょっと知らせたいことがあって」ロッド・グワルトニーはオーウェンの幼なじみであり親友でもある。年が明けてからマルシアとつき合うようになった。彼のこれまでの女性関係が時間単位でしかはかれなかったことを考えると、今回は相当に真剣だと見える。

「え、何？ それって宝石類がからむお知らせ？」

「は？ やだ、違うわよ。わたしたち、まだお互いをボーイフレンド、ガールフレンドって呼び合う段階にさえ至ってないんだから。指輪の話なんかもち出したら、彼、間違いなく逃げ出すわ」

「へえ、ずいぶん彼のことわかってるのね」

「オーウェンのコーチングのおかげかな」

鼓動がふたたびスピードをあげ、急に落ち着かなくなる。「彼に会ったの？ どんな感じだった？」

「すごい食いつき方ね。質問攻撃をやめてちゃんと話をさせてくれたら、いくらだって話すんだけど」

「ごめん。もう何も言わない」

「さっきも言ったように、ゆうべロッドとディナーに行ったの。それで、あなたに現状を報告しておこうと思って」質問をしたくてたまらなかったが、ぐっと堪《こら》えて唇を嚙む。少しでも早く答を聞きたいなら、口を閉じているのがいちばんだ。「悪いやつらに関しては、いまのところあらたな動きはないわ。地下に潜ったのかと思うくらい、とにかく静かよ。オーウェンは、近々何か大きなことが起こるような気がするって言ってる。連中はギアチェンジをしてるんだって」

「ええ、そんな感じね。どんなことか予想はついてるの？」

「ううん、まだ。ロッドはオーウェンのことを心配してるわ。とにかく仕事ばかりしてて、ろくに寝ていない感じなの。せめてちゃんと食べるようにとは言ってるんだけど、ずいぶん体重が落ちたように見えるわ。もともと太ってたわけじゃないのに」

大義に対して彼がいかに取り組んでいるかについては、いまの報告でほぼ察しがついた。

「……で、彼、何か言ってた？　その、わたしについて……」あまりに情けない響きに、われながらげんなりする。でも、訊かないわけにはいかなかった。

「ううん、特には。ごめん。でも、ほら、彼ってそもそも、何についても口数が少ないでしょう？」何を期待していたのだろう。どのみち、悪党たちが完全に消滅するまでは、彼にどんなに懇願されようと帰ることはできないのに。それに、彼が決して懇願などしないこともわかっている。でも、だからといって、彼を恋しく思う気持ちが変わるわけではない。

「ありがとう」ため息交じりに言う。「今後も彼の近況報告、よろしくね。それから、あなたとロッドのことも」マルシアが魔法界のことを知ったのはごく最近だが、早くも黒魔術の拡散を防ぐ取り組みの熱心な協力者となっている。もっとも、いまのところはメッセージの伝達と、働きすぎの魔法使いにちゃんと食事をとるよう忠告することが彼女のおもな役割だけれど。

「大丈夫。ロッドが何か約束めいたことを口にしたら、あなたにもすぐにわかるわよ。天地がひっくり返るから。まあ、こっちも、まだ特にそういうのを望んでいるわけじゃないし。いまはただ会うのを楽しんでるだけ。先のことを考える時間は、それこそこの先いくらだってあるわ。それに、長期的なパートナーに魔法使いを選びたいかどうか、まだちょっとわからないし。

いろいろ大変そうだもの」

「まあ、それは言えるわね」魔法使いとのデートにいろいろやっかいな問題が付随することは、経験から知っている。とりわけ、その魔法使いが黒魔術との戦いの最前線にいる場合は。「とにかく、連絡待ってるわ。それじゃあ、またね。会えなくて寂しいわ」

電話を切ったとき、ふと兄がまだデスクの下にいることを思い出した。依然として、ネット環境をよみがえらせるために、モデムだかサーバーだか、インターネットの接続に必要なものをいじっている。たしか、わたしの側から魔法に関する発言はなかったはず。いずれにしても、相手がテディなら心配する必要はないだろう。彼が何かに集中している間は、たとえこの事務所のなかで第三次世界大戦が勃発《ぼっぱつ》したとしても気づかない可能性がある。

　魔法使いとつき合うといろいろ大変そうだという懸念が現実になったとしても、マルシアの場合、もしいやになれば、魔法といっさい関わりをもたずに生きていくことはできる。わたしは、そうはいかない。マルシアはいかなる意味でも魔法的ではないけれど、わたしは魔法に免疫をもつ特殊な人間だ。魔法が効かない免疫者《イミューン》は、魔法界では貴重な存在となっている。わたしがマジック《M》・スペル《S》&イリュージョン《I》という会社にスカウトされたのもそのためで、ビジネス取引の際の魔法による不正行為を感知するのが主な仕事だった。それが、いつの間にか不良魔法使いとその陰の支援者との戦いに担ぎ出されることになり、世界を救ったとまでは言わないけれど、これまでいくつか深刻な事態を回避する手助けをしてきた。

　それほど有用な人材が、なぜこんな田舎町で農業用品店の切り盛りなどしているのか――。

ニューヨークへ行くまで自分がイミューンであることに気づかなかったくらい、この町は魔法とはまったく無縁の場所だ。大義に貢献する方法は、オーウェンのじゃまにならないようこうして身を潜めていることだけではないはず。地平線の向こうで魔法戦争が勃発しようとしているのを何もせずにただ見ているなんて、やはりできない。

店のレジカウンターのベルが、もの思いを中断させた。シェリーはまだ休憩中らしい——いまさら驚かないけれど。笑顔をつくって店へ出ていき、レジで待っていた客の精算を済ませ、続いて、バラ用の土壌添加剤についてアドバイスを求めてきた別の客の相手をする。わたしの専門分野ではないけれど、肥料のなかで育ってきたようなものだから、それなりの知識はあるのだ。

カウンターへ戻ると、ディーンがレジをいじっていた。「これ、壊れてるぜ」

「え、どうして？」

「引き出しが開かないんだ」ディーンはそう言って、引き出しを引っ張ってみせる。

「そりゃそうよ。販売記録を打ち込まなきゃ開かないようになってるんだから」

ディーンの緑色の瞳に一瞬いらつきが見て取れた。「ああ、なるほどね」

「何か必要だったの？」

「いや、いいよ。小口現金から借りとくから」それなら、行き着く先はママの財布ということになる。わたしは店の小口現金の私的流用を許さないし、ディーンもそのことを知っている。とはいえ、だめもとで押してみるのもまたディーンなのだ。「二十ドルほど用立ててもらえないかな」彼はお得意のとびきり甘い笑顔で言った。

「悪いわね、ディーン。わたしにその武器は通用しないの」ロッドのような誘惑の魔術の達人を知ったあとでは、この程度のキラースマイルなどなんのインパクトもない。

ディーンは肩をすくめた。「やっぱりね。で、シェリーは?」

「さあ。彼女、もう三十分も休憩してるわ。見かけたら早く仕事に戻るよう言っておいて」

事務所に足を踏み入れたとたん、ふたたび電話が鳴った。今回は一回目の呼び出し音で受話器を取る。「ハーイ、わたしよ、ランチに出られる?」屈託のない声が言った。小学校時代からの親友、ニタ・パテルだ。

「また日勤になったの?」ニタは家族が経営するモーテルを手伝っている。家業から抜け出せないという点では、わたし以上に深刻な状況だ。少なくともわたしは、たとえごく一時的ではあったにしても、ニューヨークへ逃げることができた。

「ゆうべちょっと妙なことがあって、兄貴がやけにびびっちゃってさ。物騒《ぶっそう》だからって、わたしは昼間に回されたの。おかげで一日じゅうフロントデスクに釘づけよ。客の姿なんて影も形もないのに。それで提案なんだけど、ランチの買い出しついでに、こっちに寄って食べていかない? そうしてくれたら、この辛気くさい気分もずいぶん晴れると思うわ」

店のカウンターの方を見ると、シェリーの姿があった。ようやく戻ってきたようだ。「いいわよ。何が食べたい?」

「ちなみに、パパは今日一日留守よ」

「わかった。デイリークイーンね。ダブルチーズバーガーのオニオン抜きだっけ?」

「そのとおり」言うまでもないが、ニタはあまり敬虔《けいけん》なヒンドゥー教徒ではない。テキサスに移住してきて以来すっかりハンバーガー好きになり、伝統を重んじる父親の目を盗んでは、こっそり食べている。

「すぐに行くわ」電話を切り、デスクの下から突き出ているテディの足をつつく。「ランチに行ってくる。一時間ほどで戻るわ」

「オーケー」テディはそう言ったが、いまの情報が彼の脳にインプットされたかは怪しいところだ。

わたしはハンドバッグを手に店を出た。ディーンが新車を買ったときに譲ってもらったピックアップトラックが、店の前の砂利敷きの駐車場にとまっている。わたしがこんなものを運転していることを知ったら、ニューヨークの友人たちはきっと驚愕するだろう。ここには地下鉄などというしゃれたものはないのだ。農業用品店は町のはずれにあるが、町自体が小さいので、ダウンタウンの端にあるデイリークイーンまでは車で一分もかからない。

昼の混雑は——といってもコブの町ではたかがしれているが——まだ始まったばかりだったので、たいして待つこともなくニタと自分用のハンバーガーを買うことができた。その足で、今度は、町の反対側のはずれにあるモーテルへ向かう。

昔、この町は、オースティンとダラスを結ぶ主要ルート上にあった。しかし、州間ハイウェイが五十五マイルほど東にできてからは、絶対に来なくてはならない理由でもないかぎり、だれもこの町へは立ち寄らなくなった。つまり、モーテルを営むには必ずしも理想的な場所ではないということだが、オープン以来、パテル家はしっかりとビジネスを成り立たせている。彼らが町へやってきたのは、わたしが小学四年生のときだった。わたしは先生に指名されて、ニタが新しい国に早く慣れるよう手助けをする〝お世話係〟になった。そんなこともあって、わたしたちはすぐに仲良くなった。いまニタは、おそらくわたし以上にアメリカ人的だといえるだろう。

「ねえ、すっごくいいアイデア思いついちゃった」ロビーに入ってきたわたしを見るなり、ニタは言った。彼女は小さな扉を開けて、わたしをフロントデスクのなかへ入れる。「まず、客室にポプリを置くでしょ。それから、毎朝ロビーにベーグルとジュースを置いてベッド&ブレックファーストってことにして、一泊の宿泊料をいまより二十ドル高くするの」

「アイデア自体はありかもしれないけど、いったいだれがわざわざこのコブに来るっていうの？」

ニタはハンバーガーにかぶりつくと、しばし味わってから言った。「ちゃんと考えてあるわ。町のアンティークショップと提携して、〝アンティーク・ウィークエンド〟をやるのよ。パンフレットやウェブサイトをつくって、大々的に宣伝するの。エステのパッケージをつけてもいいわね。カット&カールのキキって、フェイシャルはできたかしら」

「それより、カット&カールって名前の店でフェイシャルをやろうと思う人がいるかどうかが、まず問題じゃない？」

「ああ、たしかにそうね。もう少し考えてみるわ」おそらくこれも、これまでの〝すっごくいいアイデア〟同様、ほとんど発展しないまま数分後にはなかったことになるのだろう。この前は、客室をテーマ別に模様がえすると言っていた。その前はたしか、ネットオークションで見つけたメタル製のローンチェアを置いて、モーテルを華やかな三〇年代風に変身させるとかなんとか言ってなかったっけ。彼女のこうした衝動的な思いつきは、何かもっと大きなことをやりたいという欲求の表れだ。小さな田舎町でただひっそりと家業の手伝いをしているのではなく、もっと自分の可能性を試してみたいと思っているのに、彼女にはその手段がない。ニタの気持ちはよくわかる。ニューヨークを離れたことが果たして本当に正しかったのかどうか、わからなくなる瞬間だ。

案の定、ニタはハンバーガーを食べ終わらないうちにまたあらたなプランを思いついた。

「いっそのこと、いっしょにこの町を出ない？　ダラスかオースティンで部屋をシェアするの。あなたとわたしなら、きっと仕事も見つかるわ」わたしが黙って見つめ返すと、彼女は続けた。「まあ、パパはきっと家族の縁を切るとかなんとか言うと思うけど、わたし、もうすぐ二十七よ。さすがに二十七の娘を力ずくで家に連れ帰るわけにはいかないでしょ？　向こうで結婚を前提につき合えるインド系の彼でも見つければ、そのうちあきらめるはずよ。この町にいたって、インド系の若い男子には一生巡り合えないんだから。とにかく、あと一秒でも長くここにいたら、わたし退屈で爆発するわ」

「もしほんとに爆発すれば、少なくともしばらくの間、町はその話題で盛りあがれるわね」

ニタは小さな塩のパックをわたしに投げつける。「もう、そういうことばっかり言って。だいたい、なんであなたは戻ってきたのよ。せっかくここから逃げ出すことができたのに、わざわざ戻ってくるなんて信じられない。ニューヨークがそこまでひどいところだとは思えないけど」

幼なじみのニタにうそをつくのは気がとがめるけれど、魔法の存在は絶対的な秘密事項だ。

「いろいろあったのよ」とりあえずそう言っておく。

「じゃあ、ダラスならどう？」

ニューヨークへはいつか戻りたいと思っている。わたしの場合、このコブに住まなければならない理由はないのだけれど、状況が許せばただちにニューヨークへ舞い戻るつもりでいながらニタといっしょにダラスへ行くのは、彼女に対してフェアではない。

幸い、ニタの関心はすぐ別のことに移ったが、あいにくそれはわたしだった。「ねえ、ほんとの話、いったい何があったの？　失恋？　彼氏との関係がうまくいかなくなったとか？　わかった！　上司とできちゃったんでしょう。それで、彼が別の女にのりかえたもんだから、会社にいられなくなっちゃったんだわ。ほら、ブリジット・ジョーンズみたいに」ニタとはほぼ週一回のペースでこの話題になるのだが、彼女の説は回を追うごとに大胆になってきている。ニタの語るわたしの人生は、すでに現実よりもエキサイティングだ。魔法の件を勘定に入れたとしても。

話題を変えるきっかけを探してロビーの方に視線を向けると、ビニールシートの張られた窓が目に入った。「ラメシュがびびったゆうべの出来事って、あれ？」

「そうよ。こんな妙なことはじめて。わたし、夜勤だったんだけど、零時少し前にちょっと用があって裏へ行ったの。で、フロントに戻ってきたら、そこの窓ガラスがなくなってたのよ」

「何か盗まれたの？」

「ううん、それがコンピュータもテレビも現金も何も盗られてないの。ラメシュを呼んだら、すぐに家に帰されて、しばらくの間、兄貴とシフトを交換することになったわ。こんなことが起こるんじゃ、物騒でとても女の子をひとり夜勤につかせることはできないってさ」

「あと片づけ、大変だったでしょう」

「そこなのよ。妙なことに、ガラスの破片はまったく落ちてなかったの。石とか煉瓦《れんが》の類も転がってなかったわ。まるで、だれかが窓枠からガラスだけをそっくり取り除いたって感じ。ねえ、気味が悪いと思わない？」

「そうね」たしかに、別の意味で非常に気味が悪い。このてのことを、わたしは一度、目にしている。食事をしていたレストランが火事になり、客が殺到して出口がふさがってしまったとき、オーウェンが魔法で窓からガラスを消したのだ。もちろん、それとこれとは別だ。このあたりには魔法使いは存在しないはずだし、何より何も盗られていない。わざわざガラスを消す意味などないではないか。「たぶん高校生のいたずらじゃない？　スカベンジャーハント（リストに書かれたアイテムをお金をかけずに集めるゲーム）でもしてたんじゃないかしら」ニタを安心させようと言ってみる。

「そうかもね。でも、ラメシュには言わないで。もともと夜勤はいやだったの。だから、シフトを交換してもらったのは、棚ぼただったのよ。まあ、夜勤がいやっていうか、ここで働くことも自体がいやなんだけどね。でも、パパの頭が二十一世紀に追いついてわたしが家を出るのを許してくれるか、あるいは、インド系の素敵な男子が現れてわたしをさらってくれるか、じゃなかったら、あなたがわたしといっしょに家出してくれるまでは、わたしはここから抜け出せないわ」

ふたたび帰郷の理由の追及が始まるのかと思って身構えたが、幸い、そうはならなかった。結局、お互いにいまの仕事がどれほどいやか言い合っているうちに、店へ戻る時間になった。

シェリーはわたしが戻るのを待たずに昼休みを取ったようだ。幸い、テディの妻のベスが赤ん坊を抱いて客の相手をしてくれていた。事務所にハンドバッグを置くと、急いで店に戻ってベスから赤ん坊を抱き取る。いまは、店の仕事よりベビーシッターの方が気分だ。

「助かったわ」軽い混雑が引いたあと、わたしは言った。「シェリーは相当お腹が空いてたみたいね」

ベスはやれやれというように目玉を回す。「あの娘《こ》には見張りが必要だわ」

「というか、看守が必要よ」

「そうそう、インターネットがつながったって、テディが言ってたわ。それから、もうすぐフランクが午後のシフトに来るはずよ。ディーンは例によって行方不明。あなたのパパは配達中。テディは実験中の作物のチェックに行ったわ」

「了解。要するに、すべてがいつもどおりってことね」

「そう。だから事務所でデスクワークをしてていいわよ。ルーシーを見ててくれるなら、わたしがレジをやるわ」

ルーシーは歯が生えはじめたところで、手に触れたものは紙だろうがなんだろうが、かたっぱしから口に入れてしまう。それでも、悪くない交換条件に思えた。さっそく事務所へ引っ込み、デスクにつく。しかし、モーテルの消えた窓ガラスのことが気になって、なかなか仕事に集中できない。オーウェンがあの魔術を使ったとき、消えた窓ガラスはその後少したってからもとに戻った。今回も同じことが起こるだろうか。いや、それはあり得ない。ここは魔法に無縁の場所なのだ。わたしはこの町で魔法を目にしたことはない。感謝祭《サンクスギビング》に両親がニューヨークへ来たとき、免疫は母ゆずりだったことが判明したけれど、その母だって、コブで過ごしてきたこれまでの人生で、魔法の存在を疑わせるようなものはただの一度も見ていない。だからこそ、わたしはここへ戻ってきたのだ。魔法がらみの問題から逃れるなら、この町以上の場所はほかにない。

「ケイティ!」店からベスの声が聞こえた。彼女の声はシェリーの金切り声よりずっと耳に心地いい。「あなたにお客さんよ」ちょっと冷やかすような口調から判断するに、お客というのはおそらく男性で、かつハンサムなのだろう。鼓動が急にはやくなり、アドレナリンが体じゅうを駆け巡る。わたしは突如震えはじめたひざに力を入れ、ルーシーをしっかりと抱いて立ちあがった。

店に出ていくやいなや、感情の高まりはいっきにしぼんだ。わたしを待っていたのは、黒髪と青い瞳をもつ、平均より若干背の低いだれかではなかった。瞳の色こそ青いものの、客は長身で金髪だ。「これはこれは、大都会からお戻りのミス・チャンドラー」男性は強い南部訛りで言った。

「ええ、一月に戻ってきたの」ルーシーを抱き直し、髪の毛をわしづかみにしている小さな指をそっと引きはがす。わたしの記憶が正しければ、男性はスティーブ・グラントだ。同じ高校に通っていたクオーターバック。アメフトのヒーローで、校内のスターだった男。「久しぶりね。何か必要なものでも？」

スティーブはルーシーをまじまじと見つめて言った。「なるほど、帰郷の理由はこれか」みごとにカールした鮮やかな赤毛のルーシーは母親に生き写しで、わたしとは似ても似つかないことを考えると、実に独創的な発想だ。「ええと、この子は姪よ」

スティーブは見るからにほっとした顔をした。「ま、どういう理由にせよ、歓迎するよ。で、どう、久しぶりに飲まない？　昔のよしみでさ」

わたしの知るかぎり、彼との間にはなんのよしみも存在しない。同じクラスを一、二度取ったことはあるかもしれないが、それ以外の接点は、彼が試合に出ているときにマーチングバンドで演奏したことくらいだ。わたしを誘いにくるなんて、よほどデート相手に不自由しているのだろう。「どうやら、わたしはこの町で最後に残った独身女性みたいね」

「え？　いや、そういうことじゃないよ。つまり、その、さっきデイリークイーンでおまえのこと見かけたんだけど、やっぱり都会暮らしをすると違うなって思って。なんていうか、すごく洗練されたっていうかさ」

色褪せたジーンズに、農業用品店のロゴ入りTシャツ、無造作に結んだポニーテールというこの恰好のいったいどこに〝洗練〟という言葉があてはまるのかはよくわからない。「ありがとう、スティーブ。でも、いまはだれともデートする気はないの」どうか詳しい理由を訊いてきませんように。わたしにはニューヨークに残してきた人がいて、あなたとは比べものにならないほど素敵なのだとは、やはり言いづらい。別に、オーウェンとよりを戻すことができなかったら修道院に入ろうというわけではないけれど、いまはまだ先へ進む気にはなれないのだ。

「よかったら、店内を見ていって。芝刈り機がセール中よ」

「いや、今日んとこはまに合ってるよ。じゃあ、気が変わったら声をかけて。おれの居場所はだいたい見当がつくだろ?」スティーブはそう言うと、ウインクをして店を出ていった。たしかに、ラングラージーンズに包まれたそのお尻は鑑賞に値する。でも、彼はオーウェンではないし、お尻以外でわたしの関心を引くものは何もない。

事務所に戻ろうとしたとき、母がすごい勢いで店に飛び込んできた。

「ちょっと、聞いて！　信じられないものを見ちゃったわ！」

2

一瞬、両親をニューヨークに迎えた感謝祭《サンクスギビング》の記憶が脳裏によみがえった。あのときは、街を案内しながら、魔法がらみの現象から母の気をそらしたり、母が見てしまったものを正当化したりで、終始大わらわだった。しかし、ここはコブだ。おそらく、車の後部座席で町の牧師が教会の秘書といちゃついていたとかいう類の話だろう。この町で妖精やエルフを見かけたことは一度もない。その可能性は除外していいはずだ。

「どうしたの、ロイス？」ベスが朗らかに訊いた。いつものことといった感じで、まったく動じていない。相手は母だ。たしかに、いつものことかもしれない。

「いま、薬局に行ってきたんだけど、レスター・ジョーンズがお客にただで処方薬《しょほうやく》を渡してたのよ！」

なんだ、そんなことか……。薬剤師のレスター・ジョーンズはけちで知られる。自宅に遊びにきた人にアスピリンが欲しいと言われたら、一錠につき五セント要求しかねない男だ。ベスは片方の眉をあげて言った。「まあ、それはびっくりね。きっと改心して、これまでの過剰請求の埋め合わせをしてるんじゃない？　たしか、先週、第二バプティスト教会で伝道集会をやってたわ」

「レスターがバプティスト派だなんて、聞いたことないわね」母はあり得ないという口調で言った。「そもそも、あの男は何派でもないわ」

「だからこそ、伝道集会に行って救われたんじゃないかしら」ベスが言う。

「そのラッキーなお客はだれだったの？」わたしは訊いた。「たぶん、その人、レスターの弱みを握ってるとか、レスターにお金を貸してるとかなんじゃない？」

「あの変な若者よ。ほら、せっかく奨学金をもらってテキサス農工大学に行ったのに、すぐ退学になった――。ベス、あなた知ってるでしょう？　以前、テディの友達だった子よ」

「ジーン・ワードのこと？」ベスは眉をひそめる。「それなら説明がつくわ。町の住人の半分は、彼の父親に借金してるもの。それにしても、彼、なんの薬が必要だったのかしら」

「片手に包帯を巻いてたから、たぶん抗生物質か痛み止めじゃないかしら」これでニタと母の疑問が同時に解決したわけだ。ユージーン・ワードなら、盗みのためにモーテルに忍び込もうとしても意外ではない。おそらく、窓からガラスを外したところでニタがロビーに戻ってきたため、何も盗らずに逃げたのだろう。彼は自分のことを抜け目のない男だと思っているようだが、実はかなりの軟弱者だ。もし捕まっていたとしても、彼の父親がパテル家に相応の見舞金を払って、息子の不始末をもみ消していただろう。おそらくすでに、この町の店の半分は、ユージーンの父親から見舞金を受け取っているんじゃないだろうか。

長兄のフランクが現れ、ひとまずユージーン・ワードの話は終了した。「やあ、ママ」フランクは母を抱擁すると、頬にキスをした。「何か用だったの？」

「町に用事があったから、ついでに寄ってみたの。仕事が終わったら、みんなでうちに夕食を食べにきたらどうかと思って。ディーンとシェリーは？」

「シェリーは少し前に帰ったわ」わたしは言った。「ディーンは昼前にはここにいたけど、そのあとどこへ行ったのかは知らない」

「しょうがないわねえ。捜してみるわ。あの子たちが来なきゃ、家族そろっての夕食にならないもの。それじゃあ、みんな、七時半にうちに来てね」

母が店を出ていくと、ベスがわたしの方を向いて言った。「そろそろあがりよね。チビはこっちでもらっておくわ」

わたしはほっとしてルーシーを渡した。湿った指でわたしのＴシャツをつかんでいたルーシーは、母親のもとに戻ることに気づいてようやく手を離した。「メールをチェックして、いくつか注文をさばいてから帰ることにするわ。ネットもつながったみたいだし」

わたしの個人用メールの受信ボックスにメッセージが一件届いていた。ＭＳＩの社長室受付、トリックスからだ。わたしが去ったあとのさまざまな社内ゴシップが饒舌《じょうぜつ》に書かれている。そのほとんどは、後任であるキムに対する文句と、もしキムが免疫者《イミューン》でなかったらやってやりたいさまざまな仕打ちについてだった。オーウェンに関しては何も書かれていない。わたしは仕入れ業者への注文を更新してコンピュータを消し、家路についた。

家にはだれもいなかった。母はたぶんスーパーに行っているのだろう。本当は手伝いを申し出るべきだったのだろうけれど、わたしにだって少しは自分の時間が必要だ。それに、店から少し事務仕事をもち帰ってきていた。どのみち夕食の支度は手伝うことになるから、いまのうちにやるべきことをやってしまおう。家なら事務所のようにたびたびじゃまが入ったりしないので、確実に仕事を終わらせることができる。

ここでの生活に、ニューヨークより圧倒的に勝るものがあるとすれば、それは住空間の広さだ。うちのリビングルームには、三人でシェアしていたニューヨークのアパートがすっぽり入ってしまう。にもかかわらず、ふたりの友人と小さなアパートを共有していたときより、両親とこの家に暮らしているいまの方が、窮屈《きゅうくつ》な感じがするのはなぜだろう。

レシートの束をもってベッドに腰をおろしたとたん、階下から声がした。「ちょっと！　だれもいないのかい？　表にとまってるのはケイティのトラックに見えるんだけどね」祖母だ。おそらく、この家がニューヨークのアパートより窮屈に感じられるのは、グランドセントラルステーションのど真ん中に暮らしているようなものだからかもしれない。つまり、広々とはしているけれど、一瞬たりともひとりにはなれないということだ。

書類をベッドの上に置き、階段をおりていく。祖母はキッチンにいた。「ハーイ、おばあちゃん。どうしたの？」

「用があって外に出たついでに、ちょっと寄ってみただけだよ。母親はどうしたんだい？」祖母は返事を待たずに、さっさとリビングルームへ歩いていく。いつも杖をもっているのだが、実際にそれをついて歩いているのをわたしは見たことがない。思い浮かぶのは、人に向かって振っている姿だけだ。

「たぶんスーパーに行ってるんだと思う」わたしは祖母を追いかけながら言った。「そろそろ戻ってくるはずよ」

祖母は急に方向転換すると、ふたたびキッチンへ向かった。「コーヒーはいれてないのかい？」

「あ、うん。でも、飲みたいならすぐいれるわよ」わたしが言い終わる前に、祖母はすでにコーヒーメーカーにフィルターをセットして、コーヒーの粉を入れはじめていた。「まあ、自分でやってくれてもかまわないけど……」もごもごと言い足す。

「ケイティ！」外で母の声がした。若干取り乱した感があるのは、私道に祖母の巨大なオールズモビルがとまっているのを見たからだろう。

「ママが帰ってきたわ。荷物をおろすの手伝ってくるわね」わたしはそう言うと、急いで勝手口を出てバックポーチの階段を駆けおりた。

母は自分の車の横に愕然《がくぜん》とした表情で立っていた。「お願い、母さんは来てないって言って」

「じゃあ、うそをつかなきゃならないわ。だって、いまキッチンでコーヒーをいれてるもの」

「勘弁してほしいわ。よりによってみんなが夕食に来るって日に――」

わたしはトランクのなかから食料品の入った紙袋を取り出す。「おばあちゃんは呼ぶつもりじゃなかったの？」

「もちろん呼ぶつもりだったわよ。でも、料理をしている最中にいてほしくはないの。やることなすこと批判するんだから」

「モーリーに電話して、子どもたちが学校から帰ったら連れてくるよう言おうか。あの子たちがいれば、おばあちゃんの気も散るわ」

「名案ね。あなたは本当に頭がいいわ。どうして、こんな頭のいい子が生まれたのかしら。その素晴らしい頭脳をいまだに次の世代に引き継げないでいるなんて、ほんとにもったいない話だわ」こんな台詞を軽く聞き流せるようになったのは、それだけ長く実家にいるということだ。結婚や子どもについて毎日のようにせっつかれていれば、いい加減、無反応にもなる。

「ところで、スティーブ・グラントがあなたに会いにきたそうね。ベスから聞いたわ」ほうら、きた。

「ええ。デイリークイーンでわたしを見かけて、帰省の理由を探りにきたみたい」

「彼、まだ独身よ。若い女性たちが彼を放っておくなんて意外よね」

「そうね」わたしたちは家のなかに入った。キッチンのテーブルに買い物袋を置くと、さっそく祖母が母に文句をつけはじめたので、そのすきに残りの荷物を取りに車へ戻る。ここは逃げるが勝ちだ。

両手に買い物袋を抱えて家に入ると、母が祖母を相手に昼間の話をしていた。「それでレスターはただで薬を渡したのよ。信じられる？　ジーンの父親から借金をしているんだろうって、ベスは言うんだけど」

次に戻ってくるときにはこの話題が終わっていることを祈りながら、ふたたび外へ出る。荷物はこの往復で運び終わってしまう。もう外へ逃げ出す口実はない。「これで最後よ」わたしはテーブルにどすんと買い物袋を置いて言った。

「ケイティ、いま母さんに、スーパーの外で目撃したことについて話してたところなの。郡庁舎の前の駐車場で人々が踊ってたのよ。あなたが連れていってくれたニューヨークのデリを思い出しちゃったわ。ほら、ウエイターたちがダンスのショーをやってたところよ」

胃のあたりがきゅっと痛くなる。あれは別に、ブロードウェイを夢見る役者の卵たちが働く店だったわけではない。即興のダンスショーは、オーウェンの宿敵、不良魔法使いのフェラン・イドリスの仕業だ。彼がデリにいた人々に魔法をかけてむりやり踊らせたのだ。「どこかのダンスドリルチームが募金キャンペーンでもやってたんじゃないの？」わたしは言った。この町に魔法が存在するはずはない。この町で人々が路上でわけもなく踊りだすなんてことは、あり得ないのだ。

「いいえ、ドリルチームのはずはないわ。だって、スーパーから出てきた人たちがどんどん彼らに加わってダンスを始めたんだもの。ほんとに、目を疑ったわ」

「春の陽気のせいだね」自分のカップにコーヒーを注ぎながら祖母が言う。「祖国《オールドカントリー》じゃあ、昔、大地や大気の精に踊りを捧げて春を歓迎したもんだ」強いテキサス訛りが突然、アイルランド訛りに変わる。

「母さんはアイルランドになんか行ったことないでしょう？」母が言う。「テキサスで生まれ育って、州外に出たことすらないのに、どうしてオールドカントリーではこうだった、なんて言えるのよ」

「昔ながらの風習を忘れちまった者に、とやかく言ってほしくないね」

「母さんが知ってる昔ながらの風習は、わたしの堪忍袋の緒を切る方法だけじゃない」母が小声で言う。

「モーリーに電話してくる」わたしは言った。ふたりがいつものけんかを始める前に、孫たちを連れてきてもらった方がよさそうだ。母は祖母より若くて力もあるけれど、祖母には杖という武器があるし、口はたいてい母以上に容赦ない。

まもなく家のなかは、わたしの甥や姪たちでごった返した。フランクの子どもたちだ。リビングルームで祖母にまとわりつき、学校でやったことを競うように見せ合っている。母とモーリーとわたしは、そのすきに夕食の準備を始めた。母は依然として、スーパーの前で目撃した奇妙な光景についてしゃべっている。

「こんなことって信じられる?」母はモーリーに言う。

「まわりにだれかいなかった?」わたしは訊いた。「もしかしたら撮影だったのかもしれないわ。スーパーのコマーシャルかなんかの」

「そうかもしれないわね」

「だとしたら変ね」モーリーが言う。「ここに来る途中スーパーに寄ったけど、だれも何も言ってなかったわ。そんなことがあったら、町じゅうその話題でもちきりになりそうだけど」

「それだけじゃないの」母が言った。「郡庁舎広場のアンティークの街灯のひとつが、突然消えて、またもとに戻ったの」

モーリーが笑った。「瞬きしたってことじゃない？　目をつむれば、なんだって一瞬消えるものだわ」

「そんなことわかってます！」母が語気を強める。モーリーはしまったという顔をして、わたしの方に視線を向けた。わたしは肩をすくめる。母がいよいよおかしくなったということは十分に考えられるけれど、一方で、魔法というものが存在し、魔法を使えば母が描写したようなことが可能だということもわたしは知っている。

前線から退《ひ》いたつもりでいたけれど、どうやら〝調査活動〟を再開しなければならないようだ。もし、わたし自身が町で妙なものを見かけたら、この地域に魔法が入り込んでいるということになる。もし、何も目にしなければ、母を医者に連れていくか、何か趣味を見つけてあげなければならないということだ。どちらに転んでも、うれしくないけれど――。

「ちょっと出かけてくる」夕食が終わり、皆が引きあげたあと、わたしはそう宣言した――わたしがもう成人で、マンハッタンに一年以上住んだという事実を両親が覚えていて、なぜだか、どこへ行くのかとか訊いてこないことを祈りながら。もっとも、宣言するなりさっさとドアを出てしまったから、どのみち彼らに質問をする時間はなかったのだけれど。

トラックで郡庁舎まで行き、広場の駐車場に車をとめる。周囲を少し歩いてみたが、特に変わった様子はない。アンティークの街灯は、本物もアンティーク風の代替品も、すべてあるべき位置にある。戦争記念碑や地元の英雄の像も、ちゃんとしかるべき場所に立っている。郡庁舎の屋根のガーゴイルは微動だにしないし、こちらに向かってウインクしたりもしない。そんな彫刻たちを見ていたら、なんだかサムが恋しくなってきた。彼のあまり有能とはいえない部下たちでさえ、いまは懐かしく思える。

目を閉じて、ビリッという静電気のような刺激を感じないかどうか、神経を集中してみる。これは別に、わたしだけがもつ特殊な能力というわけではない。近くで魔法が使われれば、だれでも空中に放たれる魔力を感じることができる。ただ、魔法が存在することを知らない人たちは、たいてい〝背筋がぞくっとした〟という解釈ですませてしまうのだ。いま、そうした刺激はいっさい感じられない。母もついにおかしくなったかという思いに、背筋がぞくっとした以外は――。

郡庁舎の向かいにあるスーパーはすでに閉店していて、駐車場に車は一台もなかった。オーウェンなら魔力の痕跡を感知できただろうけれど、わたしにそんな能力はない。となると、あそこへ行くしかないだろう。小さな田舎町の〝出来事探知器〟、デイリークイーンだ。今夜のような暖かい夜は、バナナスプリットやミルクシェイクを求めてやってくる人たちで、店はそこそこ混んでいるはず。もし、何か少しでも非日常的な出来事が起こっていれば、話題にのぼらないはずはない。案の定、駐車場はほぼ満杯で、表のテーブルはすべて埋まっている。わたしは店に入ってブラウニーブリザードを注文し、人々の会話が聞きやすい席を探した。

「よう、ケイティ、こっち、こっち！」太い声がわたしを呼んだ。振り向くと、スティーブ・グラントが男友達ふたりといっしょにいるのが見えた。一瞬、高校時代の記憶がよみがえる。

デイリークイーンのその席にいまと同じ面子が座っているのを何度目にしたことだろう。もちろん、あのころは彼らに呼ばれることなどなかった。もしそんなことがあったら、わたしはその場で気絶していただろう。高校では、彼らみたいな男子はわたしみたいな女子と話をしないものだ――国語の宿題を手伝ってほしいときを除いて。

彼らの姿は当時とは少し違っていた。高校を卒業してまだ十年もたっていないのに、生え際は早くも後退を始め、お腹まわりには貫禄が出はじめている。スティーブに妙な期待をさせたくはないけれど、彼らのテーブルは店のほぼ中央に位置しているし、町の特ダネが欲しいなら、彼らこそまさにうってつけの情報源だ。

さりげなさを装うため、ときおり立ち止まってはブリザードを頬ばりつつ、彼らのブースに向かう。「ハーイ、偶然ね」

「どうしたの、ひとり?」スティーブは訊いた。

「両親から逃れて、アイスクリームを食べにきたの」

スティーブは自分の横の座面をぽんぽんとたたき、「ここに座れよ。おまえのために取っといたんだ」と言った。

「あら、ありがとう」スティーブからできるだけ離れて、座席の端っこに腰をおろしたが、彼がまったく詰めようとしないので、たいして離れることはできなかった。気が利かないわけではなく、意図的にそうしているようだ。思わず笑いがこみあげてきて、ごまかすためにブリザードにかぶりつく。彼みたいな男性にこんなふうにまとわりつかれるのは、魔法のかかった靴を履いたとき以来だ。もっとも、いま履いているくたびれた古いテニスシューズに誘惑の魔術がかかっているとは思えないけれど。「で、最近、町はどんな感じ？　何か面白いニュースはない？」

「別に」向かい側に座っている男がぼそりと言った。彼の名前はなんだっけ。高校ではたしか〝タンク〟と呼ばれていた。相変わらずニックネームにふさわしい体格をしている。彼の単語ひとつだけの返答を聞いて、自分が当時、なぜマッチョなフットボール選手たちに夢中にならなかったのかを思い出した。

「まあ、エキサイティングだこと」思わず皮肉が出る。

「そうか？」三人目が言った。彼のことはほとんど覚えていない。おそらく、スティーブにくっついて歩いていた控え選手のひとりだろう。明らかに、彼は皮肉というものの概念を理解していない。

「つまり、わたしが出ていって以来、この町はあまり変わっていないということね」

「ああ、ほとんどまったくね」スティーブはそう言いながら、ブースの背に沿って腕を伸ばした。「でも、おまえはずいぶん変わったよ」

彼がわたしを口説こうとしているのは、ほぼ間違いない。さて、どう対応したものか。どんなふうに変わったのか訊いてみたい気はするけれど、一方で、自分が彼にはとうてい理解し得ない形で変わったこともわかっている。「大人になればだれだってある程度変わるわ」そう言うと、彼があらたな口説き文句を思いつく前に急いで続けた。「相変わらず夕方の人の引きは早いんでしょう? 道でダンスをしたりとか、そういったことはなさそうね」

皆、ぽかんとしている。つまり、駐車場のダンスは母の妄想か、もし実際に起こったのだとしたら、魔術によって人々の記憶から消されたということだ。魔法が使われるときは、たいていそういう具合になる。いまのところ魔法の存在を示すような証拠は見つかっていないから、前者の可能性が高そうだ。

「やっぱ、大都会ってのは、人をさんざん食い物にしたあげく、ポイ捨てするんだな」スティーブはそう言って、わたしを哀れむような目で見た。

わたしは思わずブラウニーをのどに詰まらせそうになる。「は?」

「だってあっという間に戻ってきたじゃないか。向こうにいたの、せいぜい一年かそこらだろ?」スティーブは手を伸ばすと、わたしの太ももをぽんぽんとたたいた。「ま、心配するなって。だれも悪く解釈したりしないから。人には向き、不向きってもんがあるからな。おまえは根っからのカントリーガールなんだよ。おれたちと同じで、この町がいちばん似合ってんのさ」

「え、わたしは、なん……何?」啞然として、まともにセンテンスを構築できなかった。かえってそれでよかったかもしれない。でなければ、世紀に残る辛辣な言葉を彼に投げつけていただろうから。しかるべき返答が用意できたときには、目をくりぬいてやりたい衝動もなんとか収まっていた。「一応説明しておくと――」わたしは冷ややかに言った。「勤めていた会社がいま構造改革の最中で、わたしのポジションが一時的に保留されることになったの。ちょうど実家の店が人手を必要としてたから、会社に呼び戻されるまで派遣で働くかわりに、店を手伝うことにしたのよ」何度となくこのつくり話を繰り返しているせいで、いまでは自分でもそれが本当の理由だと錯覚しそうになる。まあ、〝一時的に〟の部分については、かなり説得力がなくなってきてはいるけれど。

「おいおい、怒んなよ。おまえが帰ってきてうれしいって言いたかっただけなんだから。とにかく、今度いっしょに飯でも食おうぜ」

「悪いけど、いまはそういう気持ちにはなれないの」

「なんだよ、彼氏でもいたりするのか?」男たちはどっと笑った。

「ええ、実を言うと、いるわ」より大きな善のために彼とはお別れしたわけだから、正確に言えば、〝いた〟ということになる。でも、いまでもまだ彼のことが好きなのだから、いると言ってもうそにはなるまい。

「でも、そいつはニューヨークにいるんだろう? 知らなければ、傷つくこともないさ」

わたしはにっと笑った。「あなたが傷つくかもしれないわ」

「へえ、タフな大男ってことか」

わたしはスティーブに謎めいた笑みを見せると、冷たさで頭がきーんと痛くなるのを堪《こら》えながら大急ぎでブリザードを食べ終え、慌ただしく別れを告げて家路についた。

二、三日もすると、またいつもの日常が戻った。火曜の朝は、いつものようにシェリーが遅刻したので、彼女が来るまでメールのチェックや事務仕事がまったくできないまま、店に出ていなければならなかった。開店から一時間後、ようやくシェリーが現れた。わたしはそそくさと事務所へ行き、コンピュータの前に座る。注文状況をチェックしたり、配達を待つ顧客へ通知メールを送ったりしていると、ふいに店の方が騒がしくなった。

急いで出ていくと、母がカウンターに突っ伏すようにして助けを呼んでいる。例によって、シェリーの姿はどこにもない。

「ママ、どうしたの?」駆け寄ると、母の顔は真っ青だった。大粒の汗が噴き出している。何か言おうとしたのか口を開きかけたものの、そのまま白目をむき、慌てて差し出したわたしの腕のなかで気を失ってしまった。

3

「テディ？　シェリー？　だれか来て！」そう叫びながら、そっと母を床に寝かせる。ガールスカウトで教わった応急処置の仕方を懸命に思い出しながら、まず脈をはかり、呼吸を確かめる。いずれもややはやいだけで、特に異状はないようだ。母の上にかがみ込み、そっと顔に触ってみる。「ママ、ママ、聞こえる？」

そのとき、シェリーが店に戻ってきた。床に横たわる母の姿を見るなり、ものすごい悲鳴をあげる。そのまま気絶するのかと思って床に倒れるのを待ったが、残念ながらそうはならなかった。続いてテディが店に駆け込んできた。「どうしたの？」そう言って、すぐさま母のそばにひざまずく。

「わからない。まるで幽霊でも見たような顔で店に入ってきたと思ったら、そのまま気を失ったの」

「この前、ママが言ってたことと関係あるのかな」

「わからないわ」

「もともと普通とはいえない人だけど、これはさすがに変だよ」

同感だと言おうとしたところで、母のまぶたがぴくぴく動いているのに気がついた。テディはトラックの荷台から肥料をおろしていたらしい。服についた化学薬品のにおいが気つけ薬がわりになったようだ。母は瞬きをしながら目を開けた。「わたし、どうしたの……?」

「気を失ったのよ。説明を聞く前に気絶されちゃったから、理由はわからないけど」起きあがろうとする母の体を、そっと押し戻す。「頭にちゃんと血がのぼるまで、しばらくこうしていた方がいいわ」シェリーに水をもってくるよう頼もうとしたら、姿が見えない。きっと、より多くの人に見てもらえる店の前の歩道で、あらためて自らの失神シーンを披露しているのだろう。

幸い、この店には常に家族のだれかが出入りしている。もっと役に立つ人がすぐに現れるはずだ。果たして、まもなくモーリーがぐずる四歳の息子を引きずるようにして店に入ってきた。そして、床に横たわる母を見るなり、真っ青になってカウンターに寄りかかる。ああ、どうか、彼女まで失神しませんように——。「いったいどうしたの?」モーリーは言った。

「気を失ったの。でも、もう大丈夫みたい。悪いけど、水をもってきてくれる?」

「ええ、もちろん」モーリーは息子の手を放す。「ママはおばあちゃんにお水をもってくるから、テディおじちゃんとケイティおばちゃんのそばでおりこうにしててね」母親の姿が見えなくなると、彼はぐずるのをやめ、近くの棚から商品をひとつずつ落としはじめた。しかし、いまはそんなことを気にしている場合ではない。

テディの方は、わたしほど辛抱《しんぼう》強くはなかった。「デイヴィ!」声をあげる。デイヴィはテディの方を見ると、彼の反応を試すかのように次のアイテムに手を伸ばし、ふたたびテディを見る。結局、そのまま手を引っ込め、親指を口のなかに入れた。

モーリーが水の入ったグラスを手に戻ってきた。わたしは母を抱《かか》え起こす。母は水を飲み干すと、大丈夫、大丈夫と繰り返した。

「大丈夫な人は、普通、失神したりはしないものよ」わたしは言った。「いったいどうしたの？」

「美容院に行こうとして郡庁舎の前を通ったら、広場にマントみたいなものを着た男がいたの。なんだか腕を振り回して、ダンスみたいなことをやってて、そしたら、広場の像が動きだしたのよ。誓って言うけど、見間違いじゃないわ。たいして動いたわけじゃないけど、でも、像っていうのは、そもそも少しだって動かないものでしょう？ なのに、だれも気づかないのよ。まわりには、庁舎に出勤してきた人たちがたくさんいたのに。みんな、ただその男にお金をあげて、通り過ぎていくだけなの」

「それって、イリュージョンじゃないの？ デイヴィッド・カッパーフィールドがやるやつだよ」テディが言った。「ほら、彼が自由の女神を消しちゃったりするの、テレビで見たことあるだろう？ そいつはたぶん、手品で小銭を稼いでたんだよ」

「わたしの話を聞いてなかった？」母はぴしゃりと言った。「だれも像のことなんか気にしてなかったのよ。像が動いたことに気づいてないのに、どうしてお金をあげたりするの？ あんな妙な光景、見たことないわ。とにかく一刻もはやくだれかに言わなきゃと思ったの」

母親が戻ってくると、デイヴィは嬉々として陳列棚の破壊を再開した。「いやだ、あの子ったら。こら、やめなさい」モーリーがそう言っても、デイヴィはおかまいなしだ。

「デイヴィッド・チャンドラー、いますぐやめないと、二度とおばあちゃんの店には入れませんよ!」孫に向かってそう叫ぶまでにたっぷり一分かかったことが、母がいかに動転していたかを物語っている。デイヴィはぴたりといたずらをやめた。母自身も、自ら発した一喝で完全に目が覚めたらしく、頰に血の気が戻り、瞳にも生気がよみがえった。

「本当に、あんな妙なことははじめてよ。夢でも見てるのかと思ったわ。ほら、とんでもなく変なことが起こっているのに、それに気づいているのはわたしだけっていう状況よ。もしくは、すべては正常で、わたしだけが変だっていう――」その感じはよくわかる。それはまさに、魔法の会社で数少ない免疫者《イミューン》のひとりとして働いていたとき、わたし自身がしばしば抱いた感覚だ。でも、この町でそんなふうに感じるのはおかしい。ここはすべてが普通であるべき場所なのだから。

「それ、本当に夢だったんじゃない?」モーリーが言った。「夢遊病っていうの? 眠っている間に食事の支度をしたり、運転したりする人もいるって聞くわ」

「わたしは眠ってなんかいなかったわ。本当にこの目で見たの」母は断固として譲らない。

そのときシェリーが店に駆け込んできた。「コーヒーをもってきたわ」ウェーコ(テキサス州の中部市)のスターバックスにでも行ってきたのだろうか。コーヒーポットのあるカウンターの裏からもってきたにしては、ずいぶん時間がかかったものだ。

「ああ、ありがたいわ」母はそう言ってコーヒーを受け取った。「あなたは本当に優しいわね」

シェリーは得意げにほほえみ、立ちあがる。そして、少しふらつくと、自分の額に手を当てて言った。「なんだか、わたしもめまいがするわ。ここの空気、汚染されてるんじゃないかしら。これはきっと何かの中毒症状よ」

わたしは必死に笑いを堪《こら》えながら、兄の顔を見ないようにした。目が合ったとたん、ふたりして笑いが止まらなくなるのはわかっている。そうなれば、母がかんかんに怒るであろうことも。「ケイティ、手を貸してちょうだい」母はそう言って体を起こした。テディが反対側から支えると、母は言った。「テディ、あなた化学工場みたいなにおいだわ。きっと、それでシェリーはめまいがするのよ」

立ちあがると、母はわたしたちの手をふりほどいた。「あなたたちにも見せたかったわ！」そして、広場で目撃した光景を自ら再現しはじめる。そのとき、客がひとり店に入ってきた。両親が通う教会の牧師だ。牧師は、腕を振り回しながら〝マント姿の謎の男〟のまねをする母をちらりと見て怪訝《けげん》な顔をする。母は即座に奇妙なパフォーマンスを中断したが、牧師が一瞬見せた怪訝な表情は、すでに、目の前に体をくねらせながら現れた金髪女に対する戸惑いのそれに変わっていた。神学校を出てまだ日が浅く、若くてなかなかハンサムな彼を、シェリーが放っておくはずはない。もっとも、彼が牧師であることを知っているかどうかは疑わしい。彼女が教会に足を踏み入れることはめったにないのだから。

シェリーはさっそくセックスアピールを全開にして、牧師にガーデニング用品を勧めはじめた。というか、ほとんど彼女自身を勧めている。母の様子をうかがってみる。なんの反応も示していない。母が免疫者《イミューン》であることを知らなかったら、シェリーは魔女で、母に魔法をかけているのではないかと本気で疑っていただろう。

シェリーの熱心な営業にもかかわらず、牧師は野菜の種を買うと、そのまま店を出ていった。わたしたちは母の問題に戻る。「脳卒中とか、そういうんじゃないよね？」テディがわたしの耳もとでささやいた。

「違うと思うわ。卒中を起こした人がこんなふうに踊れるわけないもの。たぶん興奮しすぎただけだと思う」

「念のために医者に診せた方がいいな。原因がはっきりするまで車の運転はさせない方がいい」

「ひょっとして、糖尿病じゃないかしら」モーリーが言った。「糖尿病の人は、ときどき気を失うことがあるっていうじゃない？」

「それはインスリン注射を始めてからじゃないの？」テディが言う。「インスリンが血糖値をさげるんだよ」

「それじゃあ、てんかんってことは？」とモーリー。

母は両手を腰に当ててわたしたちをにらみつけた。「わたしがここにいないみたいに話をするのはやめてくれない？　少し興奮してくらっときただけよ。勝手に人を病人にしないでちょうだい」

「そうよ、お母さんに失礼だわ」シェリーが口をはさむ。「もう少し敬意を払わなきゃ」

デイヴィがそのとき奇声をあげて陳列棚を押し倒さなかったら、果たして、彼女につかみかからずにいられたかどうかわからない。

「ああ、もう、デイヴィったら」モーリーがうんざりしたように言う。被害の拡大を阻止するために、テディがいやがるデイヴィを抱えあげると、モーリーはそのすきに棚を起こし、商品をもとの位置に戻した。

「やっぱり、一応、医者に――」テディがそう言いかけたところで、母が突然金切り声をあげた。

まったく、今度はいったいなんなの？　故郷に戻れば、静かでシンプルな日常が送れるなんて、なぜ思ったのだろう――。店に入ってきたのはジーン・ワードだった。母の〝薬局ゴシップ〟のもうひとりの主役だ。

「よう、テディ」両手の親指をそれぞれベルト通しに引っかけながら、ジーンは言った。そのとたん、片方のベルト通しが切れた。

「よう、ジーン」デイヴィをなだめながらテディが言う。「何か買いにきたのか？」

ジーンは高校の最終学年でテディと同じクラスだった。つまり、年は三十前後ということになるが、目のまわりの小じわと若干後退しはじめた額を除けば、高校のころからほとんど変わっていない。それどころか、いまでもときどき当時の服を着ていることすらある。彼はいわゆるおたく系で、頭はいいが、社交性は皆無だ。店に入ってきた六十歳以下の男性でシェリーがただちにすり寄らなかったのは、おそらく彼がはじめてだろう。

「おやじに頼まれたんだ」ジーンは肩をすくめて、テディにリストを差し出した。まるで、親にお使いを言いつけられてふてくされているティーンエイジャーだ。

母は依然として、宇宙人でも見るようにジーンのことを凝視している。テディがデイヴィをモーリーに預け、注文の品をそろえにいく間、ジーンは一、二度、母の方を見た。

ここは、母をこの場から連れ出すのが得策だろう。何か変なことを言ったりやったりして、ジーンのパパと面倒なことになっては困る。「ママ、ちょっと事務所で手伝ってほしいことがあるんだけど」

母はようやくジーンから視線を外すと、「わかったわ」と言った。およそ母らしくない従順さだ。

事務所のなかに入ると、わたしは言った。「いったいどうしたの？　広場で見た男っていうのはジーンだったの？」

「わからない。顔は見えなかったもの。でも、履《は》いてたのがあの靴じゃないことは、ほぼたしかよ」

「じゃあ、どうして彼を見て悲鳴をあげたり、変な目でじろじろ見たりしたのよ」

「いまは少し気が高ぶってるの。だから、彼が急に店に入ってきてちょっと驚いたのよ。それに、変な目っていうけど、あれほど変な目で見るに値する人がほかにいる？　彼はテディと同い年よ。なのに、まだ親といっしょに住んでいて、職らしい職にもついてないんだから」それを言うなら、彼よりほんの少し若いだけのわたしだって、依然として両親の家で暮らし、家業を手伝っているわけだが、そこはあえて指摘しないことにした。

「とにかく、失神するなんて普通じゃないわ。一応、医者に診てもらいましょう。原因がはっきりするまで運転はだめよ」魔法を使えば、母が言ったことはすべて可能だし、いかにもわたしの敵がやりそうなことでもある。そういえば、MSIがわたしの免疫をテストした際にも似たようなことをやった。彼らは、わたしが反応せざるを得なくなるまで奇妙な現象をエスカレートさせていき、一般の人にはカモフラージュしてあるものがわたしに見えているかどうかを確かめたのだ。

問題は、そのてのことはここでは起こらないはずだということだ。ニューヨークでなら、魔法がらみであろうがなかろうが、奇妙な光景は日常的に目にする。でも、わたしの故郷がほぼマジックフリーゾーンであることは、かのマーリン本人が保証している。

たとえこれがすべて魔法の仕業だとしても、魔法が存在することを部外者に話すことはできないから、母の言うことに同意すれば、わたしまでおかしくなったと思われるだけだ。かといって、この問題を放置するわけにもいかない。とりあえず、短絡的な理由づけは避けることにしよう。オーウェンは問題に取り組む際、たいていそういう姿勢を取る。

「ほら、ママ、行きましょう。わたしがクリニックまで運転するわ」

「まずは美容院よ。予約の時間からまだそれほど遅れてないわ」

ここで言い合いをしても時間とエネルギーの無駄だというのは経験から学んでいる。わたしは母から車のキーを受け取り、彼女を乗せて広場の一角にある美容院まで行った。パーマ液やヘアスプレーのにおいは苦手なのだが、常連客の間でかわされるゴシップ談を盗み聞きするために、あえて美容院のなかで待つことにした。今朝、広場で何か起こっていれば、ここにいる女性たちがそれについて話さないわけはない。どうやら母は、自ら目撃談を披露《ひろう》するつもりはないようだ。変人扱いされるのはもうたくさんだということらしい。期待に反して、郡庁舎前の広場での奇怪な光景が井戸端会議の議題になることはなかった。そのかわり、わたしが会話のメインテーマとなった。「ひとり娘が帰ってきてよかったじゃない、ロイス」頭にアルミ箔を巻かれた女性が言う。

「ニューヨークでは夫候補が見つからなかったようね」ヘアドライヤーのフードの下から別の女性が叫ぶ。

「感謝祭《サンクスギビング》のときには、そうなるんじゃないかと思ったんだけどね」母が言う。「でも、うまくいかなかったみたい。残念だわ。彼、弁護士でベンツに乗ってたのよ」

「別に別れたかったわけじゃないわ」そうつぶやいてから、自分がふられた側であることを暴露してしまったことに気がついた。オーウェンのもとを去ったのは自分の意志だったけれど、彼のことはまだ家族に話していないから、いまその件に触れることはできない。

「ま、世の中には恋愛運の悪い女の子っていうのがいるのよ」美容師が哀れむようなまなざしをこちらに向ける。彼女が哀れんでいるのが、わたしのみじめな恋愛状況なのか、それともこの髪なのかは定かでない。カットが必要なのは重々承知しているけれど、この店のカット技術に身を委ねる勇気はない。ふわふわのボリュームヘアやソーセージのような縦巻カールにされるくらいなら、わたしはポニーテールでいる方を選ぶ。

やがて、母のふわふわボリュームヘアが完成すると、わたしたちは広場から数ブロック離れたクリニックへ行った。医者の前に座ったとたん、なんの異状もないと言いだしかねないので、わたしはなかば強引に母といっしょに診察室に入った。ドクター・チャールズはわが家の主治医で、わたしも子どものころから知っている。彼の顔を見ると、いまだに注射の恐怖がよみがえってくる。

「今日はどうしましたか？　ミセス・チャンドラー」ドクターは老眼鏡越しに上目遣いでわたしたちを見た。

「いえ、別になんの異状もありませんわ」

やっぱり……！　「先ほど失神したんです」わたしは言った。「店で気を失って、数分間意識が戻りませんでした。念のために診ていただこうと思って」

「なるほど、そうでしたか」ドクターはそう言うと、母の血圧と脈をはかり、聴診器で心音や肺をチェックした。「若干血圧が低いようだが、それ以外は特に問題はなさそうですね。気を失った原因に何か心当たりはありませんか？　精神的に大きなショックを受けたとか」

母はわたしを見て顔をしかめると、ドクターの方に向き直った。「ちょっと信じがたい光景を見たような気がしたんですけど、フランクがいつも言うように、また想像力に身を任せすぎただけなのかもしれませんわ」

「ショックを受けて失神するというのは映画で見るほどよくあることではないが、まったく起こらないというわけでもない。しばらくは息子たちをあごで使って、無理はしない方がいいでしょう。またこういうことがあったら、すぐに知らせてください」

「ほらね、だからたいしたことないって言ったのよ」

「用心するにこしたことはないわ」わたしは言った。「先生、ありがとうございました」

「お母さんを連れてきたのは正解だよ。突然の失神は軽く見ない方がいいからね」

ドクターは母に息子たちをあごで使うよう言ったけれど、実際にあごで使われることになるのがだれかは明らかだ。事務仕事は家でもできるので、店に寄って必要な書類をピックアップし、皆にドクターの言ったことを伝えて家に帰った。母をベッドに寝かせ、熱いお茶と数冊の雑誌を枕もとに用意して部屋を出ようとしたとき、母がわたしを呼び止めた。

「本当に頭がおかしくなったなんて思ってないわよね？」

頬が引きつっていないことを祈りつつ、わたしはにっこり笑って言った。「まあ、いつも以上におかしいってことはないんじゃない？」

「本当に見たのよ。ニューヨークに行ったときと同じような感じだわ。まさかあのてのものをここで見るとは思わなかった」

「きっと、あの旅のせいで普通じゃないものに対するアンテナが鋭くなったんじゃない？　だから前より気づきやすくなったのよ」

母はかぶりを振った。「じゃあどうして、つい最近まで目にすることがなかったの？」そう言うと、自虐的な笑いを漏らす。「まあ、本当に頭がおかしくなったんだとしても、さほど意外じゃないわね。母さんを見てよ。とても正常だとはいえないわ。昔からずっとね。祖国《オールドカントリー》だの妖精だの、変なことばっかり言って。もしわたしがおかしいなら、きっと母さんのせいだわ。木の実は木から遠く離れた場所には落ちないっていうでしょう?」

ふと、祖母も免疫者《イミューン》かもしれないと思った。この特性は遺伝によるものだとオーウェンは言っていた。そうだとすれば、祖母が口にする妙ちきりんな話の数々にも合点がいく。彼女は本当に妖精やら精霊やらを見ているのかもしれない。「だったら、わたしも同じ穴の貉《むじな》ね」

「いいえ、あなたはうちでいちばん分別のある人間よ」母は言った。「なにも、女だけがこのいかれた遺伝子を受け継ぐとはかぎらないわ。あなたの兄さんのうちのだれかかもしれないじゃない。とにかく、わたしや母さんの性質を受け継いでるにしては、あなたはまともすぎるわ」

ああ、知らぬが花だ……心のなかでそうつぶやきながら、わたしは部屋を出た。

午後三時近くなって、シェリーがやってきた。面倒な手伝いはせずに母のご機嫌取りだけができるタイミングを見計らってのことだろう。シェリーに母の相手を任せ、わたしは町へ戻ることにした。母が見たというマントの男が本当に朝の通勤者からお金をまきあげていたのなら、彼はきっと夕方のラッシュ時にも現れるはずだ。家を出る前に寝室へ行き、宝石箱の鍵を開けた。ふたを開くと同時に鳴りだした金属音のメロディとくるくる回るバレリーナを無視して、あるものを取り出す。

このロケットはクリスマスにオーウェンがくれたものだ。でも、わたしがいま必要としているのは、ロケットがもつそんな感情的価値ではない。これはふたりの思い出の品というより、魔法の道具なのだ。そばで魔法が使われると魔力の強さに応じて振動する。これがあれば、ビリッという静電気のような刺激に頼らなくても、より明確に魔法の存在を知ることができるというわけだ。わたしはロケットを首にかけてTシャツの下に入れ、母の車でダウンタウンへ向かった。

郡庁舎前の駐車場に入り、二方向が同時に見渡せる一角に車をとめる。目に入るのは、スーツやカジュアルなビジネスウエアを着た、ごく普通の庁舎の職員たちばかりだ。像が動く気配はないし、マントを着た人間もいない。挙動不審な人物はまったく見当たらない——わたしを除いて。郡庁舎の前で、はっきりした理由もなく、ひとり車のなかに座っているのは、午後の過ごし方として必ずしも普通とはいえないだろう。

途中でデイリークイーンに寄ってミルクシェイクでも買ってくるべきだったと思いはじめたとき、信じられないものが目に入って思わず身を乗り出した。庁舎のいちばん新しい棟に施されたアールデコ調のバッファローのレリーフのひとつが動いたのだ。動いたように見えた頭部に、あらためて目の焦点を合わせてみる。ほかのバッファロー同様、ごく普通の石のレリーフだ。強い日差しを浴びたあと長い間ひとところを見つめていれば、幻覚めいたものが見えても不思議ではない。ロケットは反応していないし、どうやら魔法ではなかったようだ——というか、魔法であるはずがない。ここはコブ。ニューヨークではない。そもそもここには、魔法など存在しないのだ。

車から降り、周囲を歩いてみる。新鮮な空気を吸えば、頭もすっきりするだろう。さまざまな建築様式がごちゃ混ぜになった庁舎は、たとえ本来あるべきでないものが潜んでいたとしても、気づくのは容易ではない。長年にわたって少しずつ建て増しされてきたうえ、古い部分が時代の脈絡を無視して改築されているため、アールデコのアーチにゴシックスタイルのガーゴイルがとまっていたりする。中学校のアートの授業で郡庁舎のスケッチをしにきたとき、たしかそんなふうに説明された。あのときの絵が残っていれば、いま見ているものとの比較ができるのに……。

ふと見ると、庁舎の向こう端にある南北戦争記念館のガゼボ（見晴らしのよいあずまや。休憩所）のそばに、どう見てもこの場所に不釣り合いな人物がいた。ざっくりした生地のフードつきマントを着たその姿は、魔法使いというよりジェダイの騎士といった感じだ。もっとも、マントを着た魔法使いというのも、仮装パーティ以外では見たことがない。あのマーリンだって、いまはビジネススーツを着ている。わたしはサルスベリの茂みの陰に身を隠し、男の様子をうかがった。

マントの人物は腕を振って何やらダンスのような動きをしている。遠く離れているのではっきりとは聞き取れないが、呪文のようなものを唱えているようだ。何度も同じ動作を繰り返していて、やけに必死な感じだ。知り合いの魔法使いたちが、軽く手を翻《ひるがえ》し、二、三言葉をつぶやくだけで目的を達成してしまうのを見慣れているだけに、妙に違和感がある。胸もとのロケットがわずかに振動している。このロケットがこんなに弱い反応を示したのは、たぶんはじめてだ。しばらくすると、マント男の前にある像の腕がゆっくりと動きだした。男は飛び跳ねて喜んでいる。しかし、そうしている間に、像はまたもとの姿勢に戻って動かなくなってしまった。彼のあげた落胆の声がここまではっきりと聞こえた。

郡庁舎の塔の時計が五時を告げ、まもなく正面の階段から庁舎で働く人たちが続々と出てきた。マント男は歩道の方を向き、激しく腕を振り回す。ロケットがまた弱々しく震動した。しかし、彼に奇異の目を向ける人はひとりもいない。そのかわり、数人にひとりの割合で、一瞬ぼうっとした顔つきになり、彼の前にお金を投げていく。そして、そのまま歩道に戻り、何歩か歩いたところでぐらりとよろけ、しばし腑に落ちないような表情をしたあと、気を取り直したようにまた歩きはじめるのだ。

思わず声をあげそうになり、慌てて口を押さえる。これと同じような光景を以前にも見た。オーウェンがフェラン・イドリスの魔術をテストしたときだ。

にわかには信じがたいけれど、どうやら地上で最も魔法に縁のないはずのこの町にはいま、魔法使いが存在するようだ。

4

一瞬、男に飛びかかってマントをはぎ取ってやろうかと思ったが、やめておいた。魔術の影響は受けなくても、物理的な手段で抵抗されれば怪我をする恐れがある。何より、暴力行為は立派な犯罪であるうえ、ここは郡保安官事務所や警察署も入っている郡庁舎の真ん前だ。「この男、魔法を使ってたんです」という釈明が通用するとは思わない。

こうして男の様子をうかがっていること自体、賢明とはいえないだろう。だれも反応しないところを見ると、魔法使いは自分の姿や行為を一般の人に見えないようにしているようだが、こちらにそんな技はない。郡庁舎前の広場で意味もなくうろうろしているわたしの方こそ、よほど挙動不審な人物だ。話しかけて何をしているのか訊いてみるという手もないわけではないけれど、もし彼が敵の一味だった場合、わたしが免疫者《イミューン》であることをみすみすばらす必要はない。これはわたしの奥の手、言ってみれば秘密兵器だ。行動を起こす前に、もっと探りを入れる必要がある。

庁舎から出てきた女性がわたしの方をいぶかしげに見たので、花の咲いた植え込みをのぞきこむふりをしてから、にっこり笑って彼女に言った。「うちが郡に提供した肥料は、ここのツツジと相性がよかったようだわ」女性が歩き去ってからマント男の方を見ると、すでに彼の姿はなかった。広場のどこを見渡しても、それらしき人影はない。あのレベルの魔力で瞬間移動《テレポーテーション》をしたとは考えにくいから、おそらくわたしが後ろを向いている間にマントを脱いで、帰宅する人たちの流れに紛れ込んだのだろう。

植え込みをチェックするふりをしつつ広場を一周する。テディはしょっちゅうこういうことをしているから、わたしがやったとしてもそう不自然ではないはず。農業用品店の娘であることが、意外なところで役に立った。不審者がどこにもいないことを確認すると、わたしは車に戻り、店へ向かった。

閉店間近の店に客の姿はなかったが、かわりに家族が勢ぞろいしていた。ディーンまでいる。今日の午後は、めずらしく仕事らしい仕事をしたようだ。カウンターに寄りかかる彼の額には、大粒の汗が浮かんでいる。ここにいないのは母とシェリーだけだ。「何ごと？　家族の集いがあるなんて聞いてなかったわよ」わたしは言った。

「みんなでロイスのことを話してたんだよ」父がまじめな顔で言った。

「ママは大丈夫よ。ちょっと興奮しすぎただけ」

「でも、これがはじめてじゃないわ」モーリーが静かに言う。

「ニューヨークに行ったときと同じだよ。あのときも、妙なものを見たと言っては大騒ぎしていた」父が続ける。

それは大騒ぎもするだろう。母は本当に妙なものを見ていたのだから。イミューンが魔法界の住人であふれるニューヨークへ行ったのだ。何も見ないわけにはいかない。「まあ、ニューヨークはかなり変わったところだから」わたしは言った。「まさか、ママのこと本当におかしいなんて思ってないでしょ？」

見回すと、皆一様に深刻な顔をしている。ふだん家族のなかでだれよりも楽天的なベスでさえ、眉間にしわを寄せている。テディが妻の肩に腕を回しながら言った。「今日みたいに失神するなんて、やっぱりおかしいよ」

「つまり、どうしようっていうの？」わたしは訊いた。「どこかに入院させるの？」

父が首を横に振る。「いや、そうじゃない。少なくとも、いまはまだな。だが、とりあえず専門家の助けを受けてはどうかと思う。何が問題なのかがわかれば、対処のしようもあるだろう」

皮肉なことに、専門家の助けを受ければ、おそらく母の〝症状〟は改善するだろう。抗精神病薬には、魔法に対する免疫を低下させる作用がある。医者がそうした薬を処方すれば、妙なものを見ることもなくなるに違いない。家族にとっては安心だが、母にとってそれは果たしてよいことなのだろうか。魔法戦争が勃発《ぼっぱつ》するかもしれないというこの時期、母が魔法の影響を受けないというのは悪いことではない。わたしが危ない目に遭ったのは、ほとんどが人為的に免疫を喪失させているときだった。それに、そのての薬を長期間使用すれば必ず副作用がある。病気でもない母にそんな薬を服用させたくはない。

「そこまでする必要あるかしら。二、三度、ちょっと興奮しただけよ」わたしは言った。「おばあちゃんなんか、昔からずっと妖精だのなんだのって言ってるけど、薬を飲ませたり、病院に入れたりなんかしてないじゃない」

ベスがわたしのそばにやってきて手を取った。「ケイティ、自分の母親をそんなふうに見るのはたしかにつらいことだわ。でも、お母さんにとって何がいちばんいいかを考えなくちゃ」

母が多少いかれているのはたしかだが、それはあくまで彼女の性格の問題だ。これまでの目撃談がすべて真実だとわかったいま、少なくとも母がそういう意味では狂っていないということは、はっきりした。ただ、残念ながら、母が狂っていないということを彼女以上に狂っていると思われずに皆に説明するのは不可能だ。妙なものを見たと言い張っただけでこの状態なのだ。その妙なものの正体を知っている、それは魔法だ——などと言いだせば、わたしこそが病院送りになるだろう。

「なにも、明日すぐに州立病院に送り込む、なんて話をしているわけじゃない」父が言った。「しばらく注意して様子を見ているようにしようってことだ」

「きっと、少し疲れがたまってるだけだと思うわ」ベスがわたしの手をぎゅっと握って言った。「一週間かそこらゆっくり過ごせば、またもとに戻るわよ」

先ほど目撃した件についてなんらかの対策が取れれば、母はきっともとに戻るだろう。「わかったわ。二週間様子を見て、それからまた話し合いましょう。じゃあ、わたしは仕事に戻るわね。シェリーがママを見てくれている間に少しでも終わらせてしまいたいから」人の輪が四方に散り、それぞれ店を閉める準備に取りかかる。幸い、わたしといっしょに事務所に来る人はいなかった。これからやることに観客は欲しくない。

母に妙なものを見せないようにする方法はただひとつ。魔法に対処することだ。この地域は本来、魔法に縁のない場所だ。わたしの元上司はこの状況に興味を示すはず。まずは彼の意見を仰ぐことから始めよう。

だれも入ってきそうにないことを再度確かめてから、わたしは受話器を取り、かつての職場の番号を押した。ニューヨークではすでに就業時間が終わっているけれど、わたしの上司には、何か普通ではないことが起こっているとき、それを察知する不思議な能力がある。それに、彼の住居は社屋のなかだから、まだオフィスにいる可能性は高い。

思ったとおり、呼び出し音が一回鳴っただけで、受話器の向こうから低い声が聞こえた。

「こんばんは、ケイティ」はじめて会ったとき、マーリンの英語には強烈なアクセントがあった。当時、彼は長きにわたる冬眠状態から目を覚ましたばかりで、現代英語はまだ学びたてだった。そう、マーリンとは、あのマーリン――キャメロットのマーリンその人だ。彼がわたしの上司なのだ。まあ、厳密には元上司ということになるけれど。わたしがこっちに来ている間に、彼のアクセントは驚くほど改善されていた。いまでは、ほとんど外国人という印象は受けない。「さて、どうしましたかな?」

わたしはもう一度ドアの方を確認してから、郡庁舎前の広場で見た魔法使いのことを話した。

「それでいま、家族は母がおかしくなったと思っているんです。幻覚を見ているのではないとわかっているのに、薬を飲ませたり入院させたりしたくはありません。そもそも、この地域に魔法使いはいないはずじゃ……」

「いるという話は聞いたことがありません。念のため、登録があるかどうか取締機関に問い合わせてみましょう。いずれにしても、この時期にあなたの町に現れたというのは少々気になりますな」

「イドリスたちがわたしのいどころを突き止めて、何か騒ぎを起こそうとしているんでしょうか。そもそも、それを避けるためにニューヨークを離れたのに……」

「現時点ではなんとも言えませんな。少し調査をした方がいいでしょう。こちらで進行中の問題を考えれば、用心するにこしたことはありません」

「ありがとうございます。いまのところ、この人物は特に危険なことはしていません。せいぜい、母を驚かせたり、郡庁舎で働く人たちから一、二ドルだまし取ったりしているくらいで。ただ、気になるのは、彼の使っている魔術がイドリスが売ろうとしていたものによく似ていることなんです。もし同じものだとすると、販売網が全国に広がっている可能性があります」

イドリスはかつてMSIの社員だったが、倫理的に問題のある魔術の開発をやめようとしなかったために解雇された。その後、彼は独自にビジネスを始め、そうした類の魔術を裏通りのいかがわしい店で売るようになったが、MSIが、彼が社員時代に開発した製品をいっさい販売できないようにすることでそれを阻止した。すると今度は、正体不明の潤沢《じゅんたく》な資金源を得てカムバックし、五番街に店舗をかまえて大規模な販売活動を始めたのだ。製品の種類も大幅に増えたが、その多くは相変わらずMSIが避ける類の魔術だった。その最たるものが、個人的な利益のために他者を利用することを目的とした魔術だ。

「すぐに調査員を送りましょう」マーリンは言った。

「よかった！　ありがとうございます。ところで、その後そちらはどんな感じですか？　何か変化はありましたか？」訊かずにはいられなかった。

「ミスター・イドリスは相変わらず姿を隠したままです。あなたがニューヨークを去って以降、一度も現れていません。つまり、状況はさほど前進していないということです」

「どうやら、わたしがそこにいないかぎり、ニューヨークは平穏だということみたいですね」わたしはぼやいた。

「とんでもない。嵐の前の静けさですよ。彼らが何かを準備中で、遅かれ早かれわたしたちを驚かすことになるのは、まず間違いないでしょう」

　電話を切ったあと、わたしはインターネットで飛行機の発着時刻を調べた。マーリンに指名された人が、やりかけの仕事を終わらせるのに三十分ほどかかったとして、いまから一時間以内には家に帰れるだろう。そして荷づくりに三十分、さらに、この時間帯ならラガーディア空港まで最低でも一時間はかかる。もちろん、通常の交通機関を使えばの話だけれど。魔法界の人々には独自の移動手段がある――瞬間移動《テレポーテーション》とか空飛ぶ絨毯《じゅうたん》とか。でも、ここは余裕をもって見積もった方がいい。二時間ほど先の便を見ると、テキサス行きが数本あった。いずれもダラス・フォートワース空港に夜遅く到着する。空港からここまでは車で約二時間……。

　わたしはいったい何をしているのだ。勝手にタイムスケジュールを組んだところで、彼らがこの事態をどれほど深刻視しているかはわからないのに。遠い田舎町で妙なことが起こっているという報告があったからといって、だれかがすぐさま空港へ行き、飛行機に飛び乗るなんてことは、たぶんないだろう。しかも、やってくるのがわたしがいちばん来てほしい人である可能性は、限りなくゼロに近い。素人魔法使いが一、二度へたくそな魔術を使ったくらいで、会社のトップのひとりをわざわざこんな僻地《へきち》に派遣するわけがない。オーウェンはニューヨークで重要な任務に就いている。テキサスでの小事に関わっている暇などないのだ。登録のない場所に突如現れた新しい魔法使いについては、きっとそれに対処する専門家がいるはずだ。だいたい、わたしは彼に会いたいのだろうか。

会いたい――はっきり言って。彼に会うことを考えただけで胸がざわめく。ここで問うべきは、彼に会いたいかどうかではなく、彼と会うのがよいことなのかどうかだ。より大きな善のために恋に落ちた男性のもとを自ら去ったのは、われながら高貴でストイックな決断だった。でも、もしいま彼に再会したら、高貴でいられる自信はない。それに、彼の方がわたしに会いたくないという可能性だって十分にある。わたしがしたことを彼がどう思っているのかはまったくわからないのだ。理解してくれているのか、それとも怒っているのか――。そう考えると、オーウェンはわたしがいま最も会いたい人であると同時に、最も会いたくない人でもある。

翌日は朝から極度に緊張したまま店で過ごした。正面のドアが開くたびに、いちいち飛びあがりそうになる。マーリンのよこした人物はいつ現れてもおかしくないはずだが、入ってくるのは客ばかりだった。神経が高ぶって事務所にじっとしていることができず、結局、ふだんよりずっと長く店頭で過ごすことになった。

ランチタイムになったとき、しばらく外へ出ることにした。見つめていると鍋は決して煮立たないと、ことわざにもある。デイリークイーンでランチをテイクアウトし、ニタといっしょに食べようとモーテルへ向かった。彼女はフロントデスクの後ろで、恋愛小説らしき表紙の本を顔の前に掲げていたが、ドアが開くのに合わせてベルが鳴ると、反射的にこちらを見た。

「あら、どうしたの？」

「クレイジーな家族たちから逃れてきたのよ」これはまったくもって本音だ。「彼らといると、ときどき自分までおかしくなるんじゃないかって心配になるの」

ニタはため息をつく。「うちも同じよ。今朝、ママがやった儀式を見せたかったわ。お香だの、呪文だの、もう勘弁してって感じ」

そういえば、部屋のにおいがいつもと違う。掃除用洗剤と消臭スプレーのにおいではない。

「どうして？　何かあったの？」

「パパが窓ガラスが消えた夜の防犯カメラの映像を見てみたら、わたしが変な物音を聞いた時刻の前後三十分間、だれの姿も映っていなかったの。映像は粒子が粗くて、窓ガラスがいつ消えたのかははっきりわからないんだけど、とにかくママはすっかり震えあがっちゃったわけ。わたしは防犯カメラの時計が狂ってるんだと思ってるんだけどね。何年か前にサマータイム用にセットし直したとき、うまくいかなくて、それ以来ちゃんと合ってたためしがないのよ。でも、ママとしては、悪霊の仕業だと思いたいらしくて」

「あなたのママとうちのママは気が合いそうね」カウンターのなかに入って彼女の横に座りながら、わたしは言った。「うちのママは、この町で何かものすごく奇妙なことが進行中だと思い込んでるわ」実際、そのとおりではあるのだけれど、わたしが心配なのは、彼女がなぜかそういう場に居合わせてしまうことと、そのためにやっかいな事態を引き起こしかねないことだ。そしていま、その消えた窓ガラスの件も、例の郡庁舎前の魔法使いと関係があるのではないかという気がしてきた。

「この町があんまり退屈だから、何か想像でもしてなきゃやってられないってことなのよ。どうせステレオタイプにモーテルを経営するなら（インド系アメリカ人にはホテルやモーテルの経営者が多いとされる）、せめてちゃんとした都市でやってほしかったわ。シックス・フラッグス（テキサス州アーリントンにある遊園地）の近くとか、じゃなかったらアラモとか」ニタはもっていた本をわたしに向かって振る。「不公平よ！　どうしてわたしはこういう生活ができないわけ？　仕事のあとバーで友達とコスモポリタンを飲んだり、毎夜イケメンたちと素敵なデートに出かけたり。っていうか、あなたなんか、まさにそういうところにいたんじゃない。なのに、わざわざ帰ってきちゃうなんて！」

「現実と本の世界は必ずしも同じじゃないわ」

「じゃあ、友達と飲みに出かけたり、デートしたりしなかったわけ？」

「まあ、したことはしたけど、でも小説のなかみたいに常に楽しいわけじゃないわ。ブラインドデートだって、うまくいったことなんか一度もなかったもの。なかには本当に最低なのもあったし」

「そりゃしょうがないわよ。王子様に出会うには、たくさんのカエルにキスしなきゃならないっていうじゃない？」

わたしは思わず身震いして、「それがそういうわけでもないのよね」とつぶやいた。

「え、何？」

「あ、つまり、数をこなしたからといって、必ずしも上質なものが見つかるとはかぎらないってことよ」それに、カエルにされていた男たちは、人間に戻ったあとも何かと問題のある場合が多い。

「それでも、このフロントデスクに座って一生を過ごすよりはいいわ。一回でいいからデートがしたいっていうのは、そんなにぜいたくな願いかしら」

「一回もデートしたことないの？」

「ちょっと、ケイティ、わたしたち同じ高校に通ってたのよ」

「そうだけど、じゃあ、あのころ以来一度も？」

「まあ、大学のときに一、二度はね。親には内緒で。でも、それ以降はゼロよ。この町でだれとデートしろっていうのよ」

「スティーブ・グラントはひとり身のようだけど」

ニタは声をあげて笑った。「そうか、彼がいたわね！　まさにわたしのタイプだわ！」笑いが収まると、彼女は言った。「とにかく、もしわたしといっしょに都会へ逃げるのが無理なら、せめて二、三日どこかへ行って女の子的なことをやりましょうよ。ショッピングでも、バーでボーイハントするのでも、なんでもいいから、ね？」

「楽しそうだけど、その前に、二、三、家族の問題を解決しなきゃならないわ」

「お母さん、失神したんでしょ？　大丈夫？」

この町では、人の噂はあっという間に広まる。「ええ、ドクターはたぶん大丈夫だろうって。一応、しばらくは用心するつもりだけど」

「オーケー。じゃあ、とりあえず二日間休みが取れるよう調整してみるわ。そしたら、わたしたち、いっしょに都会へ行くのよ。ダラスがいい？　それともオースティン？　ダラスならショッピングができるわ。まあ、たいして買えるわけじゃないけど。でも、見るだけだって楽しいじゃない？　オースティンはナイトライフが充実してるのよね。ガイドブックで調べてみなくちゃ」

目の輝き方からして、この計画にかぎっては本当に実行するかもしれない。わたし自身、すでにかなり息が詰まってきているから、この町にずっといなければならない彼女の気持ちはよくわかる。「行き先が決まったら教えて。そしたら、わたしも休みを取るようにするから」

車が一台入ってきて事務所の前にとまった。比較的新しい平凡な型のセダンで、おそらくレンタカーだろう。心臓の鼓動がはやくなる。彼はたぶん、先に宿泊場所を確保してから、店に来てわたしに会うつもりなのかもしれない。ここは町で唯一のモーテルだ。ほかに泊まるところといえば、広場近くの古い屋敷がやっているベッド&ブレックファーストしかない。しかし、車から降りてきたのはオーウェンでもなければ、ニタを喜ばせそうなインド系の青年でもなく、よくいるセールスマン風の中年男性だった。きっと上司の機嫌でも損ねて、こんな僻地に回されるはめになったのだろう。

わたしは自分のばかさ加減に首を振った。オーウェンが来るわけないとわかっているのに、どうしてレンタカーを見ただけでこんなにどきどきしているのだろう。わたしが彼に会いたいと思っているように彼もわたしに会いたがっていて、調査に向かう任務を自ら買って出てくれることを心のどこかで期待しているのだ。ロマンチックな妄想に走りがちなのは、ニタだけではないらしい。

ニタがセールスマンの宿泊手続きをしている間、わたしはカウンターの後ろのデスクの上にランチを広げ、雑誌のたくさん入った足もとのバスケットのなかから一冊引き抜いて読みはじめた。ホテルの部屋によく置いてある地域の観光情報誌だ。記事は基本的にどの号も同じなので、何か興味を引くような情報はないかと広告ページを開いてみると、妙な広告が目にとまった。

私立学校の広告ばかりが掲載されているページのなかに、「これ、読めますか?」と書かれたものがある。読めたので、そのまま読み進んでいく。

〈もしあなたがこの広告を読める選ばれし数少ない人たちのひとりであるなら、あなたには特別な能力があります! 適切なトレーニングで生まれもったその能力を磨いていけば、富と名声は確実にあなたのものとなるでしょう!〉

カメの絵が描ければトレーニング次第で絵本作家になれるという類の広告と同じノリだけれ

ど、この広告が尋ねているのは、そこに書かれていることが読めるかどうかだけだ。前かがみになり、首にかけたロケットをページに近づけてみる。ロケットが紙面に接触したとき、かすかに振動が起こった。彼らが求めている能力というのは、どうやら魔力らしい。おそらく、この広告は一般の人にはカモフラージュされていて、魔力をもつ者か、もしくはまったくもたない者だけが読めるようになっているのだろう。郡庁舎の広場にどうして魔法使いが出現したのか、謎が解けたような気がした。だれかがこの周辺で、人々に魔法の使い方を教えているのだ。

客が部屋の方へ行ったので、わたしたちはランチを食べることにした。広告がよく見えるよう、雑誌を開いたままデスクに置く。「あれ、どう思う?」例の広告のあたりを何げなく指さしながら訊いてみる。

ニタは首を伸ばし、目を細めて開いてあるページを見た。「若き淑女のためのミス・ロチェスターズ・アカデミー? 洗練された人生は美しい礼儀作法から? うわ、最悪。高校のときにママがこの手の広告を見なくてよかったわ。プライベートスクールに放り込むことで娘を慎み深い乙女にできると知ったら、絶対そうしてたはずよ」

ニタに見えないということは、広告は間違いなく魔法でカモフラージュされているということだ。そして同時に、ニタは魔法使いでもイミューンでもないということになる。「いまどき、ずいぶんヴィクトリア朝的な話ね」わたしは言った。食事を終え、店に戻る準備を始める。

「これ、もっていってもいい?」雑誌を手に取って言った。

「やだ、社交界にデビューでもするつもり?」

「違うわよ。テディが興味をもちそうな記事があったの」

「いいわよ。どんどんもっていって。毎月、山のように届くんだから。もともと、ただで宿泊客に提供するものだし」

いったん捜査モードのスイッチが入ると、もう止まらない。店に戻る途中で、もう一度、郡庁舎前の広場に寄ってみた。昼下がりの広場はがらんとしていて、〝穏やかな田舎町〟の面目躍如といったところだ。マントを着た魔法使いはおろか、人の姿自体ほとんど見当たらない。もちろん、いずれの像も一ミリたりとも動く気配はない。

ふと屋根の方を見ると、一体のガーゴイルが目に入った。この庁舎の屋根には何体かガーゴイルが配されているが、こちら側にあったという記憶はない。そのガーゴイルがふいに羽を広げ、地面に舞い降りた。郡庁舎のガーゴイルがこんなことをするのは見たことがない。でも、ニューヨークではしばしば目にする光景だ。とりわけ、このガーゴイルに関しては――。

「サム！」わたしはそう叫んで、彼のもとへ駆け寄った。ガーゴイルはそう大きい生き物ではないので、少し前かがみになって抱き締める。サムはわたしの背中に羽を回して、抱擁に応えた。ふと、彼の体に触れるのは、これがはじめてだということに気がついた。サムの体は、石のようでもあり革のようでもあるという奇妙な質感をしている。「あなたが来てくれてよかったわ」体を離しながら、わたしは言った。

「おれがこの機会を逃すわけねえだろう、お嬢。それに、いちばんの切れ者を送らずにだれを送るってんだい」

「会社は最高の人選をしてくれたわ」

「で、どういう状況なんだ?」

母の目撃談とわたしの見解とをざっと説明する。サムはうなずいて言った。「よし、わかった。しばらく広場の監視をして、そいつの動向を探ってみる。それから具体的な対策を練るとしよう」

「了解。わたしの方も、ちょっと調べておきたいことがあるの」雑誌の広告のことを説明する。サムは口笛で、コカ・コーラの瓶の口を吹いたときのような音を出した。「そりゃ、よろしくねえな。あんたが見たアマチュア魔法使いは、その広告と関係があるってことか?」

「たぶんね。ウェブサイトのアドレスがあったから、調べてみてわかったことを知らせるわ。ここに来る時間を決めておく?」

「いや、それには及ばねえよ。この件はおれが正式に引き継いだから、あんたは心配しなくていい。必要なときは、おれがあんたを見つけるさ。この町はマンハッタンの十分の一もねえから、苦もなく捜せるぜ」実際のところ、土地そのものの広さはマンハッタンよりほんの少し小さいだけなのだが、彼の言わんとすることはわかる。

「わかったわ。何か必要なものがあったら言ってね。ああ、それから、ここではいつもより注意した方がいいかもしれないわ。ニューヨークと違って、この町の人たちは少しでも見慣れないものがあると、すぐに気がついていろいろ穿鑿《せんさく》してくるから。噂はすぐに広まるし。それに、うちのママはイミューンよ。おそらく、おばあちゃんも。この町には親戚も何人かいるの。そのなかに、魔法に免疫をもつ人がいないともかぎらないわ」この町が、実は、世界で最もイミューン人口の多い非魔法的人々のメッカだったとしたら、なんとも皮肉な話だ。もっとも、もしそうなら、この町がこれだけ退屈なのも納得がいくけれど――。

「合点だ。それじゃ、あんたはもう行きな。おれは見張りを開始するぜ」

店に戻っても、すぐには魔法学校について調べることができなかった。しばらく客足が絶えなかったのと、午後のラッシュが引いたあとも、家族のだれかが立て続けに事務所に顔を出したからだ。彼らがようやく自分の仕事に取りかかったのを確認して、わたしはカバンのなかから雑誌を取り出し、ウェブサイトのアドレスをコンピュータのブラウザーに打ち込んだ。

サイトが読み込まれるのにかなりの時間を要した。魔法ってどのくらい容量を食うのだろう。最初のページは雑誌に載っていた広告とほとんど同じに見えたが、広告では連絡先が記載されていた箇所に、クリック用のボタンがあった。このページが読めた人は、そこをクリックすることで詳しい情報の掲載されたページに進むことができるらしい。クリックし、次のページが読み込まれるのを待つ。

ようやく現れたのは、トップにスペルワークスのロゴが配されたページだった。みぞおちのあたりがぎゅっと締めつけられる。スペルワークスは、わたしたちの敵が経営する会社だ。つまり、この町で起こっていることの背後には、フェラン・イドリスがいるということになる。

5

手が震えてマウスがうまく動かせない。ページには、〈もしこれが読めるなら、あなたには魔力がある〉と書いてある。厳密にいうと、それは正しくない。わたしが読めているのだから。でも、〝魔法は存在する〟という衝撃の事実を伝える最初のパラグラフで、魔法に対する免疫について説明しなかったとしても、特に驚きはしない。きっとサイトのどこかで、わたしのような人種がなんらかの形で除外されるようになっているのだろう。案内文は、魔力をもつことの利点をあれこれあげ連ねていく。富だの、他者をコントロールできるだの、世界を思いどおりに動かせるだの、いつもの御託《ごたく》だ。もちろん、魔法を使う際の倫理については触れていない。もっとも、普通、売り込み口上に倫理規定が含まれることはないから、この点についてイドリスの道徳心を責めるのは少し酷だろう。

サイトには、五百ドルの入会金を払えば、月々二百ドルの受講料で魔力の使い方を学べると書かれていた。二カ月もすれば魔法を操れるようになり、もとは十分に取れると謳《うた》っている。授業はストリーミングビデオ（インターネット上でダウンロードしながら再生できる方式の音声つき動画）で行われ、インストラクターやほかの受講生たちとやり取りができる掲示板が設置されているという。あとは、よくある「いますぐご注文を！」的な営業文句と、クレジットカードによる授業料の自動引き落としに関する説明などだ。

何かほかに情報はないかとページの上をあちこちクリックしてみたが、どこもパスワードで保護されているようだった。妙なことに、講座に登録するためのボタンがどこにも見当たらない。どうやらここで、免疫者《イミューン》を排除するようになっているらしい。〈登録はこちらから〉のボタンは、わたしには見えないめくらまし《イリュージョン》で設置されているに違いない。

これは大ごとだ。イドリスがこんな形で魔法を教えはじめたのだとしたら、世の中とんでもないことになる。ためしに、魔法を教える講座にたどりつきそうなキーワードを思いつくまま打ち込んで検索してみたが、スペルワークスのサイトはついに出てこなかった。少なくとも、ネットサーフィンしていて偶然たどりつくということはなさそうだ。問題は、彼らがどのくらいの規模で広告を打っているかということだ。このあたりに限ったことなのだろうか。そもそも、なんのために素人たちを募って魔術なんか教えるのだろう。

店が終わると、サムに会うため、まっすぐ郡庁舎へ向かった。ウェブサイトのプリントアウトをはさんだ雑誌を手にベンチに座り、いかにもただなんとなく雑誌を読んでいるというふりをする。すぐにサムが屋根の上から舞い降りてきた。「どうやらやつは、おれの評判を聞いて逃げ出したようだぜ」サムはグロテスクな顔ににやりと笑みを浮かべて言った。「まったく姿を現しやしねえ。それにしても、この町はおっそろしく静かだな」

「でしょ？　だから、目下の状況はかなりエキサイティングだといえなくもないわ。それより、見てほしいものがあるの」雑誌にはさんだプリントアウトを取り出す。「ウェブサイトのページとまったく同じではないんだけど……たぶん、魔法が使われている部分は印字されないんだと思う。でも、趣旨はわかるでしょ？　彼らは新しい魔法使いを募集してるのよ。だけど、そんなことって可能なの？　世の中には自分に魔力があることを知らないで生きてる人たちがいるってこと？」

サムは肩をすくめる。「おれは警備専門だ。その分野には詳しくねえ。だが、自分が魔法使いだとは知らずに生きてる連中がいるのはたしかで、そういうやつらをすべて把握《はあく》するのは不可能だ。どうやら、これはひとりの不良アマチュア魔法使いの話ではすまなそうだな。いずれにしても、ニューヨークでよりここでストップをかける方が楽だろう」

「どうして？　ニューヨークの方が人も物もそろってるじゃない」

「だが、ここにはパワーがない。このあたりは魔力のパワーラインが貧弱で、だから魔法使いの大きなコミュニティも存在しねえ。魔法を使う者は通常、パワーラインの周辺に集まるものだからな。こっちにも何人かの大物はいる。そいつらは能力も高く、独自にパワーを備蓄してるから、敵を撃退することなんざ朝飯前さ。ニューヨークじゃ、必ずしもそうはいかねえ。パワー源が十分だから、だれもがそれなりに対等の立場だ。とにかく、まずはそのマント野郎を見つけて、とっつかまえるのが先だな。それから、そいつをエサにイドリスを引っ張り出す」

「そうね」

「それにしても、あんたはそもそもこういうことから逃れるためにこっちへ来たってのに、これじゃあ意味がねえな」

「まったくよ」サムの言い方からすると、わたしがニューヨークを去った理由の詳細については、さほど具体的に知れ渡ってはいないようだ。魔法から逃れることはできなかったけれど、オーウェンがいざというときに誤った選択をしないよう彼のそばを離れたことについては、目的を達成できたと考えていいだろう。「会社への報告はあなたがしてくれるの？」

「モチよ。あんたは何も心配しなくていい」

そのとき、広場の向こうからだれかがわたしの名前を呼んだ。見ると、ニタが手を振っている。彼女はそのままこちらにダッシュしてきて、慌てて舞いあがったサムと入れかわるようにベンチに腰をおろした。「ここで何してるの？」

庁舎の屋根に戻っていくサムを目で追わないようにしながら答える。「ん〜別に、ただぶらぶらしてただけよ」

ニタは片方の眉をあげる。「郡庁舎で？」

「この広場は悪くないわ。公園みたいだし。それに、ここには家族がいないからね」

「それは重要な点ね」

「あなたこそ何してるの？」

「ママに頼まれて食料の買い出しよ。今日は早番なの。ま、早番て言っても、いわゆる通常の時間帯に仕事をして、通常の終業時刻に家に帰れるってことだけど。ラメシュが夜勤のシフトにつくまで、パパがフロントをやってるわ。言ってみれば、これがわたしの週末みたいなものよ」ニタは両手をあげて、気持ちの入らない〝やったー〟をしてみせた。「そうだ！　ねえ、今夜いっしょに何かしない？」

　わたしはひとけのない広場を見回し、両手を広げてそのひとけのなさ加減を暗に指摘する。

「何かって何を？」

「ディナーを食べて、映画に行くのはどう？　今週はトム・クルーズの映画よ」

「う〜」わたしは顔をしかめる。「彼、苦手なのよ」それに、オーウェンではない黒髪碧眼の男性は、いま最も見たくないもののひとつだ。

「あなたの美的センスはいったいどうなってるの？　彼は美しいわ。黙ってるかぎりね。だいたい、わたしたちには選択肢なんかないの。町にはひとつしかスクリーンがなくて、いま上映しているのはその映画なんだから。いやなら、うちのママとインドのミュージカル映画を見るか、あなたのパパと刑事ドラマを見るかしかチョイスはないわ。ああ、あと、モーテルの空いてる部屋でＨＢＯ（大手ケーブルテレビ）を見るって手もあるわね」

　子どものころ、そんなふうにして何度かパジャマパーティをしたことがあったけれど、いまはあのころほど心は躍らない。「わかった。ディナーと映画で手を打つわ」それに、町に出れば、何か魔法がらみの現象に出くわすかもしれない。結局、わたしはいつもこうして自ら捜査に足を突っ込むことになるのだ。

　ニタは勢いよく立ちあがった。「やった！　じゃあ、まずはスーパーで買い物をして、それをいっしょにママに届ければ、わたしは自由の身よ」

「ここで待っててもかまわないわよ」もう少しサムと話がしたいし、マントの魔法使いが活動を始めるとしたら、ちょうどこの時間帯だ。

ニタは激しく首を振り、腕をつかんでわたしをベンチから引っ張りあげた。「だめよ。いっしょに来てくれなきゃ、家から出られないもの。最初からあなたといっしょだったら、ママだってそう簡単にわたしを引きとめる口実を見つけられないわ」

わたしたちは買い物を済ませ、ニタのおそろしく古いフォードエスコートに乗って、パテル一家が暮らすモーテルの裏の小さな家へ行った。ミセス・パテルはいつものように歓迎と疑念の入り交じった笑顔で迎えてくれた。彼女からはいつも、わたしのことは好きだけれど、心底信頼してはいないという感じが伝わってくる。娘をトラブルに巻き込みやしないかと警戒しているような——現実はほとんどいつもその反対なのだけれど。ニタは猛スピードでキッチンを歩き回り、買ってきた食料品をしまうと、母親がひとことも口をはさめないよう今夜の予定をものすごい早口でまくしたてた。いっしょに車に戻ったときには、彼女のパフォーマンスを横で見ていたわたしの方が息切れしていた。

広場にあるカフェはほとんど満席だった。もともとテーブルの数が多いわけではない。表の席にディーンとシェリーがいた。わたしはふたりに手を振る。「彼が彼女なんかと結婚したことが、いまだに信じられないわ」席につくと、ニタが言った。「あんなにかっこよかったんだから、いくらだって相手はいただろうに」

「ニタ、あれ、わたしの兄貴よ」

「だから？　彼はいまだってかっこいいわ。それに、わたしとは血がつながってないし。まあ、たしかに少々遊び人だし、わたしなんか裸で抱きついたって気づいてもらえないだろうけど、眺める分には問題ないでしょ？」ニタはそう言うと、さりげなく首を伸ばしてディーンたちのテーブルの方を見た。

「この話といい、トム・クルーズといい、あなた、もうちょっと外へ出た方がいいわ」

「でしょう⁉　そう言いはじめて何年になることやら」

ポットロースト（鍋で蒸し焼きにしたローストビーフ）を注文して公共の場で食べたりしたら必ず父親の耳に入ると言って、ニタはしぶしぶ野菜だけのメニューをオーダーした。わたしは彼女に二、三切れこっそり分けてあげるつもりでポットローストを頼んだ。料理ができるのを待つ間、ニタがモーテルの最新リフォーム案について話すのを聞く。幸い、話がわたしの恋愛問題に移行する前に、ディナーが運ばれてきた。デザートのレモンパイを食べているとき、前の方のテーブルでだれかが言い争うのが聞こえてきた。思わず顔をしかめる。どうやらディーンとシェリーがまたもめているらしい。

「あんたのポケットには穴が開いてるみたいね、ディーン・チャンドラー！」シェリーが怒鳴る。店の客がいっせいに彼らの方を見た。

「自分だって給料をもらってるんだろう？　なんでおれがおまえの分まで払わなきゃならないんだよ」

「食費と光熱費はわたしが払ってるからよ。あんたが払おうとしないからね。それと、わたしの誕生日をまた忘れたからってのもあるわ。ディナーくらいおごって当然でしょ」

「別に今夜じゃなくていいだろう？　現金がないんだ。黙って自分の分を払えよ」

シェリーはテーブルに紙幣を数枚投げると、そのまま店を出ていった。ディーンは椅子に深く座り直し、ウエイトレスにコーヒーのおかわりを頼む。すると今度は、客たちの頭がいっせいにわたしの方を向いた。妹の反応を見ようというのだろう。わたしは肩をすくめ、やれやれというように目玉を回す。「ディナーにこんなショーまでつくとは思わなかったわ」ニタに向かって言う。「もう映画を見る必要ないんじゃない？」

「こんなことで映画から逃れられると思ったら大間違いよ」

この町の映画館は、まさに過去の遺物といえるしろものだ。階段式のシートもデジタル映写もサラウンド音響もない。両親が子どものころ、土曜の午後に十セントで西部劇の二本立てを見た時代から、ほとんど変わっていない。変わったものといえばチケットの値段くらいだ。それだって、ニューヨークの映画館に比べたら格段に安い。ここでなら、チケットを買ったあと、余裕でスナックを買うことができる。ニタとわたしはポップコーンとキャンディを買い、壊れていたり、擦《す》り切れたベルベットからスプリングが飛び出したりしていない席がふたつ並んで空いている場所を探した。映画が始まったとき、観客は十人ほどだった——例によって、いちばん背の高い人がわたしの真ん前に座った。

わたしはほとんど映画に注意を向けないまま、うとうとしたり、スナックを食べたりしていた。スクリーンでは、やたらと人が走り回ったり、ものが爆発したりしている。音響システムはこの映画館と同じくらいのヴィンテージだが、埋め合わせをするかのようにめいっぱいボリユームをあげているので、全身に振動が伝わってくる。ニタは夢中で見入っているに違いない。そう思って隣を見ると、驚いたことに彼女はぐっすり眠っていた。このところ長時間労働が続いていたのかもしれない。ふと見ると、前の席の背の高い男性も頭を前に垂れている。後ろからはいびきが聞こえてくる。たしかに最高傑作とは言いがたいけれど、不眠症の治療薬になるほどひどい映画でもないはずだ。

そのとき、館内をこっそり歩き回る人影が目に入った。爆発シーンの光が、マントを着てフードをかぶった魔法使いの姿をあらわにした。魔法使いは前に座っている背の高い男に近寄っていく。わたしは椅子に沈み込んで箱からひと粒ジュニアミント（ミントクリームをチョコレートでコーティングした菓子）を取り出し、男性の首の後ろに投げつけた。男性がびくりとして頭を起こし、首をなでると、魔法使いは慌ててその場を立ち去った。おそらく、魔術で観客を眠らせて、スリをはたらこうという魂胆《こんたん》だったのだろう。わたしはニタをひじでつついた。

「コブ・インへようこそ！」彼女はそう言いながら目を覚ますと、瞬きをして周囲を見回し、小声で「わたし、眠ってた？」と言った。

「あなたがこの映画を選んだのよ」わたしは肩をすくめる。ニタはふたたびスクリーンのトムをうっとりと見つめはじめた。魔法使いは相変わらず館内をうろついている。わたしはニタに体を寄せ、耳もとでささやいた。「お手洗いに行ってくるわ」彼女はスクリーンを見据えたまま、上の空でうなずいた。

頭を背もたれの高さまで低くし、同時に足の裏以外をこぼれた炭酸飲料で幾重にもコーティングされた床につけないよう注意しながら、座席の列の間を通り抜ける。そして、魔法使いの死角になる場所まで来ると、眠っている観客に向かって次々とジュニアミントを投げた。まもなく館内のあちこちで人々が顔を起こし、頭をなではじめた。魔力の刺激は特に感じなかったけれど、おそらくこの大音量による振動でロケットの反応が感じ取れなかったのだろう。それでも、ある時点でふいに魔力が消えたことがわかった。見ると、マントの人物が館内前方の非常口から出ていく。一瞬、追いかけようかと思ったが、そうしたところでわたしが素手で魔法使いを取り押さえるのは無理だろう。サムが広場で見張っているはずだから、ここはひとまず席に戻った方がいい。

映画が終わったとき、ひじで突かれて目を覚ましたのはわたしの方だった。館内に明かりがつくと、後ろの方の席でだれかが叫んだ。「財布がない！」すると前方の席で別のだれかが言った。「これですか？」財布は無事もち主のもとに戻ったけれど、なかの現金は抜き取られたあとだった。

「きっとまた、どこかの悪ガキの仕業よ」映画館を出ると、ニタが残りのポップコーンを頬ばりながら言った。「この一年で犯罪率はすごくあがったわ。ギャング団をつくろうとした子たちもいたのよ。ギャングが何をするのか知りもしないくせに。とにかく、こういういたずらはすごく増えたわ。昔は、横の席に財布を置いたまま映画を見ても全然平気だったのに」

「まったく最近の若者は困ったものね」

自分たちのおばさん口調が可笑しくてふたりしてくすくす笑っていたら、突然、ニタが金切り声をあげた。「どうしたの？」

ニタは答えるかわりに、映画館の並びにあるアンティークショップの木の看板をつかんで、地面をたたきはじめる。「このやろ！　このやろ！　このやろ！」そしてわたしの腕をつかみ、ふたたび悲鳴をあげると、いきなり走りだした。わたしは転ばないよう必死に彼女についていく。

「いったいどうしたっていうの？」ようやく話ができるくらいまでスピードが落ちたところで、わたしは訊いた。

ニタは映画館のそばの歩道をおそるおそる指さす。「ヘビ……あそこ……歩道……もう死んだ」

「映画館の横の歩道にヘビがいて、それを殺したってこと？」わたしは翻訳する。

ニタは激しくうなずいた。「どんなヘビだったの？」一段高くなっている場所はないかと、きょろきょろしながら訊く。

「もう死んだわ。どうしても知りたいなら、向こうへ行って自分の目で確かめてきたら？　頭の部分はほとんど残ってないと思うけど」

「遠慮しとくわ」見にいっても何もないような気がした。わたしはヘビなど見なかったから、たぶんめくらまし《イリュージョン》だろう。でも、標的はニタだったのだろうか。それとも、わたし？　近くの木の枝にサムがとまっているのが見えて、少し安心した。彼の仕事は魔法が引き起こす危険から人々を守ることだし、彼ならヘビの対処法も心得ているような気がする。「大丈夫？」わたしはニタに向かって言った。

「アイスクリームが食べたい。ヘビを殺すとお腹が空くのね」わたしたちは彼女の車でデイリークイーンへ行ってサンデーを食べた。その後、自分のトラックで家に帰るためにふたたび郡庁舎前の広場に戻ったところ、どういうわけか、そこにトラックはなかった。

「驚いた。犯罪率があがってるっていうのは本当みたいね」空になった駐車スペースを見つめながらつぶやく。古いトラックにさほど未練はないけれど、不便になるのはたしかだ。

「見て、縁石の上に何かあるわ」ニタが言う。重し用に置かれた小石の下で一枚の紙が風にはためいている。

紙を拾い、街灯の下まで行って読みあげる。「シェリーに置いていかれたんで、トラック借りるぜ。まだスペアキーをもってるんだ。車はあとで返す。悪いけど、ニタに送ってもらってくれ。ディーン」わたしはニタの方を見た。「送ってもらえる？」

「もちろんよ。すぐに家に帰らなくてすむなら、なんだってやるわ。あーあ、この町にしゃれたバーがないのが残念だわ。本格的なガールズナイトができるような――」

「わたしたち、お互い明日は早いのよ。それに、映画の間ふたりとも居眠りをしてたくらいだから、今夜は遅くならない方がいいわ。だいいち、飲みになんか行ったら、あなた、お母さんに殺されるわよ。わたしだって恨まれることになるんだから。娘を堕落させたって」

「ああ、なんとかしてここから脱出しなきゃ。わたしまだ、老人みたいな生活をする年じゃないもの」

再度、ニタの車に乗り込むと、わたしは言った。「先に、ディーンの家に寄ってくれる？　今夜トラックをピックアップしちゃった方が楽だわ」ところが、ディーンの家の前にトラックはなかった。あるのはシェリーとディーンの二台の車だけだ。見たところ、どうやらディーンは家の前で何やら大がかりな建築プロジェクトを開始し、例によって途中で投げ出してしまったらしい。どうりでシェリーの機嫌が悪かったわけだ。「やっぱり、家まで送ってもらわなきゃならないみたい。ディーンのやつ、どこへ行ったのかしら」

トラックは両親の家の私道にとまっていた。特に驚きはしない。夫婦げんかをするたびに、ディーンは実家にやってくる。ニタはわたしの方をちらりと見て言った。「隠れ場所が欲しければ、モーテルに空いてる部屋があるわよ」

わたしはシートベルトを外す。「大丈夫。まっすぐ自分の部屋にあがって無視を決め込むわ。今夜はありがとう。楽しかったわ」

「そう？　わたしに言わせれば、ごく普通の夜だったけど。ま、でも、このあたりじゃこれが精いっぱいよね。こちらこそ、つき合ってくれてありがとう。じゃ、またね！」

いつものように勝手口から家に入ると、ディーンがキッチンのテーブルについていた。母がありったけの焼き菓子を出して、息子を慰めている。「いつか彼女もあなたの価値を理解するわよ」母がシェリーを悪く言うのは、ディーンとシェリーがけんかをしているときにかぎられる。つまり、月に一度は母のシェリー批判を聞くことになるわけだ。

「おやすみ！」キッチンをすばやく通り抜け、リビングルームに入ったところで、わたしは言った。

「映画は楽しかった？」母が訊く。

「まあね。でも、どうして知ってるの？」

「カフェを出たあと映画館に行くのが見えたんだ」ディーンが言う。つまり、わたしが遊びに出かけたことを母にぺらぺらしゃべったということだ——わたしはれっきとした成人で、友達とどこへ行こうと勝手なのに。一方で、母がわたしの行き先を知り、パニックを起こさずにすんだということも事実なので、今夜のところは文句を言わずにおこう。いまはそんなことより、映画館の一件で頭がいっぱいだ。広場での行為がちょっとした悪ふざけだとすれば、映画館で目撃したことは立派な犯罪になる。

家のなかが完全に寝静まってから——かつてテディといっしょに使っていた部屋で寝ているディーンを含めて——わたしは高校以来一度もしていなかったことをした。寝室の窓からポーチの屋根に出て、屋根のすぐ横にある木づたいに地面におりるという離れ業だ。この脱出ルートを利用したのはもっぱら兄たちだが、わたしも一、二度つき合わされたことがある。わが家の階段には大きな音をたてきしむ箇所があり、いまだにそれを避ける方法がわからないので、これが両親を起こさずに家の外へ出る唯一の安全なルートなのだ。

ディーンは家からやや離れた場所にトラックをとめていたので、皆を起こさずにエンジンをかけることができた。郡庁舎前の広場に到着すると、さっそくサムがトラックの横に舞い降りた。「あんたが夜型人間だったとは意外だぜ」

「話したいことがあったの。いまくらいしか、じゃまされずに話せるときはないと思って。ここじゃあ、ひとりの時間を見つけるなんて不可能に近いのよ」サムに映画館での一件とニタが見たヘビのことを報告する。彼はすぐにヘビが出た歩道へ飛んでいくと、周辺をチェックして戻ってきた。

「何もねえな。もし死骸や血のあとがあったんだとしたら、だれかが相当念入りに掃除したってことになる。看板はかなりダメージを受けてたがね。やつはあんたを標的にしたのか？」

「もしそうだとしたら、わたしのことをMSIの社員として知ってるわけではないってことになるわ。だって、もしそうなら、イミューンだということはわかってるはずで、ヘビのめくらまし《イリュージョン》で脅そうなんて思わないでしょ？　たぶん偶然よ。きっとヘビを見て悲鳴をあげそうな女性のふたり連れをねらったのよ。計算違いだったのは、ニタが暴力的なまでにヘビ嫌いだったことね」

「だとしても、気に食わねえな。なぜここなんだ。なぜあんたの家族のまわりでばかりこういうことが起こるんだ」答えようと口を開きかけたところで、サムは片方の羽をあげてわたしを制した。「その答を見つけるのはおれの仕事だ。あんたはいま非番なんだ。もちろん目は見開いておいた方がいいが、これはあんたのヤマじゃない。さ、もう帰んな。寝不足は美容によくないぜ。あとはおれが引き受ける」

ポーチの屋根によじのぼるのは、おりるときより難しかったけれど、二、三切り傷をつくっただけで、なんとか寝室にたどりつくことができた。久しぶりにこのての運動をして、体のなまりを痛感した。ベッドに入ったものの、なかなか寝つけない。サムに任せておけば大丈夫だと自分に言い聞かせる。サムが悪いやつらを捕まえるまで、わたしはとにかく母によけいなものを見せないようにすればいいのだ。

続く二日間、町へ出る用事があるたびに、つい郡庁舎前を経由したくなった。スーパーへの買い出しをこれほど積極的に買って出たのは、高校時代、アルバイトの男の子に恋をしていたとき以来だろう。魔法がらみの活動が最も起こりがちなエリアに母を行かせないためには、そうするしかない。

金曜の朝、わたしは農業用品店経営のあまり優雅ではない部分に従事する栄誉に浴した――この仕事自体がもともとかなり非優雅なものではあるのだけれど。ディーンがどこにも見当たらず、父は配達に行ってしまったので、テディとフランクを手伝って入荷した商品をトラックからおろす作業をしたのだ。終わったときには汗だくだったため、ひとまず事務所にあったTシャツに着がえる。いつか業者が置いていったものだ。家畜飼料の広告入りだが、一日じゅう汗くさいままいるよりはましだろう。髪と化粧の状態を考えると恐ろしくて鏡を見る気にもなれず、その後は事務所にこもってデスクワークにいそしんだ。

ランチのあとベスが店にやってきた。彼女がレジをやっている間、事務所でルーシーの面倒を見ながら仕事を続ける。夕方になり、家に帰る準備をしていたとき、ベスがわたしを呼んだ。

「ケイティ、あなたにお客さんよ」

いつものように背筋がぞくっとして心臓が高鳴ったが、今回はすぐに収まった。すでにサムが来て捜査に当たっているのだ。あらたにだれかが来る可能性は低い。おそらく営業マンか、運が悪ければ、スティーブ・グラントといったところだろう。

ルーシーを抱きかかえ、営業マン向けにつくり笑いを浮かべて店へ出ていく。次の瞬間、わたしは凍りついた。

オーウェン・パーマーが、生身のオーウェン・パーマーが、このチャンドラー農業用品店の真ん中に立っていたのだ。

「あ、どうも……」それがわたしの口から出た唯一の言葉だった。

6

わたしたちはしばらく無言で見つめ合った。オーウェンの心はかなり読めるようになったつもりでいたのだが、いま彼が何を考えているのかはまったく見当がつかない。いつもなら赤面の度合いである程度推測できるのだけれど、テキサスの気温と鋭い日差しを考えると、顔の赤みがどの程度まで感情的なもので、どの程度まで日焼けと暑さによるものなのか、判断するのは難しい。

ベスはそっと店の隅へ退却し、すでに十分きれいに並んでいる棚の商品を整頓しはじめた。せっかく気を利かせてくれたのに、オーウェンもわたしも相変わらず黙ったままだ。

ついに、オーウェンの顔にうっすら笑みらしきものが浮かんだ。続いて瞳がユーモアできらりと光り、彼はルーシーの方を指さした。「さすがに、そこまで時間はたってないよね」

自分が赤ん坊を抱いていることを思い出す。わたしは止めていた息を大きく吐き出した。よかった、どうやら嫌われてはいないようだ。「この子は姪なの。ベスの娘よ。わたしたちをふたりきりにしようと、あそこで意味もなく棚の整理をしてくれてる人。いちばん下の兄の奥さんなの」

さんざん思い描いてきた再会のシナリオでは、いきなり家族関係を説明する予定ではなかった。何より、こんな姿はしていないはずだった。どうして彼は、わたしが最悪の恰好をしているときに現れなければならなかったのだろう。薄汚れたジーンズにぶかぶかのTシャツ、だらしなくほつれたポニーテールにノーメイク同然の顔。ああ……。

店の電話が一回鳴ってやんだ。どうやらベスが受けたらしい。つまり、彼女がわたしたちの話を盗み聞きするのは難しいということだ。話をするならいまのうちだ。「あなたが来るとは思ってなかったわ。だって、その、サムがもういるから」

「イドリスがからんでいるとなれば、もはや彼ひとりで対処できる問題ではないよ。一刻も早く真相を突き止めなくちゃならない」オーウェンが小声で話してくれるので助かった。電話中ではあっても、ベスがこちらの話にめいっぱい聞き耳を立てているのがわかる。オーウェンの声にどこか冷ややかな響きがあるように思えるのは、わたしの後ろめたさのせいかもしれない――表情を見るかぎり、特に怒りは感じられないから。

「そう。あの、とにかく、会えてうれしいわ」

オーウェンは口を開きかけたが、ベスがこちらに戻ってくるのを見て、そのまま閉じ、少し間をおいてから言った。「けっこう暑いね。その、四月にしては」

「テキサスの四月はこんなものよ」わたしは肩をすくめる。本当は、いまちょうどこの地を熱波が襲っていて季節はずれの暑さが続いているのだが、暑さについて愚痴《ぐち》をこぼす北東部からの旅行者を前にすると、たとえ自分たちも同じようにばてていても、ひと芝居打たずにはいられないのがテキサスっ子なのだ。

「ケイティ、ちょっと手を貸してもらえる？」ベスがやってきて、心底すまなそうに言った。「ちょっとごめんなさい」オーウェンにそう言ってベスといっしょに行こうとすると、彼女は立ち止まって困った顔をした。

「両手が必要なの」ベスはわたしから赤ん坊を抱き取ると、そのままオーウェンに渡す。「申しわけないけど、少しの間、抱いてていただけるかしら」

オーウェンにかわってわたしが異議を申し立てるべきところだが、ベスはおかまいなしにわたしを引っ張っていく。オーウェンは乳幼児を相手にしたことなどないはずだ。ひとりっ子だし、わたしの知るかぎり、子どものいる友達はいない。そんな人に赤ん坊を押しつけるなんて懲罰《ちょうばつ》に等しいことだが、周囲に子どもがいることがごくあたりまえのベスには、赤ん坊に不慣れな人が存在することなど想像もつかないのだろう。

「何をすればいいの？」彼女がわたしを訪ねてきたおそろしくハンサムな男性について訊いてくる前に、急いで言った。

「これからある人が商品を取りにくるんだけど、それ、棚のいちばん上にあるのよ」

ベスがなぜわたしを呼んだのかわかった。彼女の唯一の弱点は、高いところが恐いということだ。脚立にのることすらできない。「わかったわ。何を取ればいいの？」

「わたしはこれを押さえてるわね」ベスは両手でしっかりとはしごをつかむ。「そこにあるスギ材の鳥のエサ箱よ」

「それって、去年の秋に仕入れたエサ箱？　あのどうしても売れなかったやつ？　こんな時期に、なんのために鳥のエサ箱なんて買うのかしら」

「さあね。わたしはただ売るだけよ。たぶん、バードウォッチングのために一年じゅう鳥にエサをやる人がいるんじゃない？」

はしごを半分までのぼったところで、ベスが訊いた。「で、彼はだれなの？」

さて、なんと言ったものか。オーウェンがなぜここに来たかについては、どんなふうに説明しようと問題が生じる。もし仕事で来たと言えば、皆、いったいどんな仕事でコブくんだりまで来ることになったのか知りたがるだろうし、そうなれば仕事の説明をしなければならなくなる。もしボーイフレンドだと言えば、オーウェンは家族全員から質問攻めに遭うことになり、彼のもとを去ったのがわたしで、彼の方も今回、わたしとよりを戻すために来たわけではないことを考えると、その状況は、お互いにとって非常に気まずいものだといわざるを得ない。もちろん、真実を告げることは論外だ。

「ニューヨークの知り合いよ。わたしも、どうしてここへ来たのかまだ訊けてないのよ。だれかさんのために、はしごにのぼらなくちゃならなくなったもので」

エサ箱をもって床におりたとき、ベスは顔を真っ赤にしていた。赤毛で色白の彼女の赤面は、オーウェンのそれをしのぐかもしれない。もっとも、ベスが赤面することはめったにないのだけれど。「ごめんなさい。悪気はないの。本当に手が必要だったのよ。取りにくる客っていうのはミスター・ワードなの。彼がどんなふうか知ってるでしょ？　店に到着したときに品物がカウンターの上に用意されてなかったら、うちのサービスがいかに悪いかって話を町じゅうにふれ回るわ。彼なら、商品が準備される前に店に着こうとして信号無視するくらいのことはやりかねないから、一刻も無駄にしたくなかったの」

「いいのよ。気にしないで。とにかく、オーウェンが大丈夫か見にいきましょう」

驚いたことに、ルーシーはオーウェンの肩に頭を預けて、このうえなく満足そうにしていた。わずか九カ月にして、彼女はかなり男性の趣味がいいようだ。オーウェンの方は彼女ほど心地よさそうではなかったけれど、心配したほどパニックになってもいなかった。

「ごめんなさいね」ベスはオーウェンに言った。わたしはカウンターに鳥のエサ箱を置く。

「ちょっとした緊急事態が発生して。おかげさまで解決したから、いますぐ解放してあげるわ」

ベスがルーシーを抱き取ろうとすると、彼女はぐずってオーウェンのシャツにしがみついた。

「あらやだ、まだ親離れは早いでしょう？　さあ、ママのところに来てちょうだい。またあとで、ええと……」ベスは催促するようにわたしの方を見る。

「ベス、こちらはオーウェン・パーマー。ニューヨークの友達よ。オーウェン、こちらは義理の姉のベス。そして、あなたの新しいファンはルーシー」

「はじめまして、オーウェン」ベスはにっこりほほえんだ。「ルーシー、ミスター・オーウェンとはまたあとで遊びましょうね。これから、彼とケイティおばちゃんはお話があるみたいなの」

三人がかりでなんとかオーウェンのシャツからルーシーを引きはがすと、ぐずりが本格的なかんしゃくに変わる前に、ベスは急いで彼女を外へ連れ出した。「ずいぶんレディの扱いがうまいのね」彼の頬がさっと赤くなるのを見て安心した。彼は変わっていない。

　しかし、別の面では少々変化があった。マルシアが言っていたとおり、彼はずいぶん痩せたし、疲れているように見える。そのせいで、前よりもシリアスな印象を与える。「ここへは空路で？　つまり、その、ほんとに飛ぶんじゃなくて、普通に……」

「アメリカン航空で」オーウェンがかわりに文章を終わらせる。深いブルーの瞳にふたたびユーモアの光が灯って、思わずひざから崩れそうになる。彼がわたしに与える影響は、少しも変わっていないようだ。

「そう」わたしはうなずく。「フライトはＤＦＷ（ダラス・フォートワース空港）までね。そこからは車で？」

「いや、そこからは空飛ぶ絨毯《じゅうたん》で」

「本当？」

　彼ははじめて本格的な笑顔を見せた。「うそ。それだとかなりエネルギーを消耗《しょうもう》するからね。このあたりは魔力のパワーラインが弱いから、できるだけ体力を温存しておきたい。ここへはレンタカーで来たんだ。なかなか興味深い旅だったよ。テキサスらしい風景がたくさん見られたし」

「そうね。空港からの道はなかなか悪くないテキサス横断ルートだわ」世間話を続けながら、じれったさで爆発しそうだった。この三カ月あまり、彼のことを考えない日はなかったというのに、いざ再会を果たしたいま、わたしたちは自分たちのことでも、目下の問題でもなく、彼の使った交通手段について話している。

かといって、あらためて本題に入ることもできなくなった。家族たちが次々と店に到着しはじめたからだ。ベスはそういうことをするタイプじゃないという確信がなかったら、彼女が家族みんなに電話をしてオーウェンのことを話したのだと思っただろう。しかし、これはまったくの偶然だ。まずシェリーが現れた――彼女のランチ休憩終了時刻から三十分以上遅れて。かかとの高いサンダルで、凹凸《おうとつ》のある木の床をよろめきながら歩く。ぴちぴちのひざ丈ジーンズは、おそらくもともとレギュラーサイズだったものが洗濯で縮んだのだろう。シェリーはオーウェンをひと目見るなり、お腹を引っ込め、胸を膨らませた。

「あら、こちらは?」甘ったるい声で言う。シェリーを責めることはできない。彼は文句なくいい男だ。ただ、マッチョというのとは違う。彼は筋骨隆々の大男ではない。それほど背は高くないし、骨格もどちらかというとスレンダーだ。でも、そのスレンダーな骨格の上にかなりしっかりと筋肉がついている。というか、ついていると思う。シャツを脱いだところは見たことがない――一度、怪我をした肩に包帯を巻いたときを除いて。でも、彼に抱き締められたときはもちろん、地下鉄で体を支えてもらったときでさえ、服の下の筋肉を感じ取ることができた。そして、その体の上についている顔は、まさに彫刻のそれだ。シャープなあご、しっかりとした頬骨――。

もっとも、兄と結婚していながら臆面もなく彼にモーションをかけている点については、責められてしかるべきだろう。幸い、オーウェンはシェリーのようなタイプが好きではない。それも、彼の大いなる魅力のひとつだ。オーウェンはシェリーからさりげなく一歩離れると、歩道に残された犬の落としものでも見るかのように彼女を見た。「シェリー、こちらはニューヨークの友人、オーウェンよ」わたしは形式ばった口調で言った。「オーウェン、こちらはもうひとりの義理の姉、シェリー。二番目の兄のディーンの奥さんで、彼女もこの店で働いてるの」

シェリーが本格的な色じかけを開始しかけたところで、店の奥からテディが紙切れを振り回しながら走ってきた。「調合の仕方がわかったぞ！　生長は二倍で雑草はなしだ！　父さん来てる？」そう叫んで店を飛び出していく。

「いまのはテディ」わたしはオーウェンに言う。「いちばん下の兄よ。彼に肥料のことだけは訊かないように。葉の緑を濃くするにはどうすればいいかとか、どうすれば収穫を増やせるかとか、どの種を選べばいいかとか、そのての質問はしない方が身のためよ」

オーウェンは若干呆気に取られた様子でうなずいた。続いてモーリーが泣き叫ぶデイヴィを引きずるようにして店に入ってきた。「フランクいる？　少しの間、デイヴィを見ててもらいたいんだけど」

「配達に行ってるって聞いたけど」わたしはあえて甥のベビーシッターを買って出なかった。オーウェンがデイヴィをどう扱うか見てみたい気もしたけれど。ドラゴンを手なずけたくらいだから、やんちゃな四歳児をおとなしくさせることなど朝飯前かもしれない。

モーリーはようやくオーウェンに気づいた。「あら、わたしったら、ごめんなさい。お客様がいるとは知らなくて」

わたしは律儀《りちぎ》に紹介のプロセスを繰り返した。シェリーがオーウェンににじり寄る。「この町にはどのくらい滞在する予定なの？」オーウェンが答えようとしたところで、ジョージ・ワードが店に入ってきた。するとシェリーは、すかさず彼の方に歩み寄っていく。ミスター・ワードはかなり年上だし既婚者でもあるが、お金持ちだ。シェリーのなかでは、それはかなり大きなポイントとなる。彼女は知らないことだが、オーウェンならジョージ・ワードの全財産を軽く買いあげることができるだろう。でも、それをシェリーに教えるつもりはない。

「ベスに見てもらえるか訊いてみるわ」モーリーは言った。「彼女とテディはデイヴィの扱いがうまいから。じゃあ、オーウェン、ごゆっくり」

オーウェンは呆然とした面持ちで、「家系図かなんかある？」とささやいた。

「あとで描いてあげるわ」

束の間の静寂は、母の登場であっけなく終了した。家で休んでいなければならない人が、いったい何をしにきたのだろう。彼女には子どもたちの身に起こる興味深い出来事やきまりの悪い瞬間を探知するレーダーが備わっているとしか思えない。母はまるでオーウェンが来ていることを知っていたかのように、まっすぐわたしたちの方へ歩いてくると、オーウェンに気づくなり、かなり芝居がかった〝二度見〟をしてみせた。「あらまあ。ケイティ！　こちらはどなた？」

すでにほかの家族に紹介していなければ、ただの客ということにして、そのまま彼を店から押し出していただろう。わたしはため息をつき、お決まりの台詞を繰り返した。オーウェンにはロッドのような天性の――および魔法による――愛想のよさはないけれど、母親受けは抜群なタイプだ。清潔感があって礼儀正しい。「お会いできて光栄です、ミセス・チャンドラー」彼は言った。

驚いたことに、母は赤くなった。母が赤くなったのを見たのは、おそらくはじめてだろう。彼女には赤面する能力自体ないと思っていた。家族の前での振る舞いを見るかぎり、彼女の辞書に〝恥じらい〟という文字があるとは思えない。「あら、いやだ」母は片手を振って言った。「ロイスと呼んでちょうだい。じゃあ、うちのケイティに会うために、はるばるニューヨークからいらっしゃったの？　ということは、よほど特別なお友達なのね」〝特別な〟の部分をひときわ強調して言う。

今度はオーウェンが赤くなった。わたしまで頬が熱くなる。いったいなんと言えばいいのだ。頭のなかが真っ白になって固まっていると、オーウェンが一歩わたしの方に近づいて言った。「ええ、ケイティは特別な友達です」思わず床に崩れ落ちそうになり、必死にひざに力を入れる。

「まあああああ!!!」母は言った。眉が髪の生え際あたりまで跳ねあがっている。「ねえ、お宿は決まってらっしゃるの？　まだなら、ぜひうちに来てちょうだい。息子たちがみんな独立したから、寝室がふたつ空いてるの。子どもたちのなかでまだ結婚してないのはケイティだけなのよ」母はまつげをぱたぱたさせ、〝まだ〟のところで意味ありげにオーウェンを見た。

「それは……ご親切にありがとうございます」オーウェンは母とわたしを交互に見ながら、ためらいがちに言った。

「ぜひ、そうしてちょうだい！　あんな安っぽいモーテルなんかに泊まってはだめよ」

「ママ！　経営してるのはわたしの友達なのよ！」たしかに四つ星の宿泊施設とはいえないけれど、清潔だし、窓ガラスが消えた一件を除けば、安全管理もしっかりしている。何より、あそこには、うちの両親が住んでいない。そして、わたしも住んでいない。つまり、同じ屋根の下で寝て朝いちばんに顔を合わせながら、彼と触れ合うことができないという状況にならずにすむということだ。彼だって、できればそんな状況は避けたいだろう――もし、いまでもわたしに好意をもってくれているのだとしたら。もっとも、彼なら問題なく理性を保てるとは思うけれど。

「そりゃあそうだけど、でも、わが家には十分スペースがあるし、それにモーテルよりずっと家庭的だわ」母は食い下がる。

「モーテルなら高速のインターネットがあるわ」わたしは言った。ニタはそれを自分のライフラインだと言っている。「それに、ケーブルだって、ＨＢＯだってあるし」

「ケイティ、オーウェンはインターネットやテレビを見るためにはるばるここまで来たわけではないはずよ」母はオーウェンの腕を取る。「ぜひともわが家へ来てもらうわ。でなきゃ、わたしの気がすみません」

母は店からオーウェンを力ずくで引きずり出しそうな勢いだ。幸い、ちょうどそのとき、父がフランク・ジュニアといっしょに現れた。「テディが例の調合法を解明したんだって？」父が言う。

「フランク！」母はオーウェンを父の方へ引っ張っていく。「こちらはオーウェンよ。ケイティのお友達なの。わざわざニューヨークから来てくれたんですって」いちいち言葉を強調する。

「それは、それは。ようこそいらっしゃいました、オーウェン」父はそう言うと、母の方に向き直った。「それで、きみはここで何をしているんだ。家で休んでなきゃならないはずだろう？」

「わたしは病気じゃないわ、フランク。先生だってそう言ったもの。とにかく、済ましておかなきゃならない用事があったのよ」

　収拾がつかなくなる前に、わたしは言った。「うちに泊まってもらうなら、さっそく案内したらどうかしら。いつまでもここに立たせておくのは気の毒だわ」母は議論に勝ったことがうれしくて、オーウェンがこっそり腕を引き抜いたことに気づいていないようだ。「わたしの車のあとをついてきて」わたしはオーウェンに言った。「家は町はずれにあるの」

　母がすばやく反応した。「あら、彼の車でいっしょに行きなさいな。トラックはだれかが家まで乗っていくわ。万が一、彼がはぐれでもしたら大変でしょう？」またもや不自然な強調だ。今度の彼だけは何がなんでも逃してはならないという母のメッセージが伝わってくる。

　わたしが促《うなが》すと、オーウェンはほっとしたように店を出た。いっしょにレンタカーに乗り込み、ひと息つくと、彼は言った。「きみがニューヨークへ来た理由がわかったよ。喧噪《けんそう》を逃れるためだ」

　わたしは笑った。その瞬間、ふたりの間にあった奇妙な緊張が少しゆるんだ気がした。「会いたかったわ」抱き締めたかったけれど、オーウェンは運転中だ。それに、どういうわけか、触れたとたんに魔法が解けて彼が消えてしまうような気がして恐かった。

「どっちへ行けばいい？」

彼がわたしの言葉に応えなかったことを深刻に受け止めないよう努めながら、町を抜けて家へ向かう道を指し示す。「うちに泊まることにしたのをきっと後悔すると思うわ。モーテルの方がずっと静かだし、プライバシーも確保できたはずよ」

「選択の余地はない感じだったけど」

「たしかに、選択の余地はなかったわね。母なら、あなたをモーテルから拉致しかねないわ。でも、彼女にわたしたちがつき合っているという印象を与えたのは、まずかったんじゃないかしら」

「でも、ぼくがここに来た理由をほかになんて説明する？　ビジネスで来るような場所ではないし、特に観光地ってわけでもない。説明として唯一通りそうなのは、ぼくがきみのボーイフレンドだっていうことだけなんじゃないかな」

彼がわたしに向かってボーイフレンドという言葉を使ったのははじめてだ。でも、これはおよそ理想的な文脈とはいえない。わたしが思い描いていた再会は、こんなふうではなかった。もちろん、空想のなかではしばしば、花畑のなかを互いに走り寄って抱き合ったり、彼が店に入ってきてわたしを抱きあげ、そのまま連れ去るなんてシーンを展開させてしまったから、わたしの再会のイメージはきわめて非現実的なものではあったのだけれど、最も理性的で分別のあるバージョンでさえ、これとはほど遠いものだ。できれば、わたしの方がこっそりニューヨークへ戻り、何ごともなかったかのように会議に現れて、彼をびっくり――そして大喜び――させるというシナリオでいきたかった。

この数カ月間、わたしには妄想に耽《ふけ》る時間がたっぷりあったのだ。

「了解」商談でもしているような口ぶりで、わたしは言った。「あなたはわたしのボーイフレンドで、ニューヨークから会いにきたということにしましょう。でも、いままであなたについてひとことも話してなかったことをどう説明すればいいかしら」

「話してなかったの？」

「母に会ったでしょう？　彼女に話そうと思う？」

「まあ、たしかに……」

「あなたのご両親がいかにまともな人たちかがわかるわ」彼の養父母にはいささか威圧的なところがある。でも、うちの家族のように人を神経衰弱に陥らせるようなことはない。

「じゃあ、ぼくがきみのことを傷つけて、それできみは家族のもとへ帰った。同情されたくないから、ぼくの話はいっさいしなかった――というのは？」

「でも、それじゃあ、あなたが悪者になってしまうわ。家に逃げ帰らなきゃならないほどわたしを傷つけたんだとしたら、兄受けはかなり悪いわね。そうなると、仕事をするにもいろいろ不都合が出てくるはずよ。もっと真実に近いバージョンはどう？　わたしたちはつき合いはじめたばかりだったんだけど、たまたま仕事の都合でわたしが会社を離れなくてはならなくなった。それで、あなたはわたしに会いたくて、ここまで来てしまったっていうのは――」

「そうだね、それでいこう」わたしはついに、彼をボーイフレンドと呼ぶことができるようになった。でも、これはあくまで芝居だ。運命というものは、ときにひどく残酷なことをする。

車が家まで続く一本道に入ると、しばらく沈黙が続いた。「さっき、あなたがわたしを傷つけたことにしたらどうかって言ったけど、実際は逆だわ」わたしは静かに言った。

「そうだね」そのひとことには、わたしの方は傷ついていないというニュアンスが感じられた。

「傷つけるつもりはなかったのよ。あなたのためにしたことなの」オーウェンは何も言わなかった。わたしも黙ったまま下唇を噛み続けた。ようやく口を開いたのは、家の私道に入り、Uターンして後ろ向きに駐車するよう指示を出したときだった。

車から降りると、オーウェンは感心したように家を見あげた。「すごいな。これでよくぼくの家をほめてくれたね」わが家はヴィクトリア朝様式のだだっ広い農家で、家のまわりをポーチがぐるりと囲んでいる。

「ただの田舎家よ」

「あれって、歴史的建造物のサイン？」

「テキサスでは、数十年も保《も》てば、どんなものでも歴史的だと見なされて標識をもらえるのよ。うちの祖母の体のどこかにそんなマークが彫られていたとしても驚かないわ」

オーウェンは小さなスーツケースと特大のブリーフケースのようなものをトランクから出した。犬たちが興味津々で集まってくる。わたしたちは彼らの間を抜けて、キッチンのドアから家に入った。「本当なら玄関から入ってもらうべきなんだろうけど、うちではだれも玄関を使わないの。ひょっとしたら、もうドアが開かないんじゃないかしら。さてと、あなたにはディーンとテディの部屋だったところを使ってもらうのがいいと思うわ」二階へ行き、いちばん大きい寝室に案内する。部屋にはシングルベッドがふたつと、テディが科学コンクールで獲得したたくさんのトロフィーがある。「ここは本来ゲストルームではないんだけど、脱出に便利だという利点があるの」

オーウェンは窓から外を見た。「まずポーチの屋根に出て、そこから木の幹をつたたって地面におりる？」

「ご名答」

「そうすることが必要になるような問題が階段の方にあるわけ？」

「すごい音できしむのよ。あなたの実家のあの廊下よりひどいわ。それも数段にわたってきしむから避けようがないの。ママとパパの寝室は階段のすぐそばにあるから、気づかれずにのぼりおりするのは不可能ね」

「四人も子どもがいて、そのうち三人が男の子となれば、ご両親はあえて階段をそのままにしたってことかな」

「そのとおり。彼らがこの脱出ルートについて知っているかどうかは、いまだにはっきりしないんだけど。ディーンなんか、何度ここから出入りしたことか。あなたをこの部屋に泊めることに問題があるとすれば、ディーンが帰ってくる可能性があるってことね。いまだにしょっちゅう戻ってくるのよ。でも、大丈夫。あなたがいる間にまたシェリーに追い出されたら、フランクの部屋を使わせるわ」

「うまくいってないの？」

「訊かないで。バスルームは廊下の先にふたつ、階段の下にもひとつあるわ。冷蔵庫のものは自由に飲んだり食べたりするよう母に言われると思うけど、おそらく滞在中、彼女はひっきりなしにあなたに何か食べさせようとするはずだから、その必要は生じないと思うわ。さてと、それじゃあ、一団が帰ってくる前に、話すべきことを話しておきましょう。店は六時に閉まるから、それまでは比較的安全よ。母はその前に帰ってくるかもしれないけど、まずはみんなに未来の義理の息子の話を吹聴して回るだろうから、まだ時間はあるわ。あ、でも、祖母が来ちゃうかも」

来《きた》るべき家族の襲撃を想像したのか、オーウェンは少し青ざめたように見えた。招待を受けたことを後悔しはじめているに違いない。彼はベッドのひとつに腰かけ、ひざの上に手を置いた。「その後、例の人物には遭遇してないんだね？」

瞳が一瞬、心配そうに揺らいだような気がした。「ええ。あの夜以来一度も。あのときもわたしを標的にしたわけではないと思うわ。少なくとも、わたしがだれかを知っててねらったのではないはず。わざわざ免疫者《イミューン》をめくらまし《イリュージョン》で襲ったりしないでしょう？」身震いしそうになるのを堪《こら》える。「たぶん、わたしたちをからかっただけだと思うわ。サムは何か見つけたかしら。水曜の夜以来、話してないんだけど」

オーウェンは仕事モードに入った。会議のときなどに見せる、目下の状況から感情を切り離したような態度だ。「この二日間、容疑者の様子を観察したようだけど、まだ正体はつかめていないらしい。どうやら、直接、彼もしくは彼女に対峙《たいじ》する必要がありそうだな」

「つまり、目抜き通りでの魔法対決ってこと？」

「それはなるべく避けたいね。できれば、友好的な会話のなかで、魔法の責任ある使い方と中央の登録機関に登録しなければならないことを伝えて、それから、その人物を通じてイドリスをおびき出せればいちばんいい。もし、彼もしくは彼女が協力的でない場合は、別の手段を取ることになるだろう。魔力をもつ以上、自覚があるなしにかかわらず、規則には従わなければならないんだ」

「つまり、わたしたちは少しばかり探偵のような仕事をすることになるわけね」なんだかわくわくしてきた。魔法界から遠ざかって以来、自分がいかに退屈していたかということに、あらためて気づかされる。

「つまり、ぼくが少しばかり探偵のような仕事をする、ということだよ。きみはこの件から外れているんだから」わたしは心のなかで舌打ちをする。反論しようとしたところで、階下から声が聞こえた。

「ちょっと！　だれかいるのかい？」祖母だ。「外の車は見たことがないね。もしあんたが泥棒なら、こっちは武器をもってるってことを先に言っておくよ！」

「で、あれがうちの祖母」ため息交じりに言う。「思ったより早い登場だったわ」わたしは立

「おばあちゃん、わたしよ。友達が来てるの」

ちあがり、階下に向かって叫んだ。「おばあちゃん、わたしよ。友達が来てるの」

「あのモーテルのインド人かい？」

「違うわ、おばあちゃん。よそから来た友達よ」オーウェンに合図すると、彼は立ちあがり、わたしといっしょに階段をおりた。「おばあちゃん、紹介するわ。こちらはオーウェン。ニューヨークから会いにきてくれたの。オーウェン、こちらは祖母のミセス・キャラハン」

オーウェンは握手をしようとしたが、祖母は杖のてっぺんに両手を置いたまま、じっと彼を見つめた。「その血色から察すると、あんたはアイルランド系だね。祖国《オールドカントリー》の人間に会うのはうれしいもんだ」

オールドカントリーになんか行ったことないでしょうという母のいつもの台詞が、思わず口をついて出そうになる。もっとも、オーウェンくらい頭のいい人なら、彼女のべたべたのテキサス訛りが——口調はまだアイルランド風に切りかわっていない——十分なヒントになるだろう。「自分の血筋についてはよく知らないんです」彼は言った。「アイリッシュの血も多少入っているとは思いますが」実際のところ、オーウェンは自分がだれなのかをまったく知らない。幼いときに孤児になり、両親のことはいっさい聞かされていないのだ。詳しいことは知らないけれど、なんとなくバスケットに入れられて教会の前に置き去りにされた赤ん坊の姿を想像してしまう。童話ではたいていそんなふうだ。

「いや、あんたはアイルランド人だよ。間違いない。それに、どうもあんたの血には、あの地の魔力が流れているようだ」祖母の頭は、やはりかの国へ行ってしまったようだ。「あんたもちょくちょく小さな人たち《ウィーフォーク》を見るだろう？」そう言って、節くれ立った指で自分の目尻をたたく。「あたしにはわかる。あたしの目はそういうことをちゃんと見抜けるんだ」

「母さん、オーウェンにまたいつもの妙な話を聞かせてるんじゃないでしょうね」キッチンから声が聞こえて、母がリビングルームにやってきた。「母さん、よかったら、わたしたちにコーヒーをいれてくれない？　オーウェンは長旅のあとだから、おいしいコーヒーが飲みたいはずだわ」祖母はふたたびオーウェンのことを探るように見つめると、キッチンの方へ歩いていった。母は声を落として言う。「真に受けちゃだめよ。母はテキサスを出たことすらないんだから。うちの先祖はたしかにアイルランド人だけど、母がオールドカントリーについて知ってることは全部、映画の受け売りなの。彼女に何か特別なものが見えるんだとしたら、きっと白内障のせいだわ」

「祖母はいつもあんな感じなの」わたしは言った。でも、オーウェンに魔力があるという指摘はなかなか鋭かった。本当にそれがわかったのだろうか。それとも、いつもの出まかせにすぎないのだろうか。

「じゃあ、わたしは失礼するわね」母は言った。「ディナーの準備を始めなくちゃならないから。あなたを知ってもらうために、家族みんなを招待したの」

どうやら、調査をする時間を見つけるのは――ふたりの問題を話し合う時間はいうまでもなく――困難を極めそうだ。

7

幸い、オーウェンは、叫びながら家を飛び出すという、わたしがいままさに取りたい行動に出ることはなかった。また、卒倒するという、なかば予想していた反応を見せることもなかった。かわりに、彼は穏やかな、それでいてきっぱりとした口調で言った。「お心遣いに感謝します、ミセス・チャンドラー。でも、今夜はケイティと積もる話をしたいと思っているんです」オーウェンの腕がわたしの腰に回され、彼が魔法の霧でできた幻影ではなく、本当にここに存在していることが、ようやく確信できた。ああ、彼はいま間違いなくわたしの横にいる。今夜はますます家族となんか過ごしたくない。彼の腕に包まれることがどれほど心地よいかということを、しばらく忘れていた。

母は慌てて言った。「あら、そうよね。わかるわ。長旅で疲れてもいるでしょうし。どうせ、もうほぼ全員に会ったんだから、ゆっくり休んでからあらためてだれがだれかを説明した方がいいわね。そうよ、今夜はやっぱり、ふたりで積もる話をしなきゃ」

「わかっていただいて、ありがとうございます。では、荷物を片づけてからケイティに町を案内してもらうことにします」わたしの腰に腕を回したまま、オーウェンは方向転換し、階段に向かって歩きだした。

「驚いた」無事、兄たちの部屋に戻ったところで、わたしは言った。「母が免疫者《イミューン》だって知らなかったら、彼女に魔法をかけたのかと思ったところだわ。でも、考えてみたら、あなたはドラゴンを手なずけた人よね。母もドラゴンも似たようなものだから、そう不思議なことではないのかも」

「グロリアから盗んだ技だよ。彼女はいつもこの手で自分の要求を通すんだ。礼儀正しく、かつ断固とした口調で、ノーと言った人が悪者に見えてしまうような頼み方をする」グロリアは彼の養母で、かなり手強い女性だ。うちの母と彼女を同じ部屋に入れるのは危険かもしれない――ふたりのバトルはある意味、見ものではあるだろうけれど。

「一応、警告しておくけど、あなたは完全に母のスイッチを入れてしまったわ」ベッドに腰かけながら言う。「母にとって、あなたをみんなに見せびらかすこと以上に大切な唯一のことは、わたしたちにふたりきりの時間を与えることよ。ふたりがしかるべき方向に進むように。ちなみに、母の考えるしかるべき方向っていうのは、教会だとか花束だとか白いドレスだとかが関わってくるものだから」

オーウェンはクロゼットにかかっているコートや冬服を隅に寄せて、自分の服をかけていく。「大丈夫だよ。そういうことには十分慣れてるから。クリスマスのこと、覚えてるだろう?」

わたしたちはクリスマスに彼の実家へ行ったのだが、その際、結婚適齢期の娘をもつ近所の母親たちが、オーウェンを巡って文字どおりつかみ合いの戦いを繰り広げた。魔法がからんでいたとはいえ、あながちそれだけが原因ともいえない気がする。「ま、退屈はしなかったわ」

「ときどき退屈というものに憧れるよ」オーウェンは大きなブリーフケースの横にひざをつく。「これを隠しておける場所はある？　普通ならベッドの下にでも置いて魔法で見えないようにしてしまうんだけど、きみのお母さんはイミューンだから、その手は使えない」

「たぶん、祖母もそうよ。ただいかれてるだけかもしれないけど。もしくは両方ね。どうして？　それ、なんなの？」

「魔法に使うものだよ。今回もってきた魔法関連の道具がすべてこのなかに入ってる。鍵はかけてあるけど、ぼくが迎える側だったら、鍵のかかったこんなケース、かなり不審に思うだろうな」

「わたしの部屋に隠せばいいわ。母があなたのことを探るためにこの部屋に入る可能性は必ずしも否定できないけど、娘のことは知り尽くしていると思ってるはずだから、わたしの部屋なら安全よ」

「じゃあそうしよう。ありがとう」

　ドアからそっと顔を出し、廊下にだれもいないことを確かめると、オーウェンに合図して、いっしょにわたしの部屋へ向かう。部屋に入ったとたん、しまったと思ったが、すでに遅かった。ブリーフケースをわたしの部屋に隠すということは、オーウェンがわたしの部屋を見るということだ。わたしの部屋はピンクだ。それも、ペプトビズモル（ピンクの液体胃腸薬）の工場が爆発したようなものすごいピンクだ。おとぎ話のプリンセスの部屋さながら、いたるところにフリルやレースが施されている。ピンクの花柄の壁紙をポスターで覆ったりして、一応、甘さを抑える努力はしているのだが、貼ってあるのが城の写真や恋愛映画のポスターではあまり意味はない。いままではたいして意識することもなかったが、オーウェンといっしょに部屋に入ったいま、そのおぞましさに衝撃を受けた。

「言っておくけど、このインテリアはわたしが五歳のときに選んだものだからね」

「ぼくは何も言ってないよ」

「でも、考えてたでしょ？」

「それを口にしない常識くらいはもってるよ。で、これはどこへ置こうか」オーウェンはブリーフケースをもちあげた。「インテリアのじゃまにならないようにしないとね」

「言ってくれるわね」わたしはピンクのフリルがついたベッドのすそ飾りをもちあげる。「ここからベッドの下に入れて。頭の方に。万が一、だれかがベッドの下に掃除機をかけようなんて突拍子もないことを思いついても、ここならナイトスタンドの陰になって見えないはずよ」

オーウェンはひざをついて、ブリーフケースをベッドの下に滑り込ませると、立ちあがって部屋を見回した。「きみがピンク好きだったとは、ちょっと意外だな」

「ピンクに入れ込んでたのは二年くらいよ。そのあと紫が好きになったんだけど、ママは模様がえをさせてくれなかったの。高校のときには、ミッドセンチュリー風に赤と黒と白でまとめたくなったこともあったわ。いまは、薄いブルーと白かな」

オーウェンは片方の眉をあげたが、コメントは控えることにしたようだ。「じゃあ、そろそろ行く？」

「五分くれる？　この恰好じゃあんまりだから着がえるわ」オーウェンを部屋の外に出すと、大急いで服を脱ぎ、比較的新しいジーンズと洗濯したばかりの清潔なシャツを着た。ポニーテールをほどき、軽くブラッシングする。化粧はリップグロスをつけるにとどめた。あまり張りきっているように見られたくはない。

かつてテディとディーンのものだった部屋にオーウェンを迎えにいき、家のなかを簡単に案内する——母と祖母が潜んでいるキッチンを除いて。裏庭に出ると、犬たちが駆け寄ってきた。犬たちはわたしを無視し、オーウェンにばかりまとわりつく。彼らに先導されるようにして、畑を見渡せる庭の端まで行った。緑の濃淡がみごとなストライプをつくっている。「ビジネスとしての農業はもうしていないの」わたしは言った。「これはテディの実験用の畑よ。いろんな種でいろんな肥料を試して、どれがいちばん効果があるかを見るの」

「さっき彼が言ってた調合法っていうのはそのこと？」

「そう。繰り返すけど、彼に肥料について訊くのは御法度よ。あなたに魔法のことを質問するようなものだから。向こうにあるのは納屋。基本的には貯蔵庫として使われてるけど、一応、何頭か牛や馬もいるわ。牛は飼料を試すためのもので、馬はペットみたいなものね。ざっとこんなところかしら。じゃあ、そろそろサムに会いにいく？」

オーウェンはレンタカーのキーを取り出す。「そうだね。彼とは十五分後に会う手はずになってる」

「つまり、わたしも行っていいってこと？」

「しかたないよ。ここでぼくだけが出かけたら、きみの家族は変に思うだろうからね」

ずいぶん消極的な誘い方だが、わたしはかまわず車に乗り込んだ。あの立ち去り方を考えたら、傷ついていて当然だ。でも、理由は理解してくれたと思う。それに、わたしだって十分辛かったのだ。

私道から出ていくとき、キッチンのカーテンが動くのが見えた。案の定、わたしたちは観察されていたようだ。母と祖母はわたしたちがロマンチックな夜を過ごしにいくと思っているのだろうけれど、さっきわたしの腰に腕を回したいっときを除いて、オーウェンはロマンチックとはほど遠い態度を維持している。すぐ横に座っているにもかかわらず、依然としてニューヨークにいるような距離を感じる。

「広場に行くのね？」静寂が耐えがたいものになったとき、わたしは言った。

「いや、そこだと人目につきすぎる。あの場所で姿を消し続けるにはかなりのパワーを要するから、別のところで会うことにしたよ」ここはわたしの故郷だが、彼はすでに町の構造を把握《はあく》しているようだ。なんの迷いもなく横道に入っていく。車はカトリック教会の裏にとまった。屋根の上にいた一体のガーゴイルが、わたしたちの方へ舞い降りてくる。

「ああ、だいぶ楽になったぜ」サムは言った。「ときどき教会の屋根にとまって充電しねえとな。あのまま郡庁舎の上にい続けたら、まじで石になっちまうところだったぜ」

「犯人の正体はつかめたかい？」

「ここはケイティ嬢の地元だ」サムはわたしの方を向いた。「あんたは町の住人を知っている。

マントの王子を見たとき、だれかぴんとくるやつはいなかったか?」

「特に目立った特徴はなかったわ。足を引きずるとか、歩き方に特徴でもあれば、推理のしようもあるんだけど。あるいは、すごく変わったカウボーイブーツを履《は》いてるとか」

「魔法のレベルは?」オーウェンがサムに訊く。

「基礎ってとこだな。しかも、かなりおおざっぱだ。パワーも制御力も弱い。しかし、魔法を使ってスリをはたらいてたってのは気に入らねえ」

「ああ、それは黒魔術に近い行為になる。魔法への入り方として、決していいとはいえないな」オーウェンはつぶやく。「それにしても、この講座がどれほど有効なのか、興味はあるな。大人になってから魔法を学ぶという例はあまり見ないから」

「自分に魔力があることは、普通どうやって知るの?」わたしは訊いた。

「魔力は遺伝によるものだから、通常は親も魔法使いだ。自分の子どもに魔力があれば、親が気づくよ」

「たまたま見過ごされて、魔力があることに気づかないまま生きていくようなケースはないの?」

「潜在的に魔力をもっていながら知らずにいるという人は存在するはずだよ。家族がばらばらになって伝統が廃《すた》れてしまえば、そういうことも起こり得る。特に、魔力のパワーラインが弱い地域に住んでいたり、周囲に魔法の使い方を教えてくれるほかの魔法使いたちがいない場合はね。たぶん、今回はそのパターンだと思う。その人物は自分の能力に気づいて、それを面白がってるんだ」

「面白がられると困るんだな」サムが言った。「調子にのって妙なことをされると、これまでのおれたちの努力が水の泡になっちまう」

オーウェンはふいにわたしの手をつかんだ。背筋がぞくぞくっとする。サムが姿を消すために使っている魔法の刺激とは無関係のものだ。近くの道を車が一台、妙にゆっくりと通り過ぎていった。「この三分間で三台目の車だ」オーウェンが言う。「サムの姿は見えないから大丈夫だよ。ぼくたちふたりは、ずいぶん話し込んでいるように見えるだろうけどね」

わたしとしては、もっと見ごたえのあるシーンを披露してあげてもいいのだが、オーウェンにその気はないらしい。「いまごろ、わたしが男性とふたりきりでカトリック教会の裏にいたってことが、母の耳に届いてるはずよ」

オーウェンはサムの方に向き直った。サムの石の顔が愉快そうにゆがんでいる。「ぼくらはこれから町を回って、それらしき人物がいないか見てみる。きみは見張りを続けて、何か魔法がらみの活動に気づいたらすぐに知らせてくれ」

サムは片方の羽で敬礼した。「了解」

車に戻ると、オーウェンは言った。「町を案内するふりをしながらぼくを人々に紹介してくれたら、疑わしい人物と話をする口実が得られる。きみの方で、怪しいと思う人物はいる？」

「多くはないわ。昔、テディの友達だった変わり者の男がひとりいるけど。母は、彼が薬剤師にただで処方薬《しょほうやく》を出させてたって言い張ってる。でも、それが魔法によるものなのか、それとも、例によって母のイマジネーションにすぎないのかはわからない。はっきり言って、彼がわざわざ努力をして魔法の勉強をするとは思えないのよね。テキサス農工大を退学になった人物が、魔術を学べるはずがないもの。あとは、シェリーかな。まあ、彼女の場合、別の意味で魔女なんだけど」

「これはいわゆる魔女たちの魔術《ウイッチクラフト》とは違うものだよ」

「とりあえず、まずはモーテルへ行ってニタに会ってもらうのがいいわ」

「容疑者なの？」

「違うわ。彼女は小さいころからの親友なの。ニューヨークからやってきたハンサムなボーイフレンドを、彼女を差し置いて先にほかの人たちに紹介したら、それこそ変でしょう？　それに、数日前の夜にモーテルで妙なことが起こってるの。窓ガラスが忽然《こつぜん》と消えちゃったのよ。あなたがレストランの窓ガラスを消したときと同じような感じ。ガラスの破片はまったく落ちてなかったし、何かが盗まれたわけでもないの」

「そのモーテルって、町の北の端にあるピンクの建物のこと？」

「そうよ」

「じゃあ、きみのお気に入りだ」

ピンクの部屋の汚名は当分すすげそうにないが、まあ、オーウェンに冗談のネタを提供できたのだから、よしとしよう。

ニタはフロントデスクの後ろで、表紙にハイヒールの絵が描かれた本を読んでいた。いつものようにドアのベルに反応して顔をあげると、オーウェンを見るなり、あんぐりと口を開ける。わたしが横にいるのにしばらく気づかず、ようやく気づくと、ますます愕然《がくぜん》とした表情になった。オーウェンは例によって真っ赤になっている。

「ハーイ、ニタ」彼女の心臓の具合が少々心配になりながら、わたしは言った。「オーウェンを紹介するわ。ニューヨークから会いにきてくれたの。オーウェン、こちらはニタ。四年生のときからの友達よ」

オーウェンはひざから崩れるような笑顔を彼女に向けた。「はじめまして」

「え？　ああ、ニューヨークね」ニタは一瞬口ごもったが、すぐに正気を取り戻した。「いやだ、こんな人がいるのに、帰ってきちゃったわけ？　しかも、彼のこと、ひとことも話してくれなかったじゃない！」

オーウェンはさらに赤くなった。「実はちょっと複雑な事情があって」わたしは言った。「あまり触れたくなかったの」

ニタはさらに目を見開くと、今度は意味ありげに細めてわたしを見つめた。あとでじっくり聞くわというサインだ。いつものきびきびした彼女に戻ったニタは、さっそくオーウェンへの質問を開始する。「それで、こっちにはどのくらい滞在するの？」

「三、四日かな」

「泊まる場所は決まってるの？　うちには空きがあるわよ、たっくさん」

「すでにママにつかまったわ」わたしは言った。「テディとディーンの部屋を使ってもらうことになったの」

「わたしと競おうなんて、今度、あなたのママとちゃんと話をしなくちゃね。でも、ま、しかたないか。うちは朝食がつかないもの。パパにベッド&ブレックファーストにすべきだって、ずっと言ってるんだけど」

例の窓の方を見ると、新しいガラスが入っていた。「窓、直したのね」

「そうなの。ゆうべラメシュが退屈しのぎにやったみたい。夜勤って、ほんっとにむちゃくちゃ退屈なのよ。今朝来たときには、もう直ってたわ」

オーウェンは窓の方に歩いていくと、さりげなくガラスに手を当てた。ニタは急いでフロントデスクから出てくると、わたしの腕をつかみ、ロビーの隅へ引っ張っていく。「ちょっと、ケイティ、彼、超ゴージャスじゃない！　どうして何も言わなかったのよ。失恋だとは思ってたけど、でも、こうして彼の方からよりを戻しにきたのね！　こうなったら、包み隠さず全部話してもらうわよ！」

「あとでね」わたしは小声でそう言うと、声を普通の大きさに戻した。「そろそろ行かないと。これからオーウェンに町を案内してあげるの」

「ママからの避難も兼ねて、でしょ？」ニタが言う。「あなたのママ、今夜、どのくらい大きな家族の夕べを実行しようとしたの？」

「全員集合の大晩餐会よ。でも、とりあえず、ひと晩執行猶予をもらったわ」

ニタはにっこりほほえんでオーウェンに片手を差し出した。「会えてほんとに、ほんっとに、よかったわ。大いに楽しんでってね！」ロビーを出ていくとき、肩越しに振り返ると、ニタが口パクで言った。「電話して！」

「で、どうだった？」車に乗り込むと、わたしは言った。

「魔法だったよ」オーウェンは答える。「かなりつたないけど、一応、魔法だった。魔術の種類も、ある程度特定できたよ」

「盗みに入るつもりだったのね。ほかにモーテルの窓ガラスを消す理由なんてある？　意図的かつ積極的に黒魔術を使用しているわけじゃないとしても、魔法を使って悪事をはたらこうとしていることはたしかだわ。たまたまニタが戻ってきたから未遂に終わったけど」

「まずいな」オーウェンはつぶやく。

「次は薬局に行きましょう」わたしは言った。「ふたりほど疑わしい人物がいるわ。母によると、ジーンはそこの薬剤師からただで処方薬を手に入れたらしいの。わたしに言わせると、魔法を使って人からお金をまきあげそうなのは、薬剤師のレスターの方なんだけど。すごい守銭奴なのよ。髪を薄くして、薬をたんまりもってるスクルージ（チャールズ・ディケンズ著『クリスマス・キャロル』の主人公）を想像してみて」

「もうひとりは？」

「薬局の一角でギフトショップを営んでるヒッピーの女性がいるんだけど、彼女なら魔法に興味を示しても不思議じゃないわ。いかにも、マントを着て広場で踊りそうなタイプだし。ただ、悪いことをするような人ではないのよね。チャリティのためにお金を集めてたっていうなら、広場での行為は説明がつかないこともないけど。でも、どうやって確かめるの？　相手と話せば魔法使いだってわかるの？」

「残念ながら、それほど簡単じゃないんだ。その人が積極的に魔法を使っているところに居合わせたことがあれば別だけど。いまはとりあえず、状況を把握しておきたい。そうすることで、具体的な方法が見えてくるかもしれないし」

広場の駐車場に車をとめ、薬局まで歩いた。店内に入るなり、お香のにおいが鼻をつく。煙の向こうにレインボーの姿が見えた。だれも本名だとは思っていないが、彼女はそう名のっている。

「ようこそ！」レインボーは高らかに言った。「新しいアロマセラピー用のキャンドルが入荷してるわ。エネルギーを調和させるアロマや、愛を燃えあがらせるアロマなんかもあるわよ」

オーウェンはふたたび真っ赤になった。ただし、愛を燃えあがらせるアロマを勧められたからではなさそうだ。空中を漂う強い香りの煙に、ひどく咳き込んでいる。

「今日はいいわ」わたしは言った。「彼にアレルギー用の薬を買いにきただけなの」咳をしているオーウェンを引っ張って、消毒液のにおいが勝る店の奥の薬局コーナーへ向かう。

わたしたちが最初の陳列棚にたどりつく前に、レスターがカウンターを回って近づいてきた。わたしたちに素晴らしいサービスを提供するためではない。万引きを恐れてのことだ。わたしが赤ん坊のころからの顔なじみであることなど関係ない。レスターの辞書に〝信頼〟という文字はないのだ。

「何か必要かい？」レスターは言った。もしドラッグストアチェーンのどれかが町に進出してきたら、あるいは、ごく常識的な接客マナーをもつだれかが別の薬局を開店したら、レスターはすぐさま商売に行き詰まるだろう。

わたしは棚から抗ヒスタミン剤をひとつ取る。「この人にもたせておこうと思って。彼、テキサスははじめてなんです」オーウェンはタイミングよく咳き込んだ。レスターは彼をじろりと見る。

「ここにはなんの用で？」

「ケイティに会いにニューヨークから来ました」オーウェンは喘《あえ》ぎながら言った。

これはあまりよい答ではなかった。レスターは長年知っている町の住人すら信用していない。ニューヨーカーとなれば、それこそ論外だ。彼はわたしの手からひったくるようにして薬を取りあげると、そのままレジへ向かった。わたしがハンドバッグを開けるよりはやく、オーウェンが支払いを済ませる。お金を受け取ると、レスターはいくぶん態度を軟化させた。「長く滞在するのかい？」

「いえ、数日です」オーウェンはあいまいに答えた。

「それより強いのが必要になったら、処方薬の抗ヒスタミン剤がある。普通は先に医者に診てもらう必要があるんだが、その辺は交渉次第で融通するよ」

オーウェンはギフトショップのコーナーを通る前に大きく息を吸い、完全に店の外へ出るまで吐き出さなかった。「頼むから、彼女の店でアロマグッズは買わないで」苦しげに息をしながら言う。

「彼女のアロマセラピーは、あなたのなかの愛を燃えあがらせそうにはないわね」

「あのキャンドルには魔術が使われている。でも、適切な使われ方じゃない。だから、魔力をもつ者には本来の目的とはかなりずれた影響を及ぼすんだ」

「じゃあ何？　あれって本物なの？」

「あのキャンドルには少量の良性な感化魔術が使われている。もちろん、きみには効かない。でも、普通の人には、幸福感を促《うなが》すような効果がある。魔力をもつ者には、なんていうか、ちょうど絶対音感を備えた人に、微妙に音のはずれた歌を聴かせるようなものなんだ。一般の人の耳には心地よく聞こえても、絶対音感をもつ人には耐えがたいものになる」

「魔法が使われているものを売っているとしたら、彼女はかなり怪しいってことになるわね」

「いや、たぶん大丈夫だろう。あのにおいに耐えられるとしたら、彼女は魔法使いではないよ。おそらく魔術は仕入れ先の方で施されたもので、彼女は何も知らずに仕入れているだけだと思う。でも、念のために会社に調べさせよう。悪いけど、サンプルとしてひとつ買ってきてくれるかな。ぼくはとてもなかに戻る気にはなれないよ」

「そうだ、町じゅうの人をこの店に連れてくればいいのよ。呼吸困難に陥った人が犯人だわ」

「なるほど、一理あるな。二、三本買っておこう。罠に使えるかもしれない」

「それから、レスターは魔法使いじゃないわ。医師の診断なしにこっそり処方薬を売ったりしているみたいだけど、魔法使いだったら、あの店内に一日じゅういられるはずないもの」

「あのキャンドルのせいであれだけいらいらしているんじゃなければね。さてと、次はどこ?」

「スーパーよ。スーパーの前で人々が踊っているのを見たって母が言うの。母以外にその光景を目撃した人はいないし、自分が踊ったことを覚えている人もいないわ。母がニューヨークに来たとき、イドリスが似たようなことをやったの。もし母が幻覚を見たのでないとすれば、関係があるかもしれないわ」

わたしたちは広場を抜けてスーパーへ向かった。スーパーの前まで来ると、オーウェンは歩道から駐車スペースにおり、首を振ってふたたび歩道にいるわたしの横に戻ってきた。「たとえ魔法の痕跡が残っていたとしても、さすがにもう消えてしまっただろう。でも、もしそれが本当のことだとすれば、犯人は店の従業員である可能性があるな。魔法がらみの現象は、ほとんどこの広場で起こっている。スーパーは現場にこれだけ近いわけだからね。ちなみに、そのこと自体、犯人が魔法をよくわかっていないことの証明でもある。郡庁舎前の広場は、この地域でも特に魔力の弱い場所なんだ。川沿いのあの公園の方が、よほど魔法を使うには適してるよ」

そうは言っても、この小さなスーパーの従業員のなかに、悪知恵のはたらく魔法使いに変身しそうな人はひとりもいない。皆、すべての客の名前を知っていて、毎回満面の笑みであいさつしてくれる、田舎町の善良な市民ばかりだ。とりあえず、店内に入り、オーウェンの紹介を立て続けに五回ほど繰り返す。この次店に来たときには、間違いなく全員が彼の名前を知っているだろう。店に来た口実にするために、記念になりそうなアイテムを二、三購入し、スーパーをあとにした。

「成果なしね」わたしはため息をつく。「あと残ってるのはデイリークイーンくらいね。そこで夕食も済ませてしまいましょう。ただ、話の内容には気をつけた方がいいわ。あそこで会話をするということは、地元紙にネタを提供するようなものだから。でも、その分、人々の会話を聞くこともできるわ。それに、町に三軒しかないレストランのひとつだから、今夜のディナーの場所としてはいちばん適当かも」

「オーケー。じゃあ、道を教えて」

オーウェン・パーマーがコブのデイリークイーンにいる図など、ちょっと想像できない。彼はとんでもなくハンサムで、映画スターのように輝いている。たとえ優れた魔法使いだということを知らなくても、ただ者でないということはひと目見ただけでわかる。ところが、店内に入ると、彼は周囲の雰囲気にみごとに溶け込んだ。もちろん、女性たちは皆振り向いたけれど、だれもよそ者を見るような目では見ていない。東部と南部の違いこそあれ、オーウェン自身、小さな村で育ったからなのかもしれない。

カウンターで注文をし、席につくと、まもなくスティーブとその仲間たちが店に入ってきた。彼がオーウェンとわたしに気づいたときの顔を見て、ついにんまりしてしまう。二枚目俳優ばりのルックスをもつ男性と向かい合って座っている自分が、やけに誇らしい。これでスティーブも敗北を認め、すんなりあきらめてくれるだろう——と思ったら、彼は注文を済ませると、わたしたちのテーブルへやってきた。

「やあ、ケイティ、こちらさんは？」スティーブはベルト通しに親指を引っかけ、挑戦的な態度で言った。

「オーウェンよ。ニューヨークから会いにきてくれたの。オーウェン、こちらはスティーブ。スティーブとは同じ高校に通ってたの」

そのとき、カウンターでわたしたちの番号が呼ばれた。オーウェンが立ちあがる。「デートのじゃまをするのもなんだし、そろそろ行くとするか」スティーブは〝デート〟の部分を妙に強調しながらそう言うと、いつも以上に腰を揺らしながら、自分の席へ戻っていった。

「元ボーイフレンド？」ステーキフィンガーの入ったバスケットをふたつもってテーブルに戻ってくると、オーウェンは言った。

「まさか！　高校時代、わたしがこの世に存在することを彼が知ってたかどうかも怪しいわ。同年代の独身女性はいまこの町に数人しか残ってなくて、しかも、その数人の女性たちは彼みたいなタイプが好みではないらしいから、ちょっと必死になってるのよ」

わたしたちはさっそく、ほかの客たちのチェックを始めた。ディナーを食べながら、冗談交じりに魔法使いである可能性を探っていく。「三時の方向にいる白髪の女性――あ、あなたにとっての三時ね」わたしは小声で言った。「彼女の家にはみごとなハーブ園があるの。ひそかに魔法薬を調合している可能性があるわ」

「きみの右側にいる吸血鬼たちはどう？　もし彼らが魔法を使えたら、絶対何かやらかしそうな感じだけど」

さりげなく言われた方を見ると、男女そろって黒ずくめの服装に、白いファンデーション、黒い口紅という十代の若者たちがいた。「シロね。彼らがマントを着て広場でダンスをするとしたら、真っ昼間にはやらないわ。絶対に夜中よ。それに、グループでやるはずだわ。反体制的なことは、みんなでやらなきゃ面白くないんだもの」

オーウェンは可笑しそうににやりとした。そのとき、やっとわたしの知るオーウェンに会えた気がした。片思いだと信じている間に、いつの間にか最も身近で、最も信頼できる友人のひとりになっていたわたしのオーウェン。触れられるたびに背筋がしびれはしたけれど、彼のそばはいつも心地よかった。今日、彼が店に入ってきたとき何かが違うと思ったのは、これだったのだ。彼はわたしに心を開いていなかった。

「オーウェン、わたしがニューヨークを去ったのは、それがふたりのためにいちばんよいことだと思ったからよ。あなたを二度とあんな状況に追い込みたくなかったの」

「ああ。それについてはしっかりお説教されたよ」

「じゃあ、わかってくれたってこと？」

オーウェンはしばし黙ったまま、言葉を探すようにわたしの目を見つめた。そして、ようやく言った。「きみがなぜそうしなければならないと思ったのかは理解できるよ」

ちゃんとした答にはなっていない。オーウェンは相変わらず話の核心に触れるのを避けている。わたしは依然として、彼が本当のところ、わたしのことをどう思っているのかわからない。でも、それを知りたがるのは少し性急すぎるのかもしれない。彼はついさっき飛行機から降り立ったばかりだ。「来てくれてありがとう」わたしは精いっぱい思いをこめてそう言った。

オーウェンはほとんど紫ともいえるくらい真っ赤になった。「当然だよ。きみが必要とするなら、ぼくはどこへだって飛んでいく。どんなことがあっても」

彼の口から出た思いがけない強い言葉に、わたしは思わず息をのんだ。「ありがとう」やっとのことでそうつぶやく。しばしこの瞬間にひたっていたかったのだが、そうもいかなくなった。「まだ振り向いちゃだめよ。いま、第一容疑者が店に入ってきたわ」

8

「彼と話がしたい」オーウェンはささやいた。「なんとかこっちへ呼び寄せられないかな」

わたしはジーンがカウンターで注文を済ませるのを待ち、席に向かって歩きはじめたところで呼び止めた。「ハーイ、ジーン！　元気？」

ジーンは周囲を見回し、声の主を捜しているようだったが、やがてわたしに目をとめると、怪訝《けげん》な顔つきになった。「なんで？」つっけんどんにそう訊き返す。あとでテディに、彼らのつき合いがけんかによって途切れたのか、それとも、ただなんとなく疎遠になっただけなのかを確認しておこう。先日、店に来たときには、特に敵意のようなものは感じなかったけれど、今夜の彼は、チャンドラー家か、もしくはテディ、でなければわたしに対して、恨みでもあるような目つきをしている。

「あいさつしただけよ」わたしは肩をすくめる。「ああ、そうだ。こちらはニューヨークから来た友人のオーウェン。オーウェン、ジーンとわたしは高校がいっしょだったの」

オーウェンは立ちあがって片手を差し出したが、ジーンはそれを無視した。「おれの方が先輩だったろ？」

「そうね。わたしがしがない新入生だったとき、ジーンとテディは最上級生のなかでもけっこう目立つ存在だったの。でも、わたしたちみんな、ブラスバンドのメンバーだったのよ」

「ああ、まあな。そんじゃ」ジーンはつまらなそうに立ち去った。

「ずいぶん感じのいい人だね」オーウェンが笑いを堪《こら》えながら言った。

「でしょ？ テディが彼とつき合ってたのは、たぶん、彼のほかに自分の言っていることを理解できる人がいなかったからだわ。さてと、そろそろ行く？ それともアイスクリームを食べてからにする？」

「アイスクリームをテイクアウトするっていうのはどう？ 遊歩道のあるあの小川周辺をチェックしておきたいんだ」

「いいわ。お勧めはブラウニーブリザードよ」

カウンターでアイスクリームを待っていると、ディーンが店に入ってきた。店内の女性たちの頭がいっせいに彼の方を向く。自分の兄なのでふだんはまったく意識しないのだが、ひょっとするとディーンはほとんどオーウェンと同じくらいハンサムかもしれない。「おやおや、こんなところでかわいい妹に会うとは」ディーンはそう言うと、片腕でわたしを抱き寄せて、頭のてっぺんにキスをした。「うまく家を抜け出したようだな。で、これが噂のボーイフレンドか。どうも、真ん中の兄、ディーンだ」

わたしは身をよじってディーンの腕から抜け出すと、紹介の儀式を行った。

ディーンはオーウェンに片手を差し出す。「ようこそ。妹にふさわしいやつか見極めるために、きみには少々試練を課すかもしれないけど、ま、今回は形式的なものになりそうだな。こいつが、へたに脅かして逃げられたら困ると思えるような男を連れてくることは、かなりめずらしいんだ。もっとも、逃げ出す口実をつくってほしいっていうなら別だけど」

「ディーン！」わたしは兄の脇腹に軽くひじ鉄を食らわせる。

「冗談だよ。ところで、ふたりはこれから夕食？」誘わせて支払いを逃れる算段だろう。

「ごめんね、兄貴。ちょうど食べ終わったところなの。ブリザードもできたようだし、そろそろ行くわ。でも、がっかりしないで。ママが明日、大晩餐会を開くみたいだから、オーウェンのことはそのときたっぷりいじめられるわ」

オーウェンは、カウンターに置かれたふたつのカップの一方をわたしに差し出しながら、「それじゃあ、ディーン。また明日」と言った。駐車場を出て、小川に向かって歩きはじめたとき、オーウェンが言った。「ひょっとして、彼にはちょっと裏がある？　きみ、少し警戒してたね」

「へえ、鋭いわね。まあ、極悪人ってわけではないんだけど、ちゃんと努力をせずに口八丁で世間を渡ろうとする傾向があるの。彼に比べたら、ロッドなんてかわいいもんよ。いい兄貴ではあるんだけど、結婚してからますますその傾向が強くなって……。彼女があれほどディーンと似たタイプでなければ、彼も自分の人生についてもう少しまじめに考えたと思うんだけど」

「彼の奥さんてシェリーだよね。あのぴちぴちの服を着たブロンドの――」

「あら、結局、家系図は必要なさそうね」

「いや、一応、明日の大晩餐会の前に復習しておきたいよ。名前と続柄を注釈つきで」

「わかったわ。あとでやりましょう。で、小川では特に見たいものがあるの？」

「このあたりは魔力がほかより強いんだ」

「本当？　じゃあ、この地域もまるっきり魔力がないってわけではないのね」

「まるっきり魔力のない地域なんてないよ。程度の差こそあれ、魔力はどこにでも存在する。しかも、大気中ではなく、地中にある。だから、存在する場所も局所的で、引き出すのが難しい」

この地域ではいくつかの地点に集中していて、水の流れがある場所もそのひとつなんだ。

オーウェンは小川の岸にしゃがむと、目を半分閉じて片手を水面にかざし、その手を水のなかに入れた。やがて、手を揺すって水を切りながら立ちあがると、今度は、近くの木まで行って幹に手のひらをあてがう。

わたしはアイスクリームを食べながら、一連の行動を見ていた。「何か手伝うことはある？」しばらくたってから、わたしがここにいることを思い出してもらうために言ってみた。オーウェンはふたたび遠くへ行ってしまったようだ。いや、きっと仕事に集中しているのだろう。そもそも彼は、わたしに会うためだけにここへ来たわけではない。

「このあたりで何か普通じゃないものを見たことはある？」

「前にも言ったとおり、ニューヨークへ行くまで魔法に関わるものはいっさい目にしたことはなかったわ。どうして？　わたしが見ていそうなものでもいるの？」

オーウェンは引き続き周囲を見回しながら、足で茂みをつついたり、草むらをのぞきこんだりしている。「ちょっと変わった生き物とかは？　あるいは、夜、このあたりで妙なものを見たというような噂や言い伝えなんかはない？」

「生き物って、妖精とかそういうの？」

「ああ。ただ、きみがニューヨークで知っているようなのとは少し違う。もっと野性的なタイプだよ。どうも、このあたりに孤立して棲息《せいそく》している種《しゅ》がいるようだ」

「さあ……。子どものころ、ここではよく遊んだけど、一度もそんなものは見てないわ」

「夕暮れどきや暗くなってからここに来たことは？」

「ないわ。わたしが高校生のころは、カップルたちがお忍びでやってくるスポットだったから、わたしには無縁の場所だったし。いまは、若い子たちが飲んだり、ドラッグをやったりしているみたい」

「じゃあ、きみが何かを目撃している可能性は低いな」

「でも、そうすると、祖母の妖精話に信憑性《しんぴょうせい》が出てくるわね。そうか、おばあちゃん、若いころよくここへ来てたんだ。けっこうワイルドな青春時代を送ってたのね」

オーウェンは相変わらずあたりを歩き回っている。さっき手伝いを申し出たとき、それに対して特に返事はなかったから、とりあえず見ていることにした。「もういないのかもしれないな」オーウエンはようやく言った。「酔っぱらいやドラッグをやってる連中たちをいやがって、ここを去ったのかもしれない。彼らはもともと恋人たちのオーラに引かれてやってきた。でも、酔っぱらいたちはネガティブなエネルギーを放つから――」

「その生き物たちを見つけることに何か利点があるの？」

「味方になってもらえるかもしれない。それに、何か有益な情報をもっている可能性もある。ま、ちょっと思いついただけだけど。いまのところ、ほかにほとんど手がかりがないからね」

「いざとなったら、母にオープンハウスを開いてもらえばいいわ。例のキャンドルを家のまわりに設置して、町じゅうを招待するの」

「この調子だと、その手を使わざるを得なくなるかもしれないな」

「今夜会った人たちのなかに、ぴんとくる人はいた？」

「いや。でも、きみの知らない人だという可能性もある」

「この町にわたしが知らない人はあまりいないわ。ここはわざわざよそから引っ越してきたくなるような町じゃないもの」

「ぼくはいい町だと思うよ。古い映画に出てきそうだ」

「そのとおり。ここはまさに、過去に置き忘れられた町よ。さしずめ、テキサス版ブリガドーン（百年に一日だけスコットランドの高原に出現するという伝説の村）ね。いまや魔法使いだっているし。で、次はどうする？」

「とりあえず、われわれの魔法使いがあらたな動きに出るのを待とう」

わたしたちは車のあるデイリークイーンまで歩いて戻った。ディーンの新品のトラックがまだ店の前にとまっている。彼が出てこなくてほっとしている自分に、少しだけ後ろめたさを感じたが、近くにシェリーの小さなオープンカーがとまっているのに気づいて、安堵の気持ちはいっそう強くなった。もし彼女がディーンといっしょなら、ますますふたりと顔を合わせたくない。

店のウインドウ越しに、シェリーとディーンが言い合いをしているのが見えた。なんてことだ。また人前でけんかをしている。「ひょっとすると――」わたしは言った。「今夜は別のゲストルームで寝てもらうことになるかもしれないわ。ディーンがフランクの部屋を使ってくれれば別だけど」

「どうして?」

「また夫婦げんかが始まったみたい。しょっちゅうなのよ。大げんかしては、シェリーがディーンを追い出すの。まあ、二、三日もすれば仲直りして、もとのさやに収まるんだけどね。彼らはそれでいいみたいだけど、わたしだったらそんな生活耐えられないわ」

家に戻り、しばらく父と母を交えておしゃべりをしたあと、オーウェンは休むために二階へあがった。わたしは尋問を受けるべく下に残った。オーウェンが階段をのぼりきらないうちに、さっそく母が始める。「どうして彼のこと何も言わなかったの?」

「前回つき合った人とはあまり長続きしなかったから、今回はもう少し様子を見て、確信がもてたら話そうと思ったのよ。彼がここに来たのは、まったく予想外のことだったの」まあ、必ずしもうそではない。

「でも、わざわざあなたに会いにこんな遠くまで来てくれるなんて、あなたのことがよほど好きに違いないわ。それとも、ほかに何か理由でもあるの?」母は父をひじでつつく。「ねえ、どう思う?」

父はしばしテレビから視線を外す。「なかなかいい青年のようだが、教会の予約はまだしない方がいいだろう。あんまり先走るんじゃないぞ」そう言うと、ふたたび刑事たちが犯罪現場の遺留品を調べている画面に目を戻した。

「彼とはどんなふうに知り合ったの？」

「会社よ。訊かれる前に言っておくけど、わたしたちそれほど長くつき合ってるわけじゃないの。クリスマスの一週間くらい前につき合いはじめたんだけど、年が明けてすぐわたしがこっちに戻ってきちゃったから、ほとんど何も進展してないわ。もちろん、結婚なんて話はまったく出てないし。だから、それについてあれこれ考えても無駄よ。ちなみに、クリスマスは彼のご両親の家で過ごしたわ。とてもいい人たちよ。ほかに何か訊きたいことはある？　ないようなら、もう寝るわ」

母が口をぱくぱくしている間に、わたしはそそくさと二階へ退散した。

夜中、部屋の窓をノックする音で目が覚めた。ベッドから這い出して、ピンクのカーテンを開けると、オーウェンがポーチの屋根の上にしゃがんでいる。わたしは窓を開け、小声で言った。「どうしたの？」

「サムから容疑者が動きだしたという報告が入った」

「で、それを言うのに、わざわざ外から窓をノックしなきゃならないわけ？」

暗くてわからないが、いまオーウェンは真っ赤になっているに違いない。月の光が眼鏡のレンズに反射して、彼の表情を読み取るのは難しい。「きみの部屋に忍び込むところをご両親に見られたらまずいからね」

「屋根から忍び込む分には彼らも気にしないんだ」

「きみがこのルートを教えてくれたんだよ」

「着がえるから、ちょっと待ってて」ようやくはっきりと目が覚めた。ジーンズをはき、Tシャツを着て、髪を大急ぎでポニーテールにすると、スニーカーを履《は》いて窓からポーチの屋根に出る。オーウェンはわたしを内側にして屋根の上を移動すると、先に木をつたって地面におり、わたしが滑り落ちたときに備えるかのように、下で身構えてた。もちろん、ベテランのわたしにそんな助けは必要ない。

オーウェンの車は家から十分離れたところにとめてあったので、エンジンをかけても両親が起きる心配はなかった。それに、彼のレンタカーのエンジン音はわたしのトラックよりはるかに静かだ。数分後、わたしたちはダウンタウンに到着した。郡庁舎から一ブロック離れたところに車をとめ、広場まで歩いていく。

月光に照らされた広場にマントを着て踊っている人物はいなかったが、だれかがいたことは明らかだった。広場に面した宝石店で警報器が作動している。さらに、広場にあるほとんどの店のウインドウからガラスが消えていて、商品の多くがなくなっているように見えた。

サムが郡庁舎の屋根のいつもの場所から舞い降りてきた。「やつが最後の店に侵入したときにはじめて気づいたんだ」サムは言った。「かなりこっそりことを進めていやがった。おそらく覆《ヴェール》いを使っていたんだろう。気づくのが遅れて申しわけない。しかも、おれが向かったとたん、消えやがった。どうやら魔力をもつ者に対しても姿を消せるようになったらしい。ただし、程度の高い魔術を複数同時進行させることはできないようだ。盗みをはたらいている間のヴェールは完全じゃなかったからな」

「彼はもうここにはいないわ。人らしき姿はまったく見えないもの」

「そう遠くへは行ってないはずだ」オーウェンはそう言うと、両手をあげて何やら意味不明の言葉をつぶやいた。空気の圧力が増すのを感じたが、特に何かが変わった様子はない。

「おい！」サムが声をあげる。「おれのヴェールがはがれちまったじゃねえか。その大技はやるなってボスに言われたはずだぜ」どうやらオーウェンは、サムを含め、あたり一帯のすべての魔力をもつ生き物からめくらまし用のヴェールをはがしたようだ。前回これをやったとき、マンハッタンのミッドタウンは大騒ぎになり、彼はボスから苦言をもらうことになった。

オーウェンはサムに向かって片手を翻《ひるがえ》し、めくらまし《イリュージョン》をもとに戻した。「ここはタイムズスクエアじゃない。真夜中の小さな町の広場だ。だれにも気づかれやしないよ。さあ、怪しい人物はいないか見てきてくれ」

遠くからパトカーのサイレンが聞こえてきた。宝石店の警報器が作動したのを受けて出動してきたのだろう。「行きましょう。見つかったら、わたしたちが容疑者にされてしまうわ」

「ぼくらのことは見えないから大丈夫だよ」

「え？　ああ、魔法で見えなくしてるわけね」わたしには自分たちが見えるので、窓ガラスが消え、泥棒に入られた宝石店の前に、サイレンの音が近づいてくるのを聞きながら突っ立っているのは、どうにも落ち着かない。オーウェンはまったく気にする様子もなく、サムが舞いあがった空を見あげている。

まもなくサムが戻ってきた。「何も見当たらねえ。おそらくどっかに潜り込んだんだろう。空中捜査の場合、何かの下に入り込まれたら、お手上げだぜ」

パトカーが一台、広場に入ってきた。「地上捜査に切りかえる必要がありそうだな」オーウェンはそう言うと、ひざをついて両方の手のひらを地面に当てた。足の裏からエネルギーが伝わってくる。パトカーの速度が、限りなく停止に近い状態まで落ちた。オーウェンは立ちあがる。「三方に分かれて、二ブロックほど捜索してみよう」

「おい、こんなことして――」サムが言いかけたのをオーウェンはすばやくさえぎる。

「それについてはあとで話そう。さあ、早く！」

彼がこういう口調のとき、わたしはあえて逆らおうとは思わない。こういうときのオーウェンには、たとえ魔法を使わなくても、相手がつい反論を控えてしまうような威圧感がある。わたしはスーパーのある側に向かい、裏の駐車場を調べた。動いているものは何も見当たらない。でも、それは、日中でも人影のまばらな田舎町のダウンタウンに深夜来ているからという理由だけではなさそうだ。通常なら動いているものさえ動いていない。スーパーのビニール袋が風に吹かれて舞いあがったまま空中で静止している。飛びかかろうとした体勢のまま止まっている野良猫の数センチ先で、ネズミがやはり静止している。すべてが凍りついたように止まっているなかをひとり歩くのは、実に気味が悪い。ひととおり見て回ったが、残念ながら、静止しているもののなかに人の姿はなかった。

広場に戻ると、まもなくオーウェンがやってきた。肩のいかり具合と握られた拳に彼のフラストレーションが見て取れる。「何も見つからなかったようだね」オーウェンは言った。

わたしはうなずく。「ええ。それにしても、これはいったいなんなの?」動きの止まった広場一帯を見回しながら言った。

オーウェンが恥ずかしげにうつむくのを見て、ちょっとほっとした。少なくとも、これだけすごいことをやってのけたことに対してきまり悪そうにする奥ゆかしさが、彼にはあるということだ。「理論的に可能だったから……」オーウェンは肩をすくめる。「エネルギーのフィードバックと慣性を魔法的に操作するんだけど——」

サムが戻ってきたので、それ以上ミスター魔法使いの意味不明な解説を聞かずにすんだ。

「それらしいやつはいなかった」サムは言った。「それしても、なんだ、この魔術は三ブロックもカバーしてんのかい。いずれにしろ、やつはすでに圏外に行っちまったようだ。まずいことになる前に、そろそろ時間をもとに戻した方がいいんじゃないか?」

オーウェンはふたたびひざをついて両手を地面にあてがった。ふいに夜風が頬に当たり、夜の小さな音たちがいっせいに聞こえはじめて、いままで周囲がいかに静かだったかにあらためて気づかされた。ふたたび鳴りはじめたサイレンとともに、パトカーが宝石店の前の駐車スペースに急停車する。オーウェンの合図で、わたしたちはレンタカーをとめた場所に向かって走りだした。サムも頭上を低空飛行しながらついてくる。

車にたどりつくやいなや、サムがオーウェンに向かってがなりたてた。「いったい全体どういうつもりなんだ！」オーウェンが答えようとするのを、すかさず片方の羽で制する。「理論の説明なんざ聞きたくねえ。おれが知りたいのは、どういうつもりであんなまねをしたのかだ。たとえあんなことができるのはあんたぐらいしかいないとしても、むやみにやっていいってもんじゃない」

なるほど、少々怖じ気づいたのは、わたしだけではないということか。サムの剣幕に、なんだかますます恐くなってきた。彼がこれほど取り乱すのを見たのは、たぶんはじめてだ。魔法界の裏表を熟知するサムがオーウェンの行動に不安を感じているなら、これは相当に重大なことなのだろう。

「リスクは承知のうえだよ」オーウェンはなんとか言葉をはさんだ。「ここは魔力がきわめて弱い地域で、この時間は人もほとんどいない。この状況なら試す価値はあると思ったんだ。早く捕まえられれば、それだけ被害も少なくてすむ」

サムは羽を閉じ、腕を組んだ。「う～む。とにかく、あまり調子にのりすぎるなよ。問題のある魔法使いは町にひとりで十分だ」

「自分のパワーに酔ってるつもりはないよ。というか、いまは酔おうと思っても無理だ。もうくたくただからね」

「とにかく、なんとかして犯人を捕まえないと」真夜中のダウンタウンにこうして集まっているそもそもの理由を思い出してもらうため、わたしは割って入った。「この魔法使いはある意味、イドリスよりたちが悪いわ。いまのところイドリスは、実際に魔法を使って犯罪を犯してはいないもの。彼の魔術は倫理的に問題があるし、人を悪事に向かわせかねないものだけど、彼自身が魔法を使って盗みをはたらくのを見たことはないわ」

「他人を使って悪さができるなら、自ら手を汚す必要はないさ」オーウェンは言った。「きっとコミッションを取ってるんだ」

「おれはしばらくここに残る」サムが言った。「窓ガラスが戻るかどうかを確認して、だれかがこの状況につけいらないよう現場を見張る。あんたらは早いところ帰った方がいい。連中に気づかれる前にな」

「それと、わたしたちがいないことに両親が気づく前にもね」わたしは言った。

翌朝は、いつものポニーテールより若干ましなヘアスタイルをつくるため、ふだんより早く起きた。いまや肩の下まで伸びた髪は、何もしないと生気なくだらりと垂れ下がったままだ。ついでに化粧も少々。昨日は完全に不意をつかれてしまったが、まったく身なりを気にしなくなったわけではないことを一応示しておかなければ。もちろん、もとのさやに収まることなど考えるべきでないことはわかっている。いまはあくまで、仕事仲間としての関係を維持すべきだということも。でも、仕事仲間だって、それなりの身だしなみは必要だ。リップグロスを塗りながら、とりあえずそう自分に言いわけする。

下へ行くと、すでにオーウェンはキッチンのテーブルについて、コーヒーを飲みながら、無言のまま父と新聞のページを分け合って読んでいた。母は朝食の準備に余念がない。ときどき早口で何やらしゃべっているが、男たちはほとんど無視している。父は読み終わったページをオーウェンに渡していく。母の口調に、ゆうべのわたしたちのいどころを勘ぐるようなところはまったくなかった。

「ケイティ!」キッチンに入っていくと、父がわたしを見て言った。オーウェンが顔をあげてにっこり笑う。彼はすっかり身支度を整え、コンタクトレンズまで装着ずみのようだ。

「おはよう、みんな」わたしはまっすぐコーヒーポットへ向かい、自分用に一杯注ぐと、オーウェンの隣に座った。

「今日は一日休みを取って、彼と過ごしたらどうだ」父が言った。「部屋と食事がただとはいえ、小遣い程度の給料しか支払ってないにしては、おまえはずいぶんよく働いてくれている。今日は土曜だし、どうせ店は半日だ。遠路ニューヨークから来てくれた客人とゆっくり過ごすといい」どうやら父は、かなりオーウェンを気に入ったようだ。

「ありがとう。でも、めぼしいところは昨日全部見ちゃったし、やることなんてあるかしら」

「そりゃあ、なんだってあるでしょう」母が言う。

「そうだ。郡庁舎のツアーはどうかしら。あそこの建築様式はけっこう面白いの。それに、コブ郡の司法の歴史に関する小さな資料館もあるわ」

「面白そうだね」オーウェンはわたしの目を見て、言わんとすることはわかったというようにかすかにうなずく。「郡庁舎はぜひちゃんと見てみたいな。それから、町の周辺もドライブしてみたい。こんなに広大なオープンスペースを見たのは、たぶんはじめてだからね」

「ピクニック用にお弁当を用意するわ！」母が張りきって言った。「ねえ、なんだかロマンチックだと思わない、フランク？」父は黙って新聞のページをめくり、反対側に折り返した。ピクニックなんて、たしかにロマンチックな響きではあるが、ここは妙な期待を抱かないようにしなければ。いまのところ、オーウェンの言動にはロマンスのロの字も感じられない。

「そういえば、ディーンはゆうべうちに来たの？」わたしは言った。

「どうして？」母が訊く。

「デイリークイーンで例によってシェリーと言い合いしているのを見たから。そういうことがあると、たいてい追い出されてうちに逃げ帰ってくるでしょ？　ここに来なかったのだとしたら、ゆうべはどこで寝たのかしら」

「自分の兄さんのことをそんなふうに言うのはやめなさい。たしかにあのふたりの結婚生活は安泰とは言いがたいけど、それは夫婦の問題で、あなたが陰口をたたくことではないわ。さてと、ピクニックの準備をするから、ちょっと待っててちょうだい。でも、あまり遅くならないようにね。今夜は家族そろってのディナーなんですから。食事の前にちゃんと着がえるのよ。オーウェンだって、たまにはジーンズ以外のあなたを見たいでしょう。まさか、ニューヨークでもそんな恰好で出歩いてたわけじゃないでしょうね」

「ニューヨークでは、肥料の入った袋を運んだりする仕事はやってないもの」わたしはもごもごとつぶやいた。オーウェンの方をちらりと見ると、必死に笑いを堪えている。目玉を回してみせると、彼はそのまま吹き出して、しばし咳き込むふりをしていた。

わたしたちはまもなく、ボーイスカウトの一団さえ満腹にできそうなピクニックバスケットをもたされて家を出た。「あなたの実家に行ったときの方が、ずっと楽だったわ」

「きみにとってはね」

「またそんなこと言って。たしかに小言のひとつやふたつあったかもしれないし、彼らは必ずしも取っつきやすい人たちではないけど、あなたが言うほどひどくはないわ。少なくとも、何かを隠したり、裏工作したりする必要はなかったもの」

「そりゃそうだよ。彼らはすべてを知っているんだから。文字どおり、す、べ、て、をね。彼らに隠しごとをするのはそもそも無理だ」

「いずれにしても、うちの家族に比べたら、彼らははるかにまともだわ」

「まあ、その点についてはあえて反論しないけど」今度はわたしが笑いを堪える番だ。こうした瞬間に以前の姿を垣間見せながら、オーウェンはほんの少しずつ打ち解けてきている。

わたしたちはまっすぐ郡庁舎へ向かった。地元警察は手もちの立入禁止テープを使いきってしまったのではないだろうか。広場に面する店のほとんどが、犯罪現場を保全するための黄色いテープで囲われていた。ウインドウはすべてもとどおりになっていて、テープの外側には野次馬が集まっている。

わたしはオーウェンといっしょに人垣をかき分け、野次馬の整理に当たっている保安官代理のところまで行った。「ジェイソン！」彼は高校の同級生で、こっちへ戻ってきてから何度か町で行き合っている。「いったい何があったの？」

ジェイソンは帽子を押しあげ、額の汗を拭きながらにやりとした。「なんとも妙な事件だよ。ほとんどの店が夜のうちに盗みに入られてる。ずいぶんえり好みして盗んでいきやがった。しかも、無理に侵入した形跡はない」

「本当？　どんなものが盗まれたの？」

「店のなかで五分自由な時間を与えられたら、たいていの盗っ人がもっていきそうなものだよ。宝石店で宝石がいくつか盗られた。特別高価なものは鍵のかかったケースに入ってるんで無事だったけど、陳列棚にあったものがもっていかれた。陶器もいくつかやられてる。薬局内のギフトショップでも、比較的値の張る商品が盗られた。ただ、ドラッグが目当てではなかったらしい。覚醒剤のもとになる薬品も手つかずだ。最近の薬局強盗はたいていそれが目的なんだけどね」

「へえ、驚いた。スクープをありがとう」

彼はわたしに向かって帽子を軽く傾ける。「おやすいご用さ、ケイティ」

オーウェンとわたしは野次馬の群れを抜け出した。「要するに、この通信講座の目的は、魔法を使って手っ取り早くリッチになる方法を伝授することのようね」

オーウェンは集まった人々を見渡した。「このなかにきっと犯人がいる。犯人は現場に戻るっていうからね。自分のやってのけたことを満足げに眺めているはずだよ」

「問題は、町の住人のほとんどがここにいるってことよ。すでにうちの兄貴ふたりと、昨日チエックした容疑者全員の姿を見たわ」

そう言っているそばから、ジーンがこちらに向かって歩いてきた。ただし、視線は別のところに向いているので、目標はわたしたちではなさそうだ。そのとき、郡庁舎の時計塔の鐘が鳴った。ジーンは顔をしかめ、腕時計を見る。「あの時計、五分遅れてるぜ」彼はひとりごとのように言った。「だれかが文句を言わないと、あいつら何もしねえんだ」ジーンはふいに方向転換し、庁舎の方へ歩きだす。どうやら、自ら文句を言いにいくようだ。

ジーンが立ち去ったあと、テディがやってきた。「こりゃすごいな。この町にこんな大泥棒がいたなんて驚きだよ」そう言うと、ふと顔をしかめてオーウェンを見る。「どこかで会いましたっけ？」

「テディ、こちらは友達のオーウェン。ニューヨークから来たの。昨日、店にいたのよ。調合法が見つかったとか言って走っていっちゃったから、気づかなかったかもしれないけど」

「ああ、そうか。どうりで見覚えがあると思った」テディはオーウェンと握手をする。「ようこそ。そうか、きみは妹の友達か。ニューヨークに友達がいるとわかって安心したよ」

「テディ！」わたしは抗議の声をあげる。

そこへディーンがやってきた。「なんだよ、こりゃまるで家族の親睦会だな」そう言って、テディとわたしの肩に腕をかける。「なっ、おれのいちばん大事な妹と、二番目に大事な弟」

「二番目ってなんだよ」テディがお約束の異議を唱える。そしてオーウェンの方を向いて言った。「とんでもない兄貴だろ？」

「おい、外部と同盟を組むのは禁止だからな」ディーンが笑いながら言う。「新しい男がかわいい妹を泣かさないよう、おれとおまえで一発焼きを入れとくんじゃなかったのか」

「そんなことしなくても、ケイティならちゃんと考えて男を選んでるよ」

わたしはディーンの腕から抜け出し、テディに投げキスをした。「だからテディ、大好き。じゃ、わたしたちはそろそろ行くわ。オーウェンをいじめるのはディナーまでがまんして」

車に乗り込み、広場から出ると、オーウェンが言った。「変な下心がなくてよかったよ。これだけ恐いお目つけ役がいるんだからね」

「全部口だけよ。心配しなくていいわ。だから、多少の下心はもっても大丈夫よ」彼の頬がぐんぐん赤くなるのを見て、わたしは必死に笑いを嚙み殺した。

車はまもなく、川沿いのピクニック場に到着した。ここには屋根つきのテーブルも備わっている。認めたくはないが、母は正しかった。たしかにここは、ロマンチックなピクニックにはもってこいの場所だ。母が用意したピクニックバスケットのなかみは、まさにそんなデートにぴったりだ。ひと口大のフィンガーサンドイッチやイチゴ、ほかにも互いに食べさせ合うのにちょうどいいものがいろいろ詰められている。母はテーブルクロスとプラスチックの皿も忘れていなかった。テーブルをセッティングしながら、彼がここに来たがったのには、ひょっとして何か特別な目的があったからだろうかと考えた。仕事の話はどこでだってできる。ここは自分たちの話をするのに理想的な場所だ。

「いいところだね」テーブルにつくと、オーウェンは言った。「その小川は町を流れてるのと

「同じ川？」

「ええ、そうよ」サンドイッチの皿を差し出しながら言う。

「妖精たち、いると思う？」オーウェンはオーウェンはサンドイッチをふたつ取ると、皿をわたしの方に戻した。

「たぶんね。きっと町からこっちへ移動してきていると思う。でも、この時間帯に姿を見ることはないよ。彼らは夜行性だから」

「じゃあ、夜にまた来てみないとだめね」こちらとしては、やぶさかではない。

「彼らが必要になったら、そうすることになるね」

話がどうしても仕事のことから離れない。もどかしくてため息が出そうになる。でも、話題を変えるきっかけが見つからない。中学生のころは簡単でよかった。男の子の気持ちが知りたければ、〈わたしのこと好き？　どっちかに○をして。イエス／ノー〉と書いたメモを渡せばすんだのだから。もっとも、中学生のときでさえ、わたしにそんなことをする度胸はなかったのだけれど。イチゴをひとつつまんで唇ではさみ、精いっぱい色っぽく食べてみる。果汁があごをつたって落ち、シャツにしみができた。ああ、これでは色気も何もあったものではない。

それでも、反応はあった。オーウェンの目が大きく見開かれ、舌の先が下唇の、ちょうどわたしの唇から果汁が垂れたのと同じあたりに触れる。彼はすぐに二、三度瞬きをして、わたしから目をそらすと、咳払いをして言った。「それで、犯人をどう捕まえるかだけど——」

わたしは小さくため息をつき、ノートを出してメモを取りはじめた。仕事柄こうするのが癖になっている。オーウェンの方も、いまのところ仕事モードから脱する気はないようだ。「このまま隠密捜査で犯人の正体を探る？　それとも、現行犯でとらえて素顔を暴く？」

「これだけ手がかりがないとなると、現行犯で捕まえるのがいちばん確実だろう。相手がとんでもない神童でもないかぎり、ぼくが魔法で負けることはないと思う。たとえ、魔力のレベルが同じくらいだとしても……まあ、いまのところその可能性はかなり低いと思うけど、通信教育で学びはじめたばかりの魔法使いに比べたら、こっちにははるかに多くの知識と経験があるからね」オーウェンは眉をひそめ、一瞬、空を見つめると、ふたたび口を開いた。「罠をしかけてみようか。何か相手が絶対引っかかるようなものをエサにして。それを何にするかが問題なんだけど――」

9

「このネズミをとらえるにはチーズひとかけってわけにはいかないわね」わたしは言った。「まずは彼が何を欲しがっているのかを知る必要があるわ。彼を駆りたてているものがなんなのか。そして、なんらかの形でそれを用意するの」

「用意はしても、簡単には手に入れさせないようにする」オーウェンは宙を見つめながら言う。頭のなかでアイデアを練っているようだ。「チャレンジが必要な状況をつくるんだ。犯人がお金を欲しがっていることは、たぶん間違いないだろう。でも、同時に、みんなを出し抜くことを楽しんでいるようにも見える。自分だけが特別な能力をもつことに優越感を感じているんだ」

「いい気なもんだわ。あなたがこの町にいることも知らずに」わたしは言った。「でも、それって、利用できるかもしれない。この犯人なら、わたしのような免疫者《イミューン》が存在することなんて、きっと思いつきもしないと思う」

オーウェンの目がきらりと光った。何かひらめいたらしい。「そうだな。おそらく入門講座で触れることはないだろう。それに、魔法使いがほかにも存在することは知っているだろうけど、この町にいるとは思ってないと思う。いるとわかれば、きっと面白くないはずだ。彼は自分がいちばんでいたいわけだから」

オーウェンはわたしのノートとペンを取ると、さっそくいつもの完璧なブロック体で作戦を書きはじめた。「犯人が絶対無視できないようなものを用意して、そこに魔法除《よ》けをしかける。魔法除けのことはまだ習っていないだろうから、きっとわけがわからず、どうなっているのか調べようとするはずだ。そこをねらって捕まえる。おそらく魔法で反撃してくるだろうけど、きみには魔法が効かないし、ぼくははね返せる。相手はこっちの方が格上だということを認めざるを得なくなるだろう」オーウェンは顔をあげると、わたしを見てにっこりした。「ほらね。だからきみが必要なんだ。きみがそばにいると頭がはたらく」そう言うなり、ふいに真っ赤になってノートに視線を落とす。「まあ、きみが危険に直面していないときはってことだけど……」

わたしを必要だと思ってくれたのはうれしいけれど、最後のひとことはよけいだ。そもそもそれがふたりの関係をつまずかせたわけで、わざわざ思い出させてほしくはなかった。「じゃあ、わたしを銀行の大金庫に閉じ込めて、ブレインストーミングが必要なときだけ会いにくるようにするのがいいんじゃない？」

「それだ！　銀行だよ！」オーウェンはわたしの皮肉にまったく気づかないまま、身を乗り出して言った。「彼はきっと銀行をねらう。金庫を空にするのは、魔法で窃盗《せっとう》をしようとする者にとって究極のチャレンジだ。犯人が昨夜の活動から回復してふたたび行動を起こす前に、銀行に魔法除けをしておいた方がいいな。今夜のうちにやっておけば大丈夫だろう。ぼくがゆうべのことで少々疲れているということは、彼は相当に疲労しているはずだ。店のウインドウをかたっぱしから消したわけだからね」

「どうやら今夜も寝不足になりそうね」つまりそれは、今夜も夜空の下でふたりきりの時間を過ごせるということだ。寝不足、大いにけっこう。

仕事が一段落したので、ランチのあとは観光でもするか、あるいは、いっそのこと、ふたりきりの時間をじっくり楽しめたらと思ったのだが、オーウェンはダウンタウンに戻って銀行と周辺の様子をチェックしたがった。早く仕事を片づけてわたしの方に集中したいと思っているならうれしいのだけれど、ただニューヨークに帰りたいだけのような気がしないでもない。

予定より早く家に帰ったので、母の手伝いをする時間は十分にあった。すでにフライドチキンと、鶏肉とダンプリング（小麦粉を練った小さな団子）のシチューはできあがっていて、オーブンにはローストが入っていた。母がパイの準備をしている間、オーウェンとわたしは豆をさやから出すのを手伝った。祖母がディナーの一時間前にツナサラダをもってやってきた。「健康のためにサラダは欠かせないよ」祖母がそう言うと、母はわたしたちに〝なんとかして〟という顔をした。

「おばあちゃん、オーウェンはこのあたりの郷土史にとても興味があるんですって。おばあちゃんはこの土地に長いから、いろんな話を知ってるわよね」そう言いながら、祖母をリビングルームへ誘導する。彼女の話は、そのほとんどがフィクションであるにしても、はじめて聞く人にとってはそれなりに面白い。オーウェンは興味深げに聞き入っている。特に、話が脱線して祖国《オールドカントリー》やら小さな人たち《ウィーフォーク》やらが出てくると、ひときわ熱心に耳を傾けている。出張中はあくまで仕事モードのスイッチを切らないつもりらしい。

やがて、ほかのメンバーが続々と到着しはじめ、まもなく家のなかはカオス状態となった。チャンドラー家ではなじみの光景だ。ベスとテディが最初にやってきた。ベスが頬にあいさつがわりのキスをすると、オーウェンは一瞬まごついた。「テキサスはどう？　楽しんでる？」ベスが訊く。

「とてもいいところだね。スペースがたっぷりあって気持ちがいいよ」

「まあ、社交上手だこと」ベスは笑った。「この一家には少々圧倒されると思うわ。わたしだって圧倒されるもの」

オーウェンはさらに狼狽《ろうばい》する。「いや、別に、そういう意味じゃ――」

ベスはわたしの方を向いて言った。「ケイティ、彼ってめちゃくちゃかわいい。わたし、応援するわ」オーウェンを狼狽の極致から救ったのはルーシーだった。ルーシーは母親の腕を振り払うようにして、オーウェンの方に両手を伸ばした。あやうく落っこちそうになるのを、オーウェンがすばやく受け止める。「あら、ちょっと、これはどういうこと？」両手を腰に当ててベスが言う。いまのいままでぐずっていたルーシーは、満足そうにため息をつき、オーウェンの首にしがみついている。「ケイティ、大変よ。強力なライバルが現れたわ。オーウェン、ごめんなさいね。さ、ルーシー、ママのところへ来て」

「いや、大丈夫だよ。たぶん、少しくらいなら」オーウェンは若干戸惑いの表情を浮かべながらそう言った。

テディがオーウェンの背中をぱんとたたく。「妹のことは本人に任せると言ったけど、娘はまだ人生経験が浅いから話は別だよ」

　ベスはよだれ用の小さなタオルをルーシーとオーウェンのシャツの間に滑り込ませる。「歯が生えはじめたところだから、よだれがすごいの。疲れたら遠慮しないで言ってね」彼女はそう言うと、キッチンへ走っていった。

「母がその姿を見たら大変なことになるわ」わたしはオーウェンに言う。「もっと孫が欲しいって話と、あなたがとても子ども好きそうだって話を、セットでえんえんと聞かされることになるから」

「たぶん、赤ん坊を触ったのは今回がはじめてだよ」

「それ、母の前で絶対言っちゃだめよ。天性のものだって言いはじめるから。でも、たしかに感心するわ。きっと動物に好かれるのと関係があるのね」

「たぶんね。赤ん坊とドラゴンはよく似てるから」オーウェンは皮肉たっぷりに言う。

「やっぱり赤ん坊のことはあまり知らないみたいね。よく似ているどころの話じゃないわ。小さくて、羽がなくて、肌の色が違うことを除けば、基本的に赤ん坊はドラゴンそのものよ」

「においはいいよ」

「いつもいいわけじゃないわ」

　フランクとモーリーが三人の子どもたちといっしょに到着したようだ。彼らにあいさつしようと顔をあげたとき、祖母が怪訝《けげん》そうにこちらを見ていることに気がついた。わたしたちは小声で話していたし、祖母はかなり耳が遠い。それでも、彼女はわたしたちの会話を一語一句聞いていたかのような表情をしている。

全員がそろい、ディナーが始まると、特に大惨事《だいさんじ》が勃発《ぼっぱつ》することもなく食事は進んだ。皆、オーウェンに対して礼儀正しく振る舞っていたし、彼自身やわたしたちの関係について、突っ込んだ質問をすることもなかった。わたしはいつしか質問に身構えるのをやめ、リラックスして食事に専念していた。

だが、リラックスするのはまだ早かった。母が皆におかわりを勧めていると、祖母が突然口を開いた。「それで、ニューヨークではどんなふうにドラゴンと過ごしてるんだい？　やつらがまだこの世界にいるとは知らなかったね。あんな都会をドラゴンがうろうろしてたんじゃ、大問題になりそうなもんだけど——？」

オーウェンは啞然として、しばし固まった。わたしは息をのむ。わたしの方を向いたオーウェンの両頰にピンクのしみが浮かびあがった。「母さん！」母が叫ぶ。ふと見ると、全員がわたしたちではなく祖母のことを凝視していた。助かった。皆、祖母がまたおかしなことを言いだしたと思っているらしい。

「さっきドラゴンの話をしてたじゃないか」祖母は言う。

「もう、母さんたら。耳が遠いから聞き違えたのよ。だから補聴器を買ってあげるって言ってるのに」

「あたしは補聴器なんていらないよ。耳はよーく聞こえるんだから。この人には魔力があるんだ。ドラゴンの話をするのは当然じゃないか」祖母はオーウェンの方を向く。「昔、よく父さんがドラゴンの話をしてくれたんだ。父さんの話じゃ、ドラゴンはオールドカントリーにしかいないってことだったけどね」

オーウェンはしばらく祖母のことを見つめていたが、やがて口を開いた。「たしかに、さっきドラゴンの話をしていました。だから、聞き違いではありませんよ。ただ、たとえとして使った言葉なんです。職場にドラゴンと呼ばれている人たちがいて。まあ、冗談半分にですけど。驚かせてしまったのだとしたら、申しわけありません」オーウェンはそう言うと、たとえどんなに年を取っていても、あるいは年若くても、女性なら間違いなく心がとろけてしまう類の笑顔を見せた。本人に自覚がないのが幸いだ。万一、悪用しようという気になったら、とんでもなく危険な武器となる。「でも、ニューヨークなら、ドラゴンだってだれにも気づかれずに生きていけるかもしれませんね。下水道や地下鉄のトンネルにドラゴンの群れが棲息《せいそく》していたとしても、たいして驚きませんよ。あの下なら、何が潜んでいてもおかしくありませんから」

「地下鉄のトンネルまで行かなくたって、以前、うちのアパートの下に一匹いたわよ。彼女はほんとに怪物だったわ」わたしも加勢する。みんないっせいに笑ったが、祖母だけは黙ってオーウェンを見つめていた。その目は依然として探るように彼を見ていたが、会話のテーマを彼女の耳や精神状態の問題からそらしたことで、オーウェンが祖母を味方につけたのは間違いない。全面的な信頼には至っていないまでも、父や母の前で彼をつるしあげるようなことはしないはずだ。たしかに、いまのはなかなかみごとな切り返しだった。

ディナーのあと、女性たちがあと片づけをする間、オーウェンはリビングルームで父と兄たちにつき合うことになった。この労働分担は性差別的ではあるが、ディーンが高価な陶器の皿を割って以来、母は頑として男たちに皿を洗わせなくなった。わたしはディーンがわざと皿を割ったのではないかと疑っている。オーウェンは手伝いを申し出たが、客人だからとキッチンから追い出された。彼はわたしのゲストなのだから、わたしもあと片づけを免除されてよさそうなものだが、女性たちによってキッチンに引っ張り込まれてしまった。まあ、オーウェンなら大丈夫だろう。もし父や兄たちを相手に困ったことになれば、何かを軽く爆発させたりして彼らの注意をそらせばいいだけだ。もっとも、祖母が味方についたいまなら、彼の身はまず安泰だろうけれど。

母とモーリーが残った料理を片づけ、ベスは皿を洗い、シェリーとわたしでそれを拭いた。より正確に言うと、わたしが皿を拭き、シェリーはわたしの横でカウンターに寄りかかっていた。彼女は片手で髪をかきあげると、そのまま首をかき、驚いたことに、わたしが皿をしまえるよう、その手を伸ばして食器棚の戸を開けてくれた。そばを通りかかったモーリーがふと立ち止まる。「あら！　どうしたの、それ！」わたしは、そのときはじめてシェリーのしているブレスレットに気がついた。

「ああ、これ？」シェリーは手首を揺らしながら言う。ダイヤモンドこそついていないが、なかなか高価そうな品だ。おそらく本物の金だろう。ジェムストーンをあしらったチャームがついている。店の給料の計算をしているのはわたしだから、ディーンとシェリーがいくらもらっているかは知っている。新車や家賃の支払いをしたうえに、こんなジュエリーを買う余裕があないとは思えない。

「ディーンから？　それとも自分へのご褒美《ほうび》？」モーリーが訊いた。

シェリーは思わせぶりな笑みを見せる。「内緒よ」

「たぶん前者ね。ここへ来たときのふたり、やけにいい雰囲気だったから」わたしは言った。

シェリーはふきんでわたしの肩をたたく。「いやね、この子ったら！　変なこと考えないで。自分で自分に買ったものじゃ、セクシーな気分になれないって言うの？」

あからさまに見つめないよう気をつけながら、彼女の表情をうかがってみる。ただ、彼女にとっては自分が真実だと思いたいことはすべて真実であり、うそをついているという認識がないから、たとえ事実でなくても表情から見抜くのは難しい。彼女にはうそ発見器も役に立たないだろう。

だれかが宝石店に押し入った翌日に、彼女がどう考えても自力では買えそうにないジュエリーを手に入れたというのは、いかにも怪しい。もしかしたら、彼女は本当に魔女なのかもしれない——言葉のあやではなく。そして、彼女こそが容疑者なのかも。もちろん、犯人が安く売りに出した盗品を買っただけだという可能性もあるけれど。

「それ、マーフィーズで買ったんでしょう」ベスが手を拭きながら、顔を近づけてブレスレットを見る。「この間、腕時計の電池をかえにいったとき、同じようなのを見た覚えがあるわ」

シェリーはなぜか笑い声をあげ、髪をかきあげた。なんとなく落ち着かないように見えるが、それが、盗みをはたらいて義理の妹に品物の出どころを見破られたからなのか、それとも、違法に購入した盗品であることを見抜かれたからなのかはわからない。小さな町で盗品を身につけるのは賢明ではない。たいていすぐに出どころが割れてしまう。

やがてシェリーは歯切れ悪く言った。「まあ、それほどめずらしいものでもないから。きっと中国かどこかで大量生産されたものよ」

「あなたたち何を見てるの？」母がやってきた。

モーリーがシェリーの手首をつかんで母の前に掲げる。「みんなでシェリーの新しいジュエリーを鑑賞してたの」

「あら、素敵じゃない。それ、マーフィーズで見たわ。偶然ね。実は、あなたの誕生日のプレゼントにどうかって思ってたのよ。でも、買っちゃったんなら、何か別のものを探さなくちゃ。ディーンとわたしは好みが似ているようね」

シェリーはもう一方の腕を差し出して振った。「大丈夫。手首はふたつあるわ！」

ベスはくるりと背を向けると、ものすごい勢いで皿洗いを再開した。モーリーはそそくさとその場を離れ、わたしはよけいなことを口走らないようしっかりと唇を結ぶ。ベスのペースがあがったので、皿を拭く手を大急ぎで動かさなくてはならなかったが、早く片づけを終わらせてオーウェンにブレスレットの件を報告したかったので、かえって都合がよかった。

ようやくキッチンから抜け出してくると、意外にもオーウェンはすっかりくつろいでいた。楽しそうにテディと話をしている。たしかにふたりは似たような思考パターンをもっているけれど、共通の話題があるとは思えない。魔法薬の調合には化学的な側面もあるにはあるが、テディの農業関連の仕事とオーウェンの魔法には、それ以外に重なる部分はほとんどないように思える。近づいていくと、ふたりが本について話しているのがわかった。両者ともスパイものやミステリーが好きで、お気に入りの本について情報交換をしているようだ。

わたしは自分の家族を愛しているが、いまは一刻も早くそれぞれの家に帰ってほしかった。夜道の運転を嫌う祖母が、まず最初に帰っていった。次に、モーリーとフランクが子どもたちを寝かせるために帰宅した。テディとベスも、ルーシーが目を覚まし、彼女の新しいヒーローに抱っこをせがむ前にそっと帰路についた。

最後になったのはシェリーとディーンだ。家を出るとき、シェリーが言った。「明日、うちでランチを食べない？　今夜は人がいっぱいで、ろくに話もできなかったから」彼女はわたしに対してそう言っているはずなのだが、視線はずっとオーウェンに向けられている。

これまでの経験から、シェリーのねらいはおそらくオーウェンだろうと思ったけれど、あえて嫉妬する気にもならなかった。もし彼女が本物の魔女だとしても、魔力ではとうていオーウェンにかなうまい。もし別の意味で魔女だった場合でも、彼女はあまりにオーウェンのタイプからかけ離れているから、どんなにアピールしようと無駄だろう。オーウェンは女性に対するこの鈍さのせいで、一度痛い目に遭っている。ある女性があの手この手でアプローチしたにもかかわらず、オーウェンは拒絶するどころか、気づきさえしなかった。彼女は結局、彼に復讐するために会社全体を敵に回すことになったのだ。

「ありがとう、喜んで」オーウェンの顔に浮かんだ明らかな動揺を無視して、わたしは言った。

彼らの家にほかにも盗品があるかどうかをチェックする絶好の機会だ。わたしに考えがあることを伝えるために、さりげなく目配せをする。

「じゃあ十二時半ぐらいに来て。何ももってこなくていいからね。こっちで全部用意するから」

ようやく全員が帰り、家のなかが両親とわたしたちだけになったとき、わたしはオーウェンをポーチに誘った。のぞき見されていないことを確認して——少なくとも、声が聞こえる距離からは——さっそく最新の見解を披露《ひろう》する。「新しい容疑者が浮上したわ」

「きみの家族のだれか？」

「間接的にだけどね。今日、シェリーは、新しいブレスレットをしてたんだけど、ベスがそれを広場の宝石店で見たって言うの。そう言われて、シェリーは少し動揺したように見えたわ。どこで手に入れたのか、最後まではっきり言わなかったし。いずれにしても、普通なら彼女とディーンにはとても買えない品物よ」

「彼女がその魔法使いだと思うの？」

「もしくは、その魔法使いを知っているかのどちらかね。その人物から盗品を安く買ったのだとしたら」

「ああ、それで彼女の招待を受けたのか」

「そのとおり。ふだんなら、どんな口実を見つけてでも遠慮するわ。今回は特別よ。彼らの家のなかをチェックできるし、もし魔法を使っているなら、痕跡を感知できるかもしれない。ちなみに、魔法の件を明らかにせずに彼女が窃盗犯であることを暴露するのは、やっぱり難しいわよね？」

「ああ、おそらくね」

「残念。ひどいことを言うと思われるかもしれないけど、母が彼女の本性を見抜けないのが悔しいわ。フランクとテディはほんとにいい人と結婚して、わたしも彼女たちが姉になったことはすごくうれしいの。でも、ディーンはいったい何を考えていたんだか。少なくとも、頭で考えたんじゃないことはたしかね」

「でも、彼女にそれほど魅力があるとは思えないけど。ちゃらちゃらした感じだし」

思わずオーウェンを抱き締めたくなった。彼のことが好きな理由のリストに、また追加するものができてしまった。残念ながら抱擁はがまんしなければならない。オーウェンはあくまでビジネスモードを維持したいようだから。

「銀行への細工は、みんなが寝静まったあとにすることになるわね。従業員や利用客は出入りできて、犯人の魔法使いだけを締め出すことなんて可能なの？」

「一定以上の魔力をもつ者だけを排除する形で魔法除けをしかける。実際に魔法を操ることができる者だけがはじかれるようにね。もし、銀行に入れない人たちがいるという噂が流れてきたら、この町には思った以上に魔法使いが存在していたことになるけど、ぼくの判断が正しければ、犯人は明日の夜、銀行への侵入を試みるはずだから、そうしたことが問題になる前に片がつくことになるだろう」

「つまり、今夜もまた窓から抜け出すことになるわけね」

「その前に、ブリーフケースから取り出したいものがある。きみの両親が眠りの深い人たちであることを祈るよ」

わたしたちは家のなかに入り、両親におやすみのあいさつをした。自分の部屋に戻って黒いジーンズとフードつきの黒いスウェットシャツに着がえ、人が寝ているように見えるようふとんの下に枕を入れて、ベッドの下からオーウェンのブリーフケースを引っ張り出す。その後は、懐中電灯で読書をしながら時間を潰した。零時を回ったとき、オーウェンが部屋の窓をノックした。

オーウェンも全身黒ずくめだ。ブリーフケースを渡そうとすると、彼は首を振って窓から部屋に入ってきた。「全部は必要ないんだ」そう言ってひざをつくと、ケースを開けて黒いバックパックを取り出し、いくつかのアイテムをそのなかに移しかえた。ブリーフケースに何が入っているのか興味があったが、部屋が暗いうえ、オーウェンの手もとを照らす魔法の明かりの角度のせいで、よく見えなかった。

必要なものをすべて取り出すと、オーウェンはブリーフケースをベッドの下に戻した。わたしたちは昨夜と同じように、ポーチの屋根から木の幹をつたって外に出た。車をデイリークイーンの裏にとめ、郡庁舎前の広場の一ブロック先にある銀行まで歩く。銀行が入っているアールデコの建物は大恐慌が始まる直前にできたものだが、銀行組織よりもはるかに頑丈だったらしく、いまでもある大手金融グループの支店として使われている。サムが銀行の前でわたししたちを待っていた。

「これが終わるまでぼくの姿を隠しておいてくれるかな」オーウェンがサムに言う。「こっちが容疑者にされる事態は避けたいからね」

「了解。犯人から姿を隠すだけの威力があるかどうかはわからないが、少なくともパトロール中の警官には何も見えないはずだ。ただ、できるだけ手早く頼むぜ。このあたりはパワーが特に弱いんだ。今日は教会で二、三時間過ごしたから若干余力はあるが、ちゃんとしたパワー源から充電したわけじゃないからな」

「つまり、教会はパワー源になるのね？」わたしは訊いた。「もしそうなら、この町は意外にパワフルかもしれないわ。ほとんどすべての通りに教会があるんだから」

「ガーゴイルにかぎっての話さ、お嬢。おれたちはそもそも教会を守るためにつくられた存在だからな。だが、この町のほとんどの教会はガーゴイルを考慮に入れて建てられていないから、さほど役には立たない。おれに言わせりゃ、とんでもない手落ちだぜ」

オーウェンはすでに仕事に取りかかっていた。もってきたものをバックパックから取り出し、銀行の正面玄関の前に並べている。「裏口はある？」彼は手を動かしながら訊く。

「出入口はここだけよ。銀行強盗がさかんだった時代に建てられたから、余分な脱出ルートはつくらなかったみたい。何か手伝うことはある？」

「ありがとう。いまのところはまだないよ。あとで力を借りることになるけど、いまはサムといっしょに見張りをしててくれると助かる」

車のヘッドライトが近づいてきて、思わず息をのむ。サムのめくらまし《イリュージョン》がちゃんと効いていることを祈らずにいられない。昨夜の事件を受けて、警察は広場周辺を特に念入りにパトロールしているようだ。ライトの動きから、パトカーが広場のなかを一周して出ていったのがわかり、ほっとひと息つく。数分後、彼らはふたたび現れて、銀行のある通りに入ってきた。わたしは建物にへばりつき、パトカーが銀行の前を通り過ぎるのをかたずをのんで見送る。車はかなりスピードを落として走っているので、周囲を見回す警官たちの頭の動きまでがはっきりと見て取れた。歩道にガーゴイルがいて、黒ずくめの二人組が銀行の入口の前に立っているというのは、もし見えていればこのうえなく怪しい光景だが、パトカーはそのまま走り去った。

「おれを信用してなかったな、お嬢」わたしが大きく息を吐き出すのを見て、サムが憮然《ぶぜん》として言った。

「悪気はないのよ。わたしには魔法が効かないから、どうしても実感がわかなくて」自分がひどく震えていることに気がついた。高校時代、友達に誘われて、あるいたずらに加わったときのことを思い出す。化学の先生の自宅の庭の木をトイレットペーパーでぐるぐるまきにしたのだが、いつ見つかるかと気が気でなく、これっぽっちも楽しめなかった。それ以来、そのての活動に関わるのはやめようと心に誓ったのだ。

「ちょっと静かにしてくれないかな」オーウェンが言った。何かに集中しているとき、オーウェンはややかりかりする傾向がある。ふだんの穏やかさが影をひそめる唯一のときだ。サムはわたしの顔を見て、肩をすくめた。

わたしたちの後ろで、オーウェンは何やらギリシャ語のようにも聞こえる言葉を静かに唱えはじめた。呪文を唱えながら、きらきら光る粉を入口のドアの前にまいている。背筋がぞくぞくする。かなり強い魔法が使われているようだ。魔法の刺激を増幅する例のロケットをつけていなくてよかった。オーウェンは一歩さがり、しばし黙って入口付近を眺めてから言った。

「さてと、これからこれをセットして微調整するんだけど、きみに手伝ってもらいたい」

「わたし？　でも、わたしには魔力がまったくないのよ？」

「つまり、きみのなかには発散されずにたまっているエネルギーがたっぷりあるということだ。それを利用させてもらう。このての魔法除けをセットするには、一度に大量のパワーが必要になる。でも、このあたりのパワーラインはきわめて弱い。ぼく自身のパワーを枯渇《こかつ》させないためには、別のエネルギー源からパワーをもらう必要があるんだ。きみにはほとんど影響はないよ」オーウェンは片手を差し出した。わたしは一歩前に踏み出してその手を握る。彼の手は温かくて力強かった。わたしの手は冷たくて湿っているに違いない。

オーウェンはできるだけ多くの面積が触れ合うよう、手のひらを合わせ、指が交互に組まれるよう握り直す。「体の力を抜いてリラックスして。きみは何もせず、ただここに立って静かに呼吸を続けていればいいから」

わたしはうなずき、「わかったわ」と言ったが、声がかすれていた。

「じゃあ、サム、見張りを頼む。それと、めくらまし《イリュージョン》が落ちないよう十分注意してくれ。ちょっとばかり火花が散るからね」そりゃあ火花も散るだろう。彼と手をつないだだけで、すでに体のあちこちがむずむずしている。魔術はまだ始まってすらいないのに。

目をつむるべきだろうか。でも、そうするようには言われなかったし、どんなことが起こるのか見てみたい気もする。オーウェンは呪文と歌の中間のようなものをつぶやいた。通常の呪文よりメロディはあるが、歌というにはやや単調すぎる。意味はまったくわからないし、どこの言語なのかも見当がつかない。そのときふいに、いままで感じたことのない強烈なパワーが体のなかを突き抜けた。今年のはじめ、ある妖精に寄生されたことで一時的に魔法が使えるようになったときのことが思い出される。オーウェンとつないでいる手がとても熱い。

見ると、握り合ったふたりの手が金色のオーラに包まれている。次の瞬間、さらに明るい光が目をとらえた。地面にまかれた粉から白い光のシートが立ちあがり、銀行の入口全体を覆い尽くす。一分ほどその状態が続いたあと、突然シートが消え、入口はいつもの外観に戻った。魔力の刺激も感じなくなった。手もとを見ると、オーラは消え、熱さも感じなくなっていた。

オーウェンは何度か大きく深呼吸すると、わたしの手を放した。「大丈夫?」

「ええ、たぶん」実際は少し脚ががくがくし、頭もぼうっとしているのだが、でもそれは彼の魔術のせいだけではないと思う。こんなふうに手をつないで彼が魔法を使うのを目の当たりにしたことの方に、より大きな原因がありそうだ。つい、彼と愛をかわすのはどんな感じだろうと考えてしまう。もちろん、以前の関係に戻ることができて、かつ、あらたな惨事《さんじ》に見舞われる前に関係をそこまで発展させることができたらの話だけれど。あたりが暗くて助かった。頬がさっきの手と同じくらい熱くなっているのを感じる。「うまくいったの?」わたしは訊いた。

「サム」オーウェンが言う。

サムは入口に向かってよちよちと歩いていく。すると、ある地点で突然、はね返された。

「ごらんのとおり。ちゃんと機能してるぜ」

「で、このあとは？」わたしは訊いた。

「サムがこのままここに張り込んで、不審な動きがあったらぼくたちに報告する。ぼくたちはひとまず家に帰ってベッドに潜り込む。いないことに気づかれる前にね」

わたしたちは車に戻り、家に向かった。数ブロック走ったところで、オーウェンが言った。

「おっと、まずいな」見ると、背後で赤と青のライトが点滅している。

「たしかに、まずいわ……」

10

運転中にパトカーを見ると、条件反射的にいつも心臓がどきどきしてしまう。制限速度を一、二マイルオーバーしていたかもしれないとむやみに不安になり、パトカーが追ってこないことが確認できるまで、バックミラーから目が離せなくなる。わたしたちはいま、このうえなく怪しい恰好で真夜中の田舎道を走っている。しかも、犯罪などめったに起こらない小さな町で、かなり大胆な窃盗《せっとう》事件が起こった直後だ。こんな状況でパトカーにとめられたら、本当に心臓発作を起こしてしまうかもしれない。あるいは、吐くかも。目頭がつんと痛くなってくる。なんとも女性的な反応だ。わたしは泣くことで窮地《きゅうち》を脱しようとするタイプではないけれど、今夜ばかりは勝手に涙が浮かんできてしまう。

一方、オーウェンはいたって落ち着いている。車を路肩にとめて窓を開ける。同時に片手をわたしの方に伸ばして手を握った。「こんばんは」オーウェンは警官に向かって言った。声の感じがいつもと違う。「何か問題でもありましたか？」静電気のような刺激を感じて、オーウェンとつないでいる手が熱くなった。どうやら魔法を使っているらしい。

警官はぼんやりした目で言った。「何か不審なものは見ませんでしたか？」

「いいえ、何も」

「そうですか。ご協力ありがとうございました」そう言うと、警官はパトカーに戻っていった。

オーウェンは車を発進させ、パトカーが完全に視界から消えてから、ようやくわたしの手を放した。

危機が去ったことが確認できると、わたしはいっきに緊張が解けて軽口をたたきたくなった。

「〝これはきみたちが捜しているドロイドではない〟」オビ＝ワン・ケノービの台詞をまねてみたが、途中で笑ってしまい、ちっとも威厳はなかった。

「え？」

「またまたー、知ってるでしょ？　ジェダイのマインドトリックよ。〝フォースは意志の弱い者にほど、よく効くのだ！〟」

「ああ、そのとおりだよ。ぼくがそのトリックを知っていたことに感謝してほしいね。でなきゃ、ぼくらは最重要容疑者になっていたところだ。パトカーのなかにカメラは設置されてるかな」

「この町のパトカーにそんな装備はないわ。だから、テープを消すことは考えなくて大丈夫。でも、魔法で他人を操るのは倫理に反するんじゃなかった？」

「そのあたりはグレイゾーンだね。どんな動機かによって、大きく違ってくる。いまのは問題ないはずだよ。任務を成功させるためにどうしても必要な措置だったからね。正当な理由もなく交通違反を見逃させるようなことをしたら、それこそ問題だけど」

「たしかに、容疑者になったら捜査はかなりやりづらくなるわ」わたしは同意する。「それにしても、すごい技ね」

「ふだんあまり使うことはないし、かなり疲れてるから、うまくいくかどうかわからなかったんだけど……」

「もしうまくいかなかったらどうするつもりだったの？」

「一時的に気絶させて、記憶の一部を消したかな」あまりにさらっと言うので、思わず背筋が寒くなった。

家の前に到着しても、オーウェンは車から降りようとせず、しばらく座ったままでいた。疲労困憊《こんぱい》で歩きだすことすらできないといった感じだ。「魔法除けを設置するのって、そんなにエネルギーを消耗《しょうもう》するものなの？」

「ああ。しばらく持続するだけのパワーを与えなくちゃならないからね。数日間休みなく魔法を使い続けるのと同じだけのパワーを消費するんだ。ニューヨークには潤沢《じゅんたく》なパワーラインがあるから、自宅に魔法除けをした場合でも、長い昼寝を取って一日魔法を使うのを休めば十分回復できる。会社にはさらに強いパワー源があるから、オフィスの魔法除けはなんてことない作業だよ。でも、ここは――」オーウェンは首を振る。「何をするにもかなりのエネルギーを消耗する。だから、きみからパワーをもらう必要があったんだ。明日は何時に起きなきゃならない？」

「教会は十一時からよ。あなたが行けば両親は喜ぶだろうけど、疲れているなら無理しないで。母たちは先に日曜学校に行くから早く起きるけど、わたしたちは彼らに合わせる必要はないわ。

日曜日はいつも各自が勝手に朝食をとるの」

「でも、ぼくのことをみんなに見せびらかせなかったら、きみのお母さん、相当がっかりするだろうな。そうなると、捜査活動に支障が出ないともかぎらない……。大丈夫。朝まで寝ればある程度回復すると思う。その前にまず、無事、部屋に戻れるかどうかが問題だけど」

オーウェンは今回、木登りを楽にするための魔法は使わなかった。オーウェンに押しあげてもらって先にポーチの屋根に登り、上から手を伸ばして彼を引っ張りあげる。オーウェンはどちらかというとスリムな方だが、見た目よりずっと重かった。先に窓から部屋に入り、しばし耳を澄ましてだれも起きていないことを確認すると、オーウェンに手招きをして、ベッドの下から彼のブリーフケースを引っ張り出した。

オーウェンはブリーフケースにバックパックをしまい、かわりに小さな薬瓶を一本取り出すと、ケースに鍵をかけ、ふたたびベッドの下に隠した。「廊下から部屋に戻ったら気づかれるかな。もう一度屋根の上を移動するのはかなりきつい感じだよ」

「万一物音が聞こえても、きっとだれかがバスルームに行ったんだと思うわ。廊下は階段ほどきしまないし」

オーウェンは静かにドアを開け、左右を見てから、そっと廊下に出た。わたしは彼が無事自分の部屋に入るのを見届けると、息をひそめて百まで数え、できるだけ静かにドアを閉めた。パトカーにとめられたときはひやりとしたが、今回もなんとか無事、だれにも気づかれずに仕事を終えることができた。パジャマに着がえ、ふとんの下から枕を出して、ベッドに潜り込む。

手のひらに残る熱の余韻《よいん》に意識を向けないよう努めながら目を閉じた。

翌朝、キッチンに姿を現したオーウェンは、さほど疲れているようには見えなかった。それでも、ふだんの彼をよく知るわたしには、瞳の奥に濃い疲労の色がにじんでいるのがわかる。母はトーストして食べるようワッフルを山のように用意しておいてくれた。いっしょに残されたメモからは、何かを勘ぐるような感じはまったくうかがえない。

オーウェンはスーツにネクタイという、ふだん仕事に行くときの恰好をしていた。いい加減、彼のスーツ姿には免疫ができていてもいいはずなのだが、しばらく目にしていなかったせいか思わず息をのむ。同時に、懐かしさで胸がきゅっと痛んだ。「コーヒー?」そんな心のうちが思いきり顔に出ているような気がして、急いで言った。

「ああ、ありがとう」オーウェンはスーツの上着を椅子の背にかけると、大儀そうに腰をおろす。

彼の前にコーヒーを置き、その横にグラスに注いだオレンジジュースと牛乳を並べる。「大丈夫?」

「だれかが魔法で決闘を申し込んでこないかぎり、大丈夫だよ。犯人も今日のところは、まだ、おとといの派手なパフォーマンスから回復しきってないはずだ。この土地のパワーの弱さが与える影響は、ぼく以上に大きいだろうからね」

トースターからワッフルが飛び出した。皿に一枚のせて、オーウェンの前に置く。「シロップはテーブルの上にあるわ。ほかに何か欲しいものはある?」

「いや、ないよ、ありがとう。いつもこんな感じの朝食なの?」

自分の皿にワッフルをのせ、オーウェンの横に座る。「ううん。ゲストがいるから、母、張りきってるのよ。ふだんはたいていシリアルかトーストね」スカートがずいぶんきつくなっていることに、あらためて気がつく。毎日、母の手料理を食べ、ニューヨークでのように歩かない日々を数カ月続けてきた結果だ。このままでは、ワードローブをすべて買いかえなくてはならなくなる。唯一の救いは、ここでの仕事はMSIでのそれよりずっと肉体労働が多いということだ。ドラゴンや魔法界の怪物たちに追いかけられるときは別として、MSIでは通常、デスクワークが中心だ。その点、店では五分と続けて座っていられたためしがない。

オーウェンはしばらく静かに食べていたが、やがてカフェインが効いてきたのか、いくぶん元気が出てきた。「教会からそのままディーンの家へ行って、きみの義理の姉さんが真犯人でないことを確認しよう。そのあとはどんな予定になってる?」

「日曜のランチのあとは、たいていみんな昼寝をするわ」

「よかった。夜の仕事に備えられる」

「今夜も?」たしかにフリルや天蓋《てんがい》は気に入らないけれど、わたしのベッドの寝心地は決して悪くはない。連夜、窓からこそこそ出入りしていると、さすがにベッドでの安眠が恋しくなる。

「犯人も夜までには回復するだろう。それに、日曜の夜は銀行をねらうのに理想的なタイミングだ。月曜の朝、金庫が空になっているのを発見したときの人々の驚きは、相当なものだろうからね。犯人にとって、その光景はたまらないはずだよ」

「本当に、魔法で銀行に侵入したり、金庫を開けたりすることなんてできるの？」

「マンハッタンのチェース銀行で試そうとは思わないけど、この町の銀行なら、その気になれば、だれにも気づかれずにかなりの額を盗み出すことができると思う。金庫破り専用の魔術は特に知らないけど、解錠用の魔術を応用すれば十分可能だ。犯人がこれまでやってきたことを考えると、イドリスのコースに銀行強盗のための魔術が含まれていたとしても驚かないけどね」

「ときどき、あなたが敵側の人間じゃなくて本当によかったと思うわ」わたしはワッフルを頬ばりながら言った。


教会の前で待っていた母の姿を見て、オーウェンが疲れを押して来てくれたことに思わず感謝した。彼を見せびらかすのに備えて、しっかりめかし込んでいる。教会のなかに入るやいなや、母はさっそく、皆にオーウェンを紹介しはじめた——ニューヨークからはるばる訪ねてきた娘の特別なお友達として。大勢の熟女たちに包囲されるのは彼にとってかなり苦痛なはずだが、オーウェンは愛想よく振る舞っている。クリスマスに彼の実家を訪れたときにも同じようなことがあったから、案外こういうことには慣れているのかもしれない。わたしに会いにきたことになっている以上、少なくともここでは母親たちが競って適齢期の娘を押しつけてくることはないだろう。もっとも、彼の故郷の母親たちは、魔法がからんでいたとはいえ、わたしの存在をまったく無視して猛攻をしかけてきたのだけれど。

礼拝が終わって車に戻ったとき、オーウェンが心底ほっとしているのがわかった。「なかなかみごとだったわ」わたしは言った。「どんな屈強な男でも、コブ統一メソジスト教会の女性軍団には、たいていひるむものよ」

「ドラゴンの扱いに関しては少々経験があるからね」冗談が出るようになったのは、いい兆候だ。この調子なら、ディーンとシェリーにもしっかり挑めそうだ。わたしたちはそのまま、町の反対側にある彼らの家に向かった。

シェリーはチューブトップにできそうなスカートとヘッドバンドにできそうなチューブトップという恰好で、わたしたちを出迎えた。このいでたちを見るかぎり、教会へは行っていないようだ。今日は例のブレスレットといっしょに、おそろいのネックレスとイヤリングもしている。オーウェンが家のなかに入るやいなや、シェリーは彼の肩に手を置き、両方の頬にキスをした。ヨーロッパスタイルというやつだが、左右ともかなり的を外して、シェリーの唇はオーウェンの口のすぐ横に着地した。「ようこそわが家へ！」わたしたちを家の奥へ招き入れながら彼女は言った。

彼らの家は、わが家に――つまり、両親の家に――そっくりだった。同じ家族の写真が同じような額に入って壁に飾られている。それに、見間違いでなければ、リビングルームの家具は以前実家で使っていたものだ。シェリーがテーブルにセットした食器は、母がめったに使わないパーティ用の陶器にひどく似ている。家に帰ったら、キャビネットのなかをチェックして、数が足りているか確認しなければ――。

ディーンが炭火のにおいをさせて裏庭から入ってきた。ランチ用に何か焼いているようだ。オーウェンにあいさつしたディーンは、昨夜に比べて少しそっけない感じがした。自分より上等な男を見つけたといわんばかりの妻の態度が気に入らないのかもしれない。もっとも、シェリーが目移りしがちな女だということは、とっくにわかっているはずだ。なにしろ彼女は、別の男との婚約を破棄してディーンと結婚したのだから。

ディーンの冷ややかな態度に気づいたのか、シェリーはそわそわと歩き回り、マッチを手に取ると、サイドテーブルに置いたキャンドルに向かった。薬局内のギフトショップでレインボーが売っていたキャンドルによく似ている。オーウェンが激しく咳き込んだやつだ。慌てて、オーウェンはキャンドルアレルギーなのだと言おうとしたら、ディーンが先に言った。「おい、つけるなよ」

「どうして？」火のついたマッチをもったままシェリーが言う。「これ、アロマキャンドルでリラックス効果があるのよ」

「部屋のなかが場末の売春宿みたいなにおいになるだろ。それに、それ、きつくて頭が痛くなるんだ」

「まるで場末の売春宿のにおいを知ってるみたいな言いぐさじゃない」シェリーはぶつぶつ言いながらマッチを吹き消す。ディーンがステーキの焼き具合を見に裏庭に戻っていくと、シェリーは気が張っているのか妙に甲高い声で言った。「何か飲む？　ビールはどう？　炭酸飲料やアイスティーやレモネードなんかもあるけど」

「アイスティーをもらうわ」ひょっとして彼女の手づくりだろうか。だとしたら、チョイスを誤ったかもしれない。

「ぼくもアイスティーを」オーウェンが言った。彼女にキスされた口のまわりをぬぐいたくてしかたがないといった顔をしている。

幸い、シェリーが冷蔵庫から取り出したのは、市販のアイスティーのボトルだった。よかった、これならたぶん安全だろう。シェリーはわたしたちにグラスを手渡すと、オーウェンに向かってまつげをぱたぱたさせながら言った。「上着を脱いでネクタイを外してもらっていいのよ。うちは全然フォーマルじゃないんだから。もちろん、そのスーツ姿はとっても素敵だけど」

オーウェンが真っ赤になるのを尻目に、シェリーはわたしの方を向いて言った。「ケイティ、こんなハンサムな彼がいるのに、いったいどういうわけで帰ってきちゃったの？　それとも、ニューヨークではこのレベルの男たちがその辺の木にいくらでもなってるわけ？」

オーウェンの疲労を考慮して、わたしは話題を変えることにした。「これ、ママのもってる食器に似てるわね。すごくいいわ」テーブルに向かいながら言う。

「でしょう？　同じ柄なの」シェリーは言った。「結婚したとき、彼女が開いてくれたティーパーティでひと目惚れしちゃって、いつか自分もそろえたいと思ってたんだけど、この前、偶然マーフィーズで見つけたの。あれから何年もたってるのに、まだ在庫があったなんて、ラッキーだと思わない？」

「定番の柄だからね」またマーフィーズか。この前というのは、どのくらい前のことだろう。

こうなったら、やはり訊かずにはいられない。「あら、それ、新しいネックレス？」

シェリーは、ネックレスを誇示するように胸を突き出した。後ろでオーウェンがアイスティーにむせている。「素敵でしょう。ブレスレットとおそろいなの。このイヤリングもよ」

これはいよいよ怪しい。ディーンが麻薬を売っているか、シェリーが自分の体を売っているか、それ以外の何か非常によくないことが進行中かのいずれかだ。

ディーンがステーキを積みあげた大皿をもって入ってきた。「ステーキはできたぞ。そのほかの準備はどうなってる？」

シェリーは手をひらひらさせた。「あら！　いますぐやるわ。テーブルに並べればいいだけだから」そう言ってキッチンに走っていくと、冷蔵庫からコールスローとベイクドビーンズのテイクアウト用の容器を取り出し、ベイクドビーンズをボウルに空けて電子レンジに入れ、コールスローの容器に取り分け用のスプーンを突っ込んだ。自分の身内のあまりにレッドネック（教養のない田舎者の白人）的な振る舞いに、少々恥ずかしくなる。怖々《こわごわ》オーウェンの方を見ると、特に気にしている様子はない。彼はシャイではあるけれど、決してスノッブではないのだ。考えてみれば、できあいの料理をテイクアウト用の容器から直接食べるのは、彼自身よくやっていることだ。もっとも、彼の場合、マンハッタンの高級タウンハウスでそれをやるわけだけれど。

おっと、これはつまり、スノッブになっているのは、このわたしだということ？　シェリーを疑っているのは、彼女が本当に犯人であるかもしれないからなのか、それとも、ただ彼女を悪者とできる口実が欲しいからなのか、あらためて自問してみる。ん～、たしかに、微妙なところだ。

シェリーは電子レンジからベイクドビーンズを取り出すと、わたしたちに向かって言った。

「さあ、好きな場所に座って。うちではいつもソファに座ってテレビを見ながら食べるの。だからテーブルの席は特に決まってないわ」

わたしはオーウェンの正面に席を取った。ディーンがステーキをのせた大皿をもってテーブルを回る。オーウェンのところに来ると、彼は言った。「うんとレアなやつ？ それともウェルダン？」

「その中間はないの？」

ディーンは笑った。「正しい答だ。安心しな、全部そんな感じだから」ずいぶん態度が和らいでいる。さっきのよそよそしさは、きっとほかに原因があったに違いない。たぶん、わたしたちが来る前に、またシェリーとちょっとした言い合いでもしたのだろう。全員にステーキを配り終えると、ディーンは自分の席についた。シェリーが皆につけ合わせの料理を回すのを待って、ディーンが号令をかける。「さっ、どうぞ！」

これまでのところ、オーウェンは家族による不躾《ぶしつけ》な尋問を免れている。両親はわたしに恋人ができたということだけで十分満足らしく、ようやく巡ってきた娘の幸運にケチをつける気はないようだ。しかし、兄にそんな配慮はない。わたしたちが食べはじめるやいなや、ディーンはさっそく攻勢に転じた。

「で、オーウェン、ニューヨークから来たんだって？」

オーウェンはまったくたじろぐことなく、すぐさまビジネスモードに入った。「いまはニューヨークに住んでいるけど、育ったのは市外の小さな町なんだ」

わたしはかたずをのんだ。ああ、どうか、どこで生まれたのか訊いたりしませんように。オーウェンは孤児で、自分の出生については彼自身よく知らないのだ。幸い、ディーンは違う質問をした。「大学は？」

「学部から博士課程《ドクトレイト》までイェールだよ」オーウェンはまったく表情を変えずに言ったが、わたしはやけに誇らしくて自然に頬がゆるむ。そうなの、わたしのボーイフレンドは、もとい、元ボーイフレンドは、すごい人なの。

シェリーが言った。「へえ、すごい。じゃあ、ドクターなの？」

「ドクターと言っても医者じゃないよ。正確に言うと、Ｐｈｄ《ドクター・オブ・フィロソフィー》で、まあ、要するに、たくさん論文を書いたってことだよ」

ディーンはあくまで尋問を続けるつもりらしい。なんでもいいから欠点を見つけようとむきになっているように見える。兄として妹を守ろうとしているというより、何か弱点を見つけて自分の方がイケているということを確認したいだけだという気がしないでもない。「で、仕事は何を？」意外なことに、まだだれもその質問をしていなかった。みんなにとっては、わたしと同じ会社で働いているということが、とりあえず答になっていたのかもしれない。

オーウェンは口のなかに入れたばかりのステーキをあえてゆっくりと噛み、アイスティーをひと口飲んでから、ようやく口を開いた。「特殊な技術資源を販売する会社の研究開発部門で責任者をやってる」今後のために、いまの言い方を覚えておこう。「魔法界のマイクロソフト」という説明は、内情に通じている相手にしか使えない。

オーウェンは反応を待つかのようにディーンの目を見つめ返した。ディーンは決して頭は悪くないが、大学には進学しなかった。だから、彼がこの話題でオーウェンをやりこめるのは難しい。ディーン自身もそれを感じているようだ。そろそろわたしが出ていくタイミングだろう。

「で、どう？　彼は合格？　それとも、ハーバード出の医者にした方がよかった？」

「それは必ずしもグレードアップとはいえないな」オーウェンが片方の眉をあげて言った。

「少なくとも、ハーバードじゃね」

「わたしは、彼、超イケてると思うわ」シェリーが言った。「ディーン、その辺にしといてあげなさいよ。それより、おかわりはどう？」

ディーンが何か言う前に、わたしはふたたび口をはさんだ。「ところで、この食器、ほんとに素敵ね。最近買ったの？」

ディーンが言葉に詰まるのを見たのは、おそらくこれまでの人生ではじめてだろう。半開きになった彼の口からは、なんの言葉も出てこない。シェリーはそんな夫の様子にまったく気づいていないようだ。「実は買ったばかりなの」誇らしげに言う。「これを使うのは今日がはじめてよ」

「だれかさんはずいぶん株をあげたんじゃない？」わたしは続ける。「シェリーの新しいジュエリー、見たわよ。ひょっとして、ビジネスのどれかがついに当たったのかしら」ディーンは常に一攫千金《いっかく》をもくろんでいる。〝手っ取り早く金が稼げるおいしい話〟を謳《うた》ったスパムメールがいちばんに標的とするタイプだ。わたしはここで、とっておきの作戦を敢行した。「宝石店に泥棒が入る前に買っておいてよかったじゃない。せっかくお金が入ったのに、品物を全部もっていかれて何も買えないんじゃ、がっかりだもの」

彼らの反応は、予想したものとはまったく違っていた。シェリーは秘密を守れないたちだから、身を乗り出して、実はすべてある人物から超お買い得の値段で買ったのだと自慢げにささやくか、もし彼女が犯人の魔法使いなら、意味深な笑みを浮かべて思わせぶりな態度を取るだろうと思っていた。ところが、彼女は実にしみじみとうなずいたのだ。「本当にそうよねえ」

ディーンの反応はさらに意外だった。急に黙り込んで、目だけがオーウェンとわたしの間を行ったり来たりしている。やがて彼は、ひどく冷ややかな声で言った。「この町の犯罪史上最大の事件が、おまえの彼氏がやってきた晩に起こるってのも妙な話だよな」

一瞬、どう反応すべきかわからなかった。もちろん、オーウェンは犯人ではない。でも、今回の彼の訪問とこの妙な事件は、たしかに関係している。とりあえず、侮辱《ぶじょく》されたガールフレンドと困惑した妹の両方を演じることにした。実際、そういう気持ちだったし。

一方、当のオーウェンはディーン以上に冷ややかになった。ものすごく腹を立てているときに見せる、あの不気味なほどの沈着さだ。彼がこんなふうに怒ったのを見たのは、マンハッタンの地下で敵と対峙《たいじ》したとき以来だ。あのときは、彼が引き起こした衝撃波で、あやうくグランドセントラルステーションが崩壊するところだった。「何か言いたいことがあるのかな」オーウェンは落ち着いた口調で言った。

「ディーン、失礼よ！」シェリーが言う。「まるで、彼が犯人みたいな言い方じゃない。泥棒をするなら、わざわざこんな田舎町に来なくたって、ニューヨークにいくらでもいい店があるわ。ほら、彼に謝りなさいよ」

ディーンとオーウェンはしばしにらみ合った。青い瞳がしっかりとグリーンの瞳をとらえる。普通なら、コンタクトレンズをしているオーウェンは瞬きをしなければならないので不利になる。しかし、普通じゃないのがオーウェンだ。もしいま、オーウェンがくれた魔法探知器ネックレスをつけていたら、彼が発する怒りのエネルギーで激しく振動していただろう。そのとき、ダイニングルームの壁にかかっていたディーンの高校時代の写真が床に落ち、大きな音をたてた。釘がゆるんでいたために起こった偶然の出来事という可能性はもちろんあるけれど、どうもそうではない気がする。

「ディーン、早く謝って！」シェリーがふたたび金切り声をあげ、にらみ合いは中断した。「知り合って以来はじめて、彼女がいい人に思えた。「彼が犯人なわけないでしょ。だいいち、あなたのママ、彼が来る何日も前から変なものを見たって騒いでたじゃない」

ディーンはオーウェンを見つめたまま言った。「変なものと窃盗事件とは違う」

「そうだけど、でも、町で妙なことが起こっていたのはたしかよ。だから、別に彼が来たことで突然すべてが変わったわけじゃないわ。まあ、ケイティにとっては、劇的な変化だと思うけど――」シェリーはすまなそうに続ける。「こんな扱いを受けたあとじゃ、きっとデザートを食べる気になんかなれないわよね。いいの、どうせスーパーで買った割引品のケーキだし。家に帰れば、ロイスがずっとおいしいデザートを用意してるはずだわ」シェリーは立ちあがった。「本当にごめんなさいね」

ここはあえて反論しないのが賢明だろう。わたしたちはシェリーに送られて家を出た。車に乗り込み、ドアを閉めると、わたしは言った。「ごめんなさいね。ディーンの態度は本当に失礼だったわ。いったいどうしちゃったのかしら」

オーウェンは黙ってエンジンをかけ、バックで私道を出た。ディーンの家と実家との中間あたりまで来ると、彼はため息をつき、ようやく少しリラックスした表情になった。「彼がきみの兄さんだということはわかってるし、自分が家族というものについて何も知らないということもわかってる――」

「そんなことないわ」わたしは口をはさんだ。

「でも、彼を容疑者として見る必要があると思う。彼の反応は典型的だった。例の品々についてのきみの質問があまりに核心をついたんで、彼は疑いをぼくに向けようとしたんだ。この件についてあんな感じで町の人たちに話して回れば、よそ者を容疑者にしたてあげるのは難しいことじゃない」

「店から盗まれたものが実際に彼の家にあるんじゃ、そんなに都合よくはいかないわ。ここはたしかに旧時代的な小さな田舎町かもしれないけど、よそ者をつるしあげて町から追放するようなことは、少なくともわたしが生まれて以降は一度もないはずよ。何より、彼は魔法使いじゃないわ。うちは魔法に免疫をもつイミューンの家系なんだから」

「彼が犯人の魔法使いだとは言ってないよ。ただ、犯人を知っている可能性はある。そしておそらく、その人物と組んでいる可能性もね。魔法がからんでいるとは知らずに組んでいるのかもしれない。あるいは、盗品の買い受けだけをしているのかも」

わたしは首を振った。「まさか、そんな。たしかにディーンはずる賢いところがあるし、ちょっとしたごまかしはやりかねないけど、でも、そこまでするとは思えないわ」

「じゃあ、きみはまだシェリーが怪しいと思ってるの？」

わたしはため息をつく。「ううん。今日の彼女の感じのよさがすべて演技で、わたしたちを混乱させるために夫婦で悪人と善人を演じてたんじゃないかぎりね。だけど、そもそも、どうして自分たちが疑われてると思うのかしら。わたしたちが事件の捜査をしていることを彼らが知ってるはずないでしょう？」

「警告されたのでなければね。ぼくがニューヨークを離れたのをイドリスが知って、こっちに来ると予測したのかもしれない」

「考えすぎよ。ディーンはきっと、あなたの存在を脅威に感じたんだわ。彼、いままでずっと、ねらった女の子は必ずものにする町いちばんのハンサムで通ってきたから。それがいま、最終的にものにした女の子とは夫婦げんかが絶えなくて、世間の人たちも彼の外見的な魅力にはそろそろ免疫ができて、ひとりの社会人としてきちんと身を立てることを期待するようになってきたわ。そんなところにあなたが現れたの。あなたは彼以上にハンサムで——あ、赤くなったりしないでね、よけいキュートに見えるだけだから——そのうえ、イェール大学で博士号を取って、ニューヨークの会社でなんだかやけに難しそうな仕事をしている。横では自分の妻が、そんなあなたをうっとり見てるの。おまけに、彼女をしばらくの間機嫌よくさせるために買った品々について、妹があれこれよけいな質問をしはじめた——」

わたしはため息をついた。「自分の面子を保つために、あなたをやっつける必要があったのよ、きっと」オーウェンが黙っているので、そのまま続ける。「あなたは彼のことをよく知らないし、兄弟がいないから、その辺の心理はわかりにくいかもしれないけど」

オーウェンはわたしの方をちらりと見ると、やや遠慮がちに言った。「ロッドがいる」

「そうね。ディーンとロッドはたしかによく似てるわ。ただ、ロッドは仕事嫌いじゃないし、以前デートしていたなかみのない美人たちとは、結局だれともくっつかなかったわ」

「ぼくがそうさせなかったから」

「ロッドだって、めくらまし《イリュージョン》をまとわなくちゃならないくらいコンプレックスをもってるわ。もし本当に追い詰められたら、たとえば、自分にとって重要な人の前で面子を失うかもしれないと思ったら、彼、どうすると思う？」

「わからないけど、家に招いたゲストに対してあそこまで無礼な態度を取ることはないと思うよ。でも、きみの言いたいことはわかる。ごめん」

「まあ、たしかにディーンの態度は怪しかったわ。それはわたしも認める。でも、彼がそこまでやるとはどうしても思えないの。もしなんらかの形で関わっているとしても、せいぜい盗んだ人物から安く品物を買ったとか、あるいは、盗品を買った人物から買ったとか、そういうことだと思う。いざとなったら彼に直接入手もとを問いただすこともできなくはないけど、素直に白状するかどうか……。いずれにしても、真犯人はまもなく判明するはずだわ。たぶん、今夜あたり――でしょ？」

「ああ、おそらくね」

「きっと、これが最後の夜更かしね。この犯人が銀行をねらわないはずはないもの。魔法除《よ》けにはね返されて、そこでついにご用よ。万事うまくいくわ」

11

万事うまくいくという台詞を口にすると、たいていその逆の事態になるのはなぜだろう。

家に帰ると、母がキッチンで待ち構えていた。「キャスリーン・エリザベス！　ランチに招待してもらいながら、自分の兄さんにあんな無礼な態度を取るなんて、いったいどういうつもりなの⁉」

母に対してあとで後悔するようなことを叫ばないよう、とりあえず十数える。どうやらディーンが先手を打って、母に告げ口の電話を入れたらしい。「わ、た、し、が無礼な態度を取ったの？」

思わず声が大きくなる。

オーウェンはものすごく落ち着いていた。つまり、ものすごく怒っているということだ。

「残念ながら、無礼だったのは彼の方だと思います」オーウェンは穏やかに言った。「彼は、ダウンタウンで起こった窃盗《せっとう》事件の犯人をぼくだと思っているようです」

母は青くなった。自分の家族を侮辱《ぶじょく》することが叱責《しっせき》に値する行為なら、ゲストに不作法な態度を取るのはまさに言語道断だ。しかも、いまだ独身の妹にようやく現れた理想的な花婿候補を犯罪者扱いしたのだ。母はオーウェンに信じられないといった表情を見せると、わたしの方を向いて言った。「オーウェンが泥棒のはずないじゃない。彼はあの夜ずっとこの家にいたんだから。ディーンは、あなたがディーンを泥棒呼ばわりしたって言ってたわ」

まあ、たしかに、見方によってはそういえなくもない。でも、きわめて間接的にだ。「ママ、わたしは別に泥棒呼ばわりなんかしてないわ。ただ、ディーンとシェリーが最近高価なものをずいぶんたくさん買ったみたいだから、それについてちょっと質問しただけよ。彼ら、ママのによく似た食器を一式そろえてたの。それから、シェリーはゆうべしていたブレスレットのほかに、おそろいのネックレスとイヤリングもつけてたわ」わたしはひと息ついてから、さらに続けた。「そんなふうに思うなんて、ディーンはやっぱり変よ。何もやましいところがないなら、わたしが疑ってるなんて思わないだろうし、わざわざオーウェンに疑いの矛先《ほこさき》を向けようとしたりしないはずだわ」

母は情報の処理に少々時間がかかっているようだ。兄弟の真ん中は往々にして忘れられがちな存在になるものだけれど、ディーンは小さいころから母のいちばんのお気に入りだった。彼がハンサムなことと無関係だとはいえないだろう。「いまの口調は、ディーンを疑ってる感じだわ」母はようやく言った。

「彼の態度を分析しただけよ。わたしだってディーンが泥棒なんかするはずないって思ってるわ。ただ、家に招待しておいて、わたしの友達を誹謗《ひぼう》したりしてほしくなかったってこと。もしオーウェンを疑ってるなら、わたしに直接言ってくれればいいでしょう?」

母は大きなため息をつく。「本当にごめんなさいね、オーウェン。とりあえず、デザートはどう?　チョコレートケーキをつくったの」

わたしはチョコレートケーキに目がない。オーウェンもそのことをよく知っている。わたしたちがテーブルにつくと、父と母も加わり、皆でコーヒーを飲みながらチョコレートケーキを食べた。雰囲気はまだ少し気まずかったが、ケーキを二、三切れ口に運んだころには、オーウェンもだいぶ落ち着いたようで、家電製品が爆発する心配はしなくてよくなった。ただ、彼はずいぶん疲れているように見えた。

食べ終えた皿を片づけながら、母は言った。「ケイティから聞いたかもしれないけど、日曜の午後はたいていみんな読書をしたり昼寝をしたりしてのんびり過ごすの。もちろん、あなたたちは好きなようにしてもらってかまわないけど、家のなかはかなり静かになるわ」

「ぼくも昼寝をさせてもらいます」オーウェンは言った。「たいした時差ではないですけど、少し時差ぼけ気味だし、ここへ来る前、休みを取るためにかなり残業したので」

母はにっこり笑うと、ディーンの無礼を埋め合わせようとでもするかのように彼の腕をぽんぽんとたたいた。「じゃあ、ゆっくり休んでちょうだい。夕飯のときに会いましょう。日曜の夜はいつも軽めにすませるの。時間も特に決まってないわ」

階段をのぼりきると、オーウェンはわたしを自分の部屋へ引っ張り込んだ。「先に今夜の打ち合わせをしてしまおう」ドアを閉めながら言う。

「ドアを閉めてふたりで部屋にこもってたら、ママたちが変に思うわ」というか、わたしが変なことを期待してしまう。

「そんなに長くはかからないし、部屋を出るとき、きみの髪が乱れてることもないから大丈夫だよ。たぶん、きみのママは、ふたりでディーンの悪口でも言ってるんだと思うよ」オーウェンはネクタイを引き抜いて、ベッドに腰をおろす。わたしも隣に座った。「今夜の変装について考えよう」

「変装？」

「きみはここの住人だし、家族もいる。犯人はおそらくこの町の人間だから、きみやきみの知り合いが魔法に関わっていることを知られるのは避けたいだろう？」

「まあ、たしかにそうね。で、どんな変装をするの？」

「犯人は魔法界についてまだほとんど知らない。魔法使いのイメージは基本的に映画やテレビで得たものだろう。フードつきのマントを衣装にしているくらいだからね。だから、こっちもそれに合わせるんだ。フードつきのマントを着て、こっちの方が優れた魔法使いであるふりをして、相手を怖じ気づかせる」

「ふりをする？」わたしは片方の眉をあげる。

オーウェンはわたしの突っ込みを無視して続ける。「彼が魔法でぼくらを追い払おうとしても、きみにはまったく効かないし、ぼくはどんな魔法でもまず問題なくはね返せるだろう。魔法の奥深さと自分の未熟さを思い知らせることができれば、考え直してこちらに協力するよう説得できるかもしれない。問題は、今夜までにそういうマントを二着用意できるかどうかだけど」

「大丈夫」わたしは立ちあがって、かつてテディのものだった洋服ダンスに向かった。「たしか、『スター・ウォーズ』かダンジョンズ&ドラゴンズ（ファンタジー・ロールプレイングゲーム）のコスチュームがまだあったはずだわ。テディはファンタジーおたくなの。わたしがタイトルに〝スター〟のつくものからいろいろ引用できるのは、彼のおかげよ」いちばん下の引き出しをかき回して、星と月がちりばめられたフードつきの黒いマントを引っ張り出した。「ジェダイの衣装もあったはずなんだけど、まあ、魔法使いなんだし、とりあえずこれでいいわね。暗闇できらきら光るのがいやでさえなければ」そう言って、マントをオーウェンに投げる。

「本物の魔法使いはアルマーニを着るものだけど――」オーウェンは片方の眉をくいとあげ、にやりとしながらマントを体にまきつける。「ま、今回はこれでいいかな。で、きみはどうするの？」

「これとおそろいのが、わたしの部屋のクロゼットのどこかにあるはず。テディにつき合わされて仮装パーティに行ったことがあるの、むりやりチームを組まされて」

わたしはオーウェンからマントを受け取り、クロゼットにかけた。こうしておけば、夜までにある程度しわが取れるだろう。「そろそろ昼寝を始めた方がいいわね」わたしは言った。「今夜はまた夜通し仕事だから。本は必要？　父はスパイものやミステリーをかなりたくさんもってるわよ」

「たぶんきみが自分の部屋に戻るまでに眠ってしまってるよ」オーウェンはあくびをしながら言った。「みんなが起きてもまだ出てこないようだったら、ドアをたたいて」

もちろんそんなことをするつもりはない。ここへ来る前にすでにかなり睡眠不足だったようだし、こっちに来てからはほとんど眠らずに、連日、悪環境のなか魔法を使っている。今夜はいよいよ犯人と直接対峙《たいじ》することになるのだ。その前にできるだけ体力を回復しておいてもらいたい。

魔法使いのマントは、整理ダンスのいちばん下の引き出しに入っていた。ここに突っ込んだのは、かれこれ十年くらい前だろうか。マントを引っ張り出し、一度着てみてから、クロゼットにかけておく。テディのおたくな趣味がこんな形で役に立つとは思わなかった。

ランチのことが依然として心に引っかかっていたにもかかわらず、自分でも驚くくらいすぐに眠ってしまった。目が覚めたとき、東向きのわたしの部屋はすでに薄暗かった。オーウェンの部屋のドアはまだ閉じたままだったので、抜き足さし足で階段をおりたのだが、やはりいつものように大きな音があがった。子どもたちが十代のころ、両親が階段のきしみをそのままにしておいたのはわかるが、みんなもう成人したのだ。いい加減、修理したらいいのに。もっとも、わたしはここ数日、十代のころよりはるかにひんぱんに、両親の目を盗んで家を抜け出しているわけだけれど。

オーウェンは五分とたたないうちにおりてきた。いつもの細いメタルフレームの眼鏡をかけ、色褪せたジーンズに瞳とほぼ同じ色のTシャツを着ている。母が一瞬彼に見とれるのをわたしは見逃さなかった。ちなみに、わたしの方はほとんど卒倒しそうになっていた。「よく眠れた？」わたしは訊いた。

「ああ、ぐっすりね。いまベッドに戻っても、すぐにまた眠れそうだよ。けっこう疲れてたみたいだな」

「よく眠れるのは、田舎の空気がいいせいもあるわ」母はそう言いながら、キッチンのテーブルを軽いはずの日曜の夕食で埋め尽くした。

その夜、わたしたちは早々と寝室に引きあげた。その際、ベッドタイムが待ちきれない新婚カップルみたいに見えないよう、向かう先がそれぞれの部屋であることをわざとらしいくらい強調しながら二階へあがった。でも、考えてみれば、わたしたちはいまのところ恋人同士らしい態度をまったくといっていいほど取っていない。昔気質《かたぎ》の両親は、娘が清い交際をしているらしいことにほっとしているかもしれないけれど、お互いほとんど相手に触れないことや、ふたりの間にロマンチックなムードがまったくないことについては、どう思っているのだろう。当事者であるわたしですら、ふたりの関係がよくわからないのだ。多少なりとも観察力のある人の目には、さぞかし奇妙な関係に映ることだろう。

部屋に戻ると、黒い服に着がえて髪をひとつにまとめ、出陣まで少しでも眠ろうとベッドに潜り込んだ。若干眠ったのかもしれないが、目を覚ましたときには、ほんの一瞬前に目を閉じたばかりのような感じだった。オーウェンがマントを小脇に抱えて窓から入ってきた。ベッドの下からブリーフケースを引っ張り出し、必要なものをバックパックに詰めかえると、最後にふたりの魔法使い用のマントもそこに入れる。そして、いつものようにポーチの屋根から木の幹をつたって地面におりた。

オーウェンは今回、車を銀行の向かい側にある図書館の裏にとめた。別の通りに面したここは、デイリークイーンよりも人目につかない。サムは銀行の前に張り込んでいた。「まだ姿は見えないぜ、ボス」

「きみのエネルギーの方はどう？」

「この町では、朝から夕方までほとんどひっきりなしに礼拝が行われるんだ。日がな一日屋根の上にいたおかげで、ばっちり充電できたぜ」サムはわたしを見あげるとつけ加えた。「教会が礼拝中だと、ガーゴイルはいつも以上にパワーを得られるんだ。礼拝は教会の活力をあげるんでね。この町は案外悪くないぜ。天気はいいし、教会はたくさんある。よう、ボス、ここにいるお嬢以外、あんたが充電のために接続できるものがないってのは残念だな」そう言うなり、サムはしまったという顔をした。「いや、変な意味じゃなくて」

「ぼくたちは隣の建物に隠れて待つ」オーウェンはサムの最後のコメントを無視して言った。「何か見たら合図してくれ」

サムは銀行の入口の屋根にとまった。オーウェンとわたしは銀行に隣接する商工会議所の入口付近に身を潜める。入口の少し奥まったところに隠れるためには、スペースの関係上どうしても互いにくっついていなければならない。オーウェンの近さが異様なほど意識されて、頭がくらくらしてきた。早く犯人に現れてほしいような、いつまでも現れないでいてほしいような……。このままでは、いまのふたりの間に存在する微妙なバランスを崩すようなことをしでかしかねない。わたしだけ別の入口に移動することを提案しようとしたところで、サムの声が聞こえた。「やっこさん、現れたぜ」

先日目撃したのと同じ魔法使いが、広場の角を曲がってきた。着ている手づくり風のマントも前回見たのと同じだ。彼の正体に結びつくような手がかりは特に見当たらない。フードを深くかぶっているため顔は陰になっているし、そでは手をすっぽりと覆い、長いすそは靴を完全に覆い隠している。肩からさげたカバンには、モノグラムのイニシャルはもちろん、目につくようなマークもロゴもいっさいついていない。

魔法使いは道をはさんで銀行の真向かいにある建物の入口に身を隠し、カバンのなかから複数のアイテムを取り出して自分の前に広げた。続いて小さな冊子を手に取り、ページをめくりはじめる。そして、冊子をちらちら見ながら、取り出したアイテムを並べていく。二本のキャンドルに火をつけた。オーウェンがやるように片手をひと振りするのではなく、マッチを使った。まもなく、例の静電気のような刺激が感じられるようになった。

魔法使いは並べたアイテムをカバンに戻すと、左右を確認してから通りを走って渡り、銀行の入口の前に立った。そして、両腕を高く掲げ、たどたどしいラテン語で何やら唱えはじめる。これで、魔法使いが男であることがはっきりした。声は明らかに男性のものだった。彼はそのまま前へ進む。そして、いまにも魔法除けにぶつかるというとき、すぐそばであらたに別の魔力の高まりを感じた。その瞬間、魔法除けがいきなり閃光《せんこう》を放ち、魔法使いははね返されて歩道に尻もちをついた。魔法除けは通常目に見えないものだから、オーウェンがちょっとした光のショーを演出したということだろう。アマチュア魔法使いがいまどんな表情をしているかぜひとも見てみたかったが、残念ながら彼の顔はフードの下に隠れている。

彼の前に出ていこうとしたところで、サムからふたたび合図があった。ヘッドライトとともに、パトカーがゆっくりと近づいてくる。オーウェンはすぐに魔法除けの閃光を消したが、どうやら見慣れない光が注意を引いたらしく、パトカーは銀行の前にとまった。魔法使いは暗がりを這って進み、建物の横の路地に入ると、そのまま走りだした。あとを追おうとしたわたしの腕をオーウェンがつかむ。

「あまり離れると、姿を見えなくしておくのが難しくなる」オーウェンはささやいた。

わたしたちは、警官が車から降りて、懐中電灯で周囲を照らしながら行ったり来たりするのを息を殺して見つめた。光線が目の前を横切ったとき、わたしは思わず首をすくめたが、警官はわたしたちに気づかないようだった。警官は車に戻って上半身を車内に入れると、無線機に向かって言った。「銀行の前から逃げ去った男がいたような気がするんで、ちょっと調べてみる」無線からの雑音のような応答にしばし耳を傾けたあと、警官はふたたび言った。「いや、援護は必要ない。おそらくその辺のガキだろう。ただ、例の窃盗犯でないという確証もないから、一応調べておく」警官は無線機を置くと、その手を腰の拳銃にかけて建物と建物の間に入っていったが、しばらくするとひとりで戻ってきた。その後、銀行の入口付近をチェックした。――魔法除けの影響はまったく受けなかった――車に戻ると、ふたたび無線機に向かって言った。「人の姿はなかった。もしかしたら野良犬だったのかもしれない。もう一度ダウンタウンを一周したら、今夜はもうあがるよ。じゃあ、またあとで」

パトカーが走り去るやいなや、わたしはオーウェンに向かって言った。「どうして追わなかったの？　絶対捕まえられたのに！　魔法界の人たちはいつもめくらまし《イリュージョン》をまとって歩き回ってるじゃない。彼を追いかける間だって、姿を消しておくことはできたんじゃない？」

「意志をもって見ようとしている相手から完全に姿を隠すには、かなりのエネルギーが必要になるんだ。ぼくらがふだん使っている、いわゆる姿を消す魔術っていうのは、実はほとんどの場合、完全なものじゃない。人々の目を見せたくないものに行かせないようにするだけで、それには彼らがもともとそれに注意を向けていないことが前提になる。意図的に自分を捜している相手に対して完全に姿を消すのは、もっとずっと難しいんだ。容疑者を追いながら、音をたてず、ぼくたちの両方を見えなくしておくのは、たぶん無理だったよ。もし追いかけていたら、捕まっていたのはぼくらの方だったはずだ」

「そうなったら、すべてが台無しだったわね」わたしは認めた。「例の時間を止める魔術を使うのも難しかったのね？」

オーウェンは答えるかわりに、ひざまずいて地面に両手を当てた。足の裏から魔法の刺激が伝わってくる。「さっきは魔術の圏外にある世界とつながっている人物がいたから、使うのは危険だった。万一、警官がフリーズしているときに援護部隊がやってきたら、まずいことになる。さてと、犯人がどこまで逃げたか見てみよう」

オーウェンは魔法使いが逃げていった路地に向かって走りだした。わたしはマントのすそをたくしあげ、彼のあとを追う。いっそ脱いでしまいたいが、犯人を見つけたとき、こちらの素顔を見られてはまずい。この前の夜と同じように周囲の空気は完全に止まっていたが、結局、猫とネズミ以外にフリーズしている生き物は見当たらなかった。それにしても、この町にこんなにたくさんネズミがいるとは思わなかった。思わず背筋が寒くなる。

わたしたちは建物の間をいくつも通り抜け、サムの目が届きにくいものかげをのぞきながら、ダウンタウン一帯を捜し回った。銀行の前に戻ってきたとき、サムが空からおりてきた。「申しわけない、ボス。途中までは追えたんだが、そのあとどこかに潜り込まれちまった。ひととおり空から捜索したが、軒下に入られて、そのまま建物のなかを移動したあとマントを脱ぎ捨てられたら、さすがのおれもお手あげだ。ネズミにでも追わせればなんとかなったかもしれないが、地元の連中とはまだ面識がないんでね」

オーウェンはわたしの方を見た。「このあたりに、身を隠すのにいい場所はある？」

「広場に面した建物の二階はほとんど空き店舗なの。非常階段を使えば、入れるところもあるはずよ。若い子たちがときどきたむろしてるから。でも、あなたがフリーズさせる前に、魔術の及ぶ範囲から出てしまったかもしれないわ」

サムは車のトランクに飛び乗り、オーウェンと目線を合わせた。「またあれをやったのか？どうりで妙に静かだと思ったぜ。始めてからどのくらいたってる？」

この前の夜、郡庁舎の時計塔が五分遅れたことを思い出し、自分の腕時計と時計塔とを比べて言った。「十五分ね」

「いますぐ解いた方がいい」サムはオーウェンに向かって言った。「人々が気づいちまうぞ。あんた自身にとっても、時空連続体にとってもよくない」

「でも、犯人はこのあたりの建物のどれかに潜んでるかもしれないんだ！」オーウェンは言った。

「見失ったとき、やつは広場から走り去るところだった。おそらく、もう圏外へ行っちまっただろう。もし、どこかに潜り込んでるとしたら、しばらく動かないはずだ。おれがこれから建物のなかをチェックして回る。だから、早いところ魔術を解いてくれ。こんなことを繰り返してたら、まじでやばいぜ」

オーウェンはため息をつき、ふたたび地面に両手をつく。すると、まもなく呼吸をするのが楽になった。サムが飛びたち、さっそく窓から建物のなかをチェックしはじめる。わたしたちは車に戻り、オーウェンの運転でダウンタウンを離れた。怪しまれないよう、なるべく遠回りしながら家を目指す。

「今夜捕まらなかったら、彼は明日の夜、また必ず現れる」しばらくすると、オーウェンが自分自身を奮い立たせるかのように言った。

「どうしてわかるの？」

「今夜、銀行に来るまで、彼は自分のことを無敵だと自負していた。なにせ、魔法が使えるんだからね。魔法除けは、彼にとって大きな衝撃だったはずだ。いまごろ、この町にほかにも魔法使いがいるらしいことがわかって愕然《がくぜん》としているだろう。それも、自分より優秀な魔法使いだ。おそらく、明日は一日、魔術の教科書を読んだり、通信講座の講師に問い合わせたりして過ごすはずだよ。うまくすれば、何が問題だったのかを確かめに、日中、銀行にやってくるかもしれない」

「昼間も銀行には入れないんでしょ？」

「ああ。つまり、なかに入れない人物がいれば、その時点で犯人を特定できるわけで、明日は徹夜しなくてすむということだよ。明日のきみの予定は？」

「たぶん少し店に出ることになると思う。ある程度デスクワークを済ませておかないと、あとが大変だから。よかったら、いっしょに来てわが家の商売を見学する？　少なくとも、ママから逃れることはできるわ。いずれにしても、早めにあがるつもりではいるけど」

「明日はサムといっしょに銀行で張り込むよ。できるだけ早くこの件を片づけてしまいたい」


翌朝、シェリーは遅刻せずに店に現れた。それだけでも十分不吉なのに、何やらプレゼントまで抱えている。これはきっと大惨事《だいさんじ》の予兆だ。シェリーはアルミホイルの焼き型に入ったケーキを手に事務所に入ってきた。「オーウェンいる？」なるほど、定時出勤とケーキの理由はそれか。

「ううん。今日はちょっとやることがあるみたい。どうして？」

「昨日のディーンのこと、あらためて謝りたくて。ケーキを焼いたの。昨日はうちでデザートを食べてもらえなかったから」シェリーの目は泣きはらしたように充血していて、さすがに少し可哀想になる。

「あなたが謝ることじゃないわ」シェリーからケーキを受け取り、デスクの上に置きながら言った。「悪いのはディーンだもの」

「ディーンのこと、どうしたらいいかわからないの」シェリーは涙声になった。「あの人、何か悪いことに関わってるみたい」

わたしは彼女の腕を取り、事務所の奥のソファまで連れていくと、いっしょに腰をおろして手を握った。「どういうこと？」

「何か違法なことをしてお金を得ているみたいなの。彼がどんなふうか知ってるでしょ？ 儲け話には目がないの。何度痛い目に遭ってもちっとも懲りなくて――。でも、少なくともいままでは、違法なことには手を出さなかったわ。まあ、明らかに違法なことにはってことだけど。それがこのところ、行き先を言わずにしょっちゅうどこかへ消えちゃうし、高価なものをどんどん買ってくれるの。プレゼントされて文句を言うのもなんだけど、そんなお金があるわけないことくらいわたしだってわかってるわ。どうやら、いかがわしい連中と会ってるみたい。彼がもし牢屋に入るようなことになったら、わたしどうしたらいいの？」シェリーはそう言うと、わっと泣きだした。

ディーンにはしばしばはらはらさせられるが、このシェリーが彼からのプレゼントに疑念をもっているのだとしたら、事態はかなり深刻だ。でも、魔法使いの件が解決するまでは、彼らの問題に関わっている余裕はない。どうしてうちの家族は、取り込んでいるときにかぎっていつも問題を起こすのだろう。もっとも、もしディーンの取引相手が例の魔法使いだとしたら、シェリーは有益な情報源になる。「しばらくディーンの行動をよく見てて。それで、何かあらたに不審な点に気づいたら、すぐに教えてちょうだい」シェリーの肩に手を置いて言う。「彼がだれと関わっていて、どこで一連の品を手に入れたのかがわかれば、対応もしやすくなるわ。必ずなんとかするから心配しないで」

シェリーはわたしの肩に顔をうずめてしばし泣きじゃくった。わたしは彼女の背中をぽんぽんとたたく。やがて顔をあげると、シェリーははなをすすりながら、なんとか笑顔をつくろうとした。「ありがとう、ケイティ。メイクを直して、レジに戻るわ」

その後は特に何ごともなく時間が過ぎた。昼前に仕事が一段落したので、午前中の売上金をまとめて銀行に向かった。もともとしなければならないことではあったけれど、今日はオーウエンとサムの様子を見にいく絶好の口実となった。

月曜の昼どきとあって、銀行は混みあっていた。そのため、車を一ブロック離れた場所にとめて銀行まで歩かなければならなかった。オーウェンは道の反対側の建物の前で、コーヒーを手に壁に寄りかかっていた。ひょっとして姿を消しているのだろうか。声をかけていいものか判断しかねていると、彼の方から話しかけてきた。「銀行に用事？」

「ええ。入金に来たの」

「つき合おうか」

「そうね、そこまで手もちぶさたなら」

「一応、銀行のなかもチェックしておかないとね」

「つまり、いまのところ入口ではね返された客はいないってことね？」

「ああ、ひとりもね」

歩きはじめると、銀行に向かうディーンの姿が目に入った。彼とはいずれ話をするつもりでいたけれど、いまここで対面するのは想定外だ。隣でオーウェンが身を硬くするのがわかった。彼にとっても、ディーンはいまいちばん会いたい人物ではないらしい。わたしたちは歩く速度をゆるめて、彼がこちらに気づかないまま銀行に入ってしまうのを待った。幸い、ディーンはわたしたちの方を見ずに正面の階段をのぼりはじめた。よかった、とりあえず気まずい遭遇は回避できたようだ。ほっとしたその瞬間、ディーンがドアの前で見えないバリアにはね返され、歩道にひっくり返った。

12

そんなばかな——。この目で実際に見たのでなければ、絶対に信じなかっただろう。ディーンが魔法使いだったなんて。自分の実の兄が、あの詐欺《さぎ》師で窃盗《せっとう》犯の魔法使いだったなんて——。わたしは走りだした。オーウェンも後ろからついてくる。「ディーン、ディーンがあいつだったの?」愕然《がくぜん》とした顔でわたしを見る兄に向かって、思わずそう言っていた。

「おれが、だれだって?」ディーンはしらを切ろうとする。逃げ出す準備をするかのように体を横に傾けたところで、オーウェンがかがんで彼の腕を取り、立ちあがるのを手伝った。しかし、オーウェンはそのまま腕を放さない。相当強く握っているのだろう。関節が白くなっている。ディーンは腕を引き抜こうとする。そのとき、例の静電気のような刺激を感じた。ディーンは懸命に何やら唱えはじめたが、オーウェンはまったく動じずに平然としている。ディーンの目にみるみる恐怖の色が浮かびあがる。

一分ほどそんな状態が続いたあと、オーウェンはディーンの腕をつかむ手にさらに力を入れて、静かに言った。「無駄な抵抗はやめた方がいい。ぼくときみとではあまりに格が違う。ぼくがどのレベルにあるか、きみには想像さえつかないだろう」そして、ふいにディーンの腕を放すと、一歩後ろにさがった。ディーンは走りだそうとしたようだが、その場から一歩も動けない。オーウェンは腕を組んだまま、彼を見つめている。

するとディーンは大声で叫びだした。「おい、ここに窃盗犯がいるぞ！　こいつが犯人だ！」

しかし、歩道を歩く人たちは彼をちらりと見ることもなく通り過ぎていく。

「きみだけが自分のやっていることを隠せるわけじゃない」オーウェンは穏やかな声で言った。「ケイティ、ぼくはきみの兄さんにつき合ってここにいるから、用事を済ませてきていいよ。これからじっくり話し合わなきゃならないからね」

「おまえ、おれの妹と何してるんだ。ケイティ、戻ってこい、こいつの言うことなんか聞くな！」ディーンは叫んだ。そして、ふたたび何やらつぶやきながら、わたしに向かって指を動かした。魔力の刺激は感じたが、もちろん、わたしにはなんの影響もない。

「ディーン、いい加減にして」ため息をつきながら言う。「わたし、入金しなきゃいけないんだから」ふたりを置いていきたくはないが、わたしはいま午前中の売上金と週末に届いた小切手を抱えている。銀行の入口に向かい、身震いしながら魔法除けを通り抜けると、なかに入る前にもう一度後ろを振り返った。窓口の列がいつもより長く思えるのは、実際にそうだからだろうか、それとも、一刻も早く彼らのところへ戻りたいからだろうか――。

わたしの兄が犯罪者の魔法使い？　きっと何かの間違いだ。たまたま偶然が重なって、誤解が生じたのだ。魔法除けにはね返されたのではなく、ただ階段につまずいたか、すべって転んだだけなのかもしれない。でも、ディーンは魔法を使っていた。少なくとも使おうとした。オーウェンに対して。そして、わたしに対しても。ほかにもまだ魔法使いがいて、そいつがすべての違法行為を行ったという可能性もないわけではないけれど、それではディーンがもっている品々について説明がつかない。

ようやく窓口にたどりついた。いつもは金額をダブルチェックしてくれることをありがたく思うのだけれど、今日ばかりはカウンターの上を指先でたたき、いらいらしながら待ってしまった。ようやく入金作業が終了すると、係の女性からほとんど奪うようにして領収書を受け取り、バッグに突っ込みながら、出口に向かって小走りでロビーを突っ切った。

オーウェンとディーンはさっきと同じ状態でにらみ合っていた。「お待たせ!」オーウェンに向かって言う。「それで、これからどうする?」

「だれにもじゃまされたり立ち聞きされたりせずに話ができる場所はある?」

「この町に? そうねえ、家にはママがいるし。シェリーはもうすぐ仕事が終わるから、ディーンの家もまずいわ。そうだ、うちの納屋はどうかしら」

「わかった、そうしよう」オーウェンの口調は相変わらず穏やかだったが、あごの筋肉がぴくぴくと動いている。

「ケイティ、おまえ、こいつの味方をすんのか?」ディーンの声には、かすかにすがるような響きがあった。「こいつが何者かわかってるのか?」

「ええ、彼が何者かはよーくわかってるわ。兄さんこそ、自分が何をしているかわかってるの?」

オーウェンは手を軽く翻《ひるがえ》して、〝お先にどうぞ〟の仕草をした。すると、ディーンの脚が動きだし、オーウェンのレンタカーの方向へ歩いていく。ディーンはときどき抵抗を試みているようだが、脚が言うことをきかないようだ。

ディーンを助手席に座らせると、オーウェンはシャツのポケットから小さな携帯電話のようなものを取り出し——もちろんただの携帯電話ではないだろう——ボタンをふたつほど押して、「サム、ケイティの家の裏の納屋に来てくれ」と言った。「それから、わかってると思うけど、ケイティのお母さんには十分気をつけるように」オーウェンが電話を耳から遠ざけたところを見ると、サムは間違いなく母のことを覚えているようだ。感謝祭《サンクスギビング》にニューヨークへやってきた際、母はサムのことを巨大なコウモリだと勘違いして、ハンドバッグで彼の顔面をしたたか殴ったのだ。

わたしは自分のトラックに乗り込み、レンタカーを運転するオーウェンを家まで先導した。家のなかから見えないよう、納屋の裏にある馬用の牧草地に車をとめる。犬たちが大喜びで駆けてきたが、数ヤード先で突然立ち止まった。まるで、これから始まることには関わらない方がいいことを瞬時に察したかのように。

納屋に入ると、オーウェンはディーンを木箱に座らせ、彼の前に仁王立ちになった。「いったいどういうつもりだ！　こんなことをして逃げおおせるとでも思ったのか！」オーウェンは怒鳴った。わたしは思わず首をすくめ、一歩後ろにさがる。オーウェンが怒鳴ることはめったにない。

「こんなことってどんなことだよ」ディーンは依然として無駄な抵抗を続けている。この戦法は子どものころからちっとも変わっていない。ばれていないことまで口にして墓穴を掘らないよう、両親がなんについて怒っているのかをまず確かめようとするのだ。

ディーンが犯した犯罪をかたっぱしからあげていこうとしたとき、騒ぎに気づいたのか牧草地にいた老馬のデイジーが納屋をのぞきこんだ。ディーンはいつもするように自分の脚をたたいてデイジーを呼ぶ。ディーンはデイジーのいちばんのお気に入りなのだ。ところが、彼女はまっすぐオーウェンのもとへ行き、こちらが嫉妬しそうになるくらい鼻先を彼の首にこすりつけた。ディーンはそのすきをついて母屋側の出口に向かって走りだした。オーウェンがわずかに頭を動かす。すると、ドアがものすごい勢いで閉まった。オーウェンは続いて手首を軽く翻した。すると今度は、デイジーがもうひとつの出入口の前に立ちはだかり、ディーンが近づこうとすると耳を倒して前脚で地面を踏みつけた。ディーンの目が大きく見開かれる。自分の相手がどれほどのレベルにあるかということに、ようやく気づいたようだ。

ディーンは、まるで最初からそうするつもりだったかのような態度で木箱に戻り、腰をおろした。「で、要するに、おれが何をしたって言うんだよ」

わたしは大きく息を吸い込むと、いっきにまくしたてた。「いったいどういうつもりなのよ！　まず第一に、ママを死ぬほど恐がらせたじゃない。ジェダイのマントなんか着て昼日なかに広場で踊るなんて、正気の沙汰とは思えないわ」テディのマントが見当たらなかったわけがようやくわかった。「それから、あのもの乞いも。あまりに陳腐《ちんぷ》で呆れるわよ。ああ、そうそう、モーテルの窓ガラスの件もあったわね。いったいあれはなんだったの？」

「それらはいずれも微罪だ」オーウェンが言った。「でも、スリや窃盗となると、話は違う。犯罪目的で使われた魔術はどんなものであれ、自動的に黒魔術に分類される。きみが行ったもの乞いのように、自分の利益になるよう他者に影響を与えるのは、まだかろうじてグレイゾーンだと言えなくもない。でも、スリや窃盗は明らかに一線を越えている」

ディーンの顔からみるみる血の気が引いていく。「ど、どうして知ってるんだ」声が震えている。

「郡庁舎の前で踊っているのを見たわ。つまり、みんながママを精神病院に入れるべきかどうか思案しているとき、ディーンはママが本当のことを言ってるのを知ってたってことよね。最低だわ」

「あれはだれにも見えないはずなんだ。それに、ママはしょっちゅうおかしなことを言ってるだろう？　ジーン・ワードの話だってそうだよ。彼のおやじが薬局に出資してることは、だれだって知ってる」

「映画館でニタとわたしの前にヘビのめくらまし《イリュージョン》を出したのもディーンね？」

「ちょっとふざけただけだよ。危険はなかったはずだ」

「ニタはちっとも面白がってなんかなかったわ。だいたい、わたしには見えないし」

「見えない？」

「だから、よく理解していないもので遊んではいけないんだ」オーウェンは納屋のなかを行きつ戻りつしながら言った。「たとえば、魔法の効かない人たちがいるということを知ってたかい？　どんな魔術を使ってカモフラージュしようと、きみのやっていることがすべて見えてしまう人たちがいるってことを。これも、公共の場で大それたパフォーマンスをする前に知っておいた方がいいことのひとつだよ」

ディーンはわたしを見た。「おまえがそうなのか？」

「そうよ。それからママもね。ただ、ママはそのことを知らないけど。家族のなかにほかにもそういう人がいる可能性は十分あるわ」わたしはオーウェンの方を向く。「だけど、ママとわたしが免疫者《イミューン》で、ディーンが魔法使いだなんてこと、あり得るの？」

「そういうケースもまったくないわけではない。いずれも、もとは同じ遺伝子からくるものだからね。免疫は魔法使いの遺伝子の変異体なんだ。そして、変異後はそれ自体が遺伝形質となる。両方の形質が家族のなかに同時に存在することは可能なはずだ。魔法遺伝学は専門じゃないから詳しい仕組みはわからないけど」

なんだか釈然としない。どうして兄貴が魔法使いの遺伝子を受け継がなきゃならないの？　こんなの不公平だ。家族のなかで特別なのは、魔法に対して免疫をもつわたしのはずだったのに。イミューンと魔法使いでは、どうしたって魔法使いの方が特別感は強い。でも、そのことはあえて口にしなかった。それこそ、わがままな末っ子がだだをこねているように見えるだけだ。

「それで、あんたはいったい何者なんだよ」ディーンは訊いた。「どうやら、ケイティの彼氏として来たわけじゃなさそうだな。最初からおれを捕まえにきたんだろ？」

「ぼくがここに来た理由はいろいろある」オーウェンはわたしの方をちらっと見ながら、声色を変えずに言った。「そのひとつは、魔法使いが登録されていない地域で魔法を不正に使用しているのがだれかを突き止めることだ。ケイティの帰省中に、この町でこういう形で魔法が使われるというのは、きわめて不審だと言わざるを得ない」

ディーンはわたしの方を向いた。「おまえ、これに関わってるのか?」

「ええ、かなり高いレベルでね」つい得意げな口調になる。実際に魔力を授かったのは彼だけれど、魔法についてはわたしの方が詳しい。「話せば長くなるからいまは詳しい説明はしないけど、オーウェンとわたしは株式会社マジック・スペル&イリュージョンという会社に勤めてるの。まあ、正確に言うと、わたしの方は勤めて*いた*ということになるけど。魔法界のマイクロソフトだと思ってもらえればいいわ。魔法界で使われている魔術のほとんどは、この会社が開発して販売しているものよ。わたしは魔法に対して免疫をもっているために雇われたの。いま、ある不良魔法使いが倫理的に問題のある魔術を市場に出そうとしていて、わたしたち——つまり、会社はそいつのもくろみを阻止しようとしているの。わたしが帰ってきたのは、ニューヨークでそいつがわたしを標的にするようになったからよ」

「きみが参加している講座を運営しているのは、その人物なんだ」オーウェンが続ける。「でも、だからといって、きみが責任を問われなくなるわけじゃない。きみは実際に魔法を使って犯罪を犯した。きみがだれであろうと、ぼくはそれを見過ごすことはできない」

「で、おまえはいったいだれなんだ」

「ぼくは……」オーウェンは一瞬、言葉に詰まった。どう答えるべきか考えているようだ。「十分に訓練を受けた正規の魔法使いだ」彼はようやく言った。「いまきみがやっているようなことは、五歳になる前にすべて習得した。もちろん、きみみたいな形で使ったことはないけどね。現在は、MSIの研究開発部門で理論魔術課の責任者をしている。古い魔術を研究して、現代社会に応用する方法を模索《もさく》するのが仕事だ。それから、その不良魔法使いがかつての同僚で、彼の考え方をある程度読めるということもあって、事実上、彼の企てを阻止する活動の最前線に立ってもいる」同世代のなかでおそらく最も有能な魔法使いだという点には、あえて触れなかったようだ。

「兄のこと、どうしたらいいかしら」わたしはオーウェンに訊いた。「本来なら警察に連行すべきところだろうけど、でも、そうすると、どうやって店に忍び込んだか訊かれることになるわ」

「ちょっと待てよ！」ディーンは言った。「どうしておれが窃盗犯だって決めつけるんだよ。ほかにもまだ魔法使いがいるのかもしれないだろう？」

「家に盗品がごろごろあったわ」

「で、おまえには本当に魔法が効かないんだな」ディーンはさりげなく話をそらすと、両手をあげて何やら意味不明の言葉を唱えだした。魔法の刺激を感じたが、いつものように何も起こらない。わたしは退屈そうにあくびをしてみせた。

オーウェンはしばらく黙って見ていたが、やがて片手を翻して言った。「もう十分だ」ふいに魔法の刺激が消える。「納屋を火事にしたくはないだろう？」

「おれにそんなことができるの？」

「きみはまだ自分の魔力をきちんとコントロールできていないから、意図したことの逆をやってしまう可能性が高い。話をもとに戻そう。ええと、たしか、いかに愚かかって話だったね」

「それと、これから彼をどうするかってこともね」

「まずは二、三、教訓を与えて、それから必要な情報を引き出す」

「おい、おれを拷問する気じゃないだろうな」ディーンはいよいよ怯《おび》えた表情になった。

「拷問する必要はないよ」オーウェンはため息交じりに言う。「ぼくが指一本触れなくたって、きみはこっちが知りたいことを話す。そのあたりがどうもまだわかってないみたいだけど」

納屋の外で犬たちがいっせいに吠えはじめた。その直後、サムが納屋に飛び込んできて、垂木にとまった。ディーンは女の子のような悲鳴をあげて木箱から落ちる。「あ、あ、あれはなんだ！　は、早く追い出せ！」

サムはディーンの前に舞い降りて、羽をたたんだ。「あれとはなんだ。ガーゴイルを知らねえのか。政治的に正しい表現を使いたいなら、石彫《せきちよう》系アメリカンと言ってもらってもいい。かつては教会の守護者、いまは株式会社マジック・スペル＆イリュージョンの警備担当責任者。名はサムだ。犯罪捜査がおれの仕事よ」サムはオーウェンとわたしの方をちらりと見る。「つまり、こいつがホシってわけか」

「サム、こちらは兄のディーン。それで……ええ、そのとおりよ、彼がホシなの」

サムはディーンに近寄り、彼のことをしげしげと見つめる。「ケイティ嬢の兄貴とあっては、手足をもぎとるわけにもいかねえな」

「あら、特別扱いはいけないわ。罪人は公正に裁かないと」わたしはまじめな顔で言う。「あなたが適当だと思うことをしてちょうだい、サム」

「わかったよ、お嬢、あんたがそう言うなら――」

ディーンはふたたび悲鳴をあげると、ロール状にした干し草の陰に逃げ込んで小さくなった。震えているのが傍目《はため》にもわかる。

「こういう生き物が存在することすら知らなかったんだろう？」オーウェンは哀れみの交じった口調で言った。「魔法はおもちゃじゃない。きちんと理解せずに使うと、きわめて深刻な事態を招くことになる。そもそも、魔法にどんなことが可能なのか、わかってるのかい？」

ディーンは黙って首を振る。そして、子どものような口調で訊いた。「どんなこと？」

「自分のもつ能力と技術と魔術がなし得ることならなんでもだ」オーウェンが片手を差し出すと、手のひらに光の玉が現れた。オーウェンはそれを投げあげる。光の玉は天井のすぐ下にとどまり、納屋のなかを照らした。「何をやってほしい？」

「帽子からウサギを出すのは？」

「すでに一度、FAOシュワルツでやってるわ」わたしは言った。「それに、それは手品だわ。ちなみに、オーウェンは手品もできるの。まだよくわかってないみたいだけど、これは本物の魔法なのよ。この世の中には、魔法界という特殊な社会集団に属しながら、魔法の会社で働いて、日常的に魔法を使っている人たちがいるの。彼らは片手を翻すだけで、コーヒーを出現させたり、部屋の電気をつけたりできるの。必要に応じて地下鉄を呼び出したり、空飛ぶ絨毯《じゆうたん》に乗ったりもするわ」

「きみにはいま、のどを湿らすものが必要だな」オーウェンがそう言うやいなや、彼の手のなかに水滴のついた背の高いグラスが現れた。ディーンは這って木箱まで戻り、グラスを受け取る。

わたしは講義を続けた。「ほかにも魔法を使う生き物がいるわ。ガーゴイルもそうだし、妖精やエルフや地の精《ノーム》なんかもそう。ニューヨークでは、こうした生き物が普通に道を歩いているの。でも、自分たちを人間に見せるめくらまし《イリュージョン》をまとっているから、一般の人たちはそのことを知らないわ」

ディーンは相変わらず驚きの表情でこちらを見ているが、いくぶん落ち着いてはきたようだ。肩の緊張が和らぎ、いつもの猫背に戻っている。「それで、おれは何を話せばいいんだ」

「まず、どうやって魔法について知ったのかということと、どんなことを教えられたのかということから聞かせてもらおうか」

「協力したら手加減してくれるのか」

「それはきみの態度にかかっている。きみの犯した罪は重いけれど、こちらに協力すれば、きみが教訓を学んだというふうに理解できなくもない」

「雑誌で広告を見たんだよ。もしその広告が見えるなら魔力があるということだから、それを活用すべきだと書いてあった。おれには見えた。だから、とりあえずチェックしてみようと思ったんだ」

オーウェンとわたしは顔を見合わせる。「送られてきた教材はまだもってるんだろうね」オーウェンはひどく疲れた様子で干し草ロールに腰をおろした。

「もちろんだよ。すべて暗記できたわけじゃないし、まだコースは修了していないんだから」

「その広告、どの雑誌に載ってたか覚えてる？」わたしは訊いた。

「男性誌のどれかだよ。ポルノ雑誌じゃないけど、女優のセクシーなグラビアなんかが載ってるやつだ。どの雑誌だったかはよく覚えてないけど、たしか三月号だったと思う」

「ああ、なんてこと……」わたしはオーウェンの隣に腰をおろす。「わたしたちにも飲み物が必要だわ。わたしがその広告を見たのは地域限定の情報誌だったけど、そのての全国誌にも掲載されているとなると、事態はかなり深刻よ。この国のあちこちでアマチュア魔法使いたちが大混乱を引き起こすことになるわ。しかも、わたしが実家に帰っていなかったら、そのことに気づくことさえできなかったかもしれない……」

「もし、そういう雑誌に掲載されているなら、どうしてロッドは気づかなかったんだろう」オーウェンがつぶやく。「そのての男性誌にはすべて目を通してるはずだけど」

「彼は大晦日からマルシアとつき合いはじめたでしょ？　きっと、もうそのての雑誌は必要なくなったか、マルシアに文句を言われてあきらめざるを得なくなったのよ」

「コースの教材と広告の載っていた雑誌を見せてほしい」オーウェンが言った。

「わたしのトラックを使って。というか、実質的にディーンのトラックでもあるわね。まだ鍵をもってるんだから」

「おれのこと、そんなに信用しちゃっていいのか。もしこのまま逃げたらどうするんだよ」

「それはないな。おれがいっしょに行くんだから」サムが言った。

ディーンはふたたび青くなる。「こんなのと……その、ガーゴイルといっしょに町を走り回るなんてできないよ」

「安心しな。おれの姿はだれにも見えねえ。一般人から姿を隠すのは、おれの得意技のひとつだ。あんたの妹がどんなにいい娘《こ》かって話でもしながら、道中仲良くいこうぜ」

ディーンはしぶしぶサムのあとに続く。ふたりが出ていくと、オーウェンはいらだたしげに髪をかきあげた。「どうして気づけなかったんだろう。イドリスはおそらく、全国の何千という未確認の魔法使いたちに通信講座で魔法の使い方を教えているんだろう。よい魔術と悪い魔術の違いさえわからない連中が、魔法倫理というものが存在することすら知らないまま、魔法を使うようになるんだ。今回のようなことがあちこちで起こりはじめるとしたら、まもなくぼくらはとんでもなく忙しくなる」

「ほとんどの魔法使いは生まれたときに認知されるって言ってなかった？　魔力は家系に伝わるものだからって」

「基本的にはそうだけど、例外もある。現に、きみやきみの家族がそうだ。魔力の強い場所に行って実際にいろんなものを目にするまで、きみは自分が何者であるかまったく知らなかったんだからね。魔法文化がほとんど存在しない場所やパワーラインが弱い地域に散らばっていって何世代も経るうちに、魔法使いとしての自覚が失われていった一族がどれだけ存在するかは、だれにもわからない」

「通信講座が全国展開だとすれば、少なくともイドリスはわたし個人を標的にしたわけではなさそうね」なんとか希望を見いだそうと言ってみる。「兄が偶然広告を目にしたのは、ある意味幸運だったといえるわ。こうして事態に気づくことができたんだから。問題は、これからどうするかってことよね」

オーウェンは大きなため息をつく。「まさに、それが問題だよ」

「こっちも広告を出すっていうのはどうかしら。そして、より良質なトレーニングとガイダンスを提供するの。たとえイドリスから受講者を奪えなかったとしても、別の層の人々を引きつけて、わたしたちの味方にすることができるかもしれないわ」

「うん、それはありかもしれないけど……」オーウェンは首を振った。「正直、わからないよ。対処しなければならないことがすでに山のようにあって、いまはそこまで頭が回らない」

「あなたひとりで何もかもやらなくたっていいのよ。状況を明らかにしたんだから、ここから先はほかの人たちにも協力してもらったらどう？　ひとりですべてを背負い込む必要はないわ」

わたしたちはしばらくそのまま干し草ロールに座っていた。デイジーが静かにこちらを見ている。友達なら、彼の背中をぽんぽんとたたくか、肩に腕を回したりするところだろう。でも、体に触れることが彼を楽にするとは思えなかった。ただこうして隣にいることが、いまわたしにできる最善のことだ。めったにないふたりきりの静かな時間をできるだけ味わうことにしよう。彼の頭のなかが別のことでいっぱいだとしても。謎が解けた以上、オーウェンはまもなくニューヨークへ帰る――わたしがここに戻ったことが果たして無駄ではなかったのかどうかを見極められる前に。

オーウェンの側に置かれたわたしの手に、ふいに彼の手が重なって、息が止まりそうになった。まったく予想外のことだったからだ。「大丈夫?」オーウェンは言った。

「わたし? どうして?」

「きみのお兄さんが、魔法界きっての大泥棒になるかもしれなかったことが発覚して」

ああ、そのことね……。頭のなかはいつしかオーウェンがニューヨークに帰るときのことでいっぱいになっていて、去っていく彼にすがるような態度を取ったら、やはり相当みじめに見えるだろうか、なんてことを考えていた。「さあ、よくわからないわ」わたしは肩をすくめる。

「実感がわかないというか。いろんなことがいっぺんに明らかになって、まだすべてを消化しきれてない感じ。たしかにディーンは昔からちょっとずる賢いところがあったけど、実際に犯罪を犯すなんて、やっぱりまだ信じられない。それも、魔法を使ってだもの。ここはごく普通の町だったはずよ。わたしが実家に戻ってきたのは、ここが魔法界の大騒動から最も遠い場所だったからなのに……」ああ、そんなことが言いたいわけじゃない。わたしは頭を振った。オーウェンの手にぎゅっと力が入り、思わずため息が漏れそうになる。手を握られただけで気が遠くなるなんて、相当重症だ。

ディーンとサムが戻ってきた。そんなに急いで戻ってこなくてもいいのに——。サムは垂木にとまり、ディーンは小冊子や紙の束と一冊の雑誌をオーウェンのひざの上に置いた。オーウェンがパンフレットやウェブサイトのプリントアウトに目を通している間、わたしは雑誌を手に取り、肌をあらわにした若手女優の写真やボディスプレーの広告をすべて飛ばして、後ろの方にある地味な広告ページを開いた。案の定、わたしが地元の情報誌で見たのと同じような広告が掲載されていた。

「教材はなかなかよくできてる」オーウェンが言った。「指示どおりにやっていけば、ある程度基本的な魔術が学べるようになってるよ。問題は、魔力を使うときの注意事項がまったく書かれていないことだ。魔法に関して厳格な行動規範が存在することには、いっさい触れていない。これじゃあまるで、どんなときに、どのような理由で手術が必要になるかを説明せずに、ずぶの素人に基本的な手術のテクニックだけを教えるようなものだよ。つまり、それが必要になる状況についての知識はまったくもたずに、臓器を摘出したり切り取ったりする技術だけを身につけた連中が、どんどん増えていくってことだ。道徳心のある頭のいい人なら自分で調べようとするだろうけど、いかれたサディストがそんなトレーニングを受けたらどうなると思う?」

「まったくだわ。自分に魔力があることを知って他人から金品を略奪しようとするやつが現れたりしたら、どうするつもりかしら」わたしはディーンをにらみつける。「日曜学校に何年通ったって、そうした行動は防げないみたいだし」

「わかった、わかったよ。盗んだものはすべて返す」ディーンは言った。「ただ、そのためにはシェリーから品物を取り返さなきゃならない。欲しがってたものをすべてプレゼントしてやって、ようやくおれに満足してくれるようになったんだ。これはかなりの難関だよ」

「それは違うわ。彼女、満足するどころか、すごく不安そうだったのよ。自分の夫は違法なことに関わってるんじゃないかって。結局、そのとおりだったわけだけど」

そのとき、背後で咳払いが聞こえた。わたしたちはいっせいに振り返る。納屋の入口にテディが立っていた。「みんなしてここで何やってるの？」

13

ディーンはただちに防御の態勢に入った。自己防衛にかけては達人なので、そのまま彼に任せることにする。「おまえこそ、そこで何してるんだよ」ディーンは言った。「母さんにケイティを偵察してくるよう言われたのか？」

テディは耳をかきながら皆の視線を避けるように横を向いた。「ああ、まあ、そんなところかな。トラックと車があるのに、だれも家に入ってこないからって。だから、一応、咳払いしたんだ。入る前に警告した方がいいと思ってさ」テディは、ひざの上に小冊子や雑誌を広げて座っているオーウェンとわたしをちらりと見、続いてディーンを見た。「はっきり言って、こんな状況は想像してなかったな。なあ、妹よ。おれたち兄貴は、納屋に恋人とふたりきりでいるときどんなことをすべきかについて、もう少しましな手本を見せなかったか？」

「彼らはふたりきりじゃない」ディーンが言った。

「見ればわかるよ。そっちこそ、ふたりの付添人でもやってたの？　兄貴はオーウェンを認めないんじゃなかったっけ」

「ちょっとした誤解があっただけだ。いまじゃ大親友さ」

「そこまで昇格したつもりはないけど」オーウェンは横にいるわたしにだけかろうじて聞こえ

るようにつぶやいた。

テディは近づいてきて眉をひそめる。「で、何やってるんだよ。みんなして漫画でも読んでたの？」

「ううん、ちょっとパンフレットをね」わたしは言った。「ディーンがあることについて、わたしたちのアドバイスが欲しいって言うから。どのくらいそこに立ってたの？」何か聞かれただろうか。わたしたちはディーンの犯罪行為について話していた。テディの場合、ある意味、魔法の話を聞かれるよりまずい。

「ほんの少しだよ。おまえのことだから、入っていっても何かを中断させることにはならないと思ったし」

「言ってくれるわね」テディはほめ言葉のつもりで言ったのだろうけれど、要するに、実の兄までが、わたしは干し草のなかに押し倒したくなるような女ではないと思っているということだ。

「で、今度はなんのビジネス？　それにしても、なんで納屋のなかで話してるんだよ」

言いわけはディーンに任せることにしよう。兄弟のなかでいちばん口が達者なのは彼だから。それに、ディーンがあたふたするのを見物してみたい気もする。これだけわたしたちを悩ませたのだから、少しくらい弟の尋問に四苦八苦すればいい。しかし、ディーンは、まったく動揺することなくさらりと言った。「母さんにじゃまされずに話がしたかったんだよ。昔よく、別に悪いことをするわけじゃないのに、ここにこもっただろう？　それと同じだよ」

「子どものころの習慣ってのは、なかなか消えないもんだな」テディが言う。

「いっしょにどう?」断ってくれることを期待しつつ訊く。一応、声をかけておいた方が怪しく見えない。

「いや、いいよ。みんなと違って、ぼくには仕事があるからね」テディは出口に向かって歩きはじめたが、途中で立ち止まり、何か言おうと振り向いた。そして、口を開きかけたところでふと視線をあげると、後ろに飛びのいて尻もちをつきそうになった。「あ、あれはなんだ……」

わたしは精いっぱい素知らぬ顔をつくり、彼がサムについて言っているのではないことを祈りながら言った。「あれって?」

「あれだよ。あの垂木のところにいるやつ。あんな巨大なコウモリ見たことない。いや、違う、ガーゴイルだ。ほら、あの大聖堂の屋根とかにくっついている彫刻の……。でも、なんでそれがうちの納屋にいるんだ?」

ああ、なんてことだ。どうやら、うちの家族には、もうひとり免疫者《イミューン》がいたらしい。魔法に免疫をもつわたしはきわめて貴重な存在だと自負していたのに、この調子でいくと、家族のなかで最も平凡なメンバーになりさがるのも時間の問題といった感じだ。しかし、ふてくされる前に、まずはテディの質問に答えなければならない。ガーゴイルがうちの納屋にいる何かそれらしい理由をでっちあげなければ。粗大ゴミ置き場から拾ってきたというのはどうだろう?それとも、ネットオークションでつい買ってしまった?やはり、〝どっきり〟をしかけたということにしようか。

「なんの話だよ。おれには何も見えないぜ」ディーンが言う。サムはいま、魔力をもつ者に対しても姿を見えなくしているのだろうか。いや、おそらく、ディーンがただしらを切ろうとしているだけだろう。

しかし、ディーンにとって不運だったのは、彼が素知らぬ顔をするときは必ず裏に何かあるということを、テディがはるか昔に学んでいたことだ。「やっぱり三人で何か企んでるんだな。なんだよ、もったいぶらずに言えよ」

「垂木にガーゴイルみたいなものがとまってるっていうのは、本当の本当にたしかなの？」わたしは訊いた。「いまでも見える？」

「見えるよ。しかも、いま、こっちを向いてウインクした」声がわずかにうわずっている。

オーウェンとわたしは顔を見合わせ、次にどうすべきかについてしばし無言で会話をかわす。やがてオーウェンはひとつ大きくため息をついて言った。「サム、おりてきて、ケイティのもうひとりの兄さんにあいさつしてくれ」そして、わたしに向かって言った。「彼にも協力してもらおう」

サムは羽を広げると、ふわりと舞い降りてきて、テディの足もとに着地した。「サムだ。よろしくな。あんたの妹はたいしたお嬢だぜ」

テディは一歩あとずさると、目をぎゅっとつむってごしごしこすり、何度も瞬きした。彼が叫びだすのを、あるいは逃げ出すか気絶するかするのをかたずをのんで待ったが、テディはただ大きく息を吐いただけだった。「こりゃ、すげえ」考えてみれば、彼は十代の日々をダンジヨンズ&ドラゴンズに熱中したり、ファンタジー小説を読みふけったりして過ごした男だ。生きたガーゴイルに遭遇して、動転するかわりに目を輝かせたとしても、さほど意外ではない。サムが本物であることをしっかり確かめると、テディは言った。「それで、いったい何が進行中なんだ？」

オーウェンは小冊子を下に置いて、立ちあがった。「サムが垂木にとまっていたのが見えたんだね？」

「ああ。いまも見えるよ。ぼくに話しかけたし」

オーウェンはうなずく。「わかった」そう言うと、ハンカチを取り出して左手にかけると、その上で右手を翻《ひるがえ》した。「何が見える？」

「手にハンカチがかかってる」

「ディーン、きみには何が見える？」オーウェンは訊く。

「ハンカチがハトになった。すげえ！　それ、おれにも教えてくれよ。それでマジックショーをやれば、相当稼げるぞ。これだったら倫理に引っかからないよな？」

オーウェンはじろりとにらんでディーンを黙らせる。テディが笑った。「すごい想像力だな、ディーン。ただのハンカチじゃないか。いつだったか、ケイティが感謝祭《サンクスギビング》用にナプキンでつくったみたいに、鳥の形に折られてすらいないのにさ。まあ、鳥に見えないという点では、ケイティの作品も似たり寄ったりだったけど」

「テディ！」わたしは警告する。「こっちにだって、ばらせるネタはあるんだからね」

オーウェンが次にやったことは、テディをみごとに黙らせた。彼がもう一度ハンカチの上で手を翻すと、今度は本当にハトが現れた。皆に向かってハトを掲げ、本物であることを十分に確かめさせると、そっとその手をもちあげる。ハトは飛びたち、そのまま納屋を出ていった。テディはしばし呆然としていたが、やがて言った。「どうやって出したの？　普通はそでに隠しておくっていうけど、ふだんからそでに鳥を入れて歩いてるわけじゃないだろう？」

「ばかだな、おまえは。これは魔法だよ」ディーンが言う。「しかも、どうやらおまえには効かないらしい」彼はオーウェンの方を向いて続ける。「そうだろ？　最初にやったトリックはそれを確かめるためだったんだよな？　ハンカチをハトに変えたように見せかけておいて、実はめくらまし《イリュージョン》だった。だからテディには見えなかったんだ」

「まあ、そんなところだね」オーウェンは穏やかに言った。

わたしは、ディーンが魔法使いであることが発覚したときからたまり続けていたうっぷんをついに抑えきれなくなった。「いったいなんなのよ！」両手を振り回して叫ぶ。「うちの家族は全員、これに関わっちゃうってことなの？　わたしはこういうのから逃れるために家に帰ってきたのよ。それがこのありさまだわ。兄貴のひとりは魔法の通信講座を受けはじめるし、別の兄貴は魔法に免疫をもっていた。ママはわけがわからないままべてを目撃してしまうし、おばあちゃんにいたっては、いったいどうなっちゃってるのか神のみぞ知るって感じだわ。もう、いちいちもっともらしい説明を探して、つじつま合わせをするのはうんざりよ！」

いつも一家の調停役を担うテディは、凶暴な犬をなだめようとでもするかのように、おそるおそるわたしに歩み寄った。「ケイティ、どうしたんだよ。いったい何がどうなってるんだ。魔法ってなんのことだよ」

わたしはオーウェンにすがるような視線を向けた。「今度はあなたが話して。こっちはもう演説のバリエーションがなくなっちゃったわ」そう言うと、彼の答を待たずに、バッグをつかんで納屋を飛び出した。どのみち、相手がテディなら、オーウェンに話してもらう方がいいだろう。彼らは同じような思考回路をもっている。きっとテディは、科学的な裏づけを求めて次から次へと質問を浴びせるだろう。わたしが戻るころには、ふたりで理論について熱く語り合っているに違いない。テディとオーウェンが至福の時間を過ごしている傍《かたわ》らで、ディーンが死ぬほど退屈している様子が目に浮かぶ。

それにしても、わたしはどうしてこんなに動揺しているのだろう。魔法界の住人のことは好きだし、魔法の存在を知るまでは、自分が普通すぎることをずっと嘆いてもいた。たぶん、非魔法界とのつながりを完全に失ってしまったことに戸惑っているのかもしれない。そこまでの心の準備はできていなかったのだ。家族はわたしを普通の世界につなぎとめる錨のようなものだった。それが、実は前の職場以上に奇妙奇天烈《きみょうきてれつ》な集団であることが発覚したのだ。そして何より、自分はどんな形であっても特別な存在でいることはできないのかという思いが、わたしをむしゃくしゃさせた。自分が特別であることを誇れた唯一の分野まで、兄たちに侵略されてしまうなんて――。

トラックを走らせ、まっすぐモーテルに向かう。ニタはわたしが心を許せる、魔法界にまったく無関係な数少ない人物のひとりだ。まあ、この調子だと、彼女が実は別の星からやってきた宇宙人だったなんてことがいつ発覚してもおかしくないけれど。「やだ！　どうしたの？」わたしがロビーに入るなり、ニタは声をあげた。「ちょっと待ってて、いま、お茶をいれるわ」

「別にどうもしないわよ。どうして？　わたし、そんなにひどい顔してる？」彼女のいるフロントデスクに向かいながら言う。

ニタは電気ポットのスイッチを入れた。「彼に別れを切り出されたんでしょう？」ほとんど涙声になっている。「ああ、ケイティ」

わたしはニタの抱擁をかわしながら言った。「別れるも何も、わたしたちほとんどつき合ってさえいないわよ。わたしがニューヨークを離れる少し前につき合いはじめて、そのあと、わたしが一方的に彼のもとを去ることにしたんだから」家族に話した内容とは違うが、ニタがこの件について彼らと情報交換することはないだろうし、いまは真実に近い話をするのが最も賢明に思えた。

「じゃあ、いったいどうしたのよ。すごい勢いで入ってきて、いまにも爆発しそうな顔してたじゃない」ニタはティーバッグの上にお湯を注ぐと、わたしの方を向いてスプーンを振った。「はい、そこ座って。全部、話しなさい」

命令に逆らったらスプーンでたたかれるような気がして、わたしは言われたとおりにした。不思議なことに、彼女のハイテンションは妙に気持ちを落ち着かせる。彼女のかしましさには、ある種の鎮静作用があるのだ。ニタはわたしに蜂蜜で甘くしたスパイスティーを差し出すと、自分も腰をおろしながら言った。「いちばん最初からよ。要点をかいつまんで、なんてのはだめだからね。だいたい、あんなホットな彼がいることを本人が現れるまで内緒にしてたこと自体、裏切り行為だわ」

いらいらの理由をどう説明すべきか考えているうちに、一台の車がものすごい勢いでモーテルの車寄せに入ってきた。路肩の砂利でスリップしつつ、モーテルの事務所の前までいっきに突っ込んできて、甲高いブレーキ音をあげながら庇《ひさし》の下でとまる。運転席から出てきたのは、ひょろりと背の高い男で、まるで急激に背が伸びた成長期の少年みたいに、そでやすそが寸足らずだ。だれであるかはひと目でわかった。諸悪の根源、フェラン・イドリスが、わが町に現れたのだ。

「あらまあ、お客だわ！」お茶をこぼしたわたしの横で、ニタが叫んだ。「月曜日にチェックインなんてめずらしいこと」

彼には姿を見られない方がいい。彼が町にやってきたことを知らずにいると思わせておけば、こちらの方が若干有利になれる。「わあ、お茶が！」わたしはデスクにあった紙ナプキンをわしづかみにすると、ドアのベルが鳴る寸前にカウンターの下にかがみ込んだ。そして、こぼれたお茶を拭きながら耳を澄ます。

「こんにちは、コブ・インへようこそ！」ニタは朗らかに言った。

「部屋ある？」

「何泊お泊まりですか？」

「さあ、三、四日ってとこかな」

「オープンエンドのご滞在ですね。お煙草はお吸いになりますか？」

「ああ」意外だ。彼が煙草を吸っているところは見たことがない。もっとも、魔法薬を調合する際に不審がられないためだという可能性もある。

「キングサイズのベッドがよろしいですか？　それとも、ダブルがふたつの部屋にしますか？」

「おれはただ部屋が欲しいだけだ。質問ごっこをしようと言った覚えはねえ」

「できるだけご希望に添うお部屋をご用意したいので」ニタは友好的な態度を維持しているが、声色にほんの少し刺々しさが加わった。「では、キングサイズのベッドのお部屋にしますね。お支払い方法は？」

「カードで」

「わかりました。では、写真つきの身分証明書を拝見させていただきます。それから、こちらにご記入をお願いします。運転免許証の番号の部分は無視してけっこうですよ。どうしてそんな欄があるのか、わたしもよくわからないんです」身分証明書のコピーを取りにいく途中、ニタがわたしの方を不思議そうに見たので、慌ててお茶を拭くふりを続けた。彼女は事務所から戻ってくると、イドリスに身分証明書とクレジットカードを返し、部屋の鍵を渡した。「お部屋の番号は二十五です。部屋の前にお車をとめられますよ。では、よい滞在を、ミスター・イドリス！」

ドアのベルが鳴り、車が発進した音を聞いてから、わたしは大量の湿った紙ナプキンを手にようやく立ちあがった。「ふう、なんとか片づいた」

ニタが片方の眉をあげる。「その下で何をやってるのかと思ったわ。一瞬、あの客のことを知ってて、隠れようとしてるのかと思ったわよ」

とっさに、あんな男、見たこともないと言おうとしたが、ふと、これはニタに彼を監視させる絶好のチャンスかもしれないと思った。「そう言われれば、たしかにどこかで見たことのある顔よね」

ニタは、はっと息をのんで口に手を当てた。「やだ、ひょっとして、『アメリカズ・モスト・ウォンテッド』（指名手配者や逃亡犯のプロファイリングを行い、情報の提供を呼びかけるテレビ番組）で見たんじゃない？　警察に通報した方がいいかしら。有名な連続殺人犯が宿泊したってことになったら、営業の妨げになると思う？　それとも、かえって集客につながるかしら。ここでだれかが殺されたりしたら、お客は寄りつかなくなるかもしれないけど、もしここで逮捕されたら、きっといい宣伝になるわよね。少なくとも、記者たちはここに泊まるだろうし、そうすれば、新聞にもモーテルの名前が出るはずだわ」

ここまで反応するとは予想していなかった。ニタの想像力を少々見くびっていたかもしれない。「ううん、そうじゃなくて」彼女が本当に警察に電話する前に、わたしは言った。「ただ、ちょっと見覚えがあるの。もしかしたら、ニューヨークで会ったことがある人かもしれない」

ニタは腰に片手を置いて言う。「どうしてニューヨークの人がこんなところに来るのよ」

ニタの興味をそそりそうな理由を急いで考える。「ひょっとしたら、クラブで見たバンドのメンバーかもしれない」クラブにバンドの演奏を聴きにいったことは数えるほどしかないが、ニタが思い描くわたしの『セックス・アンド・ザ・シティ』的ニューヨークライフにはぴったりのイメージだ。「きっとコンサートか音楽祭かがあって、ダラスからオースティンに向かう途中なのよ。この国のルーツに触れたくて、わざわざ裏街道を通ってるんだわ」

ニタの目が大きく見開かれる。「すっごーい！　ロックスターがうちのモーテルに泊まってるってこと？　もし彼が大ヒットを出したら、ここも有名になるわね！　そうなったら、二十五号室を――」彼女はそこで宿泊カードをチェックする。「〝フェラン・イドリスの部屋〟って命名して、コンサートの写真を飾ればいいわ。いっそのこと、ここをロックンロール・モーテルにしちゃうって手もあるわね」ニタはフロントデスクのカウンターをもちあげ、ロビーに走っていくと、窓からイドリスの部屋の方を見た。どうやらわたしは、彼女を完全にものにしたようだ。ニタはこの先、イドリスの一挙一動をつぶさに観察するだろう。しばし窓の外をのぞいたあと、彼女はわたしの方を見た。「カメラを取ってくるから、ちょっとの間、フロントを見ててもらっていい？　彼が有名になったときのために、ここに泊まった証拠を残しておかなきゃ。部屋はいまたくさん空いてるから、もし予約の電話が入ったら、相手の連絡先を訊いて予約を受けちゃっておいて。すぐに戻るから、よろしくね！」わたしが異議を唱えるまもなく、彼女は外へ出ていった。

わたしは事務所に行き、イドリスの部屋のスペアキーをひとつ取ってポケットに入れた。鍵がカード式にアップグレードされていないのはラッキーだった。続いて、電話の受話器を取る。

ふと、オーウェンの携帯の番号を訊いていないことに気がついた。そういえば、彼の方も自分から教えようとはしていない。わたしはテディの番号を押した。ふたりはまだいっしょにいるはずだ。

「おう、どうした?」受話器の向こうでテディが言った。「ちょっとは落ち着いた?」

「大丈夫よ。オーウェン、そこにいる? 彼と話したいの」

すぐにオーウェンが電話に出た。「ケイティ?」

「いま、イドリスがモーテルにチェックインしたわ」あいさつを省いて、わたしは言った。

「ほんと? それ、間違いないの?」

「ええ。彼がチェックインしているとき、わたし、まさにその場にいたんだもの。ちなみに、こっちの姿は見られてないわ。何より、宿泊カードが彼の名前になってるし。フェラン・イドリスがもうひとりいるってことはないでしょう?」

「でも、どうして――」オーウェンはほとんど取り乱している。彼らしくない。

「喫煙室をオープンエンドで頼んでたわ」

「すぐにサムを監視に向かわせる」

「部屋は二十五号室よ。まあ、ある意味、彼はすでに監視下にあるんだけど――」ドアのベルが鳴った。「もう切らなきゃ。あとで話しましょう」

ニタが息を切らし、頬を紅潮させて戻ってきた。モーテルの裏にある自宅から走ってきたようだ。「何かあった?」

「ううん、何も」

「一応、車の写真を撮っておいたわ。レンタカーだからあまり意味はないけど。とりあえず、彼が部屋から出てくるのを待つしかないわね」ニタはロビーの椅子をふたつ窓のそばへ移動させると、腰をおろした。わたしも隣に座る。「あー、しまった。張り込み用にスナックをもってくればよかった」彼女はそう言いながら、カメラをかまえる。「で、ここに来たとき、何をそんなにいらついてたわけ?」

「ああ、ちょっと兄たちとやり合っちゃって」わたしはたいしたことではないという口ぶりで言った。いまはなるべくオーウェンに関わる話はしたくない。そのとき、ふと気がついた。兄……それだ! イドリスがこの町に来る理由は、それ以外にないじゃない。「兄といえば、オーウェンを彼らのもとに置き去りにしてきちゃったの。そろそろ戻ってあげないと。何か面白いことが起こったら必ず教えてね」

ニタは窓から目を離さずに言った。「もちろんよ。こんなにわくわくすること、久しぶりだわ」

「彼のバンド、さほどうまいってわけでもなかったけど」やはり、ちょっと気がとがめる。

「いいのよ。へただろうがなんだろうが、ニューヨークのバンドってだけで、この町では十分わくわくする理由になるの」ニタは皮肉たっぷりに言った。

幸い、トラックはイドリスの部屋から見えない位置にとめてある。たとえ彼が退屈のあまり、あるいは警戒心から窓の外を見ていても、わたしの姿を目にすることはないはずだ。実家に戻ると、納屋にはすでにだれもいなかった。家に入り、二階へ行く。ディーンとテディのかつての部屋は、ドアが閉まっていた。どうやら男たちはここにいるらしい。軽くノックし、「わたし」と言いかけたところで、いきなりドアが開いた。

「へえ、便利なもんだな」テディが言った。目を大きく見開いて、驚きと畏敬の表情をたたえている。ベッドに腰かけたテディとオーウェンの間には、通信講座のパンフレットが散らばっていて、もうひとつのベッドに座ったディーンが、そんな彼らを怪訝《けげん》そうに見ている。さしずめ、大人になった元少年たちのパジャマパーティといったところだ。

「どうやら、ひととおりレクチャーは済んだようね」そう言いながら部屋に入ると、母が帰ってきたり、祖母が訪ねてきたりしたときに備えて、後ろ手にドアを閉める。

「ああ、オーウェンが全部説明してくれた」テディが言う。「しっかし、信じられないよな。子どものころ、あんなに遊んだダンジョンズ&ドラゴンズの世界が、実在していたなんて。しかも、そのことにまったく気づかず、いままで生きてきたなんてさ。でも、ディーンが最初から自分に魔力があることを知ってたらと思うと、ちょっとぞっとするよな。どんなトラブルを引き起こしてたかわかったもんじゃないよ。もっとも、大人になってからでも、十分面倒を起こしてるみたいだけど」

「その場合、ディーンの悪さが全部見えてしまうわたしの告げ口のスキルも、かなり磨かれてたはずよね」わたしはそう言って、もうひとりの兄の方を見る。「ディーン、ひょっとして、その通信講座のスクールに電話した？」

「次のレッスンに進みたいときや何か問題が起こったときに電話するよう、サイトにカスタマーサービスの番号が載ってて――」

「最後にかけたのはいつ?」

「ええと、昨夜かな。その、銀行に入れなかったんでかけてみた。うまくいかないことがあったら電話することになってるんだ。ドアの前ではじき返されるなんてのは、トラブルシューティングのリストに載ってなかったから、すぐに電話した。そしたら、だれか上の方の人に回されたんで、おそらくこっちが考えてる以上に深刻な事態なんだろうって思ったよ」

「イドリスが来たのは、おそらくそのせいよ」わたしはオーウェンに言った。

「彼らにはなんて言ったの?」オーウェンがディーンに訊く。顔から血の気が引いて、あごの筋肉が緊張しているのがわかる。

「自分がやろうとしたことと、その結果どうなったのかを説明した。そしたら、最近町で変わったことはないかと訊かれたよ。たとえば、よそ者が現れたとか。だから、妹の彼氏が来てるって言ったんだけど――」ディーンの声が次第に小さくなる。そして、遠慮がちに続けた。「おれ、なんかマズったかな。でも、別に問題を起こそうと思ってしたわけじゃないぜ。会社のトップのひとりと直接話せたことで、かなり舞いあがってたんだ。いってみれば、ワードのなかに偶然バグを発見して、真夜中にマイクロソフトのテクニカルサポートに電話したら、いきなりビル・ゲイツにつながれたようなものだろ? で、どうしてこれがまずいの?」

「スペルワークスを経営している人物がついさっき町に現れたの」わたしは言った。「彼はデイーンがわたしの兄だってわかってるのよ。ということは、オーウェンがこの町に来ていることも、銀行の魔法除けが彼の仕業であることも、知られたってことだわ」

「それにしても、ずいぶん早い登場だな」オーウェンが言った。

わたしは肩をすくめる。「きっとこの事態は、わたしたちより彼の方にとって、より深刻なのよ。こんな形でわたしたちに通信講座の存在を知られたわけだから、活動が本格化する前にスクールの運営を阻止されるかもしれないでしょう？　それにしても、わたしの兄を生徒にするなんて、イドリスって本当にまぬけだわ」

「いかにも彼らしいね」オーウェンは言った。「きみがどんなリアクションをするか見たかったんだ。いつものように、相手の反応見たさに本来の目的から脱線したってわけさ」

わたしはベッドの端に腰をおろす。「おれ、かなりまずいことをやっちまったのか、ケイティ？」ディーンが訊いた。柄にもなく申しわけなさそうにしている。

「ううん、長い目で見れば、逆に役に立ってくれたといえなくもないわ。ディーンが今回のことに足を突っ込まなければ、手遅れになるまでイドリスの企みに気づけなかったかもしれないわけだから。彼にはこの町に来てほしくなかったけど、案外、ここは彼と対決するのにいちばんいい場所なのかもしれない。魔力のパワーラインが弱いから、このあたりで魔法を使うのはかなりの重労働よ。しかも、魔法的体力という意味では、オーウェンに勝る人はそういないわ」

「魔法版『OK牧場の決斗』が始まるってこと？」テディが目を輝かせる。

「そうならないことを望むよ」オーウェンは言った。「いずれにしても、きみたちの協力は必要になると思う」

そのとき、下から声が聞こえた。「だれもいないのかい？」祖母だ。

わたしは立ちあがり、階段の上端まで行く。「どうかしたの、おばあちゃん？」

「年金を入金しに銀行へ行ったんだけど、どうしてもなかに入れないんだよ」

振り向くと、三人とも廊下に出てきていた。「たしか、魔法除けはまだ有効なのよね」わたしはオーウェンにささやく。

「そういえば、父さんはいつも、おばあちゃんは魔女だって言ってたよな」テディがつぶやいた。

14

わたしはテディをにらむと、むりやり笑顔をつくって階段をおりはじめた。例によって踏み板が大きくきしみ、思わず顔をしかめる。「いやだ、おばあちゃん、銀行はもう閉まってる時間じゃない」何かの間違いであることを願いながら言う。「窓口業務は三時に終わるんだから」

祖母は杖で床を打ち鳴らした。「そんなことはわかってるよ。あたしは、窓口が閉まる時間のずいぶん前に行ったんだ。でも、どうやってもなかに入れない。まわりの人たちはみんな入っていくのに、あたしだけ入れないんだよ。あの銀行には魔法がかかってる。魔力をもつ者をなかに入れないために、だれかが魔法をかけたんだ」祖母は階段の上に突っ立っている三人の方を見あげると、杖を振りあげて、まっすぐにオーウェンを指した。「あんたの仕業だね。あんたにはたしかに魔力を感じたよ」

慌てて言いわけをでっちあげようとしたら、オーウェンが階段をおりはじめた。兄たちも後ろからついてくる。踏み板がきしむ部分を過ぎると、オーウェンは言った。「申しわけありません。魔法除《よ》けを解除しておくべきでした。ただ、いま町で起こっていることを考えると、慎重にも慎重を期した方がいいと思ったもので。今夜、魔法除けを解除しておきます。明日の朝には入金ができるようになっていますよ」オーウェンはごく日常的な会話をしているように、穏やかな口調で言った。

祖母は不意をつかれたような顔をした。いつも無視されたり、反論されたり、混ぜっ返されたりこそすれ、まじめに取りあってもらえることなど、まずなかったからだ。「つまりあんたは、魔法で悪さをはたらいているやつからあたしらを守るために、ここによこされたってわけかい？」オーウェンをじっと見据えながら言う。

「そうです」

「あんたには強い魔力がある。これまで感じたことのないほど強い魔力がね」祖母は、例によって偽のアイルランド訛りでしゃべりはじめる。兄ふたりとわたしは必死に笑いを堪《こら》えたが、オーウェンはいたってまじめな顔をしている。「あたしもお婆から二、三、魔術を教わったが、あんたがやることには遠く及ばない。それで、無事、悪党は捕まえたんだね？」

「はい。彼は二度と悪さをしないでしょう」

祖母の視線が急にディーンの方に注がれる。不意をつかれたディーンは素知らぬふりをする余裕もなく、思いきりばつの悪い顔をした。「おまえってやつは！　あたしとしたことが、うっかりしてたよ。まったく、おまえはどうしてそう問題ばかり起こすんだい！」祖母はディーンのひざを杖でたたく。ディーンは声をあげて飛びあがった。

「せっかく授かった能力をそんなふうに使ったら、ばちが当たるよ」ひざをさするディーンを無視して、祖母は言った。「魔力《パワー》を悪用すれば、必ず火傷する。私利私欲のために使えば、やがて闇の世界に落ちていくんだ。おまえにはちゃんと魔法の使い方を教えたかったんだが、おまえの母親が取りあわなかった。あたしの頭はおかしいと言ってね。あの子も別の種類の能力を授かってはいるんだが、その意味をまるで理解しちゃいない」

「ちょっと待って」わたしは言った。「じゃあ、おばあちゃんはディーンが魔法使いだってずっと知ってたの?」

「あたりまえじゃないか。はじめて腕に抱いた瞬間に、この子には魔力があると感じたよ。おまえには母親と同じ能力がある。テディにもだ。あたしのお婆はいつも言ってたよ。家族のなかに両方の資質が存在するのはいいことだってね。魔力《パワー》をもつ者と目《ビジョン》をもつ者がいっしょにいることで、互いを抑制することができる」

「じゃあ、フランク・ジュニアは?」わたしはおそるおそる訊いた。兄のひとりが魔法使いで、もうひとりが免疫者《イミューン》なら、三人目はいったいどんなモンスターだというのだ。

「ああ、あの子は父親と同じ、まったくの一般人だよ。ありがたいことに、この家にも少なくともふたりは普通の人間がいるってことさ」

「わたしはニューヨークへ行くまで、魔法の存在にまったく気づかなかったわ。どうして教えてくれなかったの?」

祖母は首を横に振りながら、ちっちっと舌を鳴らした。「あたしは何度も言ったよ。話を聞こうとしなかったのはおまえたちの方じゃないか。おまえがニューヨークに行くときには、街で遭遇するものについてちゃんと警告してやっただろう?」祖母の警告を覚えていなかったのも無理はない。家族全員がニューヨークでわたしを待ち受ける犯罪や奇人変人について競って話して聞かせようとするなかで、あらたにひとつ奇想天外な警告をされても、まともに取りあうはずがない。

「でも、おばあちゃん」テディが口を開く。「ぼくら、全部おとぎ話だと思ってたから——」

「おとぎ話だって⁉ これだからいやになるよ。おまえたちには年長の者に対する敬意ってものがまるでないんだ」祖母はオーウェンの方を向く。「あんたは祖父母の言うことをちゃんと聞くんだろう?」

「祖父母はいません。でも、養母はほぼあなたと同じ年齢です」

「ああ、やっぱりね。あんたは年長の者に対する態度ができている。ところで、コーヒーはないのかい?」こちらの返事を待たず、祖母はキッチンに向かってすたすたと歩きだした。老女とは思えぬスピードに、ひょっとして魔法を使ってるんじゃないかと勘ぐりたくなる。

「わたしがつくるわ」急いであとを追った。さっき一度感情を吐き出しておいてよかった。でなければ、祖母が魔女だったうえ、魔法のことも家族の資質のこともずっと知っていたなどということをいきなり聞かされて、果たして冷静でいられたかどうかわからない。

先にコーヒーメーカーにたどりつくと、わたしはカフェインフリーのコーヒーをいれた。祖母はあまりカフェインを摂取してはいけないことになっているし、今日はすでに少なくとも四杯は飲んでいるはずだ。めずらしく、祖母は自分でつくると言い張らなかった。キッチンのテーブルについて、コーヒーができるのを待っている。

おそらく、ディーンのことがまだ片づいていないからだろう。祖母はふたたび杖を振りあげ、ディーンのひざをたたこうとしたが、ディーンはすばやく飛びのいて杖の射程圏内から出た。

「盗んだものは全部返すんだろうね」祖母は言った。一応、質問の形にはなっているが、口調は命令そのものだ。「おまえの母親に息子の不祥事を報告しなきゃならない事態は避けたいからね」

「う、うん」ディーンは口ごもる。「もちろん、そうしたいとは思ってるけど、捕まらずにできるかどうか……。警備はいま、すごく厳しくなってるし、そもそもおれにこんなまねができたこと自体、まぐれみたいなもんだから」

「なら、捕まったらいいだろう。本来はそうなるのが当然なんだ。盗品を全部箱に入れて、真っ昼間に店に返しにいくといい。返しにいって捕まる方が、家のなかや女房の手首に戦利品がぶらさがってる状態で捕まるより、まだましだ。とにかく、今回のことをきっちり清算しないかぎり、おまえの未来はないよ」

ディーンは天を仰いだ。「ああ、いちばんの問題はシェリーだ。どうやって彼女から取り返せばいいんだ。はじめてあんなに喜ばせることができたっていうのに」わたしがさっき言ったことは、まったく頭に残っていないようだ。本当は、シェリーは口実にすぎなくて、自分が返したくないだけなんじゃないだろうか。

そのとき、勝手口の外から金切り声が聞こえた。「ディーン・チャンドラー！　ここにいるの？」シェリーがキッチンにずかずかと入ってくる。「はっきり言ってもらうわ。いったいあんたは何をやってるの？」

ディーンは彼女から一歩あとずさったが、祖母の杖の射程圏内に戻ったことに気づいて、さらに一歩横に移動した。「何ってなんのこと?」何食わぬ顔をしてさらりと言う。

「何ってなんのこと?」シェリーはディーンの口調をまねた。声が一オクターブあがっている。「なんに首を突っ込んでるのかって訊いてるのよ。しらばっくれても無駄よ。あんたがよからぬことに関わってるのはわかってるんだから」

ディーンの顔が一瞬こわばる。しかし、すぐにまたいつもの自信たっぷりな笑顔に戻った。

「ダーリン、よかったら、なんの話かちゃんと説明してくれないか」

シェリーは何もつけていない手首を掲げてみせた。「ブレスレットの鑑定をしに宝石店に行ったの。そしたら、なんて言われたと思う? これは盗品なんですって。とりあえず、知り合いからプレゼントとしてもらったって言って、店に置いてきたわ」

「えーっ! あれ、盗品だったのか?」ディーンはあくまでしらを切り続ける。祖母が前かがみになって、杖でディーンの脚をぴしゃりと打った。「いてっ!」ディーンは声をあげる。「わかった、言うよ。知り合いの男から買った。盗品とは知らなかったんだ。全部返すよ、約束する」

ふだんなら、このあたりでシェリーの怒りは和らぎ、疑ったことを詫びて、ディーンのことを聞くに堪えない甘ったるいあだ名で呼びはじめるのだが、今日は違っていた。彼女は髪をさっと後ろに払う。「あたりまえよ。二、三日、ママの家に行くわ。帰ってきたとき、まだ家のなかに盗品が残ってたら、荷物をまとめて今度こそ本当に出ていくからね」そう言うと、きびすを返して勝手口から出ていった。ドアが大きな音をたてて閉まり、あとにぎこちない沈黙が残る。

「どうやら、品物を返してもシェリーは気にしないみたいね」静けさが気味の悪いレベルに達する前に、わたしは言った。

「みたいだな」ディーンはきまり悪そうに同意する。

コーヒーメーカーが止まった。賢明にも家族の会話に口を出さずにいたオーウェンは、マグカップをひとつ手に取り、コーヒーを注いで祖母の前に置いた。「品物を返すなら手伝うよ」彼はディーンに向かって言った。「その際必要になる魔術はぼくにとって難しいものではないし、サムの協力を得れば、作業中、警備の目をごまかすことは十分可能だ」

「ぼくも手伝うよ」テディが言った。「まあ、ぼくにできるのは見張りくらいだろうけど、とにかく手伝う」

「どんな魔法を使うのか見たいんでしょ？」わたしは言った。

「あ、うん、まあね」

わたしがオーウェンの方を見ると、彼は肩をすくめた。「見張りは多ければ多い方がいいだろう」

祖母はディーンをじろりとにらんで言った。「すべてきちんと返すんだよ」

ディーンはキャンディを盗んだところを見つかった十歳の少年のような顔をした。「わかってるよ、おばあちゃん」

「今後二度と、自分の能力を不埒《ふらち》な目的に使わないね？」

「うん、おばあちゃん」

「いいだろう。この件が一段落したら、あらためておまえの根性をたたき直すからね」祖母はテディの方を向く。「いかさまをしないよう、ちゃんと見張っておくれよ。この子もおまえの目はごまかせないんだから」

テディはにやりとした。男兄弟のなかでいちばん年少の彼にとって、兄の監視役を任されるのはこのうえない喜びに違いない。「一挙一動見逃さないよ」

「何を見逃さないの、テディ？」両手にスーパーの袋を抱えて、母が勝手口から入ってきた。

テディは口を開けたまま、思いきりまずいという顔をした。母がこれに気づかないのが実に不思議だ。「え、ああ、えーと、今度、モーリーとフランクにデイヴィの子守を頼まれたら、そうしようって話だよ。ちょっと目を離すと、すぐ悪さをするからさ」

母は首を振りながら、買い物袋をカウンターの上に置く。「まったく、あの子には手を焼くわ。モーリーがもう少し毅然とした態度でノーと言えたら、ずいぶんましになるだろうに。ところで、そこの紳士たち、まだ車にたくさん荷物が残ってるの」

ディーンとテディとオーウェンが勝手口に向かって歩きだしたところで、母はオーウェンのことを止めた。「あなたはお客様よ。働かせるわけにはいかないわ」そう言ってにやりとする。

「今度いらしたときにお願いするわ。次からは、家族の一員ってことにさせてもらうから」

「じゃあ、そのときを楽しみに待つことにします」オーウェンはそう言うと、わたしの方を向いた。「ケイティ、今日はあれを見せてくれるんだよね」

あれというのがなんなのかはよくわからないが、この場を抜け出す作戦だということは即座に理解できた。「ああ、そうそう、あれね。ママ、ディナーまでどのくらい時間がある?」

「そうね、二時間ちょっとかしら」

「いますぐ出れば、時間は十分あるわ。じゃあ、ママ、ディナーまでには戻るわね」両手に荷物を抱えて戻ってきた兄たちと勝手口の階段ですれ違う。彼らが家のなかに入ったことを確かめてから、オーウェンに訊いた。「あれって?」

「われわれの友人にあいさつしておくべきかと思って」

「ああ、たしかにそうね。町を代表して歓迎の意を表しておかなくちゃ」

「テキサスに数日滞在して、ぼくにもサザン・ホスピタリティー(南部特有の温かいもてなし)のなんたるかがだいぶわかってきたからね。だれも歓迎する人がいないんじゃ、気の毒だよ」

わたしたちはオーウェンのレンタカーでモーテルまで行った。「部屋の前に車があるわ。どうやら、まだ部屋にいるようね」

「ちょうどいい。彼とは軽く話をしておきたい」

「わたしたちを部屋に入れるかしら」

「ぼくたちだとわからなければ入れるだろう」

「彼だけじゃなく、一般の人に対してもカモフラージュした方がいいかもしれない。ニタがまだ、デジカメもってロビーの窓から彼の部屋を監視してる可能性があるから」

「どうしてそんなことしてるの？」

「わたし、彼のことを売り出し中の新人バンドのヴォーカルだと思わせちゃったみたい」車を降りて歩きはじめたとき、清掃用具用の物置のドアが少し開いているのが目に入った。わたしはなかに入り、タオルを山のように抱える。「部屋の掃除に来たことにすればいいわ」

「いいアイデアだ」

イドリスの部屋へ向かう途中、オーウェンは何やらもごもごとつぶやいた。魔法の刺激に包まれるのを感じる。わたしたちはいま、どんな姿になっているのだろう。オーウェンがうなずいたのを合図に、わたしはドアをノックした。「ハウスキーピングです！」

息をひそめて反応を待つ。一分近く待ってからもう一度ノックし、ドアのノブをがちゃがちゃと動かした。すると、ようやくなかから少しだけドアが開き、イドリスがぶっきらぼうに言った。「なんだ」

「タオルの交換です」わたしはずかずかと部屋に入っていく。オーウェンもあとに続いた。イドリスはしぶしぶ道を空ける。ベッドの上にはノート型パソコンと携帯電話のほかに、たくさんの書類が散らばっていた。テキサスの地図もある。ふいに背後でドアが閉まり、体を包んでいた魔法の刺激が消えた。

「おまえ……！」イドリスは愕然《がくぜん》としてオーウェンのことを見た。わたしがベッドの端にタオルを置くと、こちらを向いてさらにぎょっとした。「おまえもか！　おまえら、どうしてここにいるんだ」

オーウェンとわたしは顔を見合わせる。これは予想していた反応とはだいぶ違う。てっきり、イドリスはわたしたちが現れるのを虎視眈々《こしたんたん》と待ち構えていて、いつでも攻撃をしかけられる態勢でいるものと思っていた。「ここって、この部屋ってこと？　それともこの町ってこと？」わたしは訊いた。

「この町だ！」イドリスは叫ぶ。

「だって、わたし、ここに住んでるんだもの。というか、ここ、わたしの故郷だし、家族もみんなこの町に住んでるわ。それで、彼はあなたの悪巧みを阻止するために来てるんだけど、ひょっとして知らなかったの？」

イドリスはベッドの上のパソコンを閉じ、書類の上に枕を置いた。「なんでおれがそんなこと知ってるんだよ！」

「だって、あなたいま、ここにいるじゃない。ほかにどんな理由があって、あなたがこの町に来るっていうの？　ここはふと思い立って気晴らしに訪れるような場所じゃないわ。どうして、よりによって、あなたがこの町にいるわけ？」

イドリスはいくぶん落ち着きを取り戻したようで、腕を組み、胸を張ってオーウェンを見おろした。「おまえらには関係ねえ」

「あなたがうちの兄に魔法の使い方を教えている以上、関係ないとはいえないわ」イドリスはぽかんとしている。なんの話かさっぱりわからないという顔だ。「ディーン・チャンドラーよ。魔法除けのことで夜中にあなたに電話した人。それでここに来たんじゃないの？」

イドリスの表情がみるみるこわばっていく。彼はオーウェンを見おろすのをやめ、ベッドに腰をおろした。「あれ、おまえの兄貴なのか……」

「兄のひとりよ。テキサスに住んでて、なおかつ名字が同じなのに、気づかなかったの？」

「おまえ、テキサス出身なのか？」

わたしはオーウェンの方を向いた。「それって、この額に刻印されてると思ってたわ。わたしがテキサス出身だってことは、マンハッタンじゅうの人が知ってるわよ」

「だいたい、名字だって特にめずらしいわけじゃねえ」イドリスはぶつくさ言った。「つまり、やつが引っかかった魔法除けってのは、おまえの仕業なんだな」オーウェンに向かって言う。

「ああ、そうだ。幸いにも、彼が重大な過ちを犯すのを未然に防ぐことができた。きみがここに来たのはそのためだと思ってたよ。ぼくがこの町にいることを知って来たんだと――」

「そうじゃねえ。この町には魔法使いがひとりも登録されていないし、おれの通信講座はまだ魔法除けについて教えていない。だから、同じような講座を提供しているやつがいるか、さもなきゃ、どっかの魔法使いがおれの生徒の行動に気づいて表沙汰にしようとしてるのかもしれないと思って、調べにきたんだ」

「ちょっと待って」わたしは言った。「それじゃあ、別の魔法使いに生徒を取られるかもしれない、もしくは、生徒が魔法を使っていることを表沙汰にされるかもしれないという理由だけで、この地図にもまともに載ってないような、テキサス州民でさえほとんどの人が存在することすら知らないような町に、わざわざやってきたわけ？」

イドリスは、すばやく言いわけを考えなければならないときにかつてディーンがよく見せたような表情をした。ただ、彼の場合、ディーンほど頭の回転ははやくなかった。「まあ、その、話を聞いた感じでは、おれの生徒はだれかに目をつけられたようで、それで、その、銀行に魔法除けをかけられるくらいだから、そいつはかなり力のあるやつだってことになる——」イドリスは枕をつかんでひざにのせ、手でいじりはじめたが、隠した書類がむき出しになったことに気づいて、急いでもとの位置に戻した。「まだ決闘については教えてねえし、その生徒ひとりの手に負える事態じゃないと思って、一応バックアップに来たってわけさ。それに、生徒のことが公にされると、おれの計画がおじゃんになる——」

「つまり、新人魔法使いを募って自分の軍隊をつくることかい？」オーウェンが言った。彼はイドリスがうろたえるさまをわたしほど楽しんではいないようだ。うんざりした顔をしている。

イドリスはオーウェンの指摘をあえて否定しなかった。「まあ、そう解釈したいならそれでもいい。それに、なんつうか、ニューヨークを出る口実を探してたっていうのもあるし——」

「悪事をはたらくのもなかなか大変なのね」わたしは皮肉たっぷりに言った。「田舎のきれいな空気を吸ってリフレッシュする必要があったわけ」

「そうなんだ！　はっきり言って、あいつら仕事の鬼だぜ。最初は面白いと思ったんだ。資金を出すっていうから、こりゃすげえやと思ったら、そのうち、やれ報告書だ、やれノルマだって、うるさく言うようになって、まるで魔法界の全員を顧客にしなきゃ、こっちがさぼってるみたいな態度を取りやがる。あげくに今度は、顧客ベースでおまえらんとこを上回るために、あらたに魔法使いを見つけて市場を拡大しろだとよ。そうそう、あいつら、〝顧客ベース〟とか〝市場の拡大〟とかいう言葉を使いやがるんだ。まじでしらけるぜ。柄じゃねえもいいとこだ」

「事業を行うというのはそういうことだよ」オーウェンが言った。「遊びじゃないんだから」

イドリスは聞こえないふりをして続ける。よほどフラストレーションがたまっているらしい。

「おまけに、しばらく前から妙なばあさんが現れるようになって、人のやることなすことにやたら干渉しやがるんだ。女の方をちらっとでも見ようものなら、すぐに現れていちいちじゃましやがる。だれかがおれに呪いをかけたとしか思えねえ。おかげでここんところ、女関係はすっかりご無沙汰だぜ」

わたしはなんとか真顔を維持したけれど、オーウェンの方が吹き出してしまった。彼もわたしも、その〝妙なばあさん〟というのがだれなのか、すぐにわかった。いまの説明は、わたしのかつてのフェアリーゴッドマザーを実に的確に描写している。善意と使命感に基づく彼女のさまざまなお膳立てのせいで、オーウェンとわたしの仲はあやうく壊れるところだった。幸い、ある時点で、彼女にイドリスと彼のガールフレンドとの関係を修復する任務を提案したところ、うまい具合に食いついてくれた。彼のガールフレンドはいま、MSIの拘束下にある。フェアリーゴッドマザーにとっては、強制的な別離も浮気の言いわけにはなり得ないらしい。

「なんだよ」イドリスが言う。

「いや、なんでもないよ」オーウェンは笑いを嚙み殺しながら答えた。

イドリスはわたしの方を向く。「なるほどな、この生徒はおまえの兄貴ってわけか。ということは、すでにやつはさんざん説教を受けて、改心させられたってことだな」

「ええ、きつーく叱っておいたわ。本人も過ちを認めて、もうあなたのコースには戻らないと言ってるわ。ほかの受講生たちにも、あなたの企みについて警告するそうよ」

「彼にはこれからきちんとしたトレーニングを受けてもらう。そのうえで、正規の魔法使いとして評議会《カウンシル》に登録して、この地域の監視役を引き受けてもらうよ」オーウェンは言った。「きみはニューヨークへ戻った方がいい。ここにいても何もすることはない」

イドリスの顔にパニックの色が広がる。「授業料は返還する。だから、掲示板によけいなことを書き込むのはよせ。おれは魔術の使い方を教えただけだ。それで犯罪を犯そうが何しようが、使う側の勝手だ。おれの責任じゃねえ」

「きみの講座には、特定の魔術を使って特定の犯罪を犯すための方法が具体的に記されている」オーウェンは言う。「というか、最初から最後まで違法に金を稼ぐ方法しか教えていないじゃないか」

「おれはただ例をあげただけだ。数学の授業で、直線上を左右から電車が走ってくる、両者が出合うのは何秒後かっていう問題が出たからって、実際に電車を正面衝突させろって言ってるわけじゃねえだろ？」

「そうね」わたしは言った。「でも、家庭科の授業でケーキのつくり方を教わったら、その方法でケーキをつくってみようと思うわ。単に小麦粉と砂糖と卵を混ぜたらどうなるかの仮説を紹介してるわけじゃないでしょう？」

「それは別だ！　とにかく、やつを正規の魔法使いとして登録するのはだめだ！　おれが失敗したように見えちまう」

「見えちまうも何も、あなたは失敗したのよ。せっかくだから、いますぐこんなことから手を引くべきだわ。傷がそれほど深くならないうちに」

「いまさらやめられるかよ。やめたら、あいつらに何をされるか——。どうしてもじゃまするっていうならしかたねえ。パーマー、今度こそおまえを潰してやるぜ」

オーウェンは黙ったままイドリスを見据えた。長い沈黙が続き、イドリスの額に汗がにじみはじめる。やがてオーウェンは、にやりとして言った。「今度こそ、か。つまり、これまではいつもきみの負けだったと認めるわけかい？」

「これまでは、おれの方から逃げてやったんだ。ま、前回は、もう少しでおまえの彼女をしとめられるところだったけどな」

オーウェンは肩をすくめる。「しかたない。そこまで言うなら、いますぐきみを拘束するしかないな」そう言うと、両手をあげて、イドリスの方へ一歩踏み出した。部屋のなかの空気がいちだんと重くなる。わたしはこれから始まる魔法の応酬《おうしゅう》のじゃまにならないよう、部屋の隅に移動した。空中の魔力がぐんぐん強くなり、頭が痛くなってきたとき、ふいにイドリスの姿が消えた。オーウェンは彼のいた場所に駆け寄ったが、すでに遅かった。「どういうことだ！ぼくでさえここでは無理なんだから、彼にできるはずがない」

「でも、実際、消えちゃったわ。わたしにも見えないということは、ただ姿を見えなくしたんじゃなくて、本当にどこかへ移動したってことよね」

「まずいな」オーウェンはふたたび両手をあげ、目を閉じると、何かを聞こうとするかのようにしばらくじっとしていたが、やがて首を振って言った。「彼は相当量のパワーを使っている。どうやってこれだけのパワーを得たのかわからない」

わたしは彼の腕を取った。「行きましょう。ここにこうして立っていてもしかたないわ」オーウェンはため息をつき、わたしといっしょに部屋を出た。一応、鍵をかけておく。イドリスが鍵をもたずに消えていれば、部屋に入るのにまた同じだけのパワーを消耗《しょうもう》することになるはずだ。清掃用具用の物置にタオルを戻し、わたしたちはレンタカーに向かった。

「彼、これからどうすると思う？」

「講座に戻るようあの手この手できみの兄さんを説得するかもしれないし、昼日なかに大通りでぼくに決闘を挑んでくるかもしれない。彼の場合、なんだってありだよ」

家に戻ると、まだディーンとテディがいて、バックポーチでわたしたちを出迎えた。「今夜は何時に落ち合う？」テディが訊く。

「零時十五分前に銀行の裏に集合しよう。目立たないよう車は別々の場所にとめた方がいい」オーウェンが言った。

「よし、わかった、零時十五分前だな」ディーンがうなずく。「それって、真夜中は特にパワーが強いからとか？」

「いや、その時間なら皆寝静まっていて家を抜け出しやすいし、ダウンタウンを人が歩いている可能性もほとんどないからだよ。それに、その時間帯はちょうど、あの地区のパトロールが交替するときで、一時的に警備が薄くなる」

「ああ、なるほど」テディが少しがっかりしたような表情で言った。残念ながら、魔法は往々にして退屈なくらい常識的なのだ。

「品物をすべて返すということで、変わりはないね？」オーウェンはディーンに訊く。

「ああ。女房を引きとめるには、それ以外に選択肢がないようだからな」引きとめられなかったところでたいした損失ではないだろうと言ってやりたかったが、わたしはあえて口をつぐんだ。それに、案外シェリーはそれほど悪い妻ではないのかもしれない。

「それじゃあ、品物についた指紋をすべてきれいに拭き取って、そのあとは必ず手袋をするように。それから、品物は店ごとに分けて箱に詰めておくこと」

ディーンの目が大きく開き、顔からさっと血の気が引いた。「指紋……？」

「容疑者がいないなかで、突然、盗品が返還されたら、当然、指紋を調べるだろう？　品物を返せば多少罪は軽くなるかもしれないけど、犯罪を犯した事実そのものが消えるわけじゃない」

「夜中に家を出ることをベスにどう説明するつもり？」わたしはテディに訊いた。

「夜中に何か思いついて試験作物のチェックに行くことはしょっちゅうだよ。ベスはいつものことだと思うだけさ」テディは肩をすくめる。

「それじゃあ、今夜、銀行の裏で会おう」オーウェンが言った。

「何かもっていくべきものは？」テディが訊く。

「必要なものはすべてぼくが用意する。万一ライトが当たってもなるべく目立たないよう、黒っぽいものを着てくるといいよ。それから、きみも手袋をはめるように。ぼくらは盗品を扱うわけだからね」

零時十五分前、兄たちは打ち合わせどおり、銀行の裏でわたしたちを待っていた。ふたりとも黒ずくめで、まるで夜盗のようだ。テディの目がきらきらしている。魔法に対する好奇心のためなのか、いやいやながら戦利品を手放す兄の監視に意欲を燃やしているからなのかはわからない。

「最初に魔法除けを解除する。それが最優先事項だからね」オーウェンが言った。「そのうえで、まだ時間があって、ぼくにエネルギーが残っていて、なおかつ周囲に警察の姿がなければ、盗品の返還を始めよう。品物はすべてもってきたね？」ディーンに訊く。

「トランクのなかにある。すでにシェリーが箱詰めを済ませてたよ」

「彼女の指紋もちゃんと拭き取ったでしょうね。でなきゃ、彼女が疑われちゃうわ」そう言いながら、シェリーの心配をしている自分に驚いた。

「あたりまえだ」

「よし」オーウェンが言った。「計画はこうだ。サムがこの一帯に覆い《ヴェール》をかける。たまたま通りかかった人がいても、ぼくらがやっていることはいっさい見えない。それでも、なるべく静かにして、注意を引くようなことはしないよう気をつけてほしい。どんなヴェールも完璧ではないからね。目立つものが少なければ少ないほど、人の目もごまかしやすくなる。ぼくが作業をしている間はいっさいじゃまをしないように。何かするよう指示を出したら、ただちにそのとおりにすること。反論や質問はいっさい受けつけない。いいかい？」こんなふうに命令を下す彼は、しびれるほどかっこいい。兄たちがここにいなかったら、思わず抱きついていたかもしれない。

ふたりはうなずく。彼らもオーウェンに威厳を感じているようだ。テディは「了解」と言い、ディーンは気取って敬礼のポーズをした。

銀行の正面へ回り、歩道で待っていたサムと合流する。「目隠しは完了したぜ、ボス」サムは言った。「ふたりには静かにするよう言ったか」

「ああ、問題ないよ」オーウェンはわたしの方を向く。「きみにはぼくのそばについていてほしい。魔法除けの解除は設置よりも楽だから、たぶんきみの助けを受ける必要はないと思うけど、備えあれば憂いなしだからね」

「わかったわ」

オーウェンは作業に向かう。さて、どうしよう。このまま彼を見ていたいけれど、兄たちの反応も気になる。これまで彼らが目にしたのは、手品に毛が生えたようなものだった。でも、これから始まるのは大がかりで本格的な魔術だ。

オーウェンはドアの前に光る粉を直線状にまき、数歩さがって両手を前に差し出すと、魔法除けを設置したときと同じように、呪文と歌の中間のようなものを唱えた。すると、魔法除けがふたたび光を放ち、それがいっきに粉のラインに吸い込まれ、そこから今度は、青白い炎がオーウェンの頭を超える高さまで勢いよくあがった。

ちょうどそのとき、一台のパトカーが通りの向こうから走ってきた。この町の警察は、いったいいつからこんなにまがよくなったのだろう。

15

「クソッ……じゃなくて、マズイ」ディーンはわたしをちらりと見て言い直した。

「わたしたち、夜中に家を抜け出して魔法を使ってるのよ」彼に向かって小声で言う。「汚い言葉を使ったからって、わたしがママに言いつけると思う?」

「静かに!」オーウェンが言う。

わたしたちのささやき合いが、屋根のあたりまであがっている青白い炎以上に警察の注意を引くとは思わないけれど、とりあえず黙ることにした。きっと、炎を隠しながら音まで消すとなると、サムによけいなエネルギーを消耗《しょうもう》させることになるのだろう。

パトカーはスピードを落とし、ゆっくりと銀行の前を通っていく。覆い《ヴェール》はサムの得意技だとしても、これだけ明るい炎を覆い隠すのは簡単ではないはずだ。かたずをのんでパトカーの様子を見ていると、突然、炎が消えた。ドアの前にまいた粉もなくなっている。

パトカーは相変わらずいらいらするくらいの低速で走っているが、とまる気配はない。車がようやく視界から消えると、皆がいっせいに大きなため息をついた。テディがオーウェンの方を向いて言う。「すごいな。何をやったの?」

「魔法除けを解除するには、魔法除けを形成していたエネルギーをどこかに逃がさなくちゃならない。だから、粉に吸収させて燃やしたんだ」オーウェンは説明する。

ふたりが魔法化学だか物理学だかについて議論を始める前に、わたしは言葉をはさんだ。

「うまくいったの？」

オーウェンはディーンを手招きする。「ちょっと来て」ディーンは不安そうな顔でオーウェンの方へ行く。「境界線を越えてみて」緊張の面持ちで言われたとおりにすると、無事、ドアの前まで行くことができた。「うまくいったようだな」オーウェンは言った。「さっそく品物の返還を始めよう。これまでのパターンだと、次のパトロールが来るまでに三十分ほどある。急いで片づけてしまおう」

ディーンとテディは車まで走っていくと、両手いっぱいに箱を抱えて戻ってきた。「これが最初のだ」ディーンが言う。

「いったいどれだけ盗んだの？」

「われながら、ちょっと調子にのりすぎちまったな」

「これはどの店のもの？」オーウェンが訊く。

「宝石店だよ。いちばん高価な品物から返した方がいいと思って」

わたしたちは広場を横切り、宝石店へと向かった。サムが先頭を飛び、その後ろをわたしが歩く。箱を山のように抱えたテディとディーンがあとに続き、オーウェンがしんがりを務めた。はっきり言って、まぬけなこそ泥の一団だ。

「カメラはないが、防犯システムは設置されてるぜ」店の前まで来ると、サムが言った。

「知ってるよ。でも、おれは問題なくパスできた」ディーンが言う。妙に自慢げな口調が気に障る。

「それはさほど難しいことじゃない」オーウェンが言った。「窓ガラスを消す魔術が、システムそのものを作動させなくするんだ。ただ、きみはちょっと雑だったな。本当は、店を出たあとただちにガラスが戻るよう設定すべきだったのに、長くそのままにしすぎた。そのためにエネルギーが枯渇《こかつ》して、最終的に警報装置が作動することになってしまったんだ」オーウェンは窓に向かって片手を翻《ひるがえ》す。そして、何やらふたこと、三ことつぶやくと、ガラスが消えた。「さあ、ここから入れて」ディーンが店のなかに入ろうとすると、オーウェンは首を振った。「箱のままそこに置いていけばいい。返還されたものだということがはっきりわかるようにするんだ。箱に名前とか何か身元のわかるようなものはいっさいついてないよね？」

「全部この店からもってきた箱だよ」

「なら大丈夫だ」

ディーンが箱を店内に入れ終え、窓から離れたとたん、ガラスが戻った。「その魔術、今度教えてくれよ」ディーンが言う。

「それはあまりいいアイデアだとは思えないな」

「もう盗みのために使ったりはしないよ」

「じゃあ、知っている必要もないだろう？」

「すごいな」テディが感嘆の声をあげる。「物質とエネルギーの比率はどうなってんの？　物質を実際にどこかへ移動させてるわけ？　たとえば、別の次元とかに。それとも、ただ原子を分離させてガラスがそこにないように見せかけてるだけで、物質そのものは依然としてそこにあるとか？」

「テディ、いま、科学的な説明を受けてる時間はないわ」

「ああ、ごめん。でもあとで教えてもらえる？」その際は、ぜひとも同席を遠慮したい。魔法の仕組みなど、考えるだけで頭が痛くなってくる。

わたしたちは広場を回りながら、ディーンが盗みに入ったすべての店に盗品を返していった。

「こんなに盗んで、自分の店でも開くつもりだったの？」わたしは訊いた。

「まあ、そんなとこかな。ほとぼりが冷めたら、ネットオークションに出そうかと思ってたんだ」

「ネットオークションは、盗品が出品されてないかどうか警察がモニタリングしてるのよ」

「この町は大丈夫さ。ここの警察はネットオークションというものが存在することすら知らないよ」

「ジェイソンの奥さんは、コレクティブルの人形やアンティークをネットオークションで売ってるわ。彼なら知ってるはずよ」

「きみは実に愚かなリスクを冒したよ」オーウェンが言った。「むやみに人の注意を引くようなことは魔法でいっさいやるべきじゃない。これは、どんな魔術よりも先に学ぶべき鉄則なんだ」オーウェンはかなり疲れているようだ。難なく魔法を使っているように見えるけれど、エネルギーの消耗はかなり大きいに違いない。窓ガラスが消えるまでの時間が少しずつ長くなっているし、次の店へ移動する足どりも次第に重くなってきている。

最後の店の前まで来たとき、パトカーが戻ってきた。「サム、ヴェールの方はまだ大丈夫か?」オーウェンが訊く。

「おうよ、ただし、やつらが行っちまうまで花火の類は控えてくれ」

パトカーが広場を回る間、わたしたちは息をひそめてじっとしていた。ようやく一巡して、そのまま出ていってくれるかと思ったとき、パトカーは宝石店の前にとまった。警官が降りてきて、懐中電灯を手に広場を歩きはじめる。懐中電灯の光は、やがて宝石店のウインドウを照らし出した。警官は間違いなく箱に気づくはずだ。

「いまだ!」オーウェンが小声でディーンに言った。背後で店の窓ガラスが消える。ディーンが急いで店内に箱を置くと、直後にガラスが戻った。

広場の向こうから、「なんだこれは!」という声が聞こえた。警官が窓ガラスに顔をつけて、なかをのぞきこんでいる。盗品が戻されていることに気づいたようだ。警官はパトカーに戻ると、無線を手に取った。

「すぐにずらかった方がいい」サムが言った。「警官ひとりならなんとかなるが、こっちにこれだけの人数がいて複数の警官に血眼になって捜されたら、ごまかしきれない。いずれにしろ、くっついて動いてくれ。その方が隠しやすい」

わたしたちはひとかたまりになり、サムに先導されながらこっそり広場を離れた。最初に落ち合った銀行の裏まで来ると、オーウェンが言った。「ここで解散だ。ただし、家にはなるべく遠回りして帰るように。ここから直行するのは避けた方がいい」兄たちが出発すると、オーウェンはサムの方を向く。「このまましばらく様子を見て、状況を報告してくれ」

「了解、ボス。あとはおれに任せて、ゆっくり休みな」

サムが飛びたつのを見送って、わたしたちはレンタカーに戻った。オーウェンはわたしに車の鍵を渡す。「運転してもらってもいいかな。ぼくにはちょっと無理そうだ」

オーウェンは震えていた。「わたしからパワーを引き出せばよかったのに。あるいはテディからでも」

「ひとりでやる方が早かったから。大丈夫、少し休めば回復するよ」

オーウェンは車に乗るやいなや眠ってしまった。ああ、どうか、今夜はパトカーにとめられませんように。わたしにはジェダイのマインドトリックのような技はない。いざというときは、ん～、とりあえず泣いてみるしかないだろう。車を発進させ、ダウンタウンから十分に離れるまでヘッドライトをつけずに走る。裏道を通り、遠回りをして、あたかも町の外から戻ってきたように見えるよう、逆の方向から家に帰った。

車をとめ、エンジンを切ってから、オーウェンを起こす。「その黒いスウェットシャツの下に何を着てる?」

「え？ どうして?」オーウェンは眠そうに訊き返した。

「この状態で木登りは無理だと思うの。それに、あなたにはいま糖分が必要だわ。勝手口から入って、キッチンで何か軽く食べましょう。二階にあがるときに階段がきしんで見つかったら、下で夜食を食べてたってことにすればいいわ。食べ物の話が出たとたんに、母の頭はそのことでいっぱいになるから大丈夫。ゲストにひもじい思いをさせるのは、彼女にとって絶対的なタブーなの。いますぐ下に行って何かつくるって言いだすはずよ」

「いいアイデアだ。ぜひそうしよう」そう言いながら、オーウェンはまったく動こうとしない。

わたしは車から出て助手席の側に回ると、ドアを開け、オーウェンを引っ張り出した。彼を車の横に寄りかからせ、スウェットシャツのジッパーを開ける。下は無地の白いTシャツだった。そのままスウェットシャツを脱がせると、自分も着ていたスウェットシャツを脱ぎ、魔法の道具の入ったバックパックとともにトランクのなかに入れる。それから、オーウェンの腰に腕を回し、勝手口の階段をのぼってキッチンに入った。

キッチンの明かりのもとで見ると、オーウェンの状態は思った以上にひどかった。顔に血の気はなく、頬はやつれ、目の下にくっきりとくまができている。わたしはやかんを火にかけて、インスタントココアのパックをふたつ取り出す。お湯が沸く間、ケーキをふた切れ用意し、ひとつを彼の前に置いた。「さ、食べて！」命令する。

オーウェンがケーキを少しずつ口に運んでいる間にココアにお湯を注ぐ。よくかき混ぜて、マグカップを彼の手にもたせ、口もとまで運ぶのを見届ける。半分ほど飲み終えると、だいぶ血色がよくなった。わたしは少しほっとして、椅子に座り、自分のココアをすすった。

「今夜のことがあなたにこれほどのダメージを与えるなら、どうしてディーンに同じようなことができたのかしら」

オーウェンがケーキを食べ終えたのを見て、あらたにもうひと切れ彼の皿に置いた。「彼はたぶん、すべての店をやるのにひと晩じゅうかかってるはずだよ。それに、あの晩はパトロールもずっと少なかったはずだ。今夜は昨日より魔法を使うのがきつかった。たぶん、パワーラインの弱い場所で連日魔法を使っているからだろう。昼間、納屋であれこれデモンストレーションしたのもよくなかったと思う。その前にも、銀行の前でディーンの動きをコントロールしてるしね。あのときは腕力で勝負してもよかったんだけど、実際に魔法を使った方がインパクトがあると思ったから――」

「イドリスと対決することになるかもしれないのに、こんなに消耗しちゃって大丈夫かしら」

オーウェンは肩をすくめる。「彼だって長くは保《も》たないよ。しかも、彼にはパワーをもらえる免疫者《イミューン》がいない。その点、ぼくにはきみやテディがいる。いざというときには、きみのお母さんだって。まあ、なるべくそういう事態は避けたいけどね」

「案外、フェアリーゴッドマザーや新しい上司たちから逃れて二、三日ここに潜伏したら、あっさりニューヨークへ帰ったりして……」少し躊躇《ちゅうちょ》してから訊いてみる。「ここにはあとどのくらいいる予定なの？」

オーウェンの頬がうっすらと赤くなった。理由はわからない。赤面するような質問だったのだろうか。「状況による。当初の予定では今日発《た》つはずだったんだ。でも、イドリスが何をする気なのかわからないし、彼がここにいる間は帰るわけにはいかない。きみのご両親、あと数日泊めてもらうことを承諾してくれるかな」

「一週間も滞在しないうちに帰るなんて言ったら、母はレンタカーの鍵を隠しかねないわ」

階段が大きな音をたててきしみ、ふたりともびくりとする。数秒後、母がバスローブ姿でキッチンに入ってきた。「どうりで話し声が聞こえたわけね」

「夜食をつまんでたの」わたしは急いで言った。「ごめん、起こすつもりはなかったんだけど」

「あら、いいのよ。せっかくだから、わたしもちょっと食べようかしら」母はそう言うと、オーウェンのことをまじまじと見つめた。その表情から、彼女のなかで異なる感情がせめぎ合うのがよくわかって、なんだか可笑しくなる。まず、オーウェンがひどくやつれていることに気づいて、母親としての本能が優位に立つ。続いて別の本能がそれに取ってかわる。オーウェンはどんなときでもゴージャスだけれど、どういうわけか、身だしなみが完璧でないときの方がいっそうゴージャスに見える。タキシードを着た彼が女性たちの目を釘づけにするなら、Tシャツ姿で、髪がくしゃくしゃで、無精ひげが生え、眼鏡をかけ、目の下にくまのできたオーウェンは、彼女たちのひざからすべての力を奪ってしまう。そういうときの彼は、隣の男の子的外見の下から、どこか危険な男の香りが漂うのだ。しかも、本人はそのことをまったく自覚していない。自分が女性たちにそんな影響を与えているなんて、つゆほども気づいていないのだ。

ふたたび母親としての本能が優勢になったらしく、母は、「なんだか具合が悪そうだけど、大丈夫?」と言った。

「あまりよく眠れなくて。自分がこれほど車やサイレンの音が鳴り響くなかで眠ることに慣れていたとは思いませんでした」

「何かつくる？　オムレツなんかはどう？」

オーウェンは首を振る。「いいえ、大丈夫です。ケイティがココアとケーキを出してくれましたから。そろそろ部屋に戻って横になってみます」

わたしもいますぐ横になりたい気分だったが、母といっしょにしばらくキッチンに残ることにした。「彼、本当に大丈夫なの？」階段のきしむ音が聞こえて、オーウェンが二階にあがったことが確認できると、母は言った。「ずいぶん顔色が悪かったわ」

「少し疲れているだけよ。わたしだって、ニューヨークから戻ってきたあと、静かさに慣れるのに二、三週間かかったじゃない。それに、はじめての場所で寝泊まりすれば、どうしたって多少は疲れるわ。特に他人の家ではね」

「わたしたち、何か気に障ることを言ったりしたわけじゃないわよね？」

「大丈夫よ、ママ。彼はすごく楽しんでるわ。ただ、少し圧倒されちゃってるのよ。彼の家は大家族じゃないし、いまはひとり暮らしだから、こんなにいつも大勢の人に囲まれていることに慣れてないの。でも、だいぶ順応してきたみたいよ。テディとは特に気が合うみたい」

「そうならいいけど」

「そうよ。だから心配しないで」わたしは母の頬にキスをすると、階段の方に向かった。「じゃあ、わたしもベッドに戻るわ。おやすみ」

部屋に戻ってから、ふと思った。そういえば、オーウェンとわたしがパジャマでもバスローブでもなく、ちゃんと服を着ていたことに、母はまったく気づいていなかった。わたしたちがキッチンへおりるときに階段のきしむ音がしなかったことにも――。ふだんは、人が過去数カ月間に何回同じものを着たかということまでこと細かに覚えているのに、母の目は、ときどき信じられないほど節穴になる。

翌朝、朝食にオーウェンの姿はなかった。よく眠っている証拠であることを祈りつつ、わたしはドアの下からメモを滑り込ませて、仕事に向かった。店にはすでにシェリーがいた。これは赤い雪が降るかもしれない。しかも、ずいぶんと機嫌がいい。「あら、もう来てたの⁉」そう言ってから、さすがにちょっと感じが悪かったかなと思った。

「来てたらおかしい？」レジのまわりの小さなアイテムを整頓しながら、シェリーは言った。「わたしだってここの従業員よ」

「ええと、その、つまり、ディーンのことでいろいろ大変だったから、少し休みを取ってもよかったんじゃないかと思って……」われながらなかなかうまいフォローだ。

シェリーはやれやれという顔をする。「亭主がやくざ者の場合、せめて女房だけでもまじめに働かなきゃね」

「来てくれてよかったわ。でなきゃ手が足りなくて大変なことになってたもの。ちなみに、その、もうディーンのところに戻っても大丈夫よ。例のことはちゃんと片をつけたから」

「二、三日帰らないって言ったんだもの、すぐに帰るつもりはないわ。帰るのはわたしがその気になったときよ」

「わかったわ。じゃあ、そういうことで」不本意にもシェリーにある種の敬意を感じながら事務所に向かう。彼女にこれほど毅然としたところがあるとは思わなかった。ひょっとすると、シェリーはこの先、ディーンが悪さをしないよう、うまく手綱を締めていけるかもしれない。

店に来て一時間ほどたったとき、オーウェンから電話があった。「こんなに寝坊するつもりはなかったんだけど」あくびをしながら言う。

「眠れてよかったわ。気分はどう？」

「だいぶいいよ」

「あと二時間くらいで出られると思うから、それまでゆっくりしてて。ママがうるさく世話を焼いてないといいんだけど」

「焼いてるよ。でも、いいんだ。素晴らしい朝食をつくってくれたよ。顔色が悪いのはちゃんと食べてないからだって。こっちに来て以来、ぼくが毎日すごいご馳走を食べさせてもらっていることは、頭からすっかり消えてるみたいだ」

「手料理を食べさせることは、彼女のいちばんの愛情表現なのよ。うちにいる間はいやというほど食べさせられるから、覚悟しておいて。じゃあ、あとでね」

オーウェンと話してから一時間後、今度はニタから電話があった。「ちょっと聞いてよ。今朝すごかったんだから」彼女は言った。なんでも劇的に語りたがるニタのこと、電話が一回鳴っただけということも十分あり得る。例の宿泊客のことが即座に頭に浮かんだけれど、とりあえず話を聞くことにした。

「どうしたの？」

「大忙しなの。今朝だけで三人の客がチェックインして、そのほかに予約が二件もあったわ。もし、午後もこのペースが続くようなら、〝満室〟のサインがちゃんとつくか確認しなきゃならなくなるわね。一日にこれだけの人数がチェックインしたのって、二年前に一族が大集合して以来だわ」

「いったいどういうことかしら」胸騒ぎがする。

「バンドのメンバーたちじゃない？　それか、彼らのファンかも。みんな同じようなタイプの人たちだったわ。彼らって、いわゆるエモ系バンドでしょ？」

「うーん、あのバンドってちょっと分類が難しいのよね」〝エモ系〟の意味自体よくわからなかったが、とりあえずそう言っておく。「とにかく、何か動きがあったら店か家の方に連絡して。それで、かっこいい子はいた？」

ニタは鼻で笑った。「まーったく！　どんなにせっぱ詰まってたって、そこまで自分を落としたくはないわ。たとえ相手がミュージシャンでもね。だいたい、インド系はひとりもいないし。ひょっとしたら、静かな環境でアルバムを制作するためにここへ来たんじゃないかしら。アルバムがヒットしたら、このモーテルの名前も全国に知れ渡るわね。えっ、やだ、マジ？　またひとりお客が来たわ。じゃ、あとで！」

イケてない若い男たちが突然この町に集まってきたことについては、さまざまな説明が可能だろうけれど、イケてない社会のはみ出し者の守護聖人ともいえるフェラン・イドリスがここにいることを考えると、何かよからぬことが進行中であるとしか思えない。

「今日はこれであがるわ」バッグをもって事務所から出ていき、店にいたシェリーに言う。「注文書と請求書は全部処理したわ。用があるときは家に電話して」

「何かあったの？」シェリーが訊く。

驚いた。彼女が気に入った男以外の相手からかすかな感情の機微を読み取るなんて。あまりに意外な反応だったので、答を思いつくのに数秒かかってしまった。「ゆうべ、オーウェンの調子があまりよくなかったの。だから、あまり長いことママとふたりきりにさせたくなくて」

「あら、大変、じゃあ、急いで帰ってあげないと」心底そう思っているような言い方だ。数日前なら奇跡に思えただろう。

家に戻ると、オーウェンは玄関ポーチのぶらんこに座っていた。足もとには犬が二匹寝そべっている。「ずいぶん顔色がよくなったわね」わたしは隣に座りながら言った。

「ずいぶん回復したよ。どうしたの、ずいぶん早いね。こんなに早引けを繰り返してたら、そのうちきみなしでも店をやっていけると思われちゃうよ」

「実はそれをねらってるの。そうなれば、また家を出るとき心苦しくないでしょ？」今回のことが解決した際にわたしがニューヨークへ戻る可能性について訊かれるのを待ったが、彼が何も言わないので、早く帰宅した本当の理由を説明することにした。「関係があるかどうかわからないんだけど、ニタによると、今朝、数人の客がモーテルにチェックインしたそうよ。ほかにも何件か予約が入っているみたい。みんな若い男性で、ニタによると、全員ぱっとしないらしいわ」

「それって、つまり、めずらしいことなんだね？」

「ふだんだと、宿泊客は多くても週に十人ちょっとだわ。イドリスが到着した翌日に、いかにも彼のもとに集まりそうなタイプの男たちが、突然、大挙してやってくるっていうのは、ちょっと変じゃない？」

「そうだね。何かありそうだな」オーウェンはポケットから携帯電話を取り出す。「サム、ゆうべはその後どうだった？」しばし黙って返事を訊いたあと、彼はふたたび言った。「モーテルに行って様子を見てくれ。疑わしいゲストが増えた。わかった、ありがとう」

オーウェンは携帯電話を閉じてポケットに戻した。「あのあと、警察はかなり念入りに広場の店を調べたそうだ。でも、結局、犯人がどうやってふたたび店に入って盗品を返していったかはわからなかったらしい。容疑者はあがっていないようだ。かなり、困惑していたらしいよ」

「つまり、ディーンはうまく逃げられそうだってことね、い、つ、も、の、ように」

「警察の手は逃れたかもしれないけど、きみのおばあちゃんはまだ許していないみたいだよ」

オーウェンはそう言うと、にやりとした。一瞬、表情から懸念や緊張が消えて、何歳も若返ったように見えた。「きみのなかに彼への対抗意識を感じるのは気のせい？」

「ディーンには、何をしてもまんまと逃げおおせる才能があるの。ディーンが始めたことで兄弟みんながひどい目に遭って、彼だけが無罪放免になるなんてことが、しょっちゅうだったわ。

フランクいわく、ディーンは肥《こえ》だめに落ちても、バラの香りを漂わせながら出てこられるの。ディーンににっこりされると、ママは彼がやった悪さをすべて忘れちゃうのよ」

「何をしても許されるのって、普通、末っ子の特権なんじゃないの？　特に、きみは末っ子でただひとりの女の子なんだから」

「わが家に限ってはそうじゃないの。しつけは逆にわたしに対しての方が厳しかったわ。男の子は多少やんちゃでもかまわないけど、女の子はいろんな面できちんとしていないとだめなの。まあ、ディーンのやらかしたことに関して言えば、わたしはたいてい難を逃れたけど。気の毒だったのは、フランクとテディよ。いつもとばっちりを受けて――」

ドアが開いて、母が顔を出した。「ケイティ、電話よ。ニタだと思うわ」

「いま、行く」オーウェンが座っているので、ぶらんこを揺らさないようそっと立ちあがる。顔色がよくなったとはいえ、まだまだ本調子という感じではない。

「その後どう？」わたしは受話器に向かって言った。

「あれからさらに三人チェックインしたわ。そして、あらたな予約が二件よ。これ、まじで普通じゃないわ」

「バンドのメンバーかしら」

「違うわね。ポストモダンのビッグバンドを復活させようっていうなら別だけど。どう考えても人数が多すぎるわよ。男のグルーピーってのも妙だし。それとも、彼らってグレイトフルデッドの新バージョンみたいな感じなのかしら。どこへでもついていくマニアなファンたちがいるの。だとしたらすごいわ。でも、もしドラッグをやってたり、駐車場でコンサートをやるなんて言いだしたら、パパとママは穏やかじゃないわね」

「彼ら、何か問題起こしてる？」

「ううん、別に。ただ、これだけいっぺんに部屋が埋まると、人手が足りなくなっちゃうわ。ねえ、ハウスキーピングのアルバイトなんかする気ない？　今日は全室清掃済みだったからいいんだけど、明日が地獄だわ」

「考えてみる。報告ありがとう。たぶん、あとで様子を見に寄ると思うわ」

ポーチに戻って、オーウェンにいまの話を伝える。「ハウスキーパーになるのは、案外いいアイデアかもしれないわ。部屋のなかをチェックできれば、どういう連中なのか見当がつくかもしれない」

「でも、手伝いが必要なのは明日なんだよね？　できれば、その前にある程度事態を把握《はあく》しておきたいな」

「もし、イドリスが自分の部隊を召集してるんだとしたら、ディーンのことをばらしちゃったのは失敗だったかも。二重スパイを送り込めたのに」

「いまからだって二重スパイは送り込めるよ」オーウェンのこの表情は前にも見たことがある。彼は通常、きわめて理性的で分別があるのだが、ときおりひどく無謀なことをやってのける。イドリスがからむと特にその傾向が出やすい。

「どういう意味？」おそるおそる訊いてみる。

「ディーンが二度と悪い魔術に手を出さないと誓ったのは、単にその場を逃れるためだったとしたら？　とりあえず妹をなだめておいて、あくまで当初の計画を実行するってことも、あり得ないわけじゃない」

「あなたって悪知恵がはたらくのね。さっそくディーンに電話するわ」

電話をかけに家に入ろうとしたら、オーウェンが自分の携帯電話を差し出した。オーウェンから電話を受け取り、ディーンの携帯にかける。「講座の掲示板にイドリスを糾弾することを何か書いた？」

「ごめん、まだそこまで手が回ってないんだ」ディーンが答える。

「よかった、まだならいいの。どうも、イドリスのやつ、この町に受講生たちを集めて自分の部隊を結成しようとしてるみたい。だから、彼のところに行って、妹と妹のいかれた彼氏にはもううんざりだ、あいつらの言うことなんか聞くつもりはないって言ってほしいの」

「それで、やつらがやっていることを逐一おまえたちに報告するってわけだな。了解。任しときな」

携帯電話を閉じ、オーウェンに返す。「どうやら二重スパイが誕生したようだわ。信頼できるといいんだけど……」

「彼がぼくらを裏切ると思うの？」

わたしはため息をつき、唇を噛んだ。自分がひどく薄情な人間に思える。たしかに腹の立つことも多いけれど、ディーンはかけがえのないわたしの兄だ。とはいえ、いまは家族の情にほだされているときではない。「彼はおだてに弱いところがあるの。もしイドリスが言葉巧みにディーンの自尊心をくすぐったら、果たしてどうなることやら。どうせなら、テディを送り込めたらよかったわ。彼ならあの連中のなかにすんなり溶け込んだだろうし」

オーウェンはあくびを噛み殺す。「きちんと準備をすれば、テディを魔法使いに見せることは可能だと思うよ」

「でも、そうすると、あなたの貴重なパワーがまた消費されることになるわ。あなたにはいま休息が必要よ。今夜もまた、ひと騒動起こるような気がするから……」

予感は的中した。眠りに落ちたとたん、いつものように窓をノックする音で目が覚めた。外に出る予定はなかったので、わたしはパジャマを着ていた。窓を開けると、オーウェンが小声で言った。「いまディーンとサムからそれぞれ連絡があった。イドリスが受講生たちを郡庁舎前の広場に集めて、何か始めようとしているらしい」

「で、わたしたちもそこへ行った方がいいわけね。ちょっと待ってて、すぐに着がえるから」

カーテンを閉め、ブラックジーンズと黒の長袖のTシャツに着がえる。そろそろ黒い服が底をついてきた。わたしのワードローブは夜中にこそこそ動き回ることを前提に構成されているわけではないのだ。

「こんなとき、スターバックスが恋しくなるわ」広場に向かう車のなかで、あくびをしながら言う。

「あったとしても、どうせこの時間には閉まってるよ。ニューヨークだって、この時間に開いてる店は限られてるからね」オーウェンはスーパーの裏側にある搬入口の駐車場に車をとめた。そこから建物の間の路地を抜けて広場の方へ向かい、途中でサムと合流する。

広場では、記念館のガゼボに立つイドリスのまわりを少なくとも二十四、五人の若い男たちが囲んでいた。そのなかにディーンの姿もある。イドリスの背後では赤、白、青の小旗がはためき、一見、選挙演説でもしているかのようだ。ディーンは集まった集団のなかでひときわ目立っていた。飛び抜けてハンサムで、妙に自信に満ちている。ほかの男たちは——みごとに全員男だ——皆、どこかコンプレックスを抱えているように見えた。もちろん、ディーンだってそうなのだけれど、彼はうまくそれを隠している。

イドリスはスピーチの真っ最中だった。その声は、植え込みに隠れているわたしたちのところまで聞こえてくる。「いよいよ最終試験のときがきた。これに合格すれば、きみたちはついに魔法使いの肩書きを手にすることになる。この試験のために、ニューヨークからトップレベルの魔法使いを連れてきた。彼を見つけて、魔法による直接対決で倒すことができれば合格だ。警告しておくが、彼は非常に優秀だぞ。おそらく皆で力を合わせて立ち向かう必要があるだろう。それもテストの一部だ」

イドリスが片手を翻すと、彼の横に徐々に画像らしきものが現れはじめた。イドリスは演説を続ける。「これがその魔法使いだ。こいつを倒したとき、きみたちは真の魔法使いになる」

ようやく画像が鮮明になった。それはオーウェンの写真だった。

16

隣にいるオーウェンから、全身の筋肉に力が入り、いまにも走りだしそうな気配が伝わってくる。わたしは彼の腕をつかんで強く握った。いま飛び出していって一度に全員を相手にするのは得策ではないことを暗に伝えるために。オーウェンはわたしの方を見てうなずくと、二度ほど大きく深呼吸をして体の力を抜いた。わたしは彼の腕から手を離す。オーウェンが軽く頭を傾けたのを合図に、わたしたちはそっと広場を離れた。

「応援が必要だ」車まで戻ると、サムが言った。

「ぼくひとりで大丈夫だよ」

サムは首を振る。「やつらがあんたほどパワーや経験をもっていないとしても、徒党を組んでかかってこられちゃ、ひとりで対応するのは無理だ」

「ひとりじゃないよ。きみがいるし、ケイティのおばあちゃんだっている。向こうにはディーンを潜り込ませてもいる。それに、うまくすれば地元の応援が得られるかもしれない。きみが言うほど、数で負けてるわけじゃないよ」

「あんたが大ボスに電話して事情を説明しないなら、おれがするぜ。どうせばれるなら、あんたから直接話した方がいいんじゃないか？」

どうも会話の肝心な部分が見えていない気がするが、行間から察するところが正しいとすると、まさか――。「ひょっとして、黙って来たの？」わたしはオーウェンに向かって言った。「あなたがここに来てるって、会社は知らないわけ？」

「頼むぜ、お嬢」サムが言う。「大ボスがどういう人か知ってるだろう？　もちろん、会社は知ってるさ。正式には知らないってだけで」

「週末のうちに片づけられると思ったんだ」オーウェンは宿題が終わらなかったわけを説明するような口調で言った。「金曜は病欠ということにした。遅くとも火曜には、すべてを解決した状態で会社に出られると思ったんだけど――」

「ケイティが心配だから向こうに行かせてくれって一日じゅう大ボスに懇願した翌朝に病欠の電話を入れたんじゃ、うそにすらならないぜ」サムが言う。

オーウェンはサムをじろりとにらんだ。「ニューヨークではイドリスの動きがまったくつかめていなかった。こっちに来て彼の生徒と接触すれば、何か手がかりが得られると思ったんだ。そして実際、そのとおりだった」

「でも、いまは数的に不利な状態だわ。連中は必死になってあなたを追ってくるはずよ。それに、イドリスには何か奥の手があるようだし。モーテルで突然姿を消したの、覚えてるでしょ？」わたしは言った。「逃げるのがいやなら、援軍を呼ぶべきよ」

「今度こそ、やつを取り逃がすわけにはいかないぜ」サムが続ける。

オーウェンはしばらく黙って立っていたが、ようやく口を開いた。「わかった。明日の朝、電話する。今夜はもう遅いから」

サムが鼻を鳴らす。「あの大ボスが電話を予期していないと思うか？」

オーウェンは降参というように両手をあげた。「ああ、わかった、わかったよ。これから電話する。いずれきちんと説明しなきゃならないと思ってたし。できればイドリスか見習い魔法使いのどちらかを拘束した状態で報告したかったんだけど——」

「見習いの方は事実上、拘束できてるわ」

「いずれにしても、ここは広場に近すぎる。連中からもう少し離れてから電話をした方がいい」

オーウェンは言った。

「心配無用だぜ、ボス。あんたらの姿はちゃんと隠してある。ここでいますぐかけてもらって大丈夫だ」愉快そうに言うサムを、オーウェンはふたたびじろりとにらんだ。

オーウェンはわたしたちから二、三メートル離れたところまで歩いていくと、電話を耳に当てた。声は聞こえないが、少なくとも話す素振りは見せている。わたしは少しの間、彼のことを見ていたが、やがてサムの方に向き直った。「あなたもこれにかんでるの？」

「かんでるわけじゃない。ただ、彼がこっちに来ていることをだれにも言わないでいてやっただけさ。最初は週末だけって話だったからな。それがどんどん長引いていったってわけだ。たとえ、今夜やつらの集会を目撃していなかったとしても、いい加減、会社に連絡を入れなきゃならないころだった。パーマーが自分でしないなら、おれが告げ口してたぜ」

「でも、どうして？」

サムは笑った。「おいおい、お嬢。いつもの頭の切れはどうしちまったんだ、え？　あんたのために決まってんだろ？　あんたの身に危険が迫っているらしいことを耳にしたとき、やっこさん、ほとんどキレかかったんだからな。あんたがイドリスの関与を突き止めたあと、大ボスはしばらく様子を見るつもりだった。とりあえず、皆がニューヨークでイドリスを捜す間、おれがこっちであんたのボディガードをすることになったのさ。でも、パーマーは、イドリスは必ずこっちに現れるって言い張った。おれが映画館での一件を報告したら、いてもたってもいられなくなったらしい。おそらく、映画館のことは大ボスに言ってないんだろう」

「つまり、わたしのことが心配なあまり、ボスの意向を無視してこんな大それたことをしでかしたってわけ？」

「ま、それと、前回のミスを挽回したかったってのもあるだろうな。今度こそ、私情をはさまずに敵をとらえてみせようと思ったんだろう。もっとも、あんたを守るためにこっちへ飛んできた時点で、十分私情が入ってるんだが――」

「たしかに……」ため息交じりに言う。どうりで、わたしをニューヨークに連れ帰る話が出ないわけだ。こんなことになった以上、会社はますますわたしをオーウェンのそばに近寄らせないだろう。彼が任務に集中できるよう、二十四時間会社の保護下に身を置くことに同意でもしないかぎり。彼がいまでもわたしを想ってくれていることがわかったのは、すごくうれしい。でも、同時に少し恐くもあった。以前からときどき大胆な行動に出ることはあったけれど、こんなふうに命令に背くというのは、およそオーウェンらしくない。だいたい、人の心を操ったり時間を止めたりといったおそろしく尋常でないことができるにもかかわらず、それほど恐ろしいと思わせないいちばんの理由は、彼が典型的な好青年だからだ。

オーウェンが戻ってきた。「援軍を送ってくれるそうだ」その口調から彼がいまどんな気持ちでいるのかを読むのは難しい。

「で、おとがめはどの程度だった?」サムが訊く。先に訊いてくれてほっとした。

「さあ。イドリスともその手下たちともいっさい接触するなと言われたけど――」

わたしはオーウェンのそでをつかんで言った。「そういうことなら、ここはさっさと家に帰った方がよさそうね」

家に戻ると、いつものように木をよじのぼってポーチの屋根へあがる。最近は、ドアからよりこの部屋の窓から家のなかに入ることの方が多いような気がする。窓に片足をかけたとき、部屋のなかで何かが動いた。だれかいる……! 悲鳴をあげようとした瞬間、今度は後ろからだれかの手がわたしの口を覆った。思わずパニックになりかかったが、すぐに手の主がオーウェンであることを悟った。

「ミセス・キャラハン、ここで何をしているんですか」オーウェンがささやく。

わたしはオーウェンの手を口から引きはがし、できるだけ小さな声で言った。「おばあちゃん?」なんと、祖母がわたしのベッドに座っている。「夜、車を運転するのは嫌いなんじゃなかった?」

「嫌いなのとできないのとは別だよ。とにかく、いま質問に答えるべきなのは、あたしじゃない。こんな夜中に窓からご帰宅とは、あんたたちこそいったい何をやってるんだい。どこへ行ってたのか、何をしてきたのか、きちんと答えてもらうよ」

窓に片足をかけたままだったので、わたしはとりあえず部屋のなかに入り、オーウェンもあとに続いた。祖母は自分の横のスペースをぽんぽんとたたく。わたしたちは並んでベッドに腰かけた。「いまこの町で、よくないことが進行中なんです」オーウェンが言った。

祖母はうなずく。「そうだと思ったよ。怪しげな若者たちがうろついていて、やみくもに魔法を使っている。この調子じゃ、あっという間に土地のパワーが枯渇《こかつ》しちまうだろう。で、それが、あんたとどう関係があるんだい？」

「ぼくの敵が彼らのリーダーなんです」

「つまり、魔法戦争が勃発《ぼっぱつ》しようとしてるってことかい？」

「そうならないことを願っているんですが」

「助けが必要だね」

「おばあちゃん、オーウェンは大丈夫よ」わたしは割って入った。祖母に提供できる類の助けをオーウェンが必要としているとは思えない。祖母にできることでかろうじて有効そうなのは、杖を振り回して新米魔法使いたちを追い散らすことくらいだ。

「このあたりではどんな助けが得られそうですか？」オーウェンが訊いた。祖母がこのての話を始めると、わたしたちはいつも適当に調子を合わせて済ませるので、彼が祖母の言うことに対して真剣に言葉を返すたびに、いちいちぎょっとしてしまう。

「ここには小さな人たち《ウイーフォーク》がいる。おそらく、よそ者が土地のパワーを無駄遣いしていることに腹を立ててるはずだよ」

「自然精のことですか？　水の精《ナーイアス》とか木の精《ドリュアス》といった――」

「まあ、そういう呼び方をする連中もいる。彼らは川のまわりに棲んでるよ。最近は、町の外へ移動しているけどね。ただ、彼らを安全に呼び出すには、特殊な技と十分な注意が必要だよ」

「儀式については心得があります」

祖母はオーウェンの脚をぽんぽんとたたいた。「そんな気がしたよ。あんたはたいした若者だ。あたしのところに役に立ちそうなものがあるから、明日、もってこよう」祖母は杖を床についで立ちあがった。「それじゃあ、娘に気づかれる前に帰るとするよ。それから、ケイティの寝室からはすみやかに出るように。若い男女が夜中につき添いもなくふたりきりでいるのは、作法に反しているからね」

「ちょっと待って」わたしは言った。「町に怪しげな魔法使いたちがいるってことを伝えるために、わざわざ夜中にここまで来てわたしたちを待ってたの？」

「いいや、昼間、ポーチの横の木の皮がはがれてるのに気づいたからだよ。つまり、だれかが登りおりしてるということだ。子どもたちのうち、いま家にいるのはおまえだけだから、これは何かあるに違いないと思ったのさ。白状させるのにいちばんいい方法は現場を押さえることだから、こうして待ってたんだよ」

窓からいま登ってきた木を見て、ふたたび祖母を見る。「まさか、おばあちゃん――」

「ばか言うんじゃないよ。階段をのぼってきたに決まってるだろう？」

「でも、どうしてママやパパを起こさずにのぼってこれたの？　あの階段、ものすごい音をたてきしむのに」

祖母はちっちっと舌を鳴らして首を振る。「魔法できしみを消すのは難しいことじゃない。そこにいる偉大な魔法使いなら、そのくらいのことは朝飯前のはずだよ」

わたしはオーウェンの方を見た。もし、いま暗視ゴーグルをつけていたら、彼の顔がみるみる赤くなるのが見えたに違いない。「で、でも、それは誠実な行為じゃないから――。ぼくを歓待してくれたきみのご両親をだますことになる」

「夜中に窓から出入りするのは誠実な行為なわけ？」

「魔法的観点から見れば不誠実じゃない」

祖母はうなずく。「あんたはよくわかってる。親御さんのしつけがよかったんだね。さて、あたしは行くよ。あんたたちも早く寝なさい。もちろん、別々の部屋でだよ」

　祖母が部屋から出ていくと、オーウェンは言った。「本当に階段の音を消すという発想は浮かばなかったんだ。ぼくの実家の廊下の音は魔法で消すことができないから――まあ、それはたぶんグロリアがそういう魔法をかけたからなんだろうけど――きっとそれで、ここも同じだと思ってしまったんだと思う」

「なるほどね。ま、窓から出入りする方がスリルがあって面白いわ」

「そろそろぼくも行った方がいいな」オーウェンの視線はそのまま少しわたしの上にとどまっ

た。「つき添いもなくいつまでもここにいたら、きみのおばあちゃんに怒られるからね。アマチュア魔法使いの集団なんかより彼女の方がよほど恐いよ」おやすみを言おうと足を踏み出したときには、彼はすでに窓枠を乗り越えてポーチの屋根の上にいた。

翌朝、オーウェンはだいぶ疲れも取れたようで、来たるべき修羅場に対する覚悟がどことなく感じられるものの、体調は悪くなさそうだった。朝食を食べている間に祖母がやってきたので、わたしはそのまま仕事に出かけることにした。祖母はすっかりオーウェンを気に入った様子だし、オーウェンも祖母の長話を聞くのがわたしほど苦ではないようだ。彼に何が真実で何が祖母のつくり話かを判断できるだけの予備知識があるといいのだけれど。祖母は家族の思い出話でさえ、細部を混同せずに話すことができない。とりとめのないおしゃべりのなかから、小さな人たち《ウィーフォーク》についてどれだけ有益な情報を得られるかは、微妙なところだ。

店での仕事は、特にトラブルもなく終了した。家へ帰る途中、魔法使いたちの動きをチェックするために広場の前を通ってみる。連中は四、五人ずつのグループに分かれて、だれかを捜すように広場一帯をうろついていた。見知らぬ男たちの集団は、町の人々を恐がらせているようだ。歩道ですれ違うのを避けるために、わざわざ道を渡る人たちもいる。薬局の前を通ったとき、レスターが数人の若者を店から追い出しているのが見えた。レインボーのキャンドルは、きっとあの連中にも効果を発揮したことだろう。ふと、ある考えが浮かんだ。

薬局の前の駐車スペースに車をとめ、店に飛び込む。「ねえ、レインボー。あのアロマセラピー用のキャンドルって、ミニサイズの方が割安だけど？」

「瓶《ジャー》に入った大きなサイズはある？」

「いいの。せまい場所で使う予定だから」エネルギーのバランスを整えて気分を落ち着かせるというキャンドルが十本入った袋をひとつ買う。あの連中を相手に、ロマンスを助長するタイプを試す気にはなれない。

家に着くと、オーウェンは牧草地にいた。横にはデイジーがいて、一見、ふたりで何やら話し込んでいるように見える。「あなたってディズニー映画の登場人物みたいね」そう言いながら彼らの方へ歩いていく。「どこへ行っても、動物のお友達がいっぱい。鳥たちがあなたの肩に舞い降りて伝言を告げたとしても、きっと驚かないわ」

「フェンスから寂しそうな顔でこっちを見てたから――」

わたしは笑って、デイジーの首をぽんぽんとたたいた。「デイジーはわたしが知るなかで、子犬のような無垢で悲しげな目のできる唯一の馬よ。言ってみれば、この子はサイズが大きくなりすぎた犬なの。たぶん自分を馬だと思ってないんじゃないかしら。それにしても、どうしてそんなに動物と仲良くなれるの？　それも魔法のひとつ？」

「たしかに、人間より動物との方がうまくやれるかな。これは魔法とは関係ないよ。ああ、ドラゴンは別だけどね。あれは魔法を使ったから。ただ、あの魔術があんな効果をもたらすとは思ってなかったけど」

「うちのおばあちゃんまですっかり手なずけちゃったし――。おばあちゃんといえば、役に立ちそうな情報は得られた？」

「ああ、ノート一冊分くらいね。これから、彼女が言ったこととぼくがもってる資料とを照らし合わせてみる。夕方までには終わるだろうから、今夜、軽く顔見せをしてこよう。連中はどうしてた？」

わたしは広場で目撃したことを話した。「いまのところ、彼らはダウンタウンばかり見ているから、ここにいるかぎり安全よ。変装用に帽子とサングラスを貸しておく？」

「それは必要ないと思うよ」

「オーケー。じゃあ、あなたがリサーチをしている間、わたしはモーテルへ行ってニタの手伝いをしてくるわ」

「どうして？」

「偵察と、それから、これ」そう言って、キャンドルの入った袋を掲げる。「ちょっとにおいを嗅いでみて。燃えてなくても影響があるかどうか――」袋の口を開けると、オーウェンは顔を寄せて、すぐに飛びのいた。「ええと、それは魔法のせい？　それとも、においのせい？」

オーウェンはくしゃみをする。「両方だよ」

「よかった」わたしはにやりとした。「モーテルの客室にちょっとした香りの演出を加えようと思って。連中にダメージを与えられそうなものは、とりあえずなんでも試してみるわ。ところで、もうランチは食べた？」

サンドイッチをつくっていると、母が帰ってきた。「ダウンタウンがとんでもないことになってるわ。先に言っとくけど、わたしは幻覚なんか見てないからね」そう言いながらキッチンに入ってくる。

おっと、いけない。オーウェンとわたしはやましげに顔を見合わせた。ディーンと祖母が魔法使いで、テディがイミューンであること、イドリスが町におたく軍団を召集したこと、オーウェンの出張が実は会社の許可を得ていない独断専行だったことなどが次々に発覚したため、母がイミューンで、相変わらず魔法については何も知らないということをすっかり忘れていた。どうやら、広場の妙な光景をしっかり目撃してきたようだ。「そういえば、ニタがすごく変な連中がチェックインしたって言ってたわ。たぶんロックバンドで、人目につかない田舎町に引っ込んで、アルバムの制作をしてるんじゃないかって」

「なにもこの町じゃなくたっていいでしょうに。いやねえ。きっとドラッグをもってきてるに違いないわ」母はぶつぶつ言いながら階段をのぼっていった。

「彼女に秘密を明かさないつもりなら、十分気をつけないと」オーウェンが言った。

わたしはため息をつく。「そうね。兄のだれかに母の相手を頼みたいところだけど、もう兄切れの状態だわ。皮肉よね。いままでずっと兄が多すぎると思ってたのに」

幸い、問題はすぐに解決した。祖母が本や家族のアルバムを山のように抱えて現れたのだ。

「参考になるよ」祖母はそう言って本とアルバムをキッチンのテーブルの上に置くと、濁った液体の入ったボトルをオーウェンに差し出した。「それから、あんたに薬を調合してきた。あたしのお婆から教わったレシピだよ。魔法をたくさん使ったあとには、これがいちばん効く。

このあたりでは十分注意が必要だよ。すぐにばてちまうからね」祖母は椅子に腰かけ、すっかりくつろいでいる。こうなると、母は午後いっぱい家を一歩も出られないだろう。祖母は刑務所の看守などよりずっと手強いのだ。

オーウェンを祖母のもとに残して出かけるのは少しずるいような気がしたけれど、ふたりはなかなかうまが合うようなので、さほど後ろめたさを感じずにモーテルへ向かった。祖母の薬でオーウェンの具合がかえって悪くなりはしないかということが、少々気がかりではあったけれど。

「ハウスキーピングの手が足りないって言ってたわよね」モーテルに到着し、ロビーにいたニタに向かって言う。デコレーションが変わっていた。商工会議所の古いカレンダーから切り取った地元の風景写真のかわりに、アルバムのジャケットが額に入っていくつも壁に飾られている。ロビーの椅子には、フリンジのついた派手な色の布がかかっている。

「ああ、天の助けだわ！」ニタは言った。「うちにいた唯一のハウスキーパーが、今朝、休暇を取っちゃったのよ。連中が帰るまで戻るつもりはないって」

「どうして？　何かされたの？」

ニタは肩をすくめる。「よくわからないけど、ちょっとしたセクハラでもあったんじゃない？　なんたってロックンローラーだもの。あなたにそんなやつらの相手をさせたくはないんだけど、いまちょうど、ほとんどの連中が外に出ているみたいだから――」

「わたしは大丈夫よ」そう言ってからロビーを見渡す。「新しいテーマ？」

「そうよ、いいでしょ。そうだ、ちょっとこれ見て」ニタは手招きすると、フロントデスクのなかに入ってコンピュータの画面に向かった。「この写真、全部、月曜の午後に撮ったの。彼、ずいぶん長い散歩に出てたみたいで、夜ひとりで戻ってきたわ。首にかけてるものを見て。男性がするにしては、ずいぶん大きなネックレスじゃない？」

わたしは腰をかがめて、スクリーンに目をこらした。ニタが拡大した写真には、汗だくでくたくたといった様子のイドリスが写っている。シャツのボタンがウエスト近くまで外してあり——およそ美しい光景とはいえない——胸もとにメダルのようなものがぶらさがっている。

「何かしら、これ」わたしは言った。もっと拡大して何か書かれていないか確認できればいいのだが、おそらく、これ以上倍率をあげても粒子が粗くなってぼやけるだけだろう。

「ほんとに妙な連中だわ。リーダーはほとんど一日じゅう部屋にこもっているし。いまはたまたまいないみたいだけど——。じゃあ、さっそく仕事をお願いしようかな」

「了解。何をすればいい？」

「ベッドメイクをして、タオルと石鹸を取りかえて、拭き掃除をして、ゴミ箱を空にするの。シーツはリクエストがないかぎり、毎日取りかえないわ。チップが置いてあったら、それはあなたのものよ。でも、連中のことだから、期待しない方がいいわね」ニタは大げさにやれやれという表情をつくってみせる。「なんたってロックンローラーだもの。部屋がめちゃくちゃに破壊されてないだけで御の字よ」

ニタからマスターキーをもらい、清掃用具用の物置に向かう途中で、自分のトラックからキャンドルの入った袋を取り出す。物置からカートを出し、袋を荷物のいちばん上にのせて、リストを見ながら最初の部屋へ向かった。ノックをして、「ハウスキーピングです！」と叫び、返事がないのを確認してからドアを開ける。

部屋のなかはひどい散らかりようだった。とりあえずキャンドルを一本取り出し、灯すことで少しでも効果が高まることを期待して火をつける。部屋のなかをざっと調べてみたが、特に興味を引くようなものは見当たらなかった。二十代の男性が泊まっている典型的なモーテルの部屋といった感じだ。バスルームの床に濡れたタオルや脱いだ下着が落ちていたり、ベッドのまわりに服が散乱していたりするだけで、魔術を使用した形跡も魔法の道具らしきものもいっさいない。

ゴミ箱を空にし、ベッドを整え、タオルを取りかえて、バスルームのなかを整頓する。あの連中なら、どうせ細かい点には気づかないだろう。そもそもここは、枕の上にミントキャンディを置いておくような類の高級ホテルではない。わたしはキャンドルを吹き消し、ドレッサーの上に置いたままにして、次の部屋へと移動した。

このプロセスをすべての部屋で繰り返していく。ほとんどが相部屋なので、散らかり方も二倍になる。その光景は子どものころの兄たちの部屋を思い出させた。イドリスの部屋では、ベッドルームとバスルームの両方に一本ずつキャンドルを置いた。彼には大いに苦しんでもらおう。部屋に入るとき、魔法の刺激を感じた。オーウェンのことを警戒して魔法除《よ》けをしかけたのだろうけれど、わたしがいっしょにいるのだからあまり意味はない。結局、彼の部屋でも特にこちらの利益になりそうな情報は得られなかった。

二時間後、カートを片づけ、マスターキーを返すためにフロントデスクに戻った。「思った以上にきつい仕事ね」わたしは言った。「カートのなかに使用済みのタオルが入ったままだけど、洗うのはどうする？」

「大丈夫よ。洗濯はママがやるから。助かったわ。ほんとにありがとう」

トラックに戻る途中、車寄せに一台のレンタカーが入ってきて、ロビーの前にとまった。おたく軍団のメンバーがあらたに到着したのかと思い、様子を見ていると、車から降りてきたのはよく知っている人物だった。オーウェンの親友、ロッドだ。どうやら、オーウェンはそれほどやっかいな状況に陥っているわけではないらしい。ロッドを送り込むというのは、お目つけ役の派遣というより、オーウェンに共犯者を提供するようなものだ。彼に駆け寄ろうとしたとき、もうひとり車から降りてきた。マーリンだ。考えてみると、これはかなり衝撃的な光景だ。MSIの最高経営責任者であるマーリンが、つまり、キャメロットの大魔法使いであるあのマーリンが、テキサス州コブのこのモーテルの前に立っている。同時にこれは、会社が今回のイドリスの行動をきわめて重大にとらえているか、もしくは、オーウェンの違反行為をきわめて深刻にとらえているかのどちらかということでもある。

彼らに見つからないよう急いでトラックに乗り込んだものの、しばし、ふたつの相反する忠誠心の間で躊躇《ちゅうちょ》した。オーウェンに警告することは、マーリンと会社に対する裏切り行為だ。彼が会社の命令を無視して勝手に行動したのは、正しいこととはいえない。でも一方で、わたしはもうＭＳＩの社員ではないし、オーウェンは自分の立場をあやうくしてまで、わたしの安全を確かめにきてくれた。やはり、議論の余地はない。わたしはエンジンをかけ、トラックを発進させた。

例の予知能力がはたらいたのか、オーウェンは家の前の私道でわたしを待っていた。でも、表情を見るかぎり、知らせの内容まではわかっていないようだ。「援軍が到着したわ」車を降りながら言う。

「ぼくにはまだ連絡がきてないけど」

「どうやらサプライズみたい。マーリン自らお出ましよ。ロッドもいっしょ」

ふだんなら、感情が大きく動くと、彼の頬はさまざまなトーンの赤やピンクに染まるのだけれど、今回は瞬時に土気色に変わった。「本当？　いまどこに？」

「モーテルよ。たったいま到着したばかり」

「彼らと話したの？」

「ううん、話しかけなかったし、こっちの姿も見られてないはず」

オーウェンはポケットから携帯電話を取り出す。「不在着信はないし、メッセージも入っていない」彼はボタンをいくつか押した。「サム？」しばし沈黙があったあと、大きく息をのんで言った。「ああ、いま聞いた。いいよ、彼らに全部話してくれ。それで、できれば折り返しこっちに情報をくれると――ああ、ありがとう、じゃあ、頼む」オーウェンは携帯電話を閉じて、わたしの方を見る。「サムはこれから会いにいくそうだ。こっちに連絡がこないということとは、ぼくは蚊帳《かや》の外ってことらしいな」

「あるいは、見習い魔法使いのギャングたちがやっきになってあなたを捜しているときに、わざわざ町に出てこさせたくないってことじゃない？　かといって、わたしの家族がいるこの家で魔法集会を開くわけにもいかないし。そういえば、おばあちゃんとの話はどうだった？　何か役に立ちそうなことは聞き出せた？」

「きみのおばあちゃんは本当に情報の宝庫だよ」

「ママに言わせれば、あることないことの宝庫だけど」

「まあ、たしかに、すべてが正確なわけじゃないけどね。彼女の話にはかなり尾ひれがついているから。でも、どれも核の部分は真実だ。それと、どうやら、ここでも仲間が得られそうだよ」

「蚊帳の外にとどまるつもりはないのね」

オーウェンは肩をすくめる。「ボスに直接そう言われないかぎりね。少しでも問題解決に貢献できれば、その分おとがめも軽くなるんじゃないかな」

「ということは、今夜もまた深夜の遠足が待ってるってことかしら」

「ああ、こんなに毎晩出かけるなんて、学生時代に魔法の深夜特訓に出たとき以来だな。あの秘密結社の夜間集会は本当にきつかったよ」

その夜、わたしはオーウェンの指示どおりに身支度を整えた。白いものを着るように言われたので――黒い服がついに底をついたのでちょうどよかった――ふんわりしたフォークロア調のブラウスを着る。汚れる可能性があるらしいので、下は着古したジーンズをはいた。言われたとおり、髪はおろしたままにし、フローラル系の香水を軽くつける。こういう状況でなければ、ロマンチックなランデブーを計画しているんじゃないかと勘ぐるところだが、残念ながらオーウェンの場合、そういうふうにはならない。このいでたちが、ロマンチックなムードを演出するためではなく、地元に棲息《せいそく》する魔法界の生き物を呼び寄せるための準備であることは、間違いないだろう。

予定の時刻に窓をノックする音が聞こえた。あくまで魔法で階段の音を消すつもりはないらしい。オーウェンは色褪せたジーンズの上に白いシャツをすそを出して着ていた。ベッドの下のブリーフケースからいくつか必要なものを取り出したあと、オーウェンは言った。「何かもち歩きのできる楽器はもってない？　笛とかハーモニカとか――。ここに何か入ってないかと思ったんだけど、見つからなかった。こういう状況は予測してなかったから」

「高校のときにブラスバンドで使ったフルートなら、どこかにあると思うけど」フルートはクロゼットのいちばん上の棚にあった。「ちゃんと音が出るかしら」

「何か演奏できる？」

「ブラスバンドでやった応援歌なら、たぶん覚えてると思うわ。でも、長いこと吹いてないから、いい音が出るかどうか。だいぶ、腕、というか、唇がなまってると思う」

オーウェンはわたしの口もとをちらっと見てにっこりした。「別に完璧じゃなくていいんだ。

音楽が必要なだけだから」

高校時代、二、三度、部屋の窓からこっそり抜け出したことはあったけれど、ブラスバンドの楽器をもって、しかもこんなホットな男性といっしょに二階から忍び出る日がこようとは、想像だにしなかった。魔法界は実に不思議なところだ。高校ではイケてない女の子のシンボルのようなことが、この世界では貴重なスキルになる。

今回はダウンタウンへは向かわず、町を抜けて数マイルほど走ってから路肩に車をとめた。有刺鉄線を越えて——オーウェンが魔術で通り抜けられるようにしてくれた——草地を進み、前方の木立を目指す。木立の向こうには小川が流れている。町を縦断しているのと同じ川だ。

小川の周辺はちょうど砂漠のオアシスのようになっている。この地域一帯は平坦な草原地帯《プレーリー》だが、川岸だけ草木が青々と生い茂っていて、さながら草の海に突如現れた小さな森といった感じだ。オーウェンはわたしの手を取って、傾斜の急な土手をくだりはじめる。わたしたちはまもなく、川べりの砂地までやってきた。

満月ではないものの、月明かりのおかげで、あたりは真っ暗ではなかった。オーウェンは小さな火の玉を頭の上に浮かばせて、バックパックからもってきたものを取り出す。彼が作業をしている間、草むらや水のなかをのぞいてみたが、魔法界の生き物らしきものはまったく見当たらなかった。つい一週間ほど前まで、町の周辺で魔法と関わりのありそうなものにはいっさい出会わなかったから、あまり期待をもつ気にはなれない。魔法使いであろうがなかろうが、祖母はやはりかなりぼけてしまっていて、小さな人たち《ウィーフォーク》の話は、結局すべて彼女のイマジネーションにすぎないような気がする。

「ケイティ、ちょっと来て」オーウェンは小川に突き出た平らな岩の上に立っていた。片手を差し出してわたしを岩の上に引きあげると、バックパックから粉の入った小さな袋を取り出し、自分たちのまわりに円を描くようにまく。「防護対策だよ。突然呼び出したことで、彼らが機嫌を損ねた場合に備えてね」

「それは心強いこと」

「ぼくらに危害を加えるとは思わないけど、彼らはあくまで自然精だ。野生の生き物だから、一応、用心しておかないと。それじゃあ、楽器を出して。現れた場合に備えておこう」

「備えるって?」

「彼らに贈り物をするんだ。音楽はいちばん好まれるものだから、たぶんうまくいくと思う」

「前もって言ってくれたら何か練習したのに」フルートをケースから出して組み立てながら言う。「コブ・ハイスクールの応援歌なんかでいいのかしら」

オーウェンはわたしの手からフルートを取ってバックパックの上に置くと、こちらを向いた。

「ええと、それで、これから彼らを呼び出すためにあることをしなくちゃならない。彼らを引き寄せるある特殊なエネルギーというのがあって――」

なんのことかよくわからないまま、とりあえずうなずく。そのときふと、数日前に町を流れる小川をチェックした際にオーウェンの言ったことが思い出されたが、確かめようとしたときには、すでに抱き締められ、キスをされていた。

覚えていたとおりの素敵なキスだった——そこに気持ちがあろうがなかろうが。いや、まったくないわけではないだろう。形だけでこんなキスができるはずはない。こちらも気持ちをこめてそれに応える。月の光を浴びながら水辺でキスをしているこの状況は、恐いほどロマンチックだ。たしかに、ある種の原始的で、そして魔法的なエネルギーがわいてくるのを感じる。何もかも忘れて、このまま身を任せてしまいそうだ。

そのとき、足もとから大きな咳払いが聞こえた。

17

わたしたちはとっさに離れた——といっても、互いの体はしっかりつかんだままだ。オーウエンがどうかはわからないが、わたしはひざからすっかり力が抜けていて、彼につかまっていなければちゃんと立っていられる自信がない。足もとを見おろし、自分たちを取り囲んでいるものに気づいたとき、オーウェンにしがみつく手にさらに力が入った。

まるで天国が地上におりてきたかのようだ。小さな光の点が川原一帯を埋め尽くし、両岸の土手の上まで続いている。木の枝も水面も、光の点で覆われている。よく見ると、それらは皆、小さな生き物たちの目だった。

咳払いをした生き物は、水のなかにいた。わたしたちが立っている岩の、オーウェンがつくったバリアのすぐ外に寄りかかっている。一見、わたしが知っている妖精たちによく似ているが、羽はない。糸のように細く長い髪が、華奢《きやしや》な体に海草のようにまとわりついている。髪が胸もとを隠してはいるが、水面に出ている部分は裸だ。水のなかには彼女のような生き物がほかにも数人いた。おそらく、これが水の精《ナーイアス》なのだろう。

一方、木の枝にいる生き物は、これまでに見たことのないタイプだ。水のなかにいる生き物とほぼ同じ大きさだが、肌には木の皮を思わせる斑点があり、髪は短くて縮れている。手足の指はアマガエルのそれのように細長く、その指で木の幹や枝に楽々としがみついている。オーウェンが言っていた木の精《ドリュアス》に違いない。

そのほかに、土手の茂みのなかで無数の小さな光が点滅している。はじめは蛍かと思ったが、すぐにそれも生き物の目であることがわかった。とても小さいうえ、一瞬たりともじっとしていないので、なかなか姿を確認できない。

「この円を描いたってことは、あたしたちに現れてほしかったってことよね」足もとのナーイアスが言った。「ただいちゃつくためだけにここに来たなら、わざわざそんなことしないはずだもの」彼女は思わせぶりにまつげをぱたぱたさせる。「それにしても、あんな強烈なオーラを出して、もうひとつ向こうの川にまでシグナルを送るつもりだったの？　すごいパッションだったわ」

オーウェンはわたしから手を離すと、ひざまずいて彼女と向き合った。「手を貸してもらいたくて、きみたちを呼び出した」あらたまった口調で言う。必ずしも友好的ではない視線を浴びながらひとりで突っ立っているのがいたたまれなくなって、わたしも彼の横にしゃがんだ。オーウェンはわたしの体に腕を回し、話を続ける。「よそ者がやってきた。ここには属さない者たちだ。追い出すために、きみたちの助けが必要なんだ」

「あんたもよそ者じゃない」彼女は小さな滝の音を思わせる笑い声をあげた。

「これが済めば、すみやかに出ていくよ」オーウェンはちらりとわたしの方を見てからつけ加えた。「旅行者としては来るかもしれないけど、魔法は使わない」

頭上から別のしゃがれた声が言った。「土地のパワーが勝手に使われている。おれたちのエネルギーが枯渇《こかつ》するのも時間の問題だ」

見あげると、木の枝からドリュアスがぶらさがっている。「ああ知ってるよ。だからここへ来たんだ」オーウェンは言った。「ある魔法使いがこの町の住人のひとりにパワーの使い方を教えている。彼はさらに、その人物のような連中を何人もこの町に呼び寄せて、パワーの浪費を加速させている。ぼくひとりでは彼ら全員を相手にすることはできない。でも、きみたちの協力が得られれば、彼らを町から追い出して、すべてをもとの状態に戻すことができると思う」

「そんな連中、おれたちだけで追い出せる」

「そうしてもらえるなら、非常にありがたいけど――」オーウェンはゆがんだ笑みを見せる。「リーダーは手練《てだれ》の魔法使いだ。ぼくは彼をよく知っているから、必要以上にパワーを消費せず、かつ、きみたちの側にいっさい被害を出さずに勝つための作戦を立てることができる」

「それで、あんたひとりでそのパワーの無駄遣い野郎たちをやっつけるっていうの？」ナーイアスが言った。

「こちらには仲間がいる。マーリン……ミルディン・エムリスもいっしょだ」そんなこと言ってしまっていいのだろうか。もちろんマーリンはわたしたちの側に立ってくれるだろうけれど、オーウェンの作戦に賛同するとはかぎらない。

しかし、マーリンの名は明らかに彼らの注意を引いたようだ。皆、こちらをじっと見つめている。あの永久運動機関のような生き物たちさえ、姿を確認できる程度まで動きをゆるめた。

一見したところ、小さな野生のエルフといった感じだ――たぶん、ピクシーだろう。「彼は戻ったのか?」頭上のドリュアスが言った。

「ああ、そうだよ。やるべき仕事ができて戻ってきたんだ」オーウェンはそれまでずっと穏やかな口調で話していたが、次の言葉は一転、断固とした威厳に満ちていて、鋼《はがね》のような響きはマーリンを思わせた。「さあ、力を貸してもらえるだろうか」

「贈り物はなんなのかしら」ナーイアスが意味ありげにオーウェンを見あげる。気に入らない目つきだ。彼女をここへ引き寄せたのがパッションであったことを思い出す。

「音楽を贈らせてもらう」オーウェンは答えた。

集まった生き物たちの間にざわめきが広がる。やがてドリュアスが言った。「いいだろう。聞かせてもらおうか」

オーウェンがこちらに向かってうなずいたので、わたしはフルートを口もとにかまえた。たぶん『星条旗』（アメリカ国歌）ならいまでも楽譜を見ずに吹けると思うが、フルートのパートはほとんどがトリル（ある音とその二度上または下の音とを急速に反復する装飾音）だから、単独では恰好がつかない。テディにむりやり教えられた『スター・ウォーズ』の『レイア姫のテーマ』も、なんとなくこの場には不適切な気がする。となるとやはり、現時点で確実に演奏できそうなのは高校の応援歌だけだ。四年間、フットボールの試合前、ハーフタイム、点が入ったとき、試合終了時、さらには、試合中チームに活が必要になるたびに繰り返し演奏したこのメロディは、頭と体にしっかりと刻み込まれていて、おそらく一生忘れることはないだろう。

わたしはひとつ大きく深呼吸し、まずは軽く音を出してみた。演奏を始める前にうっかり聴衆の方を見てしまったため、高校時代、ブラスバンドのコーチの前でひとりずつ自分のパートを演奏させられたときよりも緊張してきた。コーチもかなり恐かったけれど、何百もの魔法界の生き物に囲まれることに比べたら、たいしたことはない。何より、あのときはわたしの演奏のできに地元魔法界の運命がかかってなどいなかった。

いざ吹きはじめると、恐れていたほど悪い音ではなかった。『ワシントン・アンド・リー・スウィング』は、そのままではおよそ魔法界の生き物たちをなだめるのに適した曲とはいえないので、大幅にテンポを遅くし、できるだけ哀愁を帯びるようメロディにアレンジを施した。もっとも、そうしなければ、すっかりなまった指がついていかなかっただろう。

最後の一小節を吹き終えると、あたりはしんと静まり返り、水の流れる音だけが聞こえた。「C！ H！ S！《Cobb High School》」と叫びたくなるのをぐっと堪《こら》える。フットボールの試合では、演奏のあといつもそうやってコブ・ハイスクールの頭文字を叫んだものだ。やがて、まわりから口笛と拍手がわき起こった。「とてもよかったわ」ナーイアスが言う。「それで、どんなふうに協力すればいいのかしら」

「ぼくが合図をしたらすぐに町に来られるよう、待機していてほしい」オーウェンは言った。「よそ者たちを一箇所におびき寄せるから、きみたちには受講生の相手をしてもらう。ただし、殺したり大けがをさせたりはしないでほしい。ぼくが彼らにじゃまされずにリーダーと対決できる状態を維持してくれればいいんだ」

「了解。あなたとそこのお嬢さんの安全は、あたしたちがしっかり守るわ」ナーイアスは大仰に会釈をして言う。「まあ、彼女は魔法から守ってもらう必要はないみたいだけどね。それで、あなたの言うとおりにしたあとは、もう一度、音楽を聴かせてもらえるのかしら。別の贈り物があるなら、それでもかまわないけど」ナーイアスはふたたびオーウェンを思わせぶりな目つきで見あげる。

「もちろんよ」わたしは急いで言った。演奏することが前もってわかったから、今度はちゃんと練習もできる。

「なら、協定は成立ね。道を用意するわ。もう行っていいわよ」

フルートを片づけていると、オーウェンが片足で岩に描いた円を消した。できれば帰る準備ができるまで消さずにおいてほしかったが、おそらく信頼を示すための行為なのだろう。オーウェンが荷物を片づけている間、たくさんの小さな手に髪や服を触られているような気がしたが、彼に支えられて岩からおりると、光の点がいっせいに左右に割れて、目の前に一本の道ができた。ピクシーたちは一定の距離を空けてわたしたちのまわりを囲みながら、路肩にとめた車までついてきた。

「あなたといると、実に興味深い人たちに会えるわ」車が無事、家に向かって走りはじめてから、震えていることをごまかすために皮肉を言った。寒さのせいでないのはたしかだけれど、あれだけ多くの精霊たちに囲まれたことへの反応なのか、それとも、キスの余韻がいまだに続いているからなのかはわからない。この滞在中、オーウェンがわたしに触れることはほとんどなかったから、突然あんなふうにキスをされたのは衝撃だった。

「約束を守ってくれるといいんだけど」前方を見据えたままオーウェンは言った。「あのての精霊たちは、あてにならないことで知られているからね。彼らはものすごく長く生きてるから、時間はたいした意味をもたないんだ。ぼくたちが重要だと思うことも、彼らにとってはほんの小事にすぎない。いちいちじたばたせずに、とりあえず現状を受け入れて、状況が変わるのをのんびり待つんだ。でも、今回は、音楽を聴きたくて現れるかもしれない」

「それじゃあ、もう少しレパートリーを増やさなきゃ」

「今夜の演奏は完璧だったよ」

「あれはただ、高校の応援歌を思いきりスローテンポで吹いただけよ。CDプレーヤーをもっていって、もっとちゃんとした曲を聴かせてあげるんじゃだめなの?」

オーウェンは首を振る。「音楽を奏でるという行為そのものが重要なんだ。録音されたものでは効果はないよ」

「ところで、対イドリスの作戦はちゃんとできてるのよね?」

「特に手の込んだ作戦ではないよ。彼らが必要としているものを与えるだけさ」

「それってつまり、あなたじゃない」

「そのとおり。そのまま彼らを援護部隊が待ち受ける小川までおびき出す」

「要するに、自分自身をエサに使うってこと?」

「単純な作戦の方が、たいてい有効なんだ」

「ボスはのってくれるかしら」
「いずれにしても、まもなくわかるよ」

翌朝、オーウェンはわたしの反対を押しきり、いっしょに店に来た。アマチュア魔法使いたちは相変わらず農業用品店の存在に気づいていないようだが、ねらわれている以上、むやみに町に出てくるべきではない。野球帽を貸すと言ったのに、彼はそれも断った。念のためにつけた魔法探知器ネックレスが反応しないところを見ると、彼はカモフラージュのためのめくらまし《イリュージョン》すらまとっていないようだ。もちろんパワーを消費することにはなるが、身の安全を考えれば姿を変えた方がいい。以前は完璧すぎると思うこともあったけれど、彼のことを知るにつれて、わたしたちと同じように欠点があることもわかってきた。いちばんの欠点は頑固なことだ。まあ、頑固という点ではわたしも相当なものだけれど。

とりあえず、事務所でおとなしくしていることには同意してくれた。ここにいれば、店に入ってくる客に姿を見られることはない。ディーンがやってきた。二日連続の定時出勤は前代未聞だ。彼は事務所に入ってくると、オーウェンに言った。「あいつら、あんたがいっこうに見つからないんで、かなりいらいらしてるぜ。昨日まる一日捜したのにまったく成果がなかったから、なかにはあんたが本当に存在するのか疑いはじめた連中もいる。今朝、何人か町を発《た》ったよ。あきらめたのか、それとも体調が悪いせいかはわからない。どういうわけか、みんな頭痛がするらしいんだ」

「少しこっちの負担が減ったわね」どうやら例のキャンドルが効果を発揮しているようだ。

「エサに食いついてもらうために、このあと少しだけ姿を見せるつもりだよ」オーウェンが言った。「それで、今夜、決着をつけたい。彼らを一箇所におびき出して、しっかりと教訓を与える」

「日没のころ、集会がある予定なんだ」ディーンが言った。「姿を見せるなら、そのときがいいんじゃないかな。で、どんな教訓を与えるつもりなの？」

「魔法版〝衝撃と畏怖《いふ》〟だよ。彼らは二度と魔法に関わりたくなくなるはずだ」オーウェンの目がきらりと光る。この土地のパワーラインがマンハッタンよりずっと弱くてよかった。ここなら、いくらオーウェンだって、さほど大規模に何かを破壊することはできないだろう。

店先からシェリーの声が聞こえた。「ケイティ、あなたにお客さんよ！」

レジカウンターへ行くと、ロッドとマーリンが立っていた。シェリーはカウンターから身を乗り出すようにしてロッドを見つめている。例によって、ロッドはしっかりと彼女を見つめ返していたが、わたしが近づいていくと、すばやく視線を外した。人はそう簡単には変わらないということらしい。「店の方にうかがえば、あなたに会えると思いましてね」マーリンが言った。

「あ、はい、わざわざありがとうございます」緊張から声が一オクターブ高くなる。

「ミスター・パーマーもここにいますね？」

オーウェンになんらかの形で警告できたらいいのだけれど——。もっとも、彼のことだから、こういう事態になることは予期しているような気がする。「はい。こちらへどうぞ」シェリーが不思議そうな顔でわたしたちを見ているが、説明はディーンに任せることにして、マーリンとロッドを事務所へ案内した。

事務所は掃除用具入れに毛が生えた程度のスペースなので、さらにふたりの人間が加わると、気まずいほどの混雑状態となった。それでも、皆で集まる場所としては、おそらくここが最も安全だろう。マーリンが入っていくと、オーウェンは瞬時に立ちあがり、血の気の引いた顔で、「サー」と言った。

「ああ、ミスター・パーマー」マーリンの口調は実に穏やかで、命令に背いた社員をしかりとばそうとしている感じはなかった。「具合はよくなったようですね」皮肉なのだろうが、他意はまったくないような言い方だ。オーウェンは息をのんでうなずく。「それはよかった。この問題を解決するにはあなたの力が必要ですからね。そのあとで、じっくり話をしましょう」

オーウェンはふたたび息をのみ、うなずいた。「はい、わかりました」

ディーンが咳払いをしたので、わたしは彼をマーリンとロッドに紹介した。「彼がこの町の魔法使いです」オーウェンが補足する。

「ディーン、こちらはロッド。ニューヨークの友人で仕事仲間よ。そしてこちらがわたしのかつての上司、マーリン」

「マーリンって、あの物語のなかに出てくる?」

「ええ、本人です」マーリンは言った。「ただし、現在はアンブローズ・マーヴィンという名前で仕事をしていますが。もとの名前を現代英語に訳したものです」

ディーンは目を見開いてマーリンを見つめた。「つまり、本物のマーリンってこと?」

「話せば長くなるの」わたしは言った。「あとで説明するわ」

「では、さっそく、ミスター・イドリスにどのように対処するかについて話し合いを始めましょうか」マーリンが言った。

オーウェンが咳払いをする。「あのう、実は、あることを準備してあるんです。ディーンによると、今日、日没時にイドリスと彼の生徒たちが会合を開くそうです。ぼくが姿を見せれば、必ず追ってくるはずなので、そのまま公園の小川までおびき出します。小川では地元の自然精が生徒たちの相手をしてくれることになっていますから、われわれはイドリスに集中することができます。土地のパワーが急激に減ってきている一方で、イドリスはかつてないほど強力になっているようです。おそらく、われわれみんなでかかる必要があるでしょう」

マーリンはしばし黙ってオーウェンを見据えた。彼の頭のなかで情報が次々に処理されていくのが目に見えるようだ。沈黙が長くなるにつれ、オーウェンの顔は赤みを増していく。ようやくマーリンは口を開いた。「すでにお膳立ては調っているようですな。あなたが先にここへ来て準備をしてくれていたおかげで、ずいぶん手間が省けました」

「はい、ありがとうございます」オーウェンはまったくの真顔で言った。

「こんなところでこそこそと何をしてるんだい?」背後で声が聞こえて、みんないっせいに振り向いた。事務所の入口に祖母が杖をついて立っていて、こちらをにらんでいる。祖母を紹介しようとすると、彼女はマーリンの方に視線を移し、にっこりほほえんだ。「おや、まあ。そちらはどなただい?」

「あの、おばあちゃん――」わたしは言った。「こちらはわたしの上司で、ミスター・アンブローズ・マーヴィンよ」

「ああ、マーリン」祖母はうなずく。「戻ってこられたのですか。まさか、アーサーをふたたび玉座につかせるなんてばかげたことをするためじゃないでしょうね。彼は立憲君主制にはなじまないと思いますよ」

「それはあくまで伝説ですよ。アーサーは確実かつ永遠に死んでいますから」マーリンはにっこりしながら言う。

祖母が立憲君主などという言葉を口にしたことにすっかり面食らって、彼女を紹介しようとしていたことを忘れそうになった。「サー、こちらは祖母のブリジット・キャラハンです。おばあちゃん、そっちにいるのは友人のロッドよ」

「はじめまして」マーリンは祖母の手を取り、甲にキスをする。祖母はぽっと赤くなり、高校生のような恥ずかしげな笑みを見せた。この年齢の男性としては、彼はあり得ないくらい矍鑠《かくしやく》としていて、見方によってはハンサムだといえなくもない。それに、おそらく彼はわたしが知るなかでただひとり、祖母より長く生きている人物だ――それも、千年以上。祖母が多少どぎまぎしたとしても無理はない。「あなたは素晴らしいお孫さんをおもちですな」

祖母はわたしの方を向く。「こんなに面子をそろえて、魔法でさらにいたずらをしようってのかい?」

「彼女、知ってるの?」ロッドが訊く。

「ええ、祖母は魔法使いなの」わたしは答えた。

「彼女の家族は血統学上、非常に興味深いケースだよ」オーウェンが言った。「魔法使いの遺伝子と免疫者《イミューン》をつくる変異遺伝子がほぼ同数存在するんだ。イギリス諸島でこうした一族を見たことはあるけど、でも――」

「オーウェン、それはあとで」ロッドが口をはさむ。

「あ、ああ、ごめん」

「おばあちゃん、実は、早急に対処しなければならない問題が生じたの」わたしは言った。

祖母は部屋に入ってきて、デスクの椅子に腰をおろした。「あたしも手を貸すよ」

「それには及びませんよ」ロッドが言った。

祖母はロッドをじろりとにらむ。「あんたがたはうちの孫たちを巻き込んだんだ。あたしに関わるなとは言わせないよ」

「あなたにはすでに、大いに助けていただいてますよ」オーウェンが優しく言った。「地元の精霊たちの居場所を教えていただきました。おかげで、彼らの協力を得ることができそうです」

「これは、町をうろついているあの妙な若者たちと関係があることなんだね?」

「そうよ」わたしは言った。「彼らには、まもなくここから出ていってもらうことになるわ」

「それはよかった。あの連中、行儀が悪いったらありゃしないよ」祖母は立ちあがる。「それじゃあ、また今夜。この人数じゃ、どう見ても不利だから、あたしも行った方がよさそうだ。テディに迎えにきてもらうよ。日が暮れてから車の運転をするのは好きじゃないのでね。皆、夕飯をしっかり食べておくように」そう言うと、わたしたちが反論するまもなく部屋を出ていった。

「だれかさんにそっくりだな」ロッドが冷やかすように言った。

わたしは彼の方を向く。「どういう意味よ」

「きみはどうするの？　今夜は家で待機してる？」

「あり得ないわ」

「ほらね。だけど、彼女に来てもらったところで、どれだけの戦力になるかな」

「さあ、まるで見当がつかないわ。祖母が魔法使いだってことを知ったのだって、ほんの二、三日前なんだから。それまでは、ただぼけてるんだとばかり思ってたんだもの」

「民間伝承や民間魔術についての彼女の知識は相当なものだよ」オーウェンが言った。「それに、護身用のチャームや魔法薬についてもとても詳しい」そういえば、子どものころ、風邪を引くたびに、祖母はひどく苦いハーブティーをつくってくれたっけ。彼女の薬がなぜ効かなかったのか、いまならわかる。何度か試みたあと、祖母はハーブティーを飲ませるのをやめたから、わたしがイミューンであることに気がついたのだろう。

「ということは、わたしたちの側で魔法を使う者は、わたしと、ミスター・パーマー、ミスター・グワルトニー、ミセス・キャラハン、そして、サム、ということになりますな」マーリンが言った。

「敵側にはディーンを潜り込ませています」オーウェンが補足する。

「そして、わたしたちにはイミューンであるミス・チャンドラーがいる」マーリンは続ける。

「兄のテディもいます。彼もイミューンなんです」

マーリンは片方の眉をあげ、オーウェンに向かって言った。「なるほど、たしかに興味深い家系ですな。そしてさらに、こちらに協力してくれるという地元の生き物たちがいるとのことでしたな。ときに、敵は何人ですか？」

「はじめは二十四、五人いましたが、今朝、何人か町を去りました」ディーンが報告する。

「相手の側で十分な能力をもつ魔法使いはミスター・イドリスだけだという理解でよろしいですかな？」マーリンが訊く。

「見たところ、そのようです」ディーンは言った。「たしかなことはいえませんが、ほかの連中は、おそらく全員、受講生だと思います」

「どうやら、状況はこちらにとって有利なようですな。では、日没三十分前に公園に集合しましょう」

魔法使いたちが事務所から出ていったので、ようやく店の仕事に取りかかる。最も忙しい時間帯に見知らぬ連中と事務所に閉じこもっていたわけを父に訊かれでもしたら、それこそ答えようがない。皆が出ていったあと、オーウェンはひとつ大きく息を吐いて言った。「どうやらクビにはならなかったみたいだな」

「そうね。でも問題は、この件が解決したあと、お仕置きがあるかどうかってことよね」

「もちろん、これで終わりってことはないよ。ただ、お仕置きの程度は、今夜、事態がどう展開するかで変わるだろうけどね」

午後、いつもより早く仕事を切りあげて、オーウェンに言った。「そろそろ、エサをちらつかせにいく？」

彼はため息をつく。「ああ、そうした方がよさそうだね」

「やっぱり気がのらない？」

「そりゃあね。でも、ほかに同じくらい効果的な方法はないからしかたないよ。大丈夫。きっとうまくいく」

「ええ、でも、夜までにあまりエネルギーを消耗《しょうもう》してほしくないわ。あなたのことが心配よ」

「本当？」オーウェンは片方の眉をあげる。

「あたりまえよ。そもそもどうしてわたしがニューヨークを去ったと思ってるの？」

「ぼくをぼく自身から守るため、だよね」オーウェンはしょげた顔をする。

わたしは彼の腕をぽんぽんとたたいた。「あなたを思ってのことよ。どうでもいい人のために、わたしが自らニューヨークを離れてここへ帰ってくると思う？」オーウェンの顔が真っ赤になり、かすかな笑みが浮かんだ。

トラックは、道路から見えにくいよう店の裏側の搬入口にとめておいた。車に乗り込み、道に出たところで、オーウェンが言った。「広場を見ていこう」広場にはふたグループほどがたむろしているだけだった。「スピードを落として」オーウェンはそう言うと、彼らに見えるよう窓の方に顔を向けた。

グループのなかのひとりが通り過ぎるトラックをぎょっとした表情で見送った。男はほかの連中に声をかけ、トラックを指さす。「スピードをあげて」オーウェンが言った。アマチュア魔法使いたちがいっせいにあとを追ってくるのを見て、わたしはアクセルを思いきり踏み込んだ。もう少しで振りきれると思ったとき、信号が赤に変わり、今度は慌ててブレーキを踏む。トラックは甲高い摩擦音をたてて急停止した。幹線道路との交差点なので、信号を無視するわけにはいかない。

魔法使いたちがぐんぐん近づいてくる。それに合わせて、胸もとのロケットが痛いほど振動しはじめた。「やつら、魔法を使ってるわ」

「わかってる。いま、それをかわしてるところだ」

彼らが突然方向を変えるのが見えて、ほっとした。どうやら追うのをあきらめたようだ。ところが、まもなく一台の車がものすごい勢いで広場の角を曲がり、こちらに向かってきた。

「やつら、車で追ってきたわ」ハンドルを指でたたきながら言う。「どうしよう、赤信号を突っきるわけにもいかないし」

「その必要はないよ」

「でも、このままじゃ、あと二十秒もしたら追突されるわ」

18

そのとき、突然、信号が青に変わった。交差する幹線道路側を走っていた車が急停止し、後続車がその車に追突した。わたしは思わず顔をしかめたが、いまは降りていって善良な市民の見本となっている場合ではない。わたしはアクセルを踏み込み、古いトラックがかろうじて方向転換できるぎりぎりの速度でハンドルを切って、幹線道路に出た。バックミラーを見ると、彼らは依然としてついてきている――黄色を経ずにいきなり赤に変わった信号をぶっちぎって。

このトラックではハイウェイの平均速度を出すのが精いっぱいだ。一方、敵は真新しいスポーツカーで追ってくる。つまり、このままスピード勝負のカーチェイスを繰り広げたところで、振りきるのは難しいということだ。でも、こちらには別の強みがある。わたしはこの町で育った。すべての道を自分の庭のように熟知している。わたしはすばやくハンドルを切って横道に入り、すぐにまたひとつ角を曲がった。彼らは轟音をたてて、最初の横道を突っ走っていく。わたしはふたたび角を曲がって、私有地を突っきり、幹線道路に戻った。

「別のグループが追ってきてる」オーウェンが、緊迫した状況で彼がよく見せる気味が悪いほどの落ち着きで言った。わたしが急ハンドルを切って道を曲がるたびに反射的にブレーキを踏む仕草をしないでいられるのは、見あげたものだ。

「応援を呼んだんだわ」すばやくハンドルを切り、ふたたび横道に入りながら言う。次の瞬間、慌てて急ブレーキを踏んだ。年配の女性が歩行器を使って道路を渡っていたのだ。追っ手は後ろからぐんぐん迫ってくる。

女性が道路の半分くらいまで来たとき、わたしはハンドルを切り、彼女を迂回して先へ進んだ。オーウェンは後ろを向き、知らない言語で何やらつぶやく。胸もとのロケットが飛び跳ねんばかりに反応した。「何をしたの?」

「ちょっとした陽動作戦だよ」オーウェンは例の落ち着き払った口調で言う。

バックミラーには、道路脇の郵便受けの前に立つ女性の姿が映っている。ところが、追ってきた車は急停止し、男がひとり飛び出してきて車の前にかがみ込んだ。女性はしばし男を怪訝《けげん》そうに見ていたが、肩をすくめると、道路をもと来た方に向かって渡りはじめた。「ひょっとして、彼女を轢いたように見せかけたの?」

「安全運転の重要性が骨身にしみたんじゃないかな」

今度こそまいたのではないかと思って幹線道路に戻ってみたが、別の道から敵の車が一台現れ、ふたたびカーチェイスが始まった。まもなくその後ろにもう一台車がつき、その後さらに三台目も加わった。

「バート・レイノルズを呼びたい気分だわ」何かいい方法はないかと必死に考える。でも、最高時速がせいぜい五十マイルで、タイタニック号並みにしかカーブを切れないこの古いトラックでは、できることはあまりない。

「いまこそロッキーとロロに運転を頼みたいところだね」オーウェンは言った。ロッキーとロロは、MSIでときどき運転手を務めるおかしなガーゴイルのコンビだ。彼らは独自の奇妙な運転法で、悪名高きマンハッタンの道路事情をものともせずに大都会の道を猛スピードで突っ走る。「ブレーキ!」オーウェンが叫んだ。彼らとのとんでもないドライブを思い出して、わたしは思わず笑った。「違う、本当にブレーキだ!」オーウェンはふたたび叫んだ。

慌ててブレーキを踏む。車がとまってからあらためて前を確認すると、巨大な古いキャデラックが脇道から出てくるところだった。一瞬、運転席にだれも乗っていないおばけ自動車かと思ったが、よく見るとハンドルのすき間からふたつの目がのぞいていて、その上にふわふわした白髪頭が突き出ている。「まいったわ。よりによってミセス・グレイの買い出しにぶつかるなんて。週に一度、彼女が食料品の買い出しに出かける日は、みんななるべく車を運転しないようにしてるの。彼女にとって公共の道路は自分の庭と同じなのよ。ほかにも車が走ってるっていう概念が完全に欠落してるの」ミセス・グレイの車はわたしたちの前に割り込んできたときの無謀なスピードから一転して、時速二十マイルほどで這いつくばるように進んでいる。曲がったときに出したウィンカーは依然として点滅したままだ。これでは、すぐにも敵に追いつかれてしまう。

ロケットが狂ったように振動しはじめた。親の敵《かたき》のようにハンドルを握り締めていなかったら、たまらず引きちぎっていただろう。彼らがどんな魔法を使っているのかはわからないが、ありがたいことにわたしにはいっさい影響がない。心配なのはオーウェンだ。真っ青な顔をしている。「大丈夫。この程度なら簡単にはね返せる。どうも、ぼくをトラックからおろして彼らの方に向かわせようとしているらしい」

「運転席からすべてのドアをロックできればいいんだけど……」

「ぼくがこのトラックを出ようと思ったら、きみが何をしようと阻止するのは難しいと思うよ。心配しないで。いまのところ、どこへも行く気はないから」

わたしはハンドルを右に切って脇道に入り、二ブロックほど戻ってふたたび幹線道路に出ると、追っ手の後方をこれまでとは逆方向に進んだ。途中、ジェイソンのパトカーとすれ違い、軽く手を振ってあいさつをする。

数秒後、突然、サイレンが鳴った。振り返ると、ジェイソンが追っ手たちの最後尾を走っていた車をとめているのが見えた。「彼ら、パトカーのすぐ前でUターンしたんだ」オーウェンがにやりとする。「あまり賢明とはいえないな」

その間、ほかの二台は交通ルールに則《のっと》った方法で方向転換し、あとを追ってきた。もう一度横道に入る。できれば、彼らに見られる前に入りたかったが、この町にそうたくさん横道はないし、それぞれの間隔は大きく開いている。

「何かいいアイデアはない？」歯を食いしばりながら言う。住宅地の制限速度を守りながら、アマチュア魔法使いたちをまくのは至難のわざだ。かといって、いつなんどき子どもや犬が飛び出してくるかわからないなか、むやみにスピードをあげるわけにもいかない。住宅街の道はふだんほとんど車が通らない。朝夕の一応〝ラッシュアワー〟とされている時間帯を除けば、たいてい一度も中断することなくスティックボールの試合ができてしまう。

オーウェンが携帯電話を取り出した。「サム？　ちょっと手を貸してくれないか。魔法使い気取りの連中を少しばかり脅かしてほしいんだ。ありがとう。なるべく早く頼む」彼は電話をポケットに戻す。「サムが来てくれる」

ふと思いついて訊いてみた。「サムって携帯もってるの？」

「もってないよ。これは普通の携帯電話じゃないんだ。電話としても使えるし、離れた相手と魔法で直接コミュニケーションを取るための道具にもなる」

「へえ、しゃれてるわね」

もうひとつ質問をしようとしたところで、何か黒っぽいものが空から舞い降りてきて、わたしたちのトラックの前で急上昇した。その直後、背後でものすごいブレーキ音が聞こえた。バックミラーに目をやると、後ろにいた車が突然、方向転換し——またもや違法なＵターンだが、残念ながら近くにジェイソンはいない——猛スピードで走り去っていくのが見えた。そのあとをサムが追っていく。「あの連中、ガーゴイルを見たことないのかしら」わたしは軽口をたたいた。「残るはあと一台ね。家に帰る前になんとか振りきらなくちゃ」

最後の一台は先の二台よりもいくぶん慎重にあとを追ってくる。ロケットが振動しているから、相変わらずわたしたちに魔法をかけようとしているようだ。「トラックに何かされたらまずいわね。通信講座をチェックしたとき、タイヤをパンクさせる魔術なんかは載ってた？」

「トラックにはシールドをかけてるから心配いらないよ」オーウェンは苦しげな口調で言った。横を見ると、顔からいちだんと血の気が引き、額と鼻の下には汗の玉が浮いている。車酔いというわけではなさそうだ。

「そんなことしてエネルギーの方は大丈夫なの？」

「ほかに選択肢はある？」

「またわたしからパワーを引き出せばいいわ」

「運転中はだめだ」

「そうだ、ちょっと待ってて。いい考えがあるわ」

わたしは幹線道路に戻ると、家とは反対方向に向かって走った。途中、ジェイソンがとめた車の横を通り過ぎる。彼は車内にいた全員をパトカーの前に両手をあげて立たせていた。もうすぐ町はずれだ。ニタのモーテルが視界に入ってきて思わず体に力が入ったが、幸い、モーテルの周辺にアマチュア魔法使いたちの姿はなかった。

さあ、ここからは、自分の運を信じるしかない。わたしはどういうわけか急いでいるときにかぎって、葬式の列に出くわしたり、二車線しかない道路で超低速で走る干し草運搬車の後ろについてしまったりする。そして、葬列が行き過ぎるのをじりじりしながら待ったり、飛んでくる干し草を顔面に受けながら追い越し禁止区間を出るまでえんえんと時速十五マイルで走ることになるのだ。今回に限っては、そのいずれかに出くわしたかった。

「ああ、ハレルヤ！」町はずれの小さな教会の近くまで来たとき、わたしは小さく叫んだ。教会の前に葬列ができていて、列を先導する警察のオートバイが、いままさにハイウェイの車の流れをとめようとしているところだった。警官はにっこりほほえんでわたしを先に行かせた。警官はおそらくディーンの知り合いで、トラックが彼のものであることに気づいたのだろう。霊柩車《れいきゅうしゃ》、リムジン、そのあと道路へ出ていき、後続のアマチュア魔法使いたちの車をとめた。自家用車の列が、数マイル先の墓地へ向かうため、ゆっくりと厳《おごそ》かにハイウェイに出てくる。

「少なくともあと十分はあの状態が続くわ」それだけあれば、この先で方向転換し、裏道を通って家にたどりつくのに十分だ。

オーウェンは崩れるようにシートに寄りかかった。ロケットの振動がやむ。彼の顔はほとんど灰色に近かった。「大丈夫?」

「ああ、なんとかね。この地域でこの種の魔術をかけ続けるのは、思っていた以上にきついよ。ここにはもうほとんどパワーが残っていないような感じさえする。でも、大丈夫。これから少し休めば、夜までにはある程度回復できるよ。アマチュア魔法使いたちについては、さほど心配しなくていいと思う。まだ魔力をきちんとコントロールすることはできないはずだから、ふたつ三つ魔術を使えば完全にばててしまうだろう。ぼくたちを追いかけながら魔法を使っていた連中については、おそらく今夜は使いものにならないはずだ」

次に横を見たときには、オーウェンは窓ガラスに頭をくっつけてぐっすり眠っていた。わたしは、できるだけ路上のでこぼこを避け、急ハンドルを切らないよう気をつけながら、家路を急いだ。

家の裏手にトラックをとめ、オーウェンを起こす。顔色は若干よくなったが、まだ十分とはいえない。オーウェンがキッチンに足を踏み入れたとたん、母は彼の異変に気づいた。「まあ、どうしたの?」腕を取りながら言う。

「アレルギーがひどくなったみたい」わたしは言った。幸い、母は詳しいことを訊かなかった。

「スープを用意するわ。去年の冬につくったチキンスープが冷凍庫にあったはずよ。すぐに温めるわね。さ、そこに座って。ケイティ、彼にジュースを出してあげなさい」

母が洗濯室にある保存用の極低温冷凍庫にスープを取りにいっている間、わたしは背の高いグラスにオレンジジュースをたっぷり注いだ。いまの彼には、糖分とビタミンの両方が必要だ。冷蔵庫の奥に祖母の魔法薬の瓶があるのを見つけて、二、三滴、オレンジジュースに加えておく。とりあえず、害はないようだし、少しでも効いてくれれば儲けものだ。まもなく彼は、スープにチーズにクラッカー、フルーツサラダにデザートのケーキまで平らげた。もうこれ以上食べられないと宣言したときには、顔にだいぶ血の気が戻っていた。依然として疲れては見えるけれど、頰の色はずいぶん人間らしくなっている。オーウェンは少し昼寝をすると言って、二階へあがっていった。

わたしも横になりたい気分だったが、オーウェンと違ってエネルギーを使いきったわけではないし、魔法使いのギャングたちが彼を捜し回っているときにふたりそろって寝てしまうのはやはり不安だ。結局、食後の皿洗いを買って出て、母を気味悪がらせた。急に親孝行がしたくなったわけではない。キッチンの窓からは家の前の私道がよく見えるのだ。

わたしが皿を洗っている間、母はオーウェンのために出した大量の食べ物を片づけた。「彼、本当に大丈夫かしら」母は言った。「医者に診てもらった方がいいんじゃない？」

「大丈夫よ。枕が変わってちゃんと眠れてないところにアレルギーが加わったから、少し疲れてるのよ。それに、休暇を取るためにかなり残業したって言ってたでしょ。完全に疲れが抜けるには、しばらく時間がかかるわ」

「せっかく来てくれたのに、ここにいる間ずっと具合が悪いんじゃ気の毒だわ」

「ずっとじゃないわ。二度ほど調子の出ないときがあっただけよ。だからママは心配しないで」

「まったく、わたしには心配ごとが多すぎるわ。最近、みんな様子が変だし。あなたまでね。でも、まあ、あなたの場合は当然ね。恋をしてるんだから」母はそう言ってウインクする。

「そうそう、ずっと言おうと思ってたんだけど、もうちょっとおしゃれに気を遣いなさい。彼はいい青年だわ。それに、とってもハンサムよ。あなたも少し濃いめの口紅をつけるとか、頬紅をつけるとかしてもいいんじゃない？　サンプルをあげるから試してみなさいな」他人のおせっかいを焼いたり、町のさまざまな委員会をはしごしたりしていないとき、母はホームパーティや個別訪問で化粧品を販売していて、何かにつけては娘をイメージチェンジさせようとする。

「ママ、わたしはこれでいいの。彼はナチュラルな感じが好きなのよ。厚化粧の女性は嫌いだって言ってたもの」というか、たぶん、訊かれればそう答えるだろう。

「でも、ほんの少しならいいじゃない？　春の新作に、なかなかいいナチュラルカラーが出てるわ」

「ママ！」母親に文句を言うティーンエイジャーのような声を出してしまったので、あらためてより大人らしい口調で言い直す。「わたしは本当にこのままでいいの。だいたい、突然、ミス・アメリカ・コンテストの出場者みたいなメイクになったら、彼がびっくりするわ」

「わかったわ。なら、好きになさい。ただ、これまでの交際歴を考えたら、そろそろ自分のやり方を見直してもいいんじゃないかと思うけど」言い返せば必ずけんか腰になることがわかっていたので、無視を決め込む。母はぶつぶつ言いながらテーブルの片づけを再開したが、電話が鳴ってぶつぶつは中断した。母は電話に出ると、すぐに受話器を差し出した。「ディーンよ。あなたと話したいんですって。店で何かあったのかしら」

わが家にコードレスフォンのような文明の利器は存在しない。ダイヤル式をプッシュホンに変えたのがほんの数年前だ。プッシュホンでなければ利用できないサービスがあまりに増えたため、しかたなく買いかえたのだ。キッチンで電話を受けた以上、母のすぐ横で話さなければならない。「ディーン、どうしたの？」受話器を受け取って言う。

「今夜の情勢は、また少しこっちに有利になったよ」

「本当？　どうして？」

「またあらたに三人が逃げるように町を出ていった。どうやらサムのことを見て、これ以上この件に関わりたくないと思ったらしい。そのほかに逮捕された連中が三人いる。ジェイソンが交通違反でやつらをとめたんだけど、車内にドラッグを発見したらしい。たぶん、マリファナじゃなくて、魔法薬のための薬草だと思うけどね。でも、それが確認できるころには、今夜の対決も終わってるよ」

「それはいいニュースね」できるだけ平静を装って言う。「うまく解決できてよかったわ」

ディーンが笑う。「ひょっとして、母さんが近くで聞き耳を立ててる？」

「そのとおり」

「それにしても、ずいぶん派手に立ち回ったみたいじゃないか。ほんのちょっとやつらの興味をかきたてるだけじゃなかったの？　あれだけの人数をかわしてしまうなんて例の魔法使いはすごいタマに違いないって、連中、かなりびびってるぜ。で、実際のところはどうなんだよ。おれは、おまえの運転のおかげだと踏んでるけどね」

「まあ、そこそこ貢献したとは思うわ」

「しっかし、おれの妹が野郎どもとカーチェイスを繰り広げて、しかも勝っちまうとはな」

「報告ありがとう。それじゃあ、あとでね」

受話器を置くやいなや、母がすかさず言った。「ディーンたら、わざわざ報告を入れるなんて気が利くじゃない？」

「そうね。意外に頼りになるわ」母が話のなかみを聞きたくてうずうずしているのがわかる。何かでっちあげなくてはと思っていると、ふたたび電話が鳴った。今度はわたしが先に受話器を取る。

ニタだった。「助けて！」開口一番、彼女は言った。「まだ前のハウスキーパーが戻ってきてないの。連中、まじでアニマルだわ。すでに何人かチェックアウトしたけど、それでもまだ全然手が回らないの。お願い、何室か手伝ってくれない？　一生恩にきるし、次回のランチおごるから」

アマチュア魔法使いたちとカーチェイスを繰り広げたトラックでモーテルへ行くのは、たぶん得策ではない。一方で、これは彼らの様子を偵察する絶好のチャンスだ。「わかった、すぐ行くわ」わたしは電話を切ると、母に言った。「ニタがハウスキーピングの手が足りなくて困ってるみたいだから、ちょっと行ってくるわ。ママの車、借りていい？　あのトラック、なんだかエンジンがかかりにくいの」

トラックは実際ちょくちょく調子が悪くなるので、母は特にいぶかる様子もなく車の鍵を差し出した。うまい具合に、これで母が魔法使いたちのうろつく町へ出ていく可能性もなくなった。二階へ行き、服を着がえる。トラックを運転していたのと同一人物であることが少しでもばれにくくなるよう、髪型も変えた方がいい。高校の野球チーム、コブ・メッツの野球帽をかぶり、後ろからポニーテールを出したら、かなり変身できた。

母の車でモーテルへ向かう途中、敵の数をさらに減らす方法はないかと考えた。トラックを追いかけた三台のうちの一台が、モーテルの駐車場にとまっている。駐車スペースの多くは空いているので、連中は相変わらず町をうろついているのだろう。掃除に入ったすべての部屋で、例のキャンドルに火を灯す。どれほど効果があるかはわからないが、塵も積もれば山となる、だ。すでに何人かは、キャンドルが原因と思われる頭痛のせいで町を去ったようだし――。

カーチェイスのメンバーの一部は部屋にいた。わたしはドアの前でひとつ大きく息を吐き、タオルを抱えて部屋に入っていく。思ったとおり、彼らはこちらにほとんど注意を向けなかった。「やっと掃除が来たぜ」ひとりが言った。顔をよーく覚えておこう。彼にはあとで、オーウェンから特別な一撃を加えてもらわなくては——。

「満室なので、いつもより時間がかかってるんです」帽子のつばに顔が隠れるよう、うつむき加減で答える。「シーツは取りかえますか？　それともベッドメイクをするだけにしますか？」

連中がベッドに横たわったままでは仕事ができないということをほのめかす。

「ああ、ここはいい。バスルームの方だけやってくれ」

バスルームへ行く途中、ドレッサーの前で立ち止まり、宅配ピザの空箱の山の後ろからキャンドルを取り出して火をつけた。バスルームは、魔法で掃除できないのがうらめしいほど、ひどいありさまだった。兄が三人もいるからバスルームの惨状《さんじょう》は見慣れているつもりだったけれど、これはまったく別の次元だ。手袋をしていなかったら、ドアのノブにすら触りたくない。バスルームの掃除を済ませ、部屋に戻ってくると、男たちは頭を抱えてうめいていた。わたしは笑いを噛み殺す。

「魔法を使うのがこんなに大変だとは思わなかったぜ」ひとりが言った。「くたくただし、頭が割れるように痛い」

「シーッ！」わたしの方をちらっと見ながら、別の男が言った。「気にするな。どうせ、英語はわからねえよ」

ばかね。さっき英語で会話したじゃない。キャンドルが倒れて火事になる心配さえなければ火をつけたままにしておくのだが、ニタの家族のことを考えて吹き消しておく。男たちは気づきもしなかった。

ようやくイドリスの部屋まで来た。彼のレンタカーは見当たらないが、そもそもレンタカーはどれも同じように見える。いずれにしても、二十五号室の前の駐車スペースは空だった。これは彼の部屋をじっくりチェックするチャンスかもしれない。ドアをノックし、一応、「ハウスキーピングです」と言う。返事がないので、そのままマスターキーを鍵穴に差し込もうとしたとき、突然ドアが開いて、フェラン・イドリスが目の前に現れた。

19

息をのんでうつむいたまま、イドリスがわたしに気づくのを待つ。しかし、助っ人ハウスキーパーになりきるというわたしの非魔法的魔術は、なかなかのものだったようだ。イドリスはすぐに背を向け、部屋の奥へ歩いていく。「遅いぞ」彼は言った。「タオルを使いきっちまったぜ」

わたしは躊躇《ちゅうちょ》した。逃げるなら、彼が後ろを向いているいまがチャンスだ。新しいタオルがなくたって死ぬわけではない。一方、フェラン・イドリスとモーテルの部屋にふたりきりになるのは、こちらにとってかなりのリスクを伴うことだ。どう考えても、このまま逃げるのが賢明だろう。でも、彼はわたしの正体に気づいていない。それに、これは彼が何を企んでいるかを調べるまたとないチャンスだ。無警戒の本人といっしょに部屋にいれば、どんな発見があるかわからない。何より、彼はわたしに対して魔法を使うことはできないのだ。もし取っ組み合いになっても、イドリスが相手なら負ける気はしない。こっちには、兄から教わった奥の手がいくつかある。わたしは大きく息を吸い、部屋のなかに足を踏み入れた。心の片隅で小さな声がやめておけと言うのを無視して。

イドリスの部屋は、ほかの連中のそれほどひどくはなかった。ものが散らかっているほかは、腐りかかったピザや汚れた靴下とは違う奇妙なにおいが漂っているだけだ。おそらく、バスタブで魔法薬の調合をしていたのだろう。

わたしは思いきり訛りを強め、ウイスキーと煙草でつぶれたような低いしゃがれ声で言った。

「お客さんたちのおかげで、あたしらは目が回りそうな忙しさですよ」掃除用洗剤をもってバスルームに向かう途中、ドレッサーの上のキャンドルが目に入ったが、彼の見ている前で火をつけるのはリスクが高すぎる。彼はさまざまな点で抜けてはいるが、こと魔法に関しては、やはりあなどれない。

バスルームは男子寮のそれのような荒れ方ではないが、本来の目的以外で使用されているのは明らかだった。バスタオルやハンドタオルが妙な色に染まり、鼻をつくにおいを放っている。あとでオーウェンが分析できるよう、タオル類をすべてビニールのゴミ袋に入れておく。魔法は大丈夫でも、魔法薬に化学物質が使われていた場合、どんな影響があるかわからないので、洗面台やバスタブはゴム手袋をはめて掃除した。

カウンターに並んだ化粧品につい目がいってしまう。どうやらイドリスはロゲイン（育毛促進剤）の愛用者らしい。ボディスプレーは、それを使った男に女たちがめろめろになる品のないコマーシャルで知られるブランドのものだ。彼の選んだ香りは〝プレーヤー〟。思わず吹き出しそうになる。

イドリスが魔法薬を調合しているのであれば、この部屋にいる間にそれがなんであるかを調べておきたい。イドリスの動きを視界の端で確かめつつ、タオルを入れた袋をもって部屋を出ると、カートの隅に押し込み、新しいタオルを抱えてふたたび部屋に入った。

テーブルやベッドの上には、書類とともにネックレスのようなものがたくさん散らばってい た。近づいていくと、胸もとの魔法探知器ロケットが激しく反応しはじめる。わたしはわざとカーペットにつまずき、抱えていたタオルをあたりにぶちまけた。うまい具合に、そのうちの二枚がベッドに、一枚がテーブルの上に落ちる。

「ああ、ったく、もう!」しゃがれ声を維持しながら言う。「この古いカーペット、足が引っかかって危ないったらありゃしない」タオルを拾いながら、ネックレスのひとつをハンドタオルで包む。「いますぐ新しいのをもってきます。お客さんに床に落ちたタオルを使わせるわけにはいきませんからね」外のカートへタオルを運びながら、ネックレスをそっとポケットに入れる。よく見ると、ガソリンスタンドの売店のレジの横に置いてあるような安い土産物のネックレスだった。

わたしが新しいタオルを抱えてバスルームへ行き、所定の位置にセッティングし終えるのを、イドリスはひどくいらいらした様子で待っていた。バスルームの掃除が終わると、カートから羽根ばたきをもってきて、口笛を吹きながら部屋じゅうをはたいて回る。わざといろんなものを倒しては、もとに戻すふりをしながら、イドリスがわたしに触らせまいと寄ってくる前に、すばやくチェックした。それが済むと、今度は掃除機を引っ張り込んだ。掃除機を無造作に引き回しながら、コードでベッドの上にあるものをかたっぱしから床に落とす。悪態をつくイドリスに平謝りに謝りながら、数枚の羊皮紙をこっそりエプロンのポケットのなかに忍び込ませた。

最後に、床の上の本の山を派手に倒壊させると、イドリスは大声でがなりたてた。「こんなひどいメイドははじめてだぜ！」

さて、お次はめそめそ作戦だ。「お願いします。ボスには言わないでください。あたしにはこの仕事が必要なんです。子どもが三人もいるのに、亭主は何カ月も前から行方知れずで。あの男、役立たずの大酒飲みで、一週間と仕事が続いたためしがないんだけど、それでもまったく稼ぎがなかったわけじゃないんです。それがいなくなっちまったいま、あたしがここをクビになったら、子どもたちは飢え死にしちまう」そう言ってはなをすすりあげ、そでぬぐう。「掃除は終わりましたから、あたしはとっとと消えます。では、よい一日を。もちろんチップはいりません。これだけへまをやったんだから」

ドアの手前まで来たところで、イドリスがわたしの腕をつかんだ。「おい、ちょっと待て！」わたしは顔を伏せたまま、言いすぎたことを詫びようとして呼び止めたというかなり可能性の低いことを期待したが、そんなはずもなく、イドリスはわたしの頭から野球帽をひったくるようにはぎ取った。ポニーテールにからまって、〝正体が判明する劇的な瞬間〟といった感じにはならなかったが、それでも顔がばれるには十分だった。「おまえか！」イドリスは叫んだ。「人の部屋で何してる。スパイにでもなったつもりか！」

わたしはめいっぱい背筋を伸ばし、つかまれた腕をふりほどいて腰に手を当て、憤然としてみせた。「あなたが入れと言ったのよ。わたしだと気づかなかったの？　別に変装してるわけでもないのに」作業着を指さし、野球帽をかぶり直す。「わたしは本当にここで働いてるの。このモーテルの経営者がわたしの友達の家族なの。いつものハウスキーパーが、あなたたちに怖じ気づいて休暇を取っちゃったもんだから、手伝ってあげてるのよ。それじゃ行くわね。わたし忙しいんだから」

部屋を出る一歩手前で、突然、ドアが閉まった。イドリスが回り込んで前に立ちはだかる。なるほど。わたしに直接魔法をかけることはできなくても、周囲にあるものを魔術で操ってわたしの自由を奪うことは可能なのだ。もっと早く気づくべきだったがもう遅い。わたしは強行突破をあきらめ、くるりと後ろを向くと、バスルームに向かって走りだした。イドリスは不意をつかれたらしく、一瞬たじろいだ。すぐに追ってきたが、その一瞬のすきがわたしに武装するチャンスをくれた。

イドリスがバスルームのなかをのぞきこんだ瞬間、わたしは彼の目にプレーヤーを吹きかけた。彼が目をこすりながらよろめいている間に、四つん這いになって彼の足もとをくぐり抜け、出口に向かって走りだす。幸い、ドアは開いたが、外へ出ようとしたところでプレーヤーのにおいが鼻をついた。つまり、イドリスがかなりの至近距離にいるということだ。彼はわたしの手首をつかむと、部屋へ引き戻した。手首をつかまれたまま、できるだけ彼から離れようとあとずさりする。イドリスは引っ張り返さずについてきて、やがてわたしの背中が壁に当たると、そのままじりじりと迫ってきた。ボディスプレーの強烈なにおいで、目がひりひりする。

「これでオーウェンのことはさほど気にしなくてよくなったな」イドリスはごく普通の会話口

調で言った。怒鳴られるよりずっと気味が悪い。「おまえを人質にすれば、やつはこっちの言いなりだ」

その言葉を聞いたとたん、怒りが恐怖を上回った。これまでの人生で最高のボーイフレンドと、これまでの人生で最高の仕事を捨てて、何もないこのど田舎に自らを追放したのは、まさにこういう状況を避けるためだったはず。わたしは少しずつ体を横にずらした。イドリスと体を接触させることが耐えがたかったのもあるが、何より、あまり近づくと、ポケットにこっそり入れたものに気づかれてしまうからだ。まずは逃げ出すことが先だが、できればこれらの収穫物とともに逃げ出したい。

イドリスは、手首をつかんだままにじり寄ってくる。しかし、彼は体を近づけすぎるという――しかも、絶好の角度で――過ちを犯した。彼のデリケートな箇所に向かって思いきりひざを蹴りあげる。イドリスはわたしの手首を放した。彼が体を折り曲げて急所を押さえているすきに、部屋を飛び出す。そのままカートをつかんで走ろうとしたところで、サムとぶつかりそうになった。

「おい、大丈夫か、お嬢？　なかなか出てこないから心配したぜ」

「大丈夫よ。ただ、イドリスはもう父親になれないかもしれないわ」

「世の平和のためにはその方がいいぜ」そのとき、イドリスがよろよろと部屋から出てきた。わたしはあとをサムに任せ、カートを押して走りだす。ガーゴイルがこれほど獰猛になれるとは知らなかった。サムはものすごいうなり声をあげると、羽を大きく広げた。イドリスはびくりとして半歩あとずさる。

そのとき、隣の部屋のドアが開き、さっきの男たちが頭を抱えて激しく咳き込みながらなだれ出てきた。彼らはサムの姿を見るなり、ものすごい悲鳴をあげると、駐車場を突っきって一目散に逃げていった。これでまた、さらに三人、敵の数が減ったと考えていいだろう。

騒ぎに気づいたのか、ニタが野球のバットをかまえて事務所から走り出てきた。「どうしたの？」

「前のハウスキーパーがどうして来なくなったのかよくわかったわ」わたしはそう言うと、イドリスの方を指さした。「あの男が、わたしを強引にナンパしようとしたの」

「おれはそいつから暴行を受けたんだ！」相変わらず腰をかがめながらイドリスは言った。

「正当防衛よ。手首をつかんで放そうとしないんだもの。あのままおとなしくしてたら、どんなことをされてたかわからないわ」わたしはニタに腕を差し出す。

手首に残った赤いあざを見るなり、ニタはイドリスに向かってバットを振りあげた。イドリスはサムに威嚇されたとき以上に大きくあとずさりする。「いますぐ出てって！　うちの従業員に、というか、わたしの友達にこんなことをするやつは、たとえどんなにビッグなロックスターだろうと絶対に許さないわ！」いきなりロックスターと言われて、イドリスはきつねにつままれたような顔をしている。わたしはニタの後ろからあかんべえをしてみせた。サムは地面を転げ回るようにして大笑いしているが、おそらくニタには見えていないのだろう。たしかに、これはかなり笑える状況だ。

ここはイドリスにとって、魔法使いとしての最低限の倫理が試されるときだ。いま、彼がその気になれば、そしてサムがじゃまをしなければ、ニタに魔法をかけることは可能だ。しかし、非魔法界の人間に対して、本人に気づかれるような形で魔法を使うことは、固く禁じられている。ここでニタに魔法を使うことは、正統な魔法界との本格的な決別を意味する。どうやら、イドリスにそこまでの覚悟はなかったようだ。彼が部屋に戻ろうとすると、ニタはさらにバットを振ってみせた。「わ、わかったよ。そっちが落ち着くまでその辺をひと回りしてくるぜ」

イドリスはレンタカーに向かって走っていく。車はモーテルの反対端にとめてあった。

「ごめんね」ニタは言った。「あいつら、来た当初からやっかいな客だったの。パパとラメシュに言って、今夜話をつけてもらうわ」

「気にしないで。それより、助けにきてくれてありがとう」

「ロックンロール・モーテル計画はこれで消滅ね」ニタは肩をすくめる。「別にいいわ。あいつら、どう見てもリフォームのもとが取れるほど有名になりそうにないもの」

ニタが事務所に戻っていくのを見送ってから、わたしはカートをしまい、汚れたタオルの入った袋を車のトランクに入れて、家へ向かった。

サムから報告があったのだろう。私道に入り、家の裏手に車を回すと、オーウェンが心配そうな顔で立っていた。車を降りると、彼はわたしの両肩に手を置いて言った。「大丈夫？」どうせならもう一歩踏み込んで、抱き締めてくれたら――あるいは、いっそのことキスしてくれたら――うれしかったのだけれど、ディーンとテディが横にいては、望むべくもないだろう。

「大丈夫よ。イドリスを窮地《きゅうち》に追い込むために、ちょっと大げさに騒いだだけ。氷嚢《ひょうのう》が必要なのは彼の方だわ。それより、お土産があるの」

オーウェンは顔をしかめる。「お土産？」

わたしはジーンズのポケットからネックレスを取り出す。「彼の部屋にこれと同じものがたくさんあったわ。どう考えても彼の趣味ではないし、魔法の刺激を感じたから、ひとつくすねてきたの。それから、彼、バスタブで魔法薬をつくってたみたい。あと片づけに部屋のタオルを使ったらしくて、しみだらけだった。分析したければ、トランクのなかに入ってるわ。あと、書類も少し――」

「これ、いくつあった？」オーウェンが言葉をはさんだ。ネックレスを手に取り、愕然《がくぜん》とした表情で見つめている。

「ちゃんと数えなかったけど、たくさんあったわ」

「どうりで、今日の午後、あんなに疲れたわけだ。これをつくるために、この地域のすべてのパワー回路を独占してたはずだよ。彼があのとき瞬間移動《テレポーテーション》できたのも、これで説明がつく」

「それ、なんなの？」

「彼はこのネックレスをパワーマグネットに変えたんだ。パワー源からパワーを引き出して、使用者に届ける。使用者をよりパワフルにすると同時に、まわりにいる者がパワー源にアクセスするのを制限するんだ。これがたくさんあったんだね？」

「ええ、彼の手下全員に行き渡るくらいは……いやだ、これってずるじゃない！」

「まずいな。こうなると、形勢はがぜんこちらに不利だ」

「でも、いま彼はネックレスをもってないわ。ニタがさっきモーテルから追い出したの。すぐには戻らないはずだから、いまのうちに部屋に行って奪ってくればいいわ」わたしはテディの方を向いて言った。「モーテルに行って、これと同じネックレスを残らず取ってきて。部屋の鍵はわたしのナイトテーブルの引き出しのなかにあるわ。ああ、それから、たぶんまだニタが彼の部屋を見張ってると思う」

「彼に襲われたときに部屋に落としたものがあって、ぼくがかわりに取りにきたってことにするよ」テディはそう言って、家の方に走っていった。

「タオルについたものがなんであるかはだいたい想像がつくけど、一応確かめておこう」オーウェンは車の後ろに回りながら言った。わたしがトランクを開けると、オーウェンはビニール袋の口を開いてにおいを嗅いだ。「思ったとおりだ。ネックレスに威力を与える魔法薬だよ。ネックレスが彼らの手に渡ったら、かなりやっかいなことになる」

テディがモーテルの鍵を振りながら家から走り出てきて、そのまま自分のトラックに乗り込んだ。トラックが走り去るのを見送ったあと、オーウェンはディーンにネックレスを渡す。

「これはきみがもっているといい。連中のなかに紛れ込むわけだからね。たとえ攻撃されても、これを身につけていれば、彼らがしかけてくるたいていの魔術より、きみが使う護身用の魔術の方が強力になる。ひとつくらいは護身用の魔術を習っただろう？」

ディーンはうなずく。「レッスン三で」

オーウェンは呆れたように頭を振った。「一度、彼のカリキュラムに目を通す必要があるな。いったいどういう順序で教えてるんだ」そう言ってから、あらためてディーンの方を向く。「さあ、もう行った方がいい。気をつけて。それから、何か妙な動きがあったらできるかぎり知らせてくれ」

ディーンを見送りながら、オーウェンは言った。「彼は大丈夫だと思うよ。今夜だけじゃなく、たぶんこれから先も。魔法の恐さは十分思い知っただろうし、魔法を手にした以上、どんなときも常に自制を強いられるわけだから、いろんなことに対してより責任ある行動が取れるようになるんじゃないかな。ところで、きみのお母さんの気を散らすことってできる?」

突然話題が変わって、わたしはきょとんとした。「え?」

「明るいうちに家を出ることになるし、その前に車に荷物を運ぶ必要もある。でも、きみのお母さんにはそうした行動を魔法でカモフラージュすることができない」

「そうね、何か考えるわ」

家のなかに入ると、母はキッチンで忙しそうにしていた。「ん〜いいにおい」わたしは言った。「今夜は何? もうお腹ぺこぺこ」

「ポットローストよ。まだ一時間ほどかかるわ。つまみ食いして夕食前にお腹をいっぱいにしちゃだめよ」

「手を洗ってから手伝うわね。モーテルの仕事から帰ってきたところなの」わたしはオーウェンといっしょにリビングルームへ行き、そのまま玄関へ向かった。「ここはだれも使わないの」小声で言う。「キッチンのドアから出入りするより、こっちの方が安全だわ」ノブを引っ張ってみたがびくともしない。オーウェンが片手を翻《ひるがえ》す。すると、ドアはあっさり開いた。二階へあがり、野球帽を脱いでバスルームで手を洗っている間、オーウェンはわたしの部屋でベッドの下からブリーフケースを引っ張り出し、今夜の準備を始めた。彼を二階に残し、キッチンへおりていく。

「そこにあるにんじんとじゃがいもの皮をむいてちょうだい」母はポットローストの鍋がのったコンロの前から、肉用のフォークでテーブルを指した。椅子に座り、仕事に取りかかると、母は待ってましたとばかりに話しはじめた。「今夜は何かプランがあるんでしょうね。少しはデートらしいことをしなきゃだめよ。あなたたち、ほとんど店か家で過ごしてるじゃない」

「今夜は出かける予定よ。ディナーのあとすぐに行くわ」

「よかった、それを聞いて安心したわ。あら、まさか、その服で行くんじゃないわよね。はるばるニューヨークから会いにきてくれたっていうのに、あなたったら、いつもそんな田舎娘みたいな恰好をして――」

「出かける前に着がえるわ。これはモーテルで掃除をするために着たのよ」

「それから、少しはお化粧をしなさい。そうそう、あなたに似合いそうな口紅があるの」さっそく取りにいくつもりなのか、母はタオルで手を拭きはじめる。ふと顔をあげると、オーウェンが階段をおりてくるのが見えた。バックパックのほかに、何やらいろんな道具を両腕いっぱいに抱えている。

「まだもってこなくていいわ」わたしは急いで言った。「ディナーの前にシャワーを浴びて、メイクはそのときにするつもりだから」お願い、ママ、言うとおりにして――。オーウェンはちょうど階段をおりきったところだ。きしみが聞こえなかったということは、ついに階段用の消音魔術を使ったに違いない。

そのとき、勝手口のドアが開き、祖母が勢いよく入ってきた。「今夜のディナーはなんだい？」

母の注意がいっきに祖母の方へ向かう。おかげで、玄関のドアが開閉する音には気づかなかったようだ。「ポットローストよ。母さんの分もあるわ、いつものようにね。よかったらいっしょに食べていって」母は言った。

祖母はわたしの方を見てウインクする。「お茶をもってきたよ。オーウェンに飲ませようと思ってね。彼はどこだい？」

「上で寝てると思うわ」母が答える。「あまり調子がよくないみたいなの」

「だからお茶をもってきたんだよ。これを飲めば元気になる」祖母はふたたびわたしにウインクすると、キッチンを出ていった。「オーウェンのところへもっていくよ」

祖母は事情を知っている。でも、彼女が口にチャックをしていられるかどうかはわからない。わたしは立ちあがった。「いいのよ、おばあちゃん。どうせもうすぐおりてくると思うし。それより、にんじんの皮むきを手伝ってくれない？　そしたらわたし、これからシャワーを浴びて、ディナーの前に身支度を済ませちゃうから」

「ああ、そうだった」母が言う。「あなたに口紅をもってこようとしてたんだわ。母さん、悪いけど、鍋のチェックと皮むきをお願いできる？　ケイティは今夜、オーウェンとデートなの。たまにはきれいにお化粧して出かけなきゃ」

「彼はそのままのケイティで十分満足してると思うけどね」祖母はぼそぼそとつぶやく。

オーウェンは外にいる。おそらくいまが最も安全なタイミングだろう。わたしは母といっしょにリビングルームへ行くと、そのまま彼女を急かすようにして階段をのぼり、化粧品のサンプルがしまってある両親の寝室へ行った。わたしが後ろ手に部屋のドアを閉めると、母はけげんそうに振り返った。「彼を驚かせようと思って」わたしは言った。

「あら、いいわね！」母の目がぱっと輝く。「はい、じゃあ、座って」そう言ってベッドの端をぽんぽんとたたき、わたしが素直に従うと、意気揚々と娘の顔にいろんなものを塗りはじめた。「ほらね、もう少し目にアクセントをつけた方がいいのよ。それから、こうやって軽くチークをのせれば、顔色がぐんとよくなるわ」そう言うと、メイクボックスのなかをかき回して、小さな口紅を取り出す。「あなたには絶対ローズブロッサムが合うわ。とてもナチュラルな色よ。ほら、すごくいいじゃない？」母は満面の笑みで化粧台の鏡をのぞきこんだ。

自分の顔を見て思わず頬が引きつったが、なんとか笑顔をつくる。「ほんと、素敵！　それじゃあ、下へ行って皮むきの続きをやるわ」

キッチンへ行くと、オーウェンがテーブルについていた。祖母がカップにお茶を注いでいる。

フルメイクを施したわたしの顔を見て、オーウェンが目を見開く。お茶をひと口飲んで、その目はさらに大きくなった。そして、しばし眉をひそめて考え込むような表情をしたあと、いっきに残りを飲み干した。効果がありそうだと判断したらしい。

ディナーのあと、祖母はすぐに家を出た。オーウェンとわたしも、祖母に続いて出発する。母はわたしの服装と髪型とメイクに大満足な様子だった。もしものときは、これがわたしの死に化粧になるわけだ。オーウェンは郡庁舎の裏手にある公共駐車場に車をとめた。そこから、最後の戦いの場となる公園まで歩いていく。昨夜、地元の自然精たちと会ったのと同じ小川が、公園の奥の土手の下を流れている。歩道が公園から水辺へおりていて、そのまま川に沿って続いている。公園の中央には小さなガゼボがある。周囲を木立に囲まれているため、外から公園のなかは見えにくい。つまり、ロマンチックなピクニックにはもってこいの場所というわけだ。そして、魔法の戦《マジカルバトル》いにも。

オーウェンはバックパックのなかみをピクニックテーブルの上に広げると、公園の周囲に魔法除《よ》けを施していった。無関係な第三者を公園内に入れないためと、公園に入った魔法使いを外へ出さないためだ。それが済むと彼は言った。「ここに到着するまでの時間を考えると、そろそろ妖精たちを呼んでおいた方がいいな」オーウェンが手を差し出したので、わたしはその手を取り、いっしょに小川の方へ歩いた。ゆうべと同じやり方で呼び出すのだろうか。期待で体が震える。手をつないでいるから、オーウェンは気づいているだろう。たとえ震えているのに気づかなくても、手が汗ばんでいるのはわかるはずだ。

いずれにしても、オーウェンは素知らぬ顔をしている。わたしたちは黙ったまま小川におりる小道へ向かった。水際まで来ると、わたしはオーウェンが何か思いきりがっかりさせるようなことをするのを覚悟した。指笛を鳴らすとか、呼び出しの呪文を唱えるとか――。ところが、彼はほんのり赤くなって、わたしの方へ歩み寄った。「ええと、ゆうべのプロセスは覚えてるよね」

わたしはわざとらしく大きなため息を漏らしてみせた。「大義のためならしかたないわね」

意外にも、オーウェンはいたずらっぽくにやりとした。「ぼくに言わせると、これはいままで経験した職務上の行為のなかで、いちばん気が重くないものかもしれないな」それほど気が重くないことなら、どうしてここへ来て以来、仕事以外で実行しようとしなかったのか聞きたかったが、オーウェンはすでに唇を重ねていた。

わたしたちがはじめてキスをしたのは魔法の影響下だった。二回目は会社のクリスマスパーティの最中だった。そのあとも何度かキスをしたけれど、最近は昨日のそれが数カ月ぶりのキスだった。日照り状態が長く続いたせいか、それとも宙に漂う魔法のせいか、今夜のキスはまた格別だ。ようやくふたりの唇が離れたとき、わたしはささやいた。「自然精を呼び出すだけじゃお釣りがくるわね」

そのとき、足もとから声が聞こえた。「まったく、ちゃんと来るって言ったじゃない。信用ないわね」見ると、昨夜の水の精《ナーイアス》が小川の岸に寄りかかっている。

「来てくれてありがとう」オーウェンは言った。「敵が現れたらきみたちの方へ誘導するから、十分に脅かしてやってくれ。ただし、深刻な怪我はさせないようにしてほしい。しっかり脅かして、金輪際、魔法に関わりたくなくなるようにしてくれればいいんだ」

「任せといて」ナーイアスは言った。「みんないまこっちに向かってるわ。日没までには到着するはずよ」

「だれかいる?」上の方で声がした。ロッドだ。オーウェンは公園へ戻る坂の途中でわたしの手を放す。ロッドの横にはマーリンが立っていた。

「協力者は?」マーリンが訊く。

「いまこちらへ向かっています。たったいま交渉役のナーイアスと話をしたところです」

「素晴らしい。こちらの準備は調ったようですな」

祖母がやってきた。首のところに緋色の紐を結んだ瓶をもっている。その後ろから、何やら詰めこんだ枕カバーを抱えてテディが息を切らしながらついてくる。

祖母はまっすぐマーリンのところへ向かった。「数年前に精霊《スプライト》を捕獲したんですよ」瓶を掲げて言う。「いまごろかなり頭にきてるはず。不良たちのなかに投げ込んで、どうなるか見てみようと思いまして」

ロッドは顔を背けて小さく吹き出したが、マーリンはうやうやしく頭をさげた。「それはありがとうございます。きっと役に立つでしょう」

祖母は杖を振りかざす。「それでもだめなら、これで連中のお尻をかたっぱしからひっぱたいてやりますよ」

わたしはオーウェンに顔を寄せてささやいた。「スプライトって?」わたしの知るかぎり、それは昨今の男の妖精《フェアリー》が自分たちの呼び方として好む名称だ。フェアリーという言葉がゲイをイメージさせるかららしい。

「伝説的な野生の生き物だよ」オーウェンはささやき返す。「きみが知っているタイプとは違う。民間伝承では、さまざまな悪事や災いが彼らのせいにされてるよ。実在するとは思っていない人たちもけっこういる。彼女が実際、あの瓶のなかに何を閉じ込めたのか、興味あるな」

「本当に何かが入っていればの話だけど」

「本当にスプライトが入っているなら、役に立つかもしれない」オーウェンは声を普通の大きさに戻し、テディに向かって言った。「目当てのものは見つかったかい?」

テディは枕カバーをもちあげる。「ああ、このなかに入ってる。十八本あった。ぼくが部屋を出て少ししたらやつが帰ってきたんだけど、盗まれたことに気づいて大声で悪態をついてたよ。そしたらラメシュがショットガンをもってやってきたもんだから、正式な苦情は申し立てずに出ていったみたいだ」

「それ何?」ロッドが訊く。

オーウェンは枕カバーのなかからネックレスを一本取り出し、「これだよ」と言ってロッドに投げた。ネックレスを受け取るなり、ロッドの眉が大きくあがった。

「うそだろ。危ないところだったたな。こんなので武装されたら、こっちに勝ち目はなかったよ」

マーリンがロッドの手もとをのぞきこむ。「なるほど、正統な武器とはいえませんな」マーリンは鋭い視線でオーウェンを見据えた。「これをどうするつもりですかな」

「一本はディーンにもたせました。敵のなかに身を置くことになるので、乱用しないことを信じて、念のために武装してもらいました。いま重要なのは、敵の手にこれがないということです。このネックレスはかなり黒魔術的要素が強いので、ぼくは使う気になれません」オーウェンはふいににっこりした。「そうだ、いい考えがあります」

オーウェンは枕カバーをもったまま小川に向かって歩きだした。わたしたちは慌ててあとを追う。マーリンも祖母をエスコートしながら後ろの方をついてくる。ナーイアスは姿を見せたが、少々不満そうだった。「もう、ちゃんと来るって言ってるでしょ」

「贈り物があるんだ」オーウェンはそう言うと、枕カバーのなかみを水際に出した。「これがあれば、優先的にパワーを引き寄せることができる。ぼくたちもパワーが必要だから、今夜はできるだけ使わないでほしいんだけど、今後はこれでこの地域の魔法社会を統制することができるよ。よそ者がパワーラインを枯渇《こかつ》させるような問題はもう起こらなくなる」

ナーイアスは水面に上半身を出すと、ネックレスを一本手に取った。その目がみるみる大きくなる。「これは寛大な贈り物だわ。借りができたわね」彼女は横を向くと、イルカを思わせる甲高い声をあげた。まもなく、あたりは小さな光の点で埋め尽くされた。「今夜はあなたたちのために戦うわ」ナーイアスはそう言うと、オーウェンに向かって目をしばたたかせ、海草のような髪をもちあげて胸もとをあらわにした。「よかったら、ひとつつけてくれない？」

オーウェンはほんのり赤くなり、わたしと視線を合わせるのを避けながら彼女の言うとおりにした。そんなに気まずそうにしなくても、わたしは水のなかに暮らす女の子にライバル心をもったりしないのに――。もっとも、彼女が『人魚姫』の主人公みたいな大胆な行動に出ないことが前提になるけれど。

そのとき、サムが空から舞い降りてきた。「連中、郡庁舎前の広場に集まりはじめたぞ。以前に比べて、ずいぶん小規模になってたが」得意そうに言う。

「それじゃあ、エサになってくるか」オーウェンが言った。「ケイティ、いっしょに来て。みんなはスタンバイしていてくれ」

歩きだそうとするオーウェンの前にマーリンが歩み出て、彼の目をじっと見つめた。ふだんのマーリンは、子ども病院でサンタクロースのボランティアを買って出そうな、朗らかで優しい老紳士だ。しかし、ときおり、特別何をするわけでもないのに、いかにも伝説の大魔法使いといったオーラを強烈にかもし出すことがある。いまがまさにそうだ。オーウェンの表情からも、彼が同じように感じていることがわかる。「信頼していいのですね？」マーリンは訊いた。

「はい」

「最優先事項がなんであるかわかっていますな？　個人的な感情はあくまで二の次ですよ」

オーウェンはほんの一瞬わたしの方に視線を向けてから、「はい、わかっています」と答えた。わたしはかたずをのんだ。マーリンは、つまり、わたしを助けることより悪いやつらを捕まえることを優先するよう念を押したわけだ。もちろん、こちらとしても同意見だけれど、いまわたしの立場にいるのは、あまり愉快なことではない。

「いいでしょう。では、頼みます」マーリンはそう言うと、オーウェンに道を空けた。

郡庁舎前の広場に到着すると、オーウェンはわたしの手を握って言った。「何か見える？」

「ええ。おそろしくまぬけ面した一団が南部連合退役軍人像の前に集合していて、まぬけたちの隊長がつばを飛ばしながら大演説を行ってるわ。どうして？　あなたには見えないの？」

オーウェンは首を振る。「ぼくにだけ見えなくしているようだ」

「彼がやりそうなことね」

声が聞こえる位置まで近づき、オーウェンに要点を伝えていく。国連の同時通訳にでもなった気分だ。

「ずいぶん殺気立ってるわ。あなたを捕まえられなかったことを、かなり激しい口調で責めてる。おまえらはまだ魔法使いとは呼べないって。でも、怖じ気づいて逃げ出した連中よりはましだとも言ってるわ」

興奮はやがて最高潮に達し、イドリスは大声で言い放った。「今夜、あの魔法使いをとらえられなかったら、もうおまえたちに用はない！」

いまの発言をオーウェンに伝えると、彼は言った。「どうやら、出番のようだな」連中から確実に見える位置にオーウェンを立たせる。彼は咳払いをすると、大きな声で言った。「そんなにぼくを捕まえたいなら、未熟なおべっか使いたちにやらせないで、自分で捕まえたらどうだ」

20

彼らはいっせいにこちらを向いた。続いて目を大きく見開き、瞬きをすると、今度は顔をしかめる。イドリスに見せられた画像と本物のオーウェンとを頭のなかで照合しているようだ。カーチェイスをした連中はすでに町を去っているから、このなかに本人を見たことのある者はいないはず。たしかに、実際のオーウェンは写真から受ける印象より若干背が低いかもしれない。

「そいつだ！　捕まえろ！」イドリスがオーウェンを指さして叫んだ。「やつを捕まえておれの前に連れてこないかぎり、おまえらが本物の魔法使いになることはないぞ！」

オーウェンがわたしの方に顔を寄せてささやいた。「何が起こってるの？」

「彼、覆い《ヴェール》をかけたままなのね？」わたしは言った。「連中、あなたのことを見て呆然としてるわ。それで、イドリスが捕まえろって怒鳴ってる」

「なるほど、ありがとう」オーウェンはそうつぶやくと、イドリスに向かって言った。「またやられると思って怖じ気づいてるのか」ちゃんとイドリスの方を向くよう、わたしは彼の体の向きを調節する。この期におよんで目隠しをするなんて、とことん卑怯なやつだ。

「前回はおれが勝ったはずだぜ」イドリスが言う。

わたしはいまの発言をオーウェンに伝える。「きみは逃げたんだ。ドブネズミみたいにこそこそ逃げ出すのは、ぼくの考える勝利の概念にはあてはまらないけどな」オーウェンは言った。「今回は違うぜ。こっちは数的にだんぜん有利だ」数えてみると、受講生はディーンを除いて十八人いた。それにイドリスが加わったとしても、メンバーの顔ぶれを考えれば、勝算はこちらにある。でも、それをイドリスに教えるつもりはない。開けてびっくりのサプライズとさせてもらおう。

イドリスは受講生たちの方を向く。「さあ、何してる。獲物は目の前にいるんだぞ。地図を描いてやらなきゃならないのか⁉」

彼らはほぼ同時に立ちあがり、こちらに向かってきた。最初の二、三歩はややためらいがちだったが、すぐに全力疾走になる。わたしはイドリスの台詞を繰り返すかわりに、「走って！」と叫んでオーウェンを引っ張った。

アマチュア魔法使いたちは入門講座で習ったばかりの魔術をかたっぱしから試しているようだ。背後から次々に何かが飛んできて、全身に鳥肌が立つ。わたしが指示を出さなくても、オーウェンは彼らが投げる魔術を軽々とはね返しているから、おそらくヴェールは落ちているのだろう。受講生たちが教科書を音読する小学一年生のようにひとつひとつはっきりと声に出して呪文を唱えていることも、こちらを有利にした。彼らがたどたどしく呪文を口にしている間に、オーウェンはいくらでも対抗魔術《カウンタースペル》を準備することができる。この程度の攻撃をかわすことなど、きっと魔法界版ボーイスカウトか何かで早々に習得させられることなのかもしれない。

わたしたちが広場を出てそのまま公園に向かって走っていくと、アマチュア魔法使いたちは勝利の歓声をあげた。恐れをなして逃げ出したと思っているようだ。「追え！」ディーンの声が聞こえた。連中ははじかれたように走りだす。師の天敵を捕まえて真の魔法使いの称号を手にするまであと一歩だと信じているのだろう。気の毒に――。自分たちが何に足を突っ込んでいるのかわかっていないという点では、ついこの前までのディーンとまったく同じだ。

オーウェンとわたしは公園を突っきって、土手を駆けおりた。追っ手の最初のグループが川岸に到着したとき、いよいよショーが幕を開けた。リーダーの水の精《ナーイアス》が川の中央に現れ、例のイルカのような甲高い声をあげる。それを合図に、数人のナーイアスが岸辺近くの水面に浮上し、アマチュア魔法使いたちの足首をつかんで水のなかに引きずり込んだ。空気を求めて喘《あえ》ぐ彼らを、ナーイアスたちは繰り返し水中に沈める。ナーイアスの不意打ちを免れた連中も、すっかり動転していて頭上の木の枝に潜んでいる木の精《ドリュアス》に気づかない。ドリュアスたちは恐ろしい叫び声をあげながら、次々に受講生たちの上に飛びおりた。地上では別のドリュアスの一群が彼らの体を小枝の鞭でしたたかに打つ。

続いて到着したグループは水辺の惨状《さんじょう》を目の当たりにして、慌てて土手を駆けあがろうとしたが、後ろからやってきた次のグループとぶつかり、せまい土手の小道は大渋滞に陥った。すると、茂みのなかからピクシーたちがいっせいに飛び出してきて、けらけら笑いながら、受講生たちの足首やふくらはぎを先のとがった木の枝でつつきはじめた。

「そろそろ公園の方を見にいこう」オーウェンが言った。

「もう？　ここ、すごく面白いのに」

「今夜はイドリスをとらえるまたとないチャンスだ。なんとしても決着をつけたい」

「姿を見せればね。少なくとも追ってきたグループのなかにはいなかったわ」

「必ず現れるよ。いくら彼でも、この連中にぼくが倒せるとは思っていないはずだ。ぼくが十分疲れたところで登場するつもりなんだろう」

　小道はまだ渋滞中なので、木の幹や根っこにつかまりながら土手の斜面をよじのぼる。公園は魔法の戦い《マジカルバトル》の真っ最中だった。ロッドとマーリンとサムが、土手をおりられなかった連中の相手をしている。テディと祖母は一箇所だけ魔法除《よ》けのかかっていない出口をふさいでいた。パニックに陥り、必死に逃げようとする受講生たちが、依然としてオーウェンを捕まえようと見あげた根性を見せる受講生たちのじゃまになり、混乱に拍車をかけている。

　受講生が数人、恐怖におののいた表情で走り回っている。そばでロッドが、にやにやしながらぞんざいな仕草で片手を振っているから、おそらく、何かとてつもなく恐ろしいめくらまし《イリュージョン》に彼らを追わせているのだろう。

　マーリンは出口の前で祖母の横に立っていた。ゆったりとかまえたままときおり片手を翻《ひるがえ》しては、飛んでくる魔術をはね返したり、逃げ出そうとする受講生を押し戻したりしている。彼の視線は、戦い《バトル》そのものよりオーウェンの方に向けられているように見えた。どうやらこれは、独断専行という大それた行動を起こしたオーウェンの、会社における今後の運命が決まる重要なテストの場でもあるようだ。

依然としてイドリスの姿は見えない。ピクシーたちのおかげで、オーウェンはアマチュア魔法使いを相手にほとんどエネルギーを消費しないですんでいる。いまのところ形勢は、陸上、水中ともにこちらに有利だ。また、わたしたちは空の方でも優位に立っていた。サムが空から急降下してきて、受講生たちの頭上をかすめ飛ぶ。背中にのったピクシーが、けらけら笑いながら敵の背中に魔法の火花を投げつけると、彼らはのけぞりながら飛びあがった。一方、地上では、ピクシーの群れが受講生たちの足をすくい、右へ左へ転ばせている。転んだ者にはさらなる試練が待っていた。ピクシーたちが左右の靴ひもを結びつけたり、ジーンズのボタンを外したりするので、立ちあがったとたんにジーンズがひざまでずり落ちたり、歩こうとして足がもつれたりしてふたたび地面に倒れ込み、ピクシーたちのさらなるいたずらの餌食になるのだ。

やがてひとりの受講生がオーウェンに気づいた。「あそこにいるぞ！」まもなく、自然精たちに捕まっていたり、めくらましから逃げ回っていたり、サムの空からの攻撃にさらされたりしていない連中が、いっせいにこちらに向かって押し寄せてきた。オーウェンが集団の真ん中に火の玉を投げ込むと、アマチュア魔法使いたちはストライクが出たときのボーリングのピンのように四方にはじき飛ばされた。「きみらのような初心者にぼくが捕まると本気で思っているのか！」オーウェンは叫ぶ。その声はおそろしく威圧的で、個人的に知らなければ、ふだんの彼が魔法を使うこと自体に後ろめたさを感じるほどの控えめで優しい青年であることなど、想像すらできないだろう。

アマチュア魔法使いのひとりが自分で火の玉をつくり、オーウェンに投げつけた。彼の火の玉はオーウェンのそれよりずっと小さくて、不安定に点滅している。オーウェンは腕を伸ばし、凡フライでも捕るように火の玉をつかむと、そのまま手のひらの上に浮かばせた。火の玉がぐんぐん大きくなり、明るさも増していく。「まだまだだな」オーウェンはそう言うと、軽く手首のスナップをきかせて、さっきの受講生に投げ返した。火の玉はみごとターゲットに命中し、受講生はもんどり打って地面に倒れる。そこへ、三人のピクシーが嬉々として飛びかかった。

　オーウェンが受講生たちを相手にしている間、わたしはイドリスの姿を捜した。彼が自分の戦い《バトル》を他人任せにすることは十分あり得るけれど、見物にすら来ないというのはちょっと考えにくい。しかし、相手はイドリスだ。彼の集中力の短さは並ではない。郡庁舎前の広場から公園に来る途中で何か興味をそそるものに出くわしたら、あっさりそっちへ流れていきかねない。きれいな女の子とすれ違ったりでもすれば、その娘《こ》が彼の性格かボディスプレーに拒否反応を示さないかぎり、この先数時間姿を現すことはないだろう。まあ、なんとなく目に入ったデイリークイーンでバナナスプリットか何かを食べはじめてしまい、食べ終わってからようやく公園での戦い《バトル》のことを思い出すというのが、いちばんありそうなパターンだけれど。

　魔法の刺激が近づいてくるのを感じて振り返った瞬間、オーウェンがそれをはね返した。彼にも疲れが見えはじめている。息づかいが荒くなり、汗に濡れた髪が額に張りついている。

「大丈夫？」わたしは訊いた。

　オーウェンは片手をあげて何やらぶつぶつつぶやきながらうなずいた。前方でアマチュア魔法使いのひとりが大きくよろめく。「大丈夫だ。連中に比べたら余裕だよ」

「あのネックレス、やっぱりひとつもっておけばよかったんじゃない？」

「それはだめだ！」オーウェンは思いがけなく激しい口調で言った。「あのての黒魔術に手を出すわけにはいかない」

「ディーンにはもたせたじゃない。彼をダークサイドに踏み込ませようとしたわけじゃないでしょう？」

「ディーンはぼくと違う」オーウェンはわたしの体をぐいと引き寄せながら、近づいてきた受講生をはね返す。受講生が背中から地面に落ちると、すかさずピクシーたちが群がった。「もっているパワーが大きければ大きいほど黒魔術は危険になる。ディーンにはほとんど無害だけど、ぼくにとっては越えるべきではない一線になるんだ」

オーウェンは基本的に超がつくほどのいい人で、権力に対する野心など皆無に見えるから、彼が魔法界のダースベイダーに変貌することなどとても想像できない。きっと養父母が黒魔術に対する恐怖心を徹底的に植えつけたのだろう。黒魔術は使用者の良識に任せればいいというしろものではない。とりわけ、それがオーウェンのようにとびきりパワフルな魔法使いである場合は。

オーウェンがわたしのそでをくいと引く。「あのなかをゆっくり突っきってみてくれないかな。飛んでくるのはすべて魔法だから、きみにはいっさい害はない。おそらく彼らはまだ免疫《イミュー》者《ン》の存在を知らない。だから、きみに魔法が効かない理由もわからない。テディにも同じことをしてもらえば、彼らはきみたちのことをとてつもなく強い魔法使いだと思うはずだよ。彼らがいかに劣っているかを見せつけて、魔法に関わる意欲を失わせたいんだ」

いっさい害はないと頭ではわかっていても、火の玉や感化魔術が飛び交うなかを歩くのは決して気持ちのいいものではない。わたしは大きく息を吸い、できるだけ崇高な表情をつくってバトルの中心へと歩きだした。飛んでくるさまざまなものに対して、目をつむったり首をすくめたりしないようにするのは、なかなか容易ではない。それでも、なんとか胸を張り、次々と魔術を放ってくるアマチュア魔法使いたちに向かって不敵な笑みを浮かべてみせた。魔術がわたしの体を虚《むな》しく通り抜けるたびに、彼らの顔がこわばっていく。畏怖《いふ》のまなざしに囲まれて自信の出てきたわたしは、演出に少々ひねりを加えることにした。ゆっくり歩きながら、あたかも魔術をはじき返しているかのように手を翻す。そして、習った魔術を必死の形相でかたっぱしから放っているらしいひとりの受講生の前で立ち止まり、彼の頭に片手をのせて優しく言った。「無駄よ。こんな情けない魔術、わたしレベルの魔法使いには痛くもかゆくもないの」

受講生は青くなり、がくりとひざをついた。

やがてテディの前まで来た。「なんだよ、そのお高くとまった女神みたいな態度は」

「彼ら、魔法に免疫をもつ人間がいるってことをまだ知らないみたいなの。わたしに魔法が効かないところを見せてやれば、連中、相当怖じ気づくだろうって、オーウェンが――」

「たしかに、相当怖じ気づいてる感じだな」

「やってみる?」

「そうだな。いまのところ、たいして役に立ててないし。マーリンやロッドに二度ほど警告を出したけど、彼らの方がよほど反応がはやかったよ。この善対悪の壮大な戦い、将来だれかが小説や歌にするかな」

「可能性は低そうね。自分で書くっていうなら別だけど。それにこれ、善対悪っていうより、善対うっとうしい連中って感じだわ。それってあまり壮大なイメージじゃないわよね」

わたしは祖母のそばに残って、テディが混沌のなかに入っていくのを眺めた。なるほど、わたしはあんなふうに見えたのか――。イミューンであることにまだ慣れていないテディは、はじめのうち、飛んでくるものに対してつい身構えてしまっていたが、やがていっさい影響を受けないことが確信できたのか、大仰なジェスチャーで魔術をはね返すふりを始めた。長年にわたるダンジョンズ&ドラゴンズ・マニアとしての日々が、今夜ついに実を結んだわけだ。ディーンが勝手にもち出していなければ、彼は間違いなくジェダイの騎士のマントを持参していただろう。

公園の出口は引き続きロッドと祖母がふさいだ。逃げ出そうといったん出口に向かった受講生たちが、恐怖におののいた表情で駆け戻ってくる。どうやらロッドがまた、とびきりおぞましいめくらまし《イリュージョン》を披露しているようだ。祖母は何やら叫びながら杖を振り回している。幸い、周囲の喧噪にかき消されて、いつもの毒舌なのか、それとも魔法の呪文なのかはわからない。

何人かの受講生たちがマーリンに向かっていく。やはりイドリスの通信講座は、魔法に関していくつかの重要な事実を教えていないようだ。オーウェンの派手なプレーに比べれば、マーリンは一見、ほとんど何もしていないように見える。あのマーリンであることを知らなければ、彼のことをごく普通の老人で、こちらサイドのいちばんの弱点だと見なしても、しかたないかもしれない。しかし、それはとんでもない誤りだ。

四人のアマチュア魔法使いがこちらに迫ってきた。「よう、じいさん」ひとりが言う。「ばあさんと連れだって高みの見物とはいいご身分じゃないか」

「見物してもらった方が身のためよ」わたしは彼らに聞こえないよう小声で言った。

「大いに楽しませてもらっていますよ」マーリンが朗らかに言った。「こんなに楽しいことは久しぶりです。このあいだ観た若きハリー・ポッターについての映画よりずっと面白い」

「どうやら、魔力ってのは年とともに衰えるものらしいな」別の受講生が言う。

ああ、なんてばかなの――。わたしはため息交じりに首を振った。警告をしてやるまでもないだろう。マーリンが片手を軽く翻すと、四人は一瞬にして小さな白いウサギになった。鼻をさかんにひくひくさせている。かなりのパニックに陥っているようだ。祖母が追い打ちをかけるように言う。「久しぶりにお婆直伝のウサギのシチューでもつくろうかね」そして、あたかも殴りつけようとするかのように杖を振りあげる。ウサギたちは出口に向かってぴょんぴょん逃げていったが、オーウェンの魔法除けにはね返されて戻ってくると、ぶるぶる震えながら小さく固まった。マーリンが人間に戻してやっても、受講生たちはその場に固まったままだ。恐怖で動けないらしい。それ以降、ほかのアマチュア魔法使いたちはいっさいマーリンに近づこうとしなかったので、彼の視線はふたたびオーウェンに向けられた。

わたしは再度戦場を突っきり、オーウェンの方へ向かった。今回は空中を飛び交うものより、足もとの方に注意を向ける必要があった。エネルギーを使い果たして伸びていたり、ピクシーに群がられて動けなかったりで、アマチュア魔法使いが何人も地面に倒れ込んでいたからだ。敵の数はずいぶん減った。いまオーウェンが一度に相手にするのは、三人程度でよくなっている。

とはいえ、オーウェンの方もだいぶエネルギーを消費しているようだ。動きが緩慢《かんまん》になってきている。公園内に街灯はなく、月光と星明かりと、ときおり炸裂《さくれつ》する魔法の光を頼りにするだけだが、オーウェンの顔色は明らかによくなかった。さすがのオーウェンも、こんな戦いを三十分も続けていればエネルギーが枯渇《こかつ》しはじめるのだろう。

オーウェンは片手を翻して三人の受講生をはじき飛ばすと、ピクシーが彼らに飛びかかるのを見ながら、そでで額の汗をぬぐった。休むまもなく、別の数人が攻撃をしかけてくる。いまだ逃げ出そうとしていない比較的根性のある連中だ。オーウェン以上に疲れているはずだとはいえ、この段階で対峙するのは避けたい相手だ。

わたしはオーウェンの手を握った。彼はこちらを見てうなずく。ふたりの手のひらがぴったり合わさった。エネルギーの補給を得て、オーウェンは軽々と敵を片づけた。彼はいま、大げさなパフォーマンスはやめて、ひたすら相手を排除することだけに専念している。吹き飛ばされた連中は気を失ったらしく、地面に倒れたまま、ピクシーたちが群がってもぴくりともしなかった。

オーウェンはわたしの手を放して言った。「ありがとう。助かったよ」

「本当に大丈夫？」

「疲れてはいるけど、身の危険を感じるほどじゃない」

突然、大きな破裂音とともに閃光《せんこう》が走った。マーリンとロッドがいる方だ。戦いが激しくなっているようだが、受講生たちの姿は見えない。ほとんど全員がすでに力尽きて地面に横たわっている。オーウェンが緊張した面持ちで一歩後ろにさがった。「なんなの？」わたしは言った。

オーウェンは首を振る。「わからない」彼は火の玉を投げあげる。火の玉は空中で花火のように炸裂し、公園全体を照らし出した。「何が見える？」

男がひとり、こちらに向かって歩いてくる。彼の姿は、マーリンにも祖母にもロッドにも見えていないようだ。でも、わたしには見える。どうやらイドリスは、ようやくバナナスプリットを食べ終えたらしい。「イドリスが現れたわ」

彼はにやにやしながら近づいてくる。オーウェンをつついて、イドリスがすぐそばまで来たことを知らせる。

「生徒の選択を間違えたようだね。いや、彼らが教師の選択を間違えたと言った方がいいかな」オーウェンは言った。

「相変わらず女に頼りきりか、オーウェン」イドリスが言う。

「自分にできないことを取り巻き連中にさせるよりはましだろう」オーウェンは答えた。ちゃんとイドリスの方を向いているから、彼はヴェールを解いたのだろう「もうあきらめたらどうだ。きみの軍隊は壊滅状態だし、ここのパワーラインの弱さを考えたら、きみがぼくに対してできることはあまりない」

「普通の状況ではそうかもな。でも、これが普通の状況だとだれが言った？」イドリスは首にさげた革ひもに指をかけ、ニタの写真に写っていたネックレスを引っ張り出した。驚くわたしたちに向かってイドリスは言う。「なんだ、おれがあらかじめ自分の分をつくっておくとは思わなかったのか」

21

考えてみればそのとおりだ。彼なら、だれよりもまず自分のためにひとつつくって身につけておくだろう。でも、それを予測できていたところで、打つ手はあっただろうか。ラメシュがショットガンをかまえ、ニタが頭の上にバットを振りあげている間に、テディが彼の体から少しでも怪しく見えるものをすべてはぎ取る――なんてことができたとは思えないし。だいたい魔力増幅器なるものが存在すること自体、ニタにイドリスの写真を見せられたときには知らなかった。こうした非常事態に備えて何か対策を立てておくべきだったが、もう遅い。イドリスはネックレスをつけて目の前に立っているし、オーウェンは見るからに消耗《しょうもう》している。

わたしはオーウェンの手をつかみ、彼の目を見てうなずいた。ほぼ同時に、イドリスが何かを放って、全身に鳥肌が立つ。オーウェンがそれをはね返すと、つないだ手が白熱した。イドリスがはね返されて戻ってきた自分の魔術に対応しているすきに、オーウェンはさらに一歩、川岸の木立の方にあとずさった。援軍の方に近づこうとしているのだろうか。それとも、例のネックレスに？

イドリスがあらたに噴射した魔法の炎をオーウェンはすばやく鎮火させる。彼にパワーを供給するのは、これまでいつも、心地よい――ある意味、セクシャルでさえある――作業だったけれど、いまはほとんど苦痛に近い。これまでがいい湯加減のお風呂だったとしたら、今夜のは熱湯といった感じだ。体からぐんぐん力が吸い取られていくのを感じる。この調子だと、わたし自身あとどのくらい保《も》つかわからない。

「ピンチのときはいつも女頼みだな」イドリスはそう言って鼻を鳴らす。オーウェンは挑発にのってエネルギーを無駄にするようなことはせず、黙って片手を翻《ひるがえ》した。イドリスの足もとの地面が揺れ、彼は慌てて後ろへ飛びのく。

ふたりが戦っている間、わたしは必死に仲間の姿を捜した。これだけ派手にやり合っているのだから、すぐに気づいてもよさそうなものなのに、ほかのメンバーたちは依然として出口付近にいて、一列に並ばせた受講生たちを監視している。こちらで起こっていることにはまったく気づいていない。

なるほど、イドリスらしいやり方だ。自分たちに覆い《ヴェール》をかけて、ほかのメンバーから見えないようにしているのだ。ロッドやマーリンのすぐそばを通ってきたにもかかわらず、まったく気づかれなかったのも、それで説明がつく。テディには見えたかもしれないけれど、彼はイドリスの顔を知らない。ほかの連中と同様に、オーウェンが軽く片づけると思ったのだろう。

大声で援軍を呼ぼうとしたとき、別のだれかの大声が聞こえた。「こーこにいたのね！」聞き覚えのある声だ。振り返ると、フェアリーゴッドマザーが空中でホバリングしながらイドリスに向かって杖《ワンド》を振っていた。思わず顔が引きつる。「あたしから逃げられるとでも思ったの？」エセリンダだ。去年の暮れから新年にかけて、わたしは彼女のせいで神経衰弱に陥りそうになった。彼女はいま、イドリスの元カノのために奮闘しているのだが、仕事のやり方はまったく変わっていないようだ。今日はウエスタンルックをねらったらしい。デイル・エヴァンス（テキサス出身の歌手・女優）風の衣装を、例によって重ね着した多種多様な服のいちばん上に着ていて、頭にのせたカウボーイハットから錆びたティアラがぶらさがっている。

　イドリスは彼女を見るなり、オーウェンが放ったどんな魔術に対してよりも激しい動揺を見せた。「お、おまえ、いったい何しにきたんだ！」そう言いながらあとずさりする。

　エセリンダはくすくす笑って言った。「何って、あなたを監視するために決まってるじゃない。出張中に浮気をするのは言語道断よ」

「浮気なんかしていない！　ただ話をしてただけだ！」声のピッチがあがり、ほとんど裏返っている。

　エセリンダは悲しげに首を振る。「浮気っていうのは、たいていいつもそうやって始まるものなのよ。話をしただけっていうのからね」彼女はふとこちらを見た。「あら、ケイティ！　それにオーウェンも！　仲良くやってるのね。うれしいわ！　あなたたちは、あたしが取りもったカップルのなかでも特に成功した例のひとつよ」そう言って、わたしたちのつないだ手にワンドを向ける。

　今回に限っては、絶妙のタイミングで現れてくれたかもしれない。イドリスもエセリンダの姿まで隠すことはできなかったようで、マーリンと祖母とテディが騒ぎを聞きつけてこちらに向かってきた。ロッドは捕まえた受講生たちを見張るために出口付近にとどまっている。まだ捕まっていない受講生たちも、好奇心に駆られてよろめきながらやってきた。ディーンもそのなかにいた。ほかの連中と同じくらい疲れきったふりをしているけれど、ひとりだけ明らかに顔色がいい。

足もとは、エセリンダを見に集まってきたピクシーたちで埋め尽くされた。彼らはさっそくイドリスの靴下を引っ張ったり靴ひもをほどいて靴のなかに小石を詰めたりしはじめる。同時に、背後の木立からドングリや小枝が飛んできて、ピクシーたちを振り落とそうと必死に飛び跳ねているイドリスに、恐ろしいほどの精度で命中した。オーウェンはつないでいた手を放して、わたしをそっと脇へ押しやり、イドリスに反撃を始める。

そこへ人間組も到着した。テディにできることはあまりないし、祖母は基本的に杖と精霊《スプライト》の入った瓶を振り回しているだけだが、マーリンはただちに戦いに加わった。イドリスは、オーウェンとマーリンから同時に放たれる魔術をはね返しつつ、足もとのピクシーたちの攻撃をかわそうとして、旋舞教団員《スーフィー》ばりに跳んだり回ったりしている。ネックレスはパワーを増幅させはしても、同時に複数の攻撃に対処する能力は高めてくれないらしい。

ふいに、だれかが後ろからわたしの体をつかんだ。「何す……」言い終わらないうちに手で口をふさがれる。嚙みつこうとしたが、歯がとらえるのは自分の唇ばかりだ。足を踏みつけようともしてみたが、スニーカーではたいした打撃にならない。

「さがれ！　この女がどうなってもいいのか！」わたしをつかんでいる男が叫んだ。振り返って顔を見ることはできないが、おそらく受講生のひとりだろう。わたしに魔法が効かないことを理解したようだから、それなりに頭のはたらくやつらしい。彼は魔力ではなく、暴力に訴えることにしたようだ。首に冷たい鋭利なものが当たるのを感じるから、武器も非魔法界のものらしい。わたしはもがくのをやめた。はずみでのどをかき切られたくはない。

魔法の応酬《おうしゅう》はぴたりとやんだ。愕然《がくぜん》としてこちらを見つめるオーウェンの苦悩にゆがんだ表情を見て、思わず涙が浮かんでくる。わたしはまたしても、彼をこのような状況に追い込んでしまった。

エセリンダが最初に声をあげた。「ああ、なんてことかしら！　とても見ていられないわ！」そう叫ぶと、いきなり消えた。やはり、変わっていない……。

イドリスがヒステリックな笑い声をあげる。「さあて、困ったことになったな。おれを捕まえれば、おまえの女が非業の死を遂げることになる。そこにいる、えーと、名前はなんていったっけ？」わたしをはがいじめにしている男に向かって言う。

「マクレアリーです、サー」受講生は答えた。

「マクレアリーか。よし、おまえは合格だ」イドリスはオーウェンの方に向き直る。「おれを捕まえるような素振りを少しでも見せたら、そこにいるマクレアリーの手によって女はこうなる」そう言って首を切る仕草をする。「女を助けたければ、おれを逃がすしかない。つまり、今回もおまえの負けってことだ」

もっと手の込んだ罠ならかえって脱出の方法を思いついたかもしれないが、これではまったく身動きが取れない。アイデアがないのは皆同じらしい。ピクシーたちまでもが、じっとしてオーウェンからの指示を待っている。

そのとき、マーリンが前に進み出た。「他者を思いやる気持ちの欠如は、あなたが開発するどんな魔術よりも危険です。そのような姿勢で世の中と向き合うかぎり、あなたの使う魔術はすべて黒魔術の性質を帯びることになるでしょう」イドリスに向かって厳《おごそ》かな口調で言う。

イドリスはせせら笑った。「たいした演説だぜ、じいさん。残念だが、あんたの常識はこの千年紀には通用しねえんだ。とっとと隠居して、なんか趣味でも見つけな。さてと、どうやらだれもこの女の血は見たくないらしいから、おれはそろそろ行くとするぜ」そう言って歩きだしたが、わたしの横まで来ると、立ちどまって言った。「おまえも男選びを間違えたもんだな。もったいない話だぜ。そうやってちゃんと化粧していると、なかなかイケてんのに」

のどにナイフを突きつけられていなければ、彼につかみかかっていただろう。でもいまは、ただ思いきりにらみつけることしかできない。だれかをにらんでいるのは、わたしだけではなかった。マーリンがオーウェンに鋭い視線を向けている。この状況に対処するのはあくまであなただと、その目は告げていた。オーウェンの瞳がわたしのそれをとらえる。まるで彼自身が死の淵に立っているような苦悶の表情に、一瞬、自分がナイフを突きつけられているのを忘れそうになった。別れのときが来たようだ。何か意味のある言葉を残さなければ――。『二都物語』のあの最後の台詞はなんだったっけ。いまわたしのしようとしている行動は、これまでに行った何よりもはるかに立派な行動だ、とかなんとかいう……。それともやはり王道の、〝わたしたちにはいつだってパリの思い出がある〟だろうか。いつか彼のいちばん好きな映画が

『カサブランカ』だという話をしたから、ふたりにとっては意味深い台詞だといえるだろう。

しかし、実際に口から出た言葉は、「ドラゴンたちによろしくね」だった。そんな台詞を最後の言葉にしてしまったことにわれながら呆れていたら、オーウェンの瞳がぱっと光った。オーウェンは厳粛な口調で何かつぶやく。突然、のどに突きつけられていたナイフが地面に落ち、二本の腕が体にからみついた。力ずくではなく、両腕で包み込むような感じだ。「ああ、きみはなんて柔らかいんだ」マクレアリーが言う。いまにもほおずりしそうな勢いだ。オーウェンに魔法で手なずけられたドラゴンたちがもしゃべれたら、たぶんこんな感じだっただろう。わたしの首からナイフが離れるやいなや、オーウェンはイドリスのあとを追った。

ふいに何かが体に当たるのを感じた。といっても、感じたのは魔法の刺激なので、背筋がぞくっとしただけでなんの影響もない。そのかわり、体にまとわりついていた腕がゆるんだ。振り返ると、ディーンが手のひらの上に火の玉を浮かばせている。「おれの妹から手を離せ」いきなり腕を放されて前によろめくと、ディーンがすばやく駆け寄って支えてくれた。「大丈夫か?」わたしはうなずく「オーウェンにあのネックレスをもらっておいてよかったよ。でなきゃ、こんなこと絶対できなかった」

オーウェンとイドリスはふたたび戦闘状態に入っていた。そばにマーリンが立っているが、ふたりの戦いを見ているわけではなく、両腕を前に出し、何やら呪文を唱えている。まもなく、公園内のあちこちで、ひとりまたひとりと受講生たちが倒れはじめた。イドリスに援護が加わる可能性を完全に消しておこうということらしい。大賛成だ。ふたりの方へ行こうとすると、ディーンがわたしの腕をつかんだ。「ここにいろ。またさっきみたいなことになったらどうする」悔しいけれど、そのとおりだ。これが終わったら、カンフーでも空手でも、なんでもいいからひとつ武術を身につけよう。今度だれかがわたしを人質に取ろうとしたら、そいつを思いきり後悔させてやれるように。

ふたりの対決はなかなか期待したような展開にはならなかった。魔力増幅ネックレスのおかげで、イドリスにはオーウェンよりはるかに余力がある。オーウェンはすでに疲労困憊《こんぱい》で、気力だけで保《も》っているといった感じだ。

「このままじゃまずい」ディーンはそうつぶやくと、自分の首からネックレスを外した。「オーウェン、これを！」

ネックレスは弧を描いて飛んでいき、オーウェンの手のなかに収まった。オーウェンはしばしそれを見つめる。ふと見ると、マーリンがじっとオーウェンを見据えていた。オーウェンがこのての魔術の恐さについて話していたのを思い出す。でも、非常時には非常手段が必要になるものじゃないの？

どうもそうではないらしい。オーウェンは首を横に振ると、ネックレスを投げ捨てた。「これは使わない」その声は決して大きくなかったが、公園じゅうに響いた。マーリンは満足げな表情を浮かべて、残りの受講生たちを眠らせていく。どうやら、オーウェンはテストに合格したようだ。でも、戦いの方は終わっていない。イドリスは高笑いしながらオーウェンへの攻撃を再開した。オーウェンは自然精たちのいる小川の方へ走りはじめたが、消耗しきった体では長く走ることはできなかった。途中でつまずき、地面に倒れ込むと、そのまま立ちあがれなくなった。マーリンは受講生たちを全員眠らせると、オーウェンの援護に向かったが、その動きは遅く、彼もまたかなり疲れているように見えた。マーリンは偉大な魔法使いだが、ものすごく高齢でもある。イドリスに向かって放った魔術は、もはやたいした打撃にはならなかった。ああ、とても見ていられない。何か助けになるものはないかと周囲を見回す。ふと、自分の足で立っている魔法使いがまだひとり残っていることに気がついた。祖母だ。「おばあちゃん、そのスプライト！」それがいつもの妄言《もうげん》ではないことを祈りつつ叫ぶ。祖母はイドリスの前に進み出ると、瓶を放りあげ、野球の練習でフライを打つように、勢いよく杖を振り抜いた。瓶は空中で砕け、破片がイドリスに降りかかる。オーウェンは地面を転がって、なんとか破片を逃れた。わたしはディーンの腕をふりほどいてオーウェンに駆け寄った。立ちあがらせると、彼はわたしの体に腕を回して、きつく自分の方に引き寄せた。あまりの力に一瞬息が詰まりそうになる。わたしたちは互いの体にしっかり腕を回したまま、ディーンのところへ戻った。

イドリスは自分の体をたたくのに忙しくて、逃げた獲物にかまっている暇はないようだった。はじめはガラスの破片を払い落としているのかと思ったが、よく見ると、瓶のなかに何かがいた形跡がある。その何かがなんであるかはまだよくわからない。なにせ、宙に放たれたそれはいま、アニメに出てくるあのタズマニアンデビルのように、何やらわけのわからない怒りの言葉を発しながらものすごいはやさで飛び回っているのだから。イドリスの服の一部と思われる布の切れ端とともに、血が飛び散っている。

祖母がわたしたちのところへやってきた。「やつらは閉じ込められるのが大嫌いなんだよ。自由になるや、だれでもいいから最初に目についた者に復讐を始めるのさ」祖母は不敵な笑みを浮かべる。「もっとも、あんなものに閉じ込められたら、だれだって頭にくるだろうけどね。いつ捕まえたのかさえ、もう覚えてないよ」

イドリスはひざまずいた。「頼む、止めてくれ！　降参する！」マーリンが聞き慣れない言葉で何やらすばやく唱え、指をぱちんと鳴らす。すると、一瞬にして騒ぎが収まった。イドリスの服はぼろぼろで、体のあちこちから血が出ている。スプライトが消えたことに気づくと、イドリスは安堵のため息を漏らし、続いて思いも寄らない行動に出た。めそめそと泣きはじめたのだ。「お願いだ、助けてくれ。おれはもう、あんたらの慈悲にすがるしかない。頼む、おれを守ってくれ」

イドリスが実際に足にすがりつく前に、マーリンは一歩後ろにさがる。そして、厳しい口調で言った。「われわれに降伏するのですな？　あなたの力をわれわれの力の一部とし、決してわれわれに対して行使しないことを誓って、自らをわれわれの支配下に置くのですな？」独特の抑揚と形式ばった言葉遣いからして、これは一種の儀式のような気がする。おそらく拘束力のあるものなのだろう。

イドリスはネックレスを引きちぎってマーリンに渡すと、両手を組み合わせて言った。「わたしはあなたたちに降伏します。わたしの力をあなたたちの力の一部とし、決してあなたたちに対して行使しないことを誓って、自らをあなたたちの支配下に置きます」

マーリンはうなずいた。「よいでしょう。それで、あなたを何から守ればよろしいのかな？」

「おれの上にいるやつらだ。おれはもう抜けたい。あいつら、さすがにちょっとやばいぜ。前は楽しかったんだ。自分で適当に好きなことをやってたころは……。でも、あいつらはまじだ。よくわかんねえけど、本気で世界を征服するつもりらしい。おれを使って、その足がかりをつくろうとしてるんだ。何かあったときに責任を負わされるのは、矢面に立ってるおれだ。でも、どうやって抜ければいいかわからない。たとえ逃げても、やつらならすぐにいどころを突き止めるはずだ。まるで、『ザ・ファーム』（裏の顔をもつ法律事務所に就職した若き弁護士が危険を冒しながら秘密を暴こうとするサスペンス映画）だぜ。一度関わったら決して抜けられないってやつさ。今回この新人集めに失敗したら、まじで殺されるかもしれねえ。おれを守れそうなのは、あんたらだけなんだ」

オーウェンとわたしはマーリンのそばへ行く。「知ってることはすべて話すんだな？」オーウェンが言った。

イドリスはひざをついたままオーウェンの方を向いた。「知っていることはそれほどない。直接会ったのは金庫番の女だけだ。彼女に指示を出しているボスが裏にいるらしいんだが、それがだれなのかはわからない。わかってるのは、そいつがむちゃくちゃ恐いやつだってことだけだ」

「どんな形であれ、あなたにできる最大限の協力をしてください。そうすれば、こちらもあなたのことを守りましょう」マーリンはロッドに手招きをする。「ミスター・グワルトニー、彼のことをお願いします」

ロッドが指で何やら複雑な動きをすると、液体状の光の紐がイドリスの両手にからみついた。ロッドは彼を立ちあがらせ、受講生たちが集められているところへ引っ張っていく。

マーリンは受講生たちの方を向き、指をぱちんと鳴らして目を覚まさせると、断固とした口調で言った。「これですべて終わりとする。よろしいな」彼の声は千年分の威厳に満ちていた。それは、彼がだれなのかよくわかっていない受講生たちにも伝わったらしい。

オーウェンはわたしの体を放して、彼らの前に進み出た。「軽い気持ちで魔法に手を出すことがどれほど危険か、これでよくわかったと思う。きみたちには知らないことが多すぎる。知識のないまま魔法を使えば、命を落とすことさえあるんだ」

受講生のひとりが言った。「知っておくべきことを教えてもらえませんか」

オーウェンはマーリンの方を向き、意見をうかがうように眉をあげる。

「いいんじゃないか?」ロッドが言った。「せっかくトレーニングを始めたんだ。ぼくたちがきちんと訓練し直せば、いい戦力にならないともかぎらない」

「あらためて訓練を施すことは可能だと思う」オーウェンは受講生たちに向かって言った。「ただし、この町にはパワー源がほとんどない。適切なパワーラインを見つけることも、あらたなカリキュラムの一部になるだろう」

「さて、あなたがたはもう自由です。ただし、今後二度と、個人的な利益を目的に、魔法を使って他者に危害を加えたり、他者を利用したりしないと誓うことが条件になりますが——」マーリンが言った。「誓えば、それは拘束力をもちます。誓わなければ、ミスター・イドリスとともにわたしたちの拘束下に入ってもらうことになります」

彼らは全員、手をあげて誓った。「行く前に、訓練を続けたい人は連絡先を教えてくれ」ロッドが言った。彼はパームパイロットを手に公園の出口に立ち、情報を入力していく。受講生のほとんどは連絡先を告げていったが、何人かは逃げるように帰っていった。彼らはきっと、魔法の発見自体、なかったこととして生きていくのだろう。

受講生たちが全員公園を出たあと、わたしたちは友人たちにお礼を言うため川岸へ向かった。「フルートをもっていった方がいいかしら」わたしはオーウェンに訊いた。

「いや、その必要はないよ。あのネックレスで十分すぎるほどの報酬になるはずだから」

「よかった。高校の応援歌はもういいわ」

「今夜の曲としては、ぴったりだっただろうけどね」冗談を言うオーウェンの声には、すでに力強さが戻っていた。

リーダーのナーイアスが水辺でわたしたちを迎えた。「今夜の勝利はみごとだったわ。もちろん、あたしたちの協力のおかげだけど。仲間たちもかなり楽しんだみたい。今度町に来たら、ぜひ声をかけてちょうだい」彼女はわたしに向かってウインクをする。「こちらのレディも、あたしたちを呼び出すことに手を貸すのはやぶさかじゃないはずよ。贈り物は十分活用させてもらうわ。これであたしたちの間に貸し借りはなしね」そう言うと、ナーイアスは水中に消えた。小川の両岸に残っていたいくつかの光の点も、彼女に続いて消えていった。

わたしたちはそれぞれの車に向かって歩きだす。「明日ニューヨークに戻ります」マーリンがオーウェンに言った。「あなたは月曜まで出社しなくてけっこうです。十分に体を休めてください。それに、あなたにはまだ、この町でやっておかなければならない仕事があるようですからね」マーリンはそう言いながら横目でわたしを見たが、疲れきったオーウェンにその意味を察する余裕はないようだ。

ロッドがレンタカーの後部座席にイドリスを押し込んでいる間に、マーリンはわたしの手を取って言った。「あなたには大いに助けていただきましたな。いつものように。それから、あなたのご家族にお目にかかれてとてもよかった」彼はそこでウインクする。「もしわたしがあと数世紀若かったら、二、三日滞在を延ばして、あなたのおばあさまともう少し親しくなりたいところでしたが――」

「ある程度の年齢になったら、数世紀なんてたいした年の差じゃないのでは？」わたしは笑いながら言った。祖母が上司、いや元上司とデートしている図を想像するのは、ちょっと抵抗があるけれど。

マーリンはふたたびまじめな顔になった。「会社には、あなたが適当だと思うときにいつでも戻ってきてください。こうしたことがあるようでは、もはやニューヨークにいない方が安全だとはいえません。それに、あなたの知恵や協力は、あなたの存在が生み出す不都合や危険を補ってあまりあります。もちろん、あなたが――そして、ミスター・パーマーが最もよいと思うことをしてください。いちばん苦しんでいるのは彼のようですからね」

「ありがとうございます。しっかり考えさせていただきます」どうやら、わたし次第ということらしい。いや、正確にはオーウェン次第か……。自分がどうしたいかははっきりしている。でも、オーウェンの気持ちがまだわからない。彼はわたしがこの町に残る方が安心なのか、それとも、ニューヨークに戻ってほしいと思っているのか。どうやら、きちんと話をしなければならないようだが、いずれにしても今夜は無理だ。

ロッドとマーリンに別れを告げて振り返ると、オーウェンはすでに自分のレンタカーの横に立っていた。いまにも倒れ込みそうな顔をしている。「わたしが運転する？」オーウェンは黙ってうなずき、助手席に乗り込んだ。

家に着いて車を降りると、オーウェンは反射的にポーチの横の木に向かって歩きだした。わたしは彼を呼び止める。「覚えてる？　わたしたち、今夜は合法的に家を出たのよ。それに、まだそれほど遅くないわ」たしかに、実際の時刻よりずっと遅いように感じる。今夜はいろんなことがあった。

「ああ、そう。よかった」オーウェンはため息をつく。「いま、木登りは無理そうだよ。階段だってのぼりきれるかどうか……」

わたしは彼の腕を取った。「またケーキが必要ね。アイスクリームもつけましょう。食べ終わったら、今夜は朝まで寝られるわ」

「ああ、朝まで寝られるってことがどんなものか、もう忘れてしまったよ」

「ようやく終わったのね」

「今回もまた、土壇場の勝利だったな」オーウェンは酔っぱらっているみたいに笑った。疲労と安堵で少々ハイになっているようだ。「これですべてが普通に戻るよ」

それこそわたしが恐れていたものだ。みんな〝普通〟を過大評価しすぎている。

22

日にふたつ以上の仕事をかけもちしているような状態がようやく終わって、すっかり気が抜けてしまった。翌朝、なんとか店に行かずにすむ口実はないものかと思案していたら、朝食の席で口実が向こうからやってきた。母がオーウェンを見るなり言ったのだ。「まあ、かわいそうに！　アレルギーがひどくなってるのね！　ケイティ、具合の悪いゲストをひとり家に置いておくわけにはいかないわ。パパにはわたしから言っておくから、今日は仕事を休んで彼のそばにいてあげなさい」

昨夜の彼を見たら、母はなんて言っただろう。まだ少し顔色は悪いけれど、六時間の睡眠のおかげか、体調はずいぶん回復したようだ。

「大丈夫ですよ」オーウェンは言った。「でも、今日一日ケイティといっしょに過ごせるのはうれしいです。明日、ニューヨークへ帰るつもりなので」

寝耳に水だ。マーリンは月曜まで会社に来なくていいと言っていた。今日はまだ金曜だ。どうしてそんなに急いで帰ろうとするのだろう。自分の家でゆっくり睡眠を取り、仕事に戻る前にまる一日休んでおきたいということだろうか。たしかに、わたしの家族に囲まれていては、オーウェンじゃなくてもゆっくり休むことなどできない。ただ、彼は今日一日わたしといっしょに過ごしたいと言った。少なくとも、名残惜しくないわけではないのだと理解しておこう。

母が慌ただしく定例の会合に出かけていき、オーウェンとわたしは二杯目のコーヒーとともにキッチンに残された。「明日、帰るのね」わたしは言った。

「ああ、そうした方がいいと思って。もう一週間以上家を空けてるから」

「そうね」わたしはうなずく。「ルーニーとドラゴンたちも寂しがってるだろうし」

オーウェンはにっこりした。「ドラゴンたちはどうかわからないけど、ルーニーは家に入れてくれないかもしれないな。こんなに長く彼女と離れたことはなかったからね。幸い、職場の方には戻れるみたいだけど。規則違反を埋め合わせるには、敵を捕まえるのがいちばんだってことかな。きみのおばあさんに花を贈らなきゃ。精霊《スプライト》のお礼として」

話の流れがわたしのニューヨーク復帰に向かうのを期待したが、オーウェンはそのまま口を閉じた。マーリンは戻ってくるよう言ってくれたけれど、オーウェンの正直な気持ちが知りたい。「帰る前に何かしておきたいことはある？」

「眠ること？」

わたしは笑った――落胆が顔に出ないよう努めながら。ひとまず問題は解決したのだから、わたしとふたりで楽しい時間を過ごしたいとか、いっそのこと水の精《ナーイアス》が現れる直前のところからやり直したいとか、そういう類のことは言えないものだろうか。「そうね。眠るっていうのはいいアイデアかも」

「ポーチでゆっくりすることはできたの？」オーウェンは訊いた。

「え？」

「ニューヨークを去る前、しばらく魔法とはいっさい関わらずに、ポーチで本を読んだりハンモックに横になったりしてのんびり過ごしたいって言ってたから、こっちに帰ってきて、そういう時間はもてたのかなと思って」

「んー、そうね、あらためて考えたことはなかったけど……。最初の一週間くらいはお客さん扱いだったから、甘やかされてけっこうのんびりできたかな。まあ、このにぎやかな家族に囲まれてのことだから、たかがしれてはいるけど。でも、その間に姪っ子と仲良くなれたのはよかったわ。その後、わたしが当分家にいるらしいってことにみんなが気づいた時点で、お客さん扱いは終了よ。あっさり家族の一員に戻って、以前のように店の手伝いをすることになったわ。たしかに、しばらく魔法と接することはなかったけど、それを平穏な時間と呼べたかどうかは疑問ね」わたしはため息をつく。「あなたの方は？　わたしがいなくなったあとも、妙な状態は続いた？　それとも、惨事《さんじ》の発生率は劇的に下がったかしら」

「燃えさかる建物や凍った池からだれかを救出しなければならないようなことは起きなかったね。それに、ドラゴンに包囲されたり、フェアリーゴッドマザーにストーキングされたり、母親の大群に襲いかかられたりもしなかったから、まあ、たしかに、きみがいなくなったあと、事態は落ち着いたと言っていいかもしれないな」

彼が何か言い足すかもしれないと思って、わたしはあえて沈黙のなかに身を置いた。たとえば、結局のところ惨事は直接きみに関係していたわけではなかったかもしれないとか、あるいは、振り返ればそうした事件もそれなりに楽しかったし、少なくともひとりで退屈しているよりはいいとか――。しかし、オーウェンは何も言わなかった。こうなると、残された選択肢はひとつしかない。彼に面と向かって問いただすことだ。わたしに帰ってきてほしいかどうかを。でも、そのひとことが口にできない。もしノーと言われたら……。

朝食のあと、わたしたちは町の様子を見に出かけた。モーテルの宿泊客はすべて昨夜のうちか今朝早くにチェックアウトしていた。郡庁舎前の広場にもマントを着た怪しい人影はない。ランチをとりにデイリークイーンに寄ったとき、公園で若者たちが花火をしていたらしいという噂話が耳に入ったが、魔法の戦い《マジカルバトル》に気づいた人はいないようだ。

その夜、母はオーウェンのために家族全員を呼んで盛大な晩餐を催した。ルーシーを抱いて三人の兄たちと談笑する彼をリビングルームの反対端から眺める。オーウェンがわが家にすんなり溶け込んだことにはじめは驚いたけれど、いまとなっては特に不思議なことではない。わたしの家族がどれほど奇妙な集団であるかを考えれば、溶け込んで当然なのだ。

家族たちはディナーの席で別れのあいさつをしたので、翌朝、オーウェンが家を出るときは、ふたりきりだった。ベッドの下から魔法の道具の入ったブリーフケースを取り出し、ほかの荷物といっしょに車に運ぶオーウェンには、ここへやってきた当初に感じたあの奇妙な距離感が戻っていた。閉めたトランクを手のひらで軽くぽんとたたくと、彼はわたしの方を向いた。

「それじゃあ、そろそろ行くよ。ご両親にくれぐれもよろしく。こんなによくしてもらって、心から感謝してるよ」

「彼らもあなたが来てくれたことをとても喜んでたわ。すぐに、早く次の予定を立てなさいって言いはじめるはずよ」

「次はマジカルバトルなしでいきたいね」

「ほんとに」

「テディとミセス・キャラハンにディーンのことをよく見ていてくれるよう念を押しておいて。たぶん彼は大丈夫だと思うけど、しばらくは慎重を期した方がいい」

「賛成だわ」

ぎごちない沈黙。さて、どうしたものだろう。さよならのキスをすべきだろうか。それとも、ここは抱擁するべきだろうか。それとも、握手？　それとも、ただ手を振るだけ？　わたしが最初の一歩を踏み出すべきだろうか。それとも、彼がそうするのを待つ？　「会えてうれしかったわ」わたしはようやく言った。「ずっと会いたかったから――」いまのが事実上、最初の一歩になるはずだ。どう転ぼうと、あとは彼次第。

「ああ」オーウェンは下を向いて赤くなった。「ぼくも――」

いっしょにニューヨークに帰ってもいいのよ！　そう叫びたかった。でも、追いすがるのはいやだ。たとえ、相手が彼でも。

オーウェンは運転席側に回ってくると、ドアを開け、開いたドアの内側に立って、その上にひじをかけた。「いろいろありがとう。きみにはまた助けてもらったよ」

「みんなによろしく伝えてね」

「ああ、伝える」ふたたび、長く、ぎごちない沈黙。オーウェンの頭のなかがいまどうなっているのかは知るよしもないが、わたしは彼に抱きついて、郡全域からすべてのナーイアスを引き寄せるくらいのキスをする自分を想像していた。オーウェンの頰がますます赤くなる。いったい何を考えているのだろう。彼はついにかすれた声で言った。「ぼくがへまをしたために、ニューヨークを去らざるを得なくさせてしまって、ごめん」

「そんな、そうじゃな――」

オーウェンは悲しげな笑みを浮かべて首を振った。「きみがぼくを責めていないのはわかってる。でも、それが事実だよ。ぼくには、きみに関わることとなると前後の見境をなくすという悪い癖がある。でも、きみが近くにいてもいなくても、その癖は変わらないんだ。だから、どうせすべてを放り出してきみを助けにいくなら、遠くにいるより近くにいてもらった方が、ずっと都合がいい。きみがどこにいようと、結局、きみのことを考えずにはいられないんだから」

わたしは言葉を失った。オーウェンの場合、常に行間を読む必要がある。彼はいま、わたしが理解したとおりの意味で、いま言ったことを言ったのだろうか。「つまり、突然いなくなったこと、怒ってはいなかったっていうこと?」わたしはようやく訊いた。

「そういう選択をせざるを得ない状況にきみを追い込んでしまった自分に対して腹を立ててたよ。それに、きみはぼくに失望したんだと思ってた。みんなと同じように」

「わたしはあなたが心配だったの。もう二度とあなたをあんな状況に陥らせたくなかったの。あんなふうに二者選択を強いられるような状況に。まあ、ここでも結局、同じことになったわけだけど」

「終わりよければすべてよしだよ。きみの都合がいいときに、いつでも戻ってきてほしい」オーウェンはそう言うなり、こちらが何も言えないうちに、車に乗り込みドアを閉めた。わたしは彼の車が見えなくなるまで、その場に立ち尽くした。そして、彼の残像すら想像できなくなったとき、ようやく自分のトラックに乗って店に向かった。

「オーウェンは無事発《た》ったのかい？」店に着くと、父が訊いた。

「うん。飛行機は夕方の便だから、たとえセキュリティで手間取っても時間はたっぷりあるわ」

「そうか。それで、おまえはいつニューヨークへ戻るんだ？」

「え？　どうして？」

「戻りたいんだろう？」

「え、うん、でも……」

「会社の方の問題は解決したのか？」

「そう思うけど、でも――」

「なら、戻った方がいい。彼はなかなかいい男だ。だが、こんなに離れていてはどうしようもない。何か不安なことでもあるのか？」

わたしが戻ることを彼が望んでいないのではないかということが、ずっと不安だった。でも、その不安はさっきの彼の言葉で空の彼方へ消え去った。「ううん、特にないわ」そのとき、自分の恐れていたものが本当はなんだったのかを悟った。わたしはこの距離を言いわけにしていた。大いなる善の名のもとにテキサスに引っ込んでいれば、ふたりの関係はいずれの方向にも進む心配はない。より親密になることも、別れに向かうことも。つまり、危ない橋を渡らずにすむということだ。「そう、そうよね。たしかに彼は橋を渡ってでも追いかける価値のある人だわ。いつ飛行機の席が取れるか調べてみる」

父はポケットから封筒を取り出した。「おまえにはこの春、よく働いてもらった。一年でいちばん忙しい時期だから大いに助かったよ。それに、店のシステムをしっかり立て直してもくれた。小遣い程度の給料に文句も言わずにな。だからこれはその埋め合わせだ。これでチケットを買って、明日にでも戻るといい」

わたしは息をのんだ。涙があふれそうになり、慌てて瞬きをして父に抱きついた。「ありがとう、パパ。さっそく予約状況をチェックしてみるわ」

マイレージサービスプログラムのIDナンバーを打ち込んで、航空会社のウェブサイトにアクセスする。ニューヨークに暮らすことを決めたとき、会員になったのだ。あのころは華麗なジェットセッター（自家用ジェットやファーストクラスで世界を飛び回る富裕な人々）になる自分を大まじめに思い描いたりしていた。驚いたことに、明日の午後ラガーディア空港に向かう便に、すでにわたしの名前で予約が入っていた。マーリンだろうか、それともオーウェン？　どちらもこうしたことに対して鋭い予知能力をもっている。いずれにしても、戻ってこいというきわめて積極的なメッセージであることに変わりはない。

わたしは荷物をもって事務所から飛び出すと、「明日の便が取れたから、家に帰って荷づくりするわ」と叫んで店をあとにした。

家に着き、階段を駆けあがって自分の部屋の入口まで来たとき、思わず立ち止まった。ベッドの上に赤いハイヒールがひとつのっている。わたしはかつて、一対の赤いハイヒールをもっていたが、片方を、思い出すのもはばかられる、ある悲惨《ひさん》きわまりない大晦日のパーティでなくしてしまった。ベッドの上にあるのは、その靴に違いない。そして、それをずっともっていたのはオーウェンだったのだ。もう片方はクロゼットのなかにしまってある。ニューヨークの思い出の品として。ところが、急いでクロゼットをのぞいてみると、しまってあったはずの靴がない。もう一度ベッドの上を見る。それは右の靴だった。わたしがもっていた方の靴だ。それでも、わざわざベッドに出しておくということは、何かのサインに違いない。

片方だけのハイヒールを含め、すべての荷づくりが終わったあと、もう一度だけ町を回ってみることにした。トラックに乗り込み、まずはニタのモーテルへ向かう。わたしの顔を見るなり、ニタは言った。「今度、刺激が欲しいなんて言ったら、わたしをひっぱたいてね。常軌を逸したこの一週間の疲れがまだ抜けないわ」ロックンロールスタイルの装飾は片づけられ、商工会議所のカレンダーから切り取った写真がもとの場所に戻っている。

「たしかに常軌を逸してたわね。ところで……あの、ちょっと話したいことがあるの」

ニタは両手をぱんと打ち鳴らした。「ニューヨークへ帰るのね！」

「どうしてわかるの？」

「顔じゅうにそう書いてあるもん。そんなにうれしそうな顔、久しぶりに見たわ」

「遊びにきて。あのアパートにもうひとり寝る場所を見つけるのが可能かどうかはわからないけど、何かしら方法はあるはずだから」

「絶対行く！　で、彼のところに戻るのね？」

「彼やら仕事やら、い、い、い、い、いろんなもののところへ戻ることになるわ」

「よかった！　なんだかこっちまでやる気が出てきたわ。わたしも何かしなきゃ」

「何をするか決まったら必ず教えるのよ」わたしたちはしっかり抱き合った。

翌日、テディがダラスの空港まで送ってくれた。彼とゆっくり話がしたかったので、ちょうどよかった。「ディーンはさっそくニューヨークへ行く準備を始めたよ。本格的に魔法の訓練を受けるつもりらしい」運転しながらテディが言った。

「彼のことよく見ててね。今回のことで十分教訓は得ただろうし、実際、問題の解決に少なからず貢献してはくれたけど、でも、ディーンがどんなふうかわかってるでしょう？　この先、いつもの怠け癖が出ないという保証はないわ」

「ぼくの目の届くところでは決して悪さはさせないよ。免疫者《イミューン》が受けておくべき訓練はないの？」

「わたしの知るかぎりでは特にないわ。異状がないか常に目をよく見開いて、耳を澄ましていることくらいね。何度か体験すれば、魔法が使われたときにそれを感じることができるようになるわ。静電気みたいにビリッときたり、背中がぞくっとしたりするの。それから、ママがトラブルを起こさないよう十分気をつけてあげて。くれぐれも精神病院送りにさせないように」

「そりゃかなりの難題だな。まあ、魔法使い連中もいなくなったし、そうたびたび妙なものは見なくなると思うけど――」

「何か見てしまったとき、うまい具合に言いわけしてあげればいいのよ」

「ニューヨークに戻ることになってよかったよ」しばらくラジオに耳を傾けたあと、テディは言った。「寂しくはなるけど、魔法のことやおまえの能力のことを知ったいまとなっては、やっぱりニューヨークがおまえのいるべき場所だと思う」

「別にたいしたことをするわけじゃないわ」

「いや、たいしたことだよ。おまえはすべてをひとつにまとめる接着剤みたいな存在なんだ。屋台骨って言ってもいいかな。公園での戦いを見て、それがよくわかった。正直、感心したよ。ぼくの妹は、もうすっかり一人前だってね」

「やだ、やめて。背中がむずむずするわ。兄貴たちに真顔でほめられたら、どうしていいかわからないわよ」テディは腕を伸ばして、わたしの髪をくしゃくしゃにした。わたしは抗議の声をあげる。すべて世はこともなし、だ。

飛行機がラガーディア空港に着陸したあとは、すべてが遅々として進まないように思えた。乗客たちは皆もたもたと頭上の棚から荷物を取り出していて、通路に並んだ人の列はさっぱり前進しない。飛行機を降りると、今度は手荷物受取所への通路がどこまでもえんえんと続くように感じられた。ようやく回転式コンベアのある場所に到着する。ジェンマとマルシアを捜したが、ふたりの姿はどこにも見えない。到着時刻は昨日のうちに知らせてあるのだけれど――。

そのとき、懐かしい顔が目に入った。より正確に言うと、懐かしいふたつの変な顔だ。痩せて目の飛び出た方が、ずんぐりと四角張った方の肩にのって、〈ケイティ・チャンドラー〉と書かれた紙を掲げている。手荷物受取所にいる人たちの目には、ちょっと変わった人相の運転手の姿が映っているはずだ。

わたしはガーゴイルのペアに近づいていった。「ロッキー、ロロ!」

「お疲れ!」ロッキーはそう言って、ロロの肩から飛びおりる。「荷物はどれだい。おれたちが車まで運ぶぜ」ふたりがばらばらになったとき、一般の人にはどんなふうに見えているのだろう。回転式コンベアからおろした荷物を、ロロが宙に浮かせてロッキーに渡す。ロッキーは荷物をもって、そのまま出口へ向かった。

クラクションの鳴り響く、タクシーや自家用車やシャトルバスがごった返すエリアへ踏み出したとき、ふと鮮やかな赤い色が目に入った。

目をこらすと、それは真っ赤なハイヒールだった。それを手にしているのは、黒髪に青い瞳のこのうえなくハンサムな男性だ。男性は、ひざから力が抜けてしまうような恥ずかしげな笑みを浮かべて、シルバーのタウンカーに寄りかかっている。

「ちょっとすみません」彼は言った。「この靴が合う女性を捜しているんだけど、心当たりはないですか」

「あら、偶然ね。わたし、まさにそんな感じの靴をもってるわ」心臓が口から飛び出そうなほどどきどきし、いまにも気を失うか、でなければ泣きだすかしそうな状態にもかかわらず、思いのほかクールに対応できた自分が誇らしかった。

どちらが先に動いたのかはわからない。気がつくとふたりはしっかり抱き合って、唇を重ねていた。たった一日会わなかっただけなのに、もう何カ月もたったような気がする。ここ数日のアドベンチャーを別にすれば、ある意味、そのとおりなのだけれど。

「戻ってきてくれてうれしいよ」ようやく顔を離すと、オーウェンは言った。

「わたしも」

ロッキーとロロが荷物をトランクに詰め終えた。「そんじゃ、そろそろ出発しますか、ボス」ロッキーがオーウェンに言う。

オーウェンは後部座席のドアを開けた。「さあ、どうぞ」

わたしは車に乗り込み、シートベルトをしっかり締めた。これから始まるワイルドなドライブと、その先に待つ、かなり波乱に富みそうな人生に備えて。

訳者あとがき

〝大いなる善〟のために、自らマンハッタンと愛する人のもとを去ったケイティ。魔力の主要なパワーラインから外れたテキサスの片田舎で、家業の農業用品店を手伝いながら魔法と無縁の生活を送っていたが、ある日、母のロイスが町で妙なものを見たと言いはじめる。

家族は彼女の精神状態を心配するが、母が免疫者《イミューン》であることを知っているケイティは別の可能性を疑わずにいられない。果たして、魔法使いがひとりも存在しないはずのこの町で、何者かが違法な魔術を使っていることが判明する。そして、その背後には宿敵イドリスの影が……。

ケイティの報告を受けて、MSIは調査員を派遣。先着のサムに続いてやってきたのは、オーウェン・パーマーだった。気まずい思いを抱えながらも、超ハンサムな〝彼氏〟の登場に上を下への大騒ぎとなった家族（とりわけ母ロイス）の干渉をかいくぐりつつ、魔法を使う者にはきわめてタフな環境下で、ふたりはこれまで以上に強力なタッグを組むことになる。

シリーズ第四弾の舞台は、大都会ニューヨークから一転、ケイティの生まれ故郷であるテキサスの小さな小さな田舎町、コブだ。

自身テキサスで生まれ育ち、いまもテキサスに暮らす著者は、気候風土から、人々の気質、生活習慣まで、あらゆることがマンハッタンとは異なる南部の田舎町を、実に楽しげにいきいきと描いている。描写はしばしば自虐的な誇張を伴うのだが、著者のふるさとへの並々ならぬ愛情と満を持してホームグラウンドに帰ってきた喜びが行間から透けて見えるので、ちっとも嫌みではない。

読者は、そんな著者に手招きされるようにして〝過去に置き忘れられた町〟を訪れ、しばらくの間そこに滞在する。いちばんのホットスポットがアイスクリーム&ファストフードのチェーン店、デイリークイーンだという田舎町。コブを体験していくなかで、読者は、はじめて訪れたニューヨークでケイティの受けた衝撃の大きさを、あらためて理解することだろう。

物語の舞台が変わって、本作には新しいキャラクターが何人も登場する。およそ都会的な洗練とはかけ離れた彼らが、また実にチャーミングで、ひとりとして無駄な登場人物がいない。

ケイティの両親（彼らは二作目に続いての登場となる）――押しは強いが人情に篤《あつ》く、どこまでもわが道を突き進む母ロイスと、口数は少ないもののキメるところはしっかりキメてくれる頼もしい父フランク。三者三様の兄とその妻たち。そして、杖と毒舌と偽アイルランド訛りを武器に、妙な威厳を漂わせたかと思えば、突拍子もない発言で皆を唖然とさせたりする、古《ふる》強者《つわもの》の祖母。

また、忘れてならないのが、インドからの移民でありながら、ケイティ以上にアメリカ人的で、両親とのカルチャーギャップに不満を抱える親友のニタだ。

母といい、祖母といい、ニタといい、女性陣は特に濃いキャラがそろっていて、この強烈な

〝脇役〟たちが本書の大きな魅力のひとつとなっている。

　本作では、ケイティの家族の秘密が明かされる。それも、二転三転する形で。これは驚きとともに、大いに笑いを誘うプロセスとなるが、後者については、言うことにいちいち棘があるのになぜか憎めないスーパーおばあちゃん、主役を食うほどの存在感をみなぎらせる祖母ブリジット・キャラハンに負うところが大きいだろう。

　ほかにも、カーチェイスのシーンや、家族や町の人々とのやり取りに、コミカルな場面が多数ある。本作はおそらく、シリーズちゅう最もコメディ的要素の強い作品となっているのではないだろうか。テキサスの田舎町を舞台に、ひと癖もふた癖もあるテキサスっ子がこれだけそろえば、必然の結果なのかもしれない。

「ニューヨークは実に変わった街だ」と、かつてケイティは言ったが、このコブも相当なもの。魔法のあるなしにかかわらず、訪問者《アウトサイダー》にとっては、どちらも強烈な異文化となる。ニューヨークとテキサスという、アメリカのなかでも特に個性の強いこのふたつの場所を出合わせたからこその面白さだ。

　ところで、シリーズの重要なテーマのひとつであるケイティのロマンスだが、今回も例によってじれったい展開を見せる。このじれったさについては、読者も〝楽しむ派〟と〝いらいらする派〟にわかれるようだ。

今回、ケイティは、家族が（二番目の兄ディーンをのぞき）こぞってふたりの関係を公認するなか、ふたたび見えなくなってしまったオーウェンの心のうちを探りつつ、恋人同士として振る舞わなければならないという、やっかいな状況に身を置くことになる。

それでも、共通の敵と戦うなかで、互いの距離は徐々に縮まっていく。そして、世紀のシャイボーイ、オーウェンが見せた、彼としてはおそらく一世一代の意思表示と、まわりのさりげない後押しを受けて（特に父フランクの粋なはからいには、思わずほろりときた読者も少なくないだろう）、ケイティはついに臆病な自分に別れを告げる。傷つくことを恐れ、万人の妹に甘んじていた自分からの、兄たちの庇護下からの、温かい家族の懐からの、本当の意味での巣立ちだ。

〝橋を渡る〟覚悟を決めたヒロインに、著者は素敵なエンディングを用意していた。〝いらいらする派〟の読者にも、今回はかなりすっきりしていただけたのではないだろうか。

さて、目の前の宿敵はひとまず消えたが（イドリスは最後までイドリスらしかった！）、まだ大きななぞが解けないままだ。黒幕の正体、そしてオーウェンの過去。

ところが、少々気がかりなニュースがある。原書の出版社が五作目の出版を保留しているそうなのだ。著者のブログによると、一作目に比べて後続の巻の売上部数が期待するほど伸びていないからとのことらしい。

スウェンドソン本人は、一作目の売れ行きがいまだに好調なため、あとから出た巻がその数字に追いつくにはそれなりの時間が必要だ、と不満げな様子。シリーズのファンからも続巻の刊行を望む声がたくさん寄せられているそうだ。

出版を促すいちばんの材料となるのは、もちろん既刊巻の売上が伸びることだが、読者から出版社（Ballantine Books: 1745 Broadway, New York, NY 10019 U.S.A.）への直訴の手紙も悪くないアイデアだと、著者は言っている。遠い日本からそんな手紙が届けば、ひょっとしたら編集者の気持ちも変わるのでは……？

心強いのは、著者が続巻の出版に意欲をもっていること。そして、少なくとも次作の構想はできていて、一部はすでに書きあがっていると明言していることだ。第五作のメインテーマは、ずばり〝オーウェン〟。さまざまななぞへの答もしっかり用意されているという。

シリーズのファンとして、訳者も続巻を心から待ち望むひとりだ。

一日も早く、日本の読者の皆さんに、ケイティとオーウェンの次なるアドベンチャーをお届けできる日がくることを祈っている。

検印
廃止

訳者紹介　キャロル大学（米国）卒業。主な訳書に，スウェンドソン『ニューヨークの魔法使い』『赤い靴の誘惑』『おせっかいなゴッドマザー』，スタフォード『すべてがちょうどよいところ』，マイケルズ『猫へ…』，ル・ゲレ『匂いの魔力』などがある。

㈱魔法製作所
コブの怪しい魔法使い

2009年2月13日　初版
2018年11月9日　6版

著者　シャンナ・スウェンドソン

訳者　今《いま》　泉《いずみ》　敦《あつ》　子《こ》

発行所（株）東京創元社
代表者　長谷川晋一

162-0814/東京都新宿区新小川町1-5
電話　03・3268・8231-営業部
03・3268・8204-編集部
URL　http://www.tsogen.co.jp
振替　00160-9-1565
工友会印刷・本間製本

ISBN978-4-488-50305-5　C0197